DER PEARLKÖNIG

CROW INVESTIGATIONS BAND 4

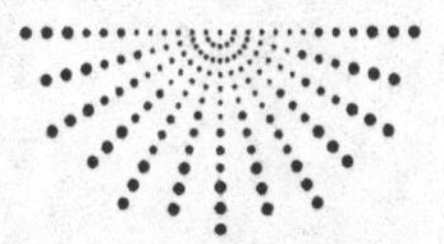

SARAH PAINTER

Übersetzt von

DANIELA M. HARTINGER

Der Pearlkönig

Sarah Painter

Aus dem Englischen übersetzt von
Daniela M. Hartinger

Veröffentlicht von Siskin Press Limited

Coverdesign: Stuart Bache

AUTHOR'S NOTE

Thank you for reading *Playing By heart*. I really hope you enjoyed it.

Want to know when I release new books? Sign up at my website to join my mailing list, and as a bonus I'll send you a copy of *Dinner for Four*, a retelling of the night Grayson and Lisa first meet from Grayson's point of view.

clearyjamesauthor.com

ALSO BY CLEARY JAMES

The Endgame (Endgame Book 1)

Do Not Disturb

The Boss's Daughter

Für meine Familie

KAPITEL EINS

Lydia sah sich im Café *Fork* um. Sie wusste nicht, wie sie die Geschichte, die sie begonnen hatte, zu Ende bringen sollte oder das Publikum die Erzählung aufnehmen würde. Onkel Charlie hatte die Arme verschränkt, sein Gesichtsausdruck ließ sich nicht lesen. Lydia wünschte sich beinahe, er würde sie unterbrechen oder einen Streit beginnen. Alles war besser als diese Regungslosigkeit seiner Miene und seines Körpers. Zum Glück bedeckten seine Ärmel die Tätowierungen auf seinen Unterarmen. Wenn er wütend oder besorgt war, bewegten sie sich, und Lydia war unsicher, ob jeder diese Bewegungen sehen konnte oder nur sie diese spezielle Kraft besaß. Dass sie all ihre Fähigkeiten vor Onkel Charlie und der Welt geheim hielt, war zur Gewohnheit geworden.

Sie hatte seit vierundzwanzig Stunden nicht mehr geschlafen und ihre Augen waren bereits trüb. Sie hielt jedoch Augenkontakt und achtete darauf, dass ihre Stimme kräftig und klar klang. Sie war eine Crow. Mehr als das, sie war die Tochter von Henry Crow, dem rechtmäßigen Oberhaupt der Familie. Was würde wohl geschehen, wenn sie keine gute Show abliefern konnte? Sie war verhaftet und von der Familie Fox reingelegt worden. Wenn das kein Verstoß gegen den seit achtzig Jahren bestehenden Waffenstillstand war, was dann?

Das alles war natürlich furchtbar kompliziert. Sie hatte in gutem Glauben für Paul Fox gearbeitet und dabei ein Vertrauensverhältnis zu ihm aufgebaut, das niemanden in diesem Raum in Jubelschreie ausbrechen ließ. Als ihr ein Mord angehängt werden sollte, hatte einer von Pauls Brüdern eine Falschaussage gemacht, um den Fall zu stützen. Lydia war sich immer noch nicht sicher, ob er allein gehandelt hatte oder ob sie tatsächlich von Paul reingelegt worden war. Sie wusste nur, dass sie die Lage beruhigen und dafür sorgen musste, dass niemand in diesem Raum einen Rachefeldzug gegen eine der anderen Familien startete. Oder gegen die Polizei.

Sie musste eine überzeugende Geschichte erzählen, und zwar schnell. In der Mär von der Krähe und dem Fuchs überlistet der Fuchs die Krähe. Er spielt mit ihrer Eitelkeit und bringt sie dazu, das Futter aus ihrem Schnabel fallen zu lassen. „Ich bin einem Fox zu nahe gekommen." Lydia sah in die Runde und forderte ihr Publikum geradezu auf, seinen Unmut darüber kundzutun. „Ihr wisst das. Und ich schäme mich nicht dafür. Sie sind auch nur Menschen, die in unterschiedlichem Maße gut und schlecht sind, wie alle anderen auch. Der Punkt ist aber, dass ich durch den Umgang mit den Fox' etwas sehr Wichtiges gelernt habe." Sie machte eine dramatische Pause. „Wir Crows sind schlauer als sie." Vereinzeltes Kopfnicken. Lydia fuhr fort und legte jedes Quäntchen Überzeugung, das sie aufbringen konnte, in ihre Stimme: „Das bedeutet, dass wir schlau vorgehen müssen."

„Soso." Onkel John hatte die Arme verschränkt. Wahrscheinlich sah er Lydia immer noch als kleines Kind an und wartete darauf, dass die Erwachsenen zu Wort kamen. Lydia starrte ihn so lange an, bis er gezwungen war, den Blick abzuwenden. Sie hatte keine Angst vor Stille. Sie hatte keine

Angst vor ihrer Familie. Sie hatte Angst davor, wieder in einen winzigen Käfig gepfercht zu werden und die Tür zuschlagen zu hören. Aber in diesem Raum, mit diesen Menschen, fühlte sie sich stark.

EINE STUNDE später war Lydia völlig erschöpft. Sie schleppte sich die Treppe hinauf und hatte das Gefühl, mit jeder Stufe einen Berg zu erklimmen. Ihre Mutter und ihr Vater hatten sich als Letzte verabschiedet und an der Tür zu Lydias Wohnung gewartet, während sich die Menge aufgelöst hatte. Ihre Mutter hatte sie auf die Wange geküsst und umarmt, wohingegen ihr Vater sie verwirrt angesehen hatte, bevor er ihr die Hand reichte. „Schön, Sie kennenzulernen", sagte er und verzehrte Lydias letzte emotionale Reserven.

Bevor sie einschlafen konnte, musste sie jedoch eine letzte Sache erledigen: nach ihrem Mitbewohner sehen. Jason war zwar tot, doch ihre Anwesenheit schien ihm Kraft zu verleihen, sodass er in der Lage war, Tee zu kochen und gelegentlich ihr Leben zu retten. Er saß auf dem Sofa in dem Zimmer, das Lydia als Büro und Wohnzimmer nutzte. Jason war so durchscheinend, dass der Bezug des Sofas durch seinen Körper hindurch zu sehen war. Lydia setzte sich neben ihn. Sie war zu müde zum Sprechen und froh, dass Jason das zu spüren schien und ihr keine Fragen stellte. Womöglich hatte er sich nach unten geschlichen und alles mitangehört. Auf jeden Fall sah er sie mitfühlend an und reichte ihr die Hand. Lydia ergriff sie und spürte, wie sie von Sekunde zu Sekunde fester wurde. Sie war kalt, aber Lydia drückte sie sanft und ließ ihren Kopf gegen die Rückenlehne sinken. Sie schloss für einen Moment die Augen. Es roch nach Kaffee und gebratenem Speck - der Geruch aus dem Café im Erdgeschoss schien das gesamte Gebäude zu durchdringen - und Jasons kalte Hand lag in ihrer. Sie war zu Hause.

. . .

AM NÄCHSTEN TAG stand Lydia früh auf. Am liebsten wäre ihr gewesen, wenn sich über Nacht alle Probleme auf magische Weise geklärt hätten, aber das war natürlich nicht der Fall. Lydias Leben war kein Disney-Film und so waren während ihres Schlafs keine freundlichen Waldbewohner erschienen, um ihr Chaos zu beseitigen.

Lydia machte sich Kaffee und eine Scheibe Toast, bestrich sie mit einer dicken Schicht Butter und setzte sich zum Essen an ihren Schreibtisch. Auf den ersten Blick wirkte alles wie immer. Die Papierstapel, zu deren Ablage sie nie kam, ihr Laptop, die externe Festplatte und das Kabelgewirr, das sich in der Nacht zu vermehren schien, sowie ihre Sherlock-Holmes-Tasse. Aber es fühlte sich nicht mehr wie immer an. Sie machte Fleet keinen Vorwurf, weil er seinen Job erledigt hatte. Vor allem, da er versucht hatte, sie zu warnen und ihr Zeit zur Flucht zu verschaffen. Doch diese panischen Minuten vor dem Eintreffen seiner Kollegen hatten sich zu etwas Surrealem verflüchtigt. Sie konnte sich nicht an Fleets besorgte Stimme erinnern, die sie zum Davonlaufen drängte, nur noch an die Uniformen, die ihr gefolgt waren. Und die Tatsache, dass er frei herumgelaufen war, während sie allein in einer verschlossenen Zelle gesessen hatte. Charlie hatte sie stets davor gewarnt, dass sie aus verschiedenen Welten stammten, und jetzt musste sie ständig daran denken, wie er sie – umringt von Polizisten – aus ihrer Wohnung abgeführt hatte. Das hatte etwas in ihr zerstört. Etwas Lebendiges und Zartes, das nur schwer zu ersetzen war.

Als hätte er ihre Gedanken lesen können, vibrierte ihr Handy. Eine Nachricht von Fleet.

Lydia aß ihren Toast und machte sich zwei weitere Scheiben, bevor sie die Nachricht las. Innerlich fühlte sie sich leer. Eine Nacht im Knast und sie war völlig am Ende.

4

Zitternd erinnerte sie sich an das Gefühl, gefangen zu sein. In einem Käfig.

Während sie sich die Krümel von den Fingern leckte, konzentrierte sie sich auf Fleets Text.

Brücke? 12 Uhr? Bitte!

Lydia wartete auf die Wut, die gleich aufsteigen würde. Doch sie kam nicht. Sie dachte an Fleet, sein umwerfendes Lächeln sowie seine warmen Augen, und wartete auf die übliche Gefühlsmischung aus Zuneigung, Sehnsucht, Lust und Verlangen. Aber auch die kam nicht. Statt Glückshormonen oder Wut spürte sie nichts. Gar nichts.

Beim Höllenfalken! Sie war sich fast sicher, dass dieses Gefühl vorübergehen würde und eine Nachwirkung der Verhaftung war. Beunruhigend war allerdings der Wunsch, dass es gar nicht vorüberging. Sie spürte, wie sich ihr Groll verstärkte. Sie war verdammt gut darin, sich abzuschotten und alles in sich hineinzufressen. Manche würden sogar behaupten, dass sie ein bisschen zu gut darin war. Sie spürte, wie sich dieser Mechanismus in Gang setzte und Fleet von der Schublade *bessere Hälfte* in die Schublade *nützlicher Bekannter* verschoben wurde. Das fühlte sich gut an. Weniger schmerzhaft.

IM BURGESS PARK näherte sich Lydia der Brücke ins Nirgendwo. Sie war früh dran, doch Fleet wartete bereits in der Mitte der Fußgängerbrücke, die über die Grasfläche führte. Früher gab es hier einen Kanal, aber der war vor Jahren zugeschüttet worden und die Brücke war ein Andenken. Ein Andenken an vergangene Zeiten. Fleet erschien nicht in seinem üblichen Anzug. Der schicke lange graue Mantel, der ihn vor der Kälte schützen sollte, verbarg nicht, dass er darunter Jeans und Pulli trug. Sie fragte sich, ob das eine bewusste Entscheidung von ihm gewesen war, um Lydia nicht an seine Arbeit zu erinnern. Falls ja, hatte es nicht funktioniert.

„Alles klar?", fragte sie, als er sich zu ihr drehte. Er wollte sie umarmen, doch sie wich einen Schritt zurück.

Er wurde still. „Du bist wütend."

„Nicht auf dich." Die Lüge hinterließ einen bitteren Nachgeschmack auf ihrer Zunge.

„Es tut mir so leid." Fleets Blick bohrte sich in ihr Gesicht. „Ich konnte nichts tun."

„Ich weiß. Und du hast mich gewarnt."

Er schloss kurz die Augen. „Ich kann nicht glauben, dass ..."

„Hör auf!", unterbrach sie ihn. „Es ist vorbei."

Eine Pause entstand und Lydia blickte über den Park, unfähig, sich länger auf Fleet zu konzentrieren. Sie fühlte sich wie betäubt, aber sie wusste, dass dieser zarte Schutzwall jeden Moment brechen konnte. „Und ich bin wieder draußen. Die Sache ist erledigt." Lydia hatte Charlies Angebot angenommen, ihr aus der Patsche zu helfen, und stand damit in seiner Schuld. Der Preis für seine Hilfe war ihr Einstieg in das Familiengeschäft. Etwas, das sie unbedingt hatte vermeiden wollen. Zu allem Überfluss hatte ihr ein Mann, den sie kaum kannte, aber von dem sie vermutete, dass er für den Geheimdienst arbeitete, die sofortige Freilassung angeboten. In ihrer Verzweiflung hatte sie seine Hand geschüttelt. Jetzt schuldete sie ihm „Freundschaft", was immer das heißen mochte. Ein kleiner Teil von ihr gab Fleet die Schuld an dem Schlamassel, so ungerecht das auch war.

„Es tut mir leid, dass ich dich nicht besucht habe", sagte Fleet mit ruhiger, ernster Stimme. „Ich musste weiter an dem Fall arbeiten."

„Meinem Fall."

„Ja. Tut mir leid. Ich musste weiterarbeiten und hatte Angst, dass das alles noch schlimmer machen würde."

„Ich verstehe", sagte Lydia, obwohl sie es nicht tat. Nicht ganz. Sie fühlte sich zurückgewiesen, das wurde ihr nun klar. Fleet hatte stets mit ihr zusammengearbeitet, war immer hinter ihr gestanden und hatte ihr den Rücken gestärkt. In diesem Fall hatte sie sich im Stich gelassen gefühlt. Diese Erkenntnis löste unbändigen Schmerz aus und so schob sie den Gedanken so weit wie möglich beiseite.

„Was kann ich tun, um es wiedergutzumachen?"

„Es gibt nichts wiedergutzumachen", sagte Lydia und zwang sich, Fleet anzusehen. „Es ist dein Job. Ich verstehe das. Ich wusste, worauf ich mich einlasse, als ich mit einem Cop zusammen war."

„Das klingt nach Vergangenheit", sagte Fleet mit feuchten Augen.

Lydia zuckte mit den Schultern. „Wir haben lange durchgehalten. Länger als ich erwartet hätte."

„Nein."

Der Schmerz umkreiste sie, doch Lydia spürte eine tröstliche Leere in sich. „Doch. Nichts für ungut, ja?"

„Hör auf!", entgegnete Fleet wütend. „Hör auf, so zu reden, als ob wir uns gerade erst kennengelernt hätten! Du kannst das mit uns nicht einfach wegwerfen. Wir führen eine solide Beziehung, wir können das durchstehen. Wir müssen nur ordentlich darüber sprechen. Ich weiß, dass du etwas Zeit brauchst ..."

„Mir geht es gut", sagte Lydia.

„Mir aber nicht!", entgegnete „Fleet. Mir geht es nicht gut und ich will nicht, dass es mit uns vorbei ist!"

„Es tut mir leid", sagte Lydia. „Aber das ist es."

KAPITEL ZWEI

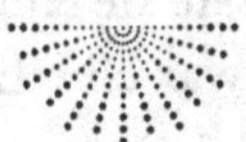

Lydia ging zurück ins Fork. Der Regen setzte ein und sie erlaubte sich ein müdes Lächeln. Natürlich regnete es. Sie hatte sich von ihrem Freund getrennt und trottete wie ein begossener Pudel durch die Straßen, wie ein wandelndes Klischee. Der halbherzige Versuch, es mit Humor zu nehmen, blieb erfolglos. Sie fühlte sich immer noch elend. Das war das richtige Wort. Sie sollte aufgebracht sein, verletzt, aber da war nur diese furchtbare Taubheit. Wo Gefühle sein sollten, war Leere. Vielleicht war sie eine Soziopathin?

Vor Lydia spazierte ein kleines Mädchen neben einem Erwachsenen. Das Kind stolperte über einen unebenen Pflasterstein und fiel hin. Der Schmerz und die Überraschung ließen ihm die Tränen über die Wangen laufen, es wimmerte kläglich und Lydia verspürte sofort Mitleid. Also keine Soziopathin. Nur ein Wrack.

Lydia war bewusst, dass sie mit jemandem sprechen sollte. Mit ihrer besten Freundin Emma oder ihrer Mum, aber sie war nie gut darin gewesen, sich zu öffnen, wenn es ihr schlecht ging. Sie war eine Einzelkämpferin und neigte dazu, die Dinge selbst in die Hand zu nehmen. Unabhängig, sagte ihre Mutter. Verdammt stur, nannte es ihr Onkel Charlie.

Zurück im Fork stieg sie die Treppe zu ihrer Wohnung hinauf und legte sich auf das Bett. Nur für einen Moment. Sie streckte sich aus und zählte die Risse an der Decke, ihr Kopf war leer.

Nach einer Weile musste sie eingeschlafen sein, denn das Nächste, was sie spürte, war eine Eiseskälte an ihrer linken Schulter. Sie öffnete die Augen und sah Jason neben sich, der sie sanft rüttelte.

„Du hattest einen Albtraum", sagte er.

„Ach ja?" Lydia blinzelte verwirrt. Ein Fragment des Traums verweilte am Rande ihres Bewusstseins, doch als sie es sich näher ansehen wollte, verschwand es.

„Du hast geschrien." Jason sah besorgt aus. Zwischen seinen Augenbrauen erschien die vertraute Falte und Lydia wollte mit dem Finger darüber streichen und sie ausradieren.

„Mir geht es gut", sagte sie und setzte sich auf.

Jason trat ein paar Schritte zurück und obwohl sie sich ungern Frostbeulen holte, vermisste sie den Kontakt. Er schaute sie misstrauisch an. „Du siehst komisch aus."

„Danke für das Kompliment." Lydia fuhr sich mit der Hand über das Gesicht und versuchte, wach zu werden. Ihre Augen waren trüb und voller Schlafsand, ihre Wangen feucht. Sie musste im Schlaf geweint haben. Oder gesabbert.

„Kaffee? Toast?"

„Ich habe keinen Hunger", sagte Lydia. „Ich habe vorhin schon gegessen. Aber danke."

Jetzt sah Jason wirklich besorgt aus. „Was ist passiert? Hattest du ein Flashback?"

„Ein Flashback? Weswegen?"

„Dem Gefängnis?"

„Nein." Lydia schüttelte den Kopf. „Ehrlich, mir geht es gut."

„Du siehst aber nicht so aus", entgegnete Jason. „Ich mache dir Tee."

„Kaffee", sagte Lydia.

„Du brauchst Tee. Mit Zucker. Du siehst krank aus." Er blieb an der Schlafzimmertür stehen. „Liegt es an unserem Ausflug?"

Lydia begriff nicht sofort, worauf er anspielte. Es war so viel passiert, seit sie Jason in ihrem Körper transportiert und mit einem Geist die stillgelegten Tunnel der Londoner U-Bahn besucht hatte. Es war nervenaufreibend und eine körperliche Herausforderung gewesen, doch im Vergleich zu allem anderen harmlos. „Nein." Sie schüttelte den Kopf, um ihrer Antwort Nachdruck zu verleihen. Dann holte sie tief Luft, um Jason von Fleet zu erzählen, konnte die Worte jedoch nicht aussprechen. Noch nicht.

Später, nach zwei Tassen ekelhaft süßen Tees, die sie nur getrunken hatte, um Jason zu beruhigen, saß Lydia an ihrem Schreibtisch, vollständig angezogen und bereit für Ablenkung. Sie konnte den Gedanken an Fleet nicht ertragen und Jasons rührende Fürsorge schien die Erinnerung an ihre Gefangenschaft in der Zelle stetig heraufzubeschwören. Lydias bewährte Methode, um mit jeder Art von emotionaler Aufregung umzugehen, war es, sich mit voller Aufmerksamkeit in etwas anderes zu stürzen. In der Vergangenheit hatte dies zu einer Affäre mit Paul Fox und einer sehr kurzen Karriere als Tierpflegerin geführt. Jetzt bedeutete es nur eines: Arbeit. Sie rief ihre Fallliste auf und überflog die Notizen. Sie würde Gerechtigkeit walten lassen, Wahrheiten herausfinden und Rätsel knacken. Wenn sie sich auf ihre Fälle stürzte, würde sie sich vielleicht wieder normal fühlen.

Ihre Akten waren wenig ermutigend. Sie enthielten kaum Rätsel, sondern vielmehr eine deprimierende Liste an

Untreue, ehelicher Geheimniskrämerei und Hintergrundüberprüfungen von potenziellen Mitarbeitern. Diese Fälle waren die schlimmsten von allen, denn sie bedeuteten ein oder zwei Stunden langweilige Recherche im Internet und in Datenbanken.

In diesem Moment kam Jason mit einer Tasse aus der Küche herein. „Keinen Tee mehr", bat Lydia so freundlich, wie es ihr möglich war. „Ehrlich, mir geht es gut."

„Das ist Kaffee", entgegnete Jason und stellte ihn auf den Tisch. „Bist du sicher, dass du nichts brauchst?"

„Wenn du so fragst." Lydia war ein Gedanke gekommen. „Wie kommst du mit deinem Laptop zurecht?"

Jason strahlte. „Großartig. Ich liebe ihn."

„Was hältst du davon, ein paar Fälle zu übernehmen? Nur die mit Hintergrundrecherchen. Das ist reine Computerarbeit und es ist kein Problem, dass du das Haus nicht verlassen kannst."

„Du würdest mir das anvertrauen?" Jasons Augen leuchteten. Lydia bekam ein schlechtes Gewissen, weil sie ihn aus egoistischen Gründen darum bat. Er sah jedoch aus, als würde sie ihm damit ein Geschenk machen.

„Es ist superlangweilig", warnte sie ihn. „Reine Routine. Ich gebe dir die Fälle ab, weil ich sie nicht mag. Du musst das nicht machen."

Jason winkte ab. „Gib sie mir. Und die Login-Daten für die Datenbanken. Die Standardüberprüfungen? Strafregister, Finanzen und Führerscheindaten? Bestätigung der Identität?"

Lydia blinzelte. „Du hast wirklich gut aufgepasst."

Jason grinste. „Natürlich, Boss."

LYDIA HATTE einen Bewegungsalarm in ihrer Wohnung installiert. Er war unter dem Teppich im Treppenhaus versteckt, damit sie gewarnt wurde, wenn sich jemand der

Tür näherte. Jetzt fragte sie sich, ob sie ihr Geld zurückverlangen sollte, denn jemand klopfte an die Glastür von Crow Investigations, ohne dass der Alarm ausgelöst worden war.

Noch bevor sie die Tür öffnete, wusste sie, dass es der Mann war, der sie aus dem Gefängnis geholt hatte. Der Mann mit der seltsamen, nicht identifizierbaren Kraft, die bei Lydia ein unbehagliches Gefühl auslöste.

„Heute kein Paket?" Eine Anspielung auf seine Tarnung als Kurier. In seiner Branche nannte man das wahrscheinlich *Deep Cover*.

„Können wir reden?"

Lydia trat zur Seite und bedeutete ihm, einzutreten. Die Wirkung seiner Kraft war wie immer destabilisierend, aber mittlerweile war sie darauf vorbereitet. Außerdem wurde er ihr langsam vertraut. Sie konnte einzelne Sinneseindrücke voneinander unterscheiden: das Peitschen des Segels im Wind, das Rauschen der Wellen und das Glitzern von Gold. Es war ein Schiff, das wurde ihr klar. Wahrscheinlich war ihr deshalb bei den ersten Begegnungen mit ihm so schlecht geworden. Er machte sie seekrank.

„Sie sollten nicht hier sein", sagte Lydia. „Wenn meine Familie Sie sieht ..."

„Werde ich sagen, dass ich etwas ausliefere", entgegnete er. „Aber ich verstehe, was Sie meinen. Ich verfüge über ein Safe House."

„Selbstverständlich." Lydia versuchte, unbeeindruckt zu wirken.

„Das gehört zum Job."

„Und welcher wäre das genau?"

Er lächelte. „Ich halte regelmäßige Treffen für am besten. Gleiche Zeit, gleicher Ort. Wenn Sie nicht auftauchen, weiß ich, dass etwas passiert ist."

„Was, wenn ich einfach nur beschäftigt bin?"

„Das werden Sie nicht sein." Sein Tonfall war eindeutig.

„Und wie soll ich Sie ansprechen?" Auf dem Polizeirevier

hatte er sich geweigert, ihr seinen Namen zu nennen. Er hatte behauptet, dass er ihr ohnehin nicht die Wahrheit sagen könne und er sie nicht anlügen wolle. Alles sehr geheimnisvoll, aber eher unpraktisch.

„Ihre Entscheidung", sagte er.

„Das könnten Sie bereuen", antwortete Lydia. „Was halten Sie von Mr. Teddybär? Oder Mr. Schönling?"

Er ging nicht auf den Köder ein, sondern lächelte. „Sie finden mich attraktiv? Wie nett."

„Mr. Smith", sagte Lydia. „Das ist ein guter Deckname. Und für Vornamen kennen wir uns ohnehin nicht gut genug."

„Ich hoffe, das wird sich ändern", antwortete Smith.

Er nannte ihr eine Adresse in Vauxhall, unweit des Kennington Parks. Und des MI6-Hauptquartiers an der Vauxhall Bridge. „Also ganz in der Nähe Ihres Büros", sagte sie. „Wie praktisch. Oder sind Sie vom MI5?"

Er sah sie ausdruckslos an, aber das lernte man an der Spionageschule vermutlich am ersten Tag.

„Donnerstags um elf. Hier ist ein Schlüssel."

„Aber mal im Ernst: Was passiert, wenn ich es nicht schaffe? Soll ich Sie anrufen?"

„Kein Telefon. Halten Sie alle Termine ein."

„Aber mein Job!", entgegnete Lydia. „Womöglich stecke ich in einem Fall. Was, wenn ich mitten in einer Überwachung bin?"

„Das kriegen Sie schon hin", sagte er. „Sie sind eine sehr einfallsreiche Frau."

„Einmal pro Woche ist übertrieben", versuchte es Lydia mit einem anderen Ansatz. „Hier passiert nicht viel. Dann haben wir nichts zu besprechen." Er wollte Informationen über die Familien und sie hatte sich bereit erklärt, ihm welche zu geben, aber das bedeutete nicht, dass sie es ihm leicht machen würde.

„Ich bin sicher, wir finden ein Gesprächsthema", erwiderte er und Lydia hatte den Eindruck, dass Widerstand zwecklos war. Mr. Smith wollte, dass sie sich jeden Donnerstag mit ihm traf, und genau das würde geschehen. Zumindest so lange, bis Lydia einen Weg gefunden hatte, sich aus ihrer Verpflichtung ihm gegenüber zu befreien. Das Gute daran war, dass sie genauso neugierig auf ihn und seine Motive war wie er auf sie und ihre Familie. Ein Teil von ihr - der Teil, der sie immer in Schwierigkeiten brachte - sah darin eine Chance.

„Organisieren Sie Kaffee und Kuchen."

NACHDEM MR. SMITH GEGANGEN WAR, schenkte sich Lydia ein großes Glas Whisky ein, denn sie fand, dass sie ihn sich nach dieser Unterhaltung verdient hatte. Ihre Nerven lagen blank und sie sah sich außer Stande, die Unordnung auf ihrem Schreibtisch aufzuräumen, geschweige denn, sich um ihre Akten oder die Buchhaltung zu kümmern. Zum Glück hatte sie die Hintergrundüberprüfungen abgeben können, aber sie hatte immer noch ein Geschäft zu führen.

Als wolle er seinen Wert beweisen, piepte Lydias Bewegungsmelder und einen Moment später waren Schritte auf dem Treppenabsatz zu hören. Von ihrem Schreibtisch aus hatte Lydia freie Sicht auf die Eingangstür mit dem Schriftzug *Crow Investigations* und eine große Gestalt erschien vor der Milchglasscheibe.

Sie öffnete die Tür und sah einen jungen Crow vor sich stehen. Aiden war einer von Lydias zahlreichen Cousins. Oder ein Großcousin? Sie hatte nie den Überblick über ihren großen Verwandtenkreis behalten, aber ab sofort würde sie sich wohl Mühe geben müssen. Er sah älter aus, als sie ihn in Erinnerung hatte, mit einem struppigen Bart und wachsamen Augen. Er lehnte den angebotenen Whisky ab und nahm auf dem Sessel für Klienten Platz, nicht auf

dem Sofa, was darauf hindeutete, dass dies kein freund-
schaftlicher Besuch war.

Lydia setzte sich ihm gegenüber und faltete ihre Hände.
„Was kann ich für dich tun?"

Aiden saß aufrecht an der Sesselkante. „Ich will wissen,
was du der Polizei erzählt hast."

„Wie bitte?"

„Du wurdest verhaftet. Und dann freigelassen." Aiden
hielt inne und ließ es so wirken, als hätte er eine Frage
gestellt.

„Ja?", fragte Lydia. „Was willst du damit sagen?"

„Was ist passiert? Die Polizei lässt eine Sache doch nicht
so einfach fallen."

„Doch, wenn an ihr nichts dran ist", antwortete Lydia.
„Und ich habe der Polizei überhaupt nichts gesagt."

Aiden rutschte auf dem Sessel hin und her. „Die anderen
behaupten etwas anderes. Alle sind nervös."

„Das müssen sie nicht. Alles ist in Ordnung." Lydia
versuchte, sich die Beleidigung nicht anmerken zu lassen.
Das Schlimmste wäre in diesem Moment, die Spannung im
Raum weiter zu erhöhen. Sie musste die Wogen glätten. Die
Nette spielen. „Ich habe es euch bereits erklärt", fügte sie
betont ruhig hinzu.

„Ja, aber jeder weiß, dass du dich mit einem Polizisten
triffst. Du warst doch mit ihm zusammen. Wir haben ein
Recht darauf zu erfahren, was du ihm über die Familie
erzählt hast."

Bevor sie es selbst realisierte, war Lydia schon auf den
Beinen und bei ihm. Ihr Gesicht war nur noch wenige
Zentimeter von Aidens entfernt. Ganz ruhig fragte sie:
„Stellst du meine Loyalität gegenüber der Familie in Frage?
Denk gut nach, bevor du darauf antwortest."

Aiden schluckte. Seine Augen huschten umher, ohne
ihrem Blick zu begegnen. „Natürlich nicht."

Lydia wich ein Stück zurück. „Gut."

„Es ist nur ... Du musst doch ... Ich meine, du wirst doch verstehen, warum die Leute sich wundern. Crows werden nicht verhaftet. Das passiert einfach nicht."

„Das stimmt", sagte Lydia. „Die Polizei hat einen Fehler gemacht. Deshalb war ich auch so schnell wieder draußen."

„Aber ..."

„Aiden", sagte sie, lehnte sich gegen die Schreibtischkante und verschränkte die Arme. „Du hast zwei Möglichkeiten. Entweder du denkst, dass Lydia Crow, die Tochter von Henry Crow und Nichte seines Bruders Charlie, dem Oberhaupt der Familie, ein vertrauenswürdiges Familienmitglied ist, und flatterst sofort los, um allen genau das zu sagen. Oder ..." Lydia wartete einen Moment und beobachtete, wie Aiden ungemütlich umherrutschte. „Oder du machst dir eine Feindin."

Er schluckte erneut, sein Adamsapfel zitterte.

„Ich warte", Lydia holte ihre Münze hervor und warf sie gelangweilt in die Luft. Sie konnte sie langsam drehen lassen und bei Nicht-Familienmitgliedern reichte das aus, um ihrem Anliegen Nachdruck zu verleihen. Sie konnte jemanden dazu bringen, eine Frage wahrheitsgemäß zu beantworten oder ihrer Bitte nachzukommen. Sie wusste nicht, ob es sich dabei um Crow-Magie handelte oder der alte Ruf der Familie Eindruck machte. Womöglich war es eine Mischung aus beidem. Jedenfalls hatte sie es noch nie an einem Crow ausprobiert und war gespannt auf Aidens Reaktion.

„Ich wollte dich nicht beleidigen", sagte er nervös. „Ich gebe nur Bedenken weiter. Ich habe es den anderen versprochen. Und nichts anderes habe ich gemacht." Er brabbelte vor sich hin und die Nervosität zerstörte das Bild der jugendlichen Coolness, mit der er Lydias Büro betreten hatte.

„Überbringe die frohe Botschaft", sagte Lydia und lächelte ihre eigene Version von Charlies Haifischlächeln.

Sie hatte es vor dem Spiegel geübt und war ziemlich stolz darauf. „In der Familie ist alles in Ordnung. Ich arbeite eng mit Charlie zusammen, um unseren Erfolg zu sichern, und habe mich von meiner unrechtmäßigen Verhaftung vollständig erholt. Wir sind mit den anderen Familien im Reinen und es gibt keinen Grund zur Vergeltung."

„Das ist das nächste Problem", sagte Aiden und richtete sich auf. „Wir können das nicht so stehen lassen."

„Ich lasse gar nichts stehen", unterbrach ihn Lydia. „Aber das Letzte, was wir jetzt brauchen, ist ein Hitzkopf, der zur falschen Zeit auf die falsche Person losgeht. Sondern Feingefühl, Strategie, Verhandlungen." Sie zählte die Wörter an ihren Fingern ab. „Niemand darf irgendetwas gegen eine andere Familie unternehmen. Ich dachte, ich hätte das bereits klargestellt."

Aiden presste die Lippen zu einer dünnen Linie zusammen, nickte jedoch.

„Gut." Lydia lehnte sich in ihrem Stuhl zurück und neigte den Kopf, um zu signalisieren, dass das Meeting beendet war. Eine weitere Taktik, die sie sich von Charlie abgeschaut hatte.

Sie wartete, bis Aiden den Flur erreicht hatte, bevor sie hinzufügte: „Erzähle es ruhig weiter."

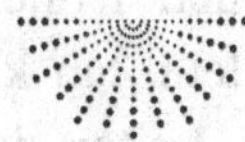

Es war ein kühler Morgen und Lydia trug Fleets Kapuzenpulli über ihrem Schlafanzug mit dem Einhornaufdruck. Der Pyjama war ein Geschenk ihrer Mutter gewesen und er war flauschig und warm, was in diesem Moment die Tatsache übertrumpfte, dass er ihrem Image schadete. Jason saß an ihrem Schreibtisch über seinen Laptop gebeugt und tippte auf der Tastatur herum. Er hatte sich auf die Hintergrundchecks gestürzt wie ein hungriger Wolf und über Nacht hatte er alle liegengebliebenen Fälle erledigt. Es war unglaublich. „Ich warne dich vor", sagte er, ohne den Blick vom Bildschirm abzuwenden. „Dein Onkel steht draußen."

„Draußen?" Lydia war gerade erst aufgewacht und ihre Synapsen arbeiteten noch langsam. „Hier draußen?"

Jason nickte mit dem Kopf in Richtung Dachterrasse.

„Wie lange schon?"

Jason zuckte mit den Schultern und vertiefte sich wieder in die Arbeit.

„Warte. Wie ist er reingekommen?" Lydia hatte ihren Alarm nicht gehört. Viel wichtiger war aber, wie war Charlie in die Wohnung und dann auf die Terrasse gekommen? Die Verbindungstür lag in Lydias Schlafzimmer. Sie ging den bisherigen Morgen durch und stellte fest, dass er hereingeschlendert sein musste, während sie unter der Dusche gestanden hatte. Das war gruselig.

„Jason!", sagte Lydia schärfer als beabsichtigt. Sie konnte jetzt den Geruch von Crow in der Luft schmecken und ärgerte sich, dass sie ihn nicht früher bemerkt hatte.

Er sah auf. „Tut mir leid. Ich kann nicht aufhören. Ich spreche gerade mit dem Leiter der Mathematikabteilung von Harvard über Codetheorie, er hat nur zwanzig Minuten Zeit bis zu seiner nächsten Vorlesung", sagte er stolz und ungläubig zugleich. Als hätte er im Lotto gewonnen. „Ich liebe das Internet!"

Jasons Gesicht glühte vor Aufregung und Lydias Freude darüber verdrängte für einen Moment ihre Verwirrung und Angst. Zumindest war sie noch fähig, etwas zu fühlen. Sie hob ihre Hände. „Ich lasse euch beide allein."

Das Internet sorgte für mehr Gleichberechtigung. Niemand wusste, welche Hautfarbe du hast oder ob du im Rollstuhl sitzt. Sie blickte auf den Geist, der vor sich hin tippte und dessen Gesicht durch das blaue Licht des Bildschirms erhellt wurde. Oder ob du überhaupt noch am Leben bist.

„Du bist buchstäblich ein Geist in der Maschine", sagte sie, doch Jason ignorierte sie verständlicherweise.

Nachdem sie sich eine Tasse Kaffee gekocht hatte - um ihre Hände zu wärmen und ihr etwas Zeit zu geben, sich zu sammeln -, trat sie auf die winzige Dachterrasse, wo ihr Onkel saß und rauchte. Auf dem kleinen Bistrotisch lag eine gefaltete Zeitung, daneben stand eine Espressotasse, die er wohl aus dem Café mit nach oben genommen hatte.

„Wie ich sehe, hast du es dir gemütlich gemacht", sagte Lydia. „Wie bist du hereingekommen?"

„Mir gehört das Haus", antwortete Charlie. Er trug einen knielangen schwarzen Mantel, der aussah, als sei er aus feiner Wolle, vielleicht sogar aus Kaschmir, und hatte sich einen grauen Schal um den Hals geschlungen. Er sah aus, als hätte er es sehr bequem, während Lydia das Gefühl hatte, die Kälte würde direkt durch ihre Kleidung dringen.

„Ich zahle Miete", sagte Lydia und setzte sich Charlie gegenüber. Das Metall an ihren Beinen war eiskalt und sie überschlug sie, um ihre Körperwärme zu nutzen. „Ich verstehe ja, dass du einen Schlüssel für Notfälle hast, aber du kannst nicht einfach reinkommen, wann immer dir danach ist."

„Nicht mehr." Charlie schlug seine Hände zusammen.

„Was?"

„Ich nehme keine Mietzahlungen mehr von dir an. Das ist vorbei."

Lydia hatte irgendwann angefangen, Miete zu bezahlen, damit sie nicht mehr für Charlie arbeiten musste. Aber jetzt hatte sie ihm gesagt, dass sie „dabei" war. Das war die Abmachung gewesen, damit er sie aus dem Gefängnis holte. Am Ende hatte Mr. Smith ihr ebenfalls einen Deal angeboten und sie hatte ihn angenommen. Die Angst, noch eine Sekunde länger eingesperrt zu sein, war überwältigend gewesen. Lydia schämte sich für ihre Gefühle und dafür, dass sie sie nicht kontrollieren konnte, doch daran konnte sie jetzt nichts mehr ändern. Außer dafür zu sorgen, dass sie niemals wieder in einen Käfig gesteckt wurde.

Lydia wollte etwas entgegnen, doch Charlie hielt eine Hand hoch. Er stand auf und griff nach der Lampe, die an der Wand befestigt war, fummelte einen Moment daran herum und setzte sich wieder.

Eine Sekunde verging, bevor Lydia verstand, was soeben passiert war. „Du hast hier draußen eine Kamera installiert?"

Er zuckte mit den Schultern. „Ich habe dir gesagt, dass ich dich beschützen werde."

„Und du hattest ein Auge auf mich."

Onkel Charlie nickte, völlig unbeeindruckt. „Natürlich."

Eilig ging Lydia die Gespräche durch, die sie jemals auf der Terrasse geführt hatte. Hier draußen hatte sie mit Jason gesprochen. Was hatte Charlie gesehen? Dass sie Selbstgespräche führte? „Hörst du auch zu?" Sie gab sich betont locker, auch wenn ihr Körper vor Wut zitterte.

Er schüttelte den Kopf. „Das wäre ein Eingriff in die Privatsphäre."

Lydia riss die Augen auf, um ihren Unglauben zu verdeutlichen.

„Ich lüge dich nicht an." Er breitete seine Hände aus. „Du fragst, ich antworte. Es ist nicht meine Schuld, wenn du die Frage noch nie gestellt hast."

„Ich nehme sie ab", sagte sie. „Wenn wir schon ehrlich sind."

Er zuckte mit den Schultern und Lydia fragte sich, wie viele Geräte er in der Wohnung versteckt hatte. „Ich frage dich jetzt! Hast du noch andere Kameras oder Wanzen in dieser Wohnung versteckt?"

„Nein." Er hielt ihrem Blick stand.

Sie würde den Laden auseinandernehmen. Lydia brauchte einen Moment, um sich zu beruhigen und sicherzustellen, dass ihre Stimme ihre Anspannung nicht preisgab. Mit einer gehörigen Willensanstrengung, die durch schiere Sturheit unterstützt wurde, klappte sie ihren Kiefer auf. Charlie wollte sie verunsichern, doch sie würde sein Spiel nicht mitspielen. „Was wolltest du eigentlich? Ich muss dich warnen, ich bin nicht gerade gut drauf."

„Das habe ich gehört", antwortete Charlie. „Das mit deinem Cop tut mir leid."

„Nein, tut es nicht." Sie wollte nicht fragen, woher er von der Sache mit Fleet wusste. Die Genugtuung gönnte sie ihm nicht.

„Nein", stimmte er zu. „Es ist besser so."

„Also, was kann ich an diesem schönen Tag für dich

tun?" Sie rieb sich die Hände und pustete auf ihre Finger. Zum einen, weil sie tatsächlich fror, und zum anderen, um Charlie zur Eile zu bewegen.

„Ich fand, wir sollten loslegen", sagte er. Er lehnte sich in seinem Stuhl zurück und wirkte völlig entspannt. „Jetzt, wo du in das Geschäft eingestiegen bist, sollte ich dich auf den neuesten Stand bringen. Ich sage ja nicht, dass du dich praktisch einbringen musst. Zumindest nicht sofort, aber es gibt allgemeine Hintergrundinformationen, die du wissen solltest, damit du ein Gefühl für das Unternehmen bekommst."

„Keine gute Idee", sagte Lydia.

„Wie kommst du darauf?"

„Du darfst mir keine geschäftlichen Details verraten."

Charlie legte den Kopf schief. „Was verschweigst du mir?"

„Genau das. Es ist zum Wohle der Familie, mich im Dunkeln zu lassen. Ich bin jetzt polizeibekannt. Es wäre dumm, mich in irgendetwas Kompromittierendes zu verwickeln. Zumindest für den Anfang."

„Ich weiß nicht, ob du dich an unser Gespräch erinnerst. Es war vor ein paar Tagen. Du warst im Gefängnis und ich habe zugestimmt, dich rauszuholen. Du hast mir gesagt, du wärst dabei. Das kommt mir nicht so vor. Sondern eher wie Ausweichen. Als würdest du dein Wort brechen."

Lydia wich zurück. Sie war außerhalb des Familienunternehmens aufgewachsen und vor dem meisten davon beschützt worden, aber jeder wusste, dass man sein Wort gegenüber Charlie Crow nicht brach. „Ich weiß, wie sich das anhört", sagte sie und ihre Haut kribbelte. „Ich habe nicht gelogen und ich werde mein Wort halten."

Charlie schwieg. Sein Wollmantel verdeckte die Tattoos auf seinen Unterarmen, doch Lydia konnte sich vorstellen, wie sie sich vor Unmut krümmten. „Erklär es mir", sagte er leise.

„Ich bin dabei", antwortete sie. „Aber das bedeutet, dass

du mir zuhören und mir vertrauen musst, wenn ich dir sage, dass das im besten Interesse der Familie ist."

„Ich brauche ein bisschen mehr als das", sagte Charlie.

Lydia schüttelte den Kopf. „Nicht jetzt. Aber ich würde nie etwas tun, was dir oder der Familie schadet. Ich versuche, euch zu beschützen."

„Hat das mit deinem Cop zu tun?", fragte er nach einem langen Moment des Schweigens.

„Nein", antwortete Lydia. Dass Mr. Smith sie in der Tasche hatte, hatte nichts mit Fleet zu tun.

Er nickte. „Also dann."

„Es ist alles in Ordnung zwischen uns?"

„Für den Moment", sagte Charlie. Dann lächelte er.

Das war nicht gerade beruhigend.

CHARLIE HATTE SICH GEWEIGERT, ihr seinen Schlüssel für die Wohnung zu geben, und wollte ihr nicht verraten, wie er überhaupt daran gekommen war, obwohl sie das Schloss nach dem Einbau der neuen Tür hatte tauschen lassen. Auch nicht, wie er es geschafft hatte, unbemerkt durch ihre Wohnung auf ihre Dachterrasse zu gelangen. Stattdessen hatte er nur rätselhaft gelächelt und gesagt: „Du hast deine Geheimnisse, also behalte ich meine für mich." Daraufhin durchsuchte Lydia ihr Schlafzimmer nach Kameras und legte ihre übliche Arbeitskleidung an: Jeans, schwarzes Trägertop und ein lockeres T-Shirt. Dann zog sie noch einen grauen Pulli darüber an und vergewisserte sich, dass die Heizkörper eingeschaltet waren, bevor sie sich an ihren Schreibtisch setzte und versuchte, sich auf all das einen Reim zu machen.

Jason hatte sich auf das Sofa verzogen und chattete mit seinen neuen Mathefreunden, als hätte er nie etwas anderes getan. Das Geräusch seiner Tastatur unterstrich ihre eigene Untätigkeit. Lydia stand auf und durchsuchte weiter die

Wohnung nach Kameras und Wanzen. Sie war so gründlich wie möglich und überprüfte ihre eigene Kamera, die sie an den Außentüren im Erdgeschoss installiert hatte.

Nach dieser Aktivität hatte sie immerhin den Großteil der Wut abgebaut, die Charlies Besuch ausgelöst hatte. Endlich fühlte sich Lydia bereit, sich zu konzentrieren. Sie klickte auf ihre Fallliste und wurde sofort von einem Anruf aus dem Konzept gebracht.

„Ich muss dich morgen treffen."

Lydia hatte nicht vorgehabt, Paul Fox' Anruf anzunehmen, doch die Neugier hatte gesiegt. In der Mär vom Fuchs und der Krähe war es der Stolz, nicht die Neugier, die der Krähe zum Verhängnis wurde. Aber beide Laster erfüllten zweifelsohne ihren Zweck. Sie musste wachsam bleiben. Sie hatte gedacht, dass er auf ihrer Seite war, dass sie zusammenarbeiteten und er es wirklich ernst meinte, wenn er sagte, dass er ihr nichts Böses wollte. Das war vorbei. Die Wut und der Schmerz meldeten sich im selben Moment wie der Geschmack von Fell in ihrer Kehle.

„Das glaube ich nicht", entgegnete Lydia.

„Ich habe dir etwas Wichtiges zu sagen. Von Angesicht zu Angesicht."

„Was immer es ist, du kannst es mir jetzt sagen. Ich lege in einer Minute auf, also solltest du dich besser beeilen."

Ein Seufzen. „Bitte, Vögelchen."

Paul Fox bittet um etwas? Es geschahen noch Wunder. Sie öffnete den Mund, um ihm zu sagen, er solle sich zurück in seinen Bau schleichen und dort verrecken, als ihr ein anderer Gedanke kam. Am Donnerstag hatte sie ihr erstes Treffen mit Mr. Smith. Sie hatte zwar nicht vor, dem Spion etwas Wichtiges zu erzählen, doch ihre oberste Priorität galt dem Schutz der Crows. Sollte er sie wirklich unter Druck setzen, könnten ein paar Informationen über die Fox' nützlich sein. Sie wollte keine Verräterin sein, aber sie würde tun, was nötig war, um ihre Familie zu schützen. „Gut", sagte sie. „Aber ich werde den Fluss nicht für dich überqueren. Du musst herüberkommen.“

„Nicht Camberwell“, entgegnete Paul. „Neutraler Boden. Wie wäre es mit Potters Fields?“

Der Park lag direkt an der Themse, mit Blick auf die London Bridge. Technisch gesehen lag das etwas näher an Whitechapel, doch Paul würde derjenige sein, der den Fluss überquerte, also hatte Lydia das Gefühl, dass es sich ausglich. Sie fragte sich, ob Onkel Charlie die ganze Zeit so dachte und ob er es jemals satthatte. „Okay“, sagte sie. „Aber mach es kurz. Ich bin beschäftigt.“

„Dann morgen Nachmittag. Ich schicke dir eine Nachricht, ich bin mir nicht sicher, wann ich ...“

„Ich schicke dir eine Uhrzeit“, korrigierte Lydia ihn. „Sei pünktlich.“

KAPITEL VIER

Lydia war früh zu Bett gegangen, hatte dort eine frische Flasche Whisky geleert und die süße Ruhe genossen, die sie ihr bot. Sie wusste, dass sie die Trennung von Fleet nicht gut verarbeitete, aber sie hatte keine Ahnung, wie das überhaupt gehen sollte. Sie schleppte sich rechtzeitig aus dem Bett, um zu duschen und zwei Tassen Kaffee zu trinken, bevor es an der Zeit war, zu ihrer Verabredung mit Paul Fox aufzubrechen.

Der Himmel war klar und blau, aber es lag ein eisiger Wind in der Luft. Der Herbst war vorbei und der Winter hatte Einzug gehalten, also fügte Lydia ihrem Ensemble aus Lederjacke, Jeans und Dr. Martens einen Wollschal hinzu und stopfte eine Mütze in ihre Tasche. Sie ließ die Handtasche zu Hause, denn sie wollte keine Hindernisse bei sich haben, wenn sie im Notfall rennen musste.

„Das gefällt mir nicht", sagte Jason. Er saß vor seinem Computer und soweit Lydia wusste, hatte er sich die ganze Nacht nicht von der Stelle bewegt. Können Geister am RSI-Syndrom leiden? Lydia fügte die Frage der langen Liste an Dingen hinzu, auf die sie keine Antwort hatte.

„Es wird schon gut gehen", sagte sie. Sie hatten dieses

Gespräch bereits mehrmals geführt und Jason hatte für Lydias Geschmack zu oft recht behalten.

Jasons Aufmerksamkeit wurde bereits wieder auf seinen Bildschirm gelenkt. „Störe ich bei etwas Wichtigem?", fragte sie mit einem Unterton.

„Tut mir leid", sagte er und sah auf. „Ich habe die Checks erledigt, um die du mich gebeten hast. Alle Infos sind auf dem gemeinsamen Laufwerk abgespeichert."

„Wir haben ein gemeinsames Laufwerk?"

„Jetzt schon", antwortete Jason. „Und einen Passwort-Manager. Deine waren nicht sicher genug."

„Woher kennst du meine Passwörter?", fragte Lydia.

Jason zog eine Augenbraue hoch. „Also bitte. Wie auch immer, ich habe ein paar Dinge geübt. Wege, um an Orte zu gelangen, die wir normalerweise nicht betreten dürfen. Datenbanken. Personalakten. Konten."

„Das klingt nützlich", sagte Lydia. „Und illegal."

„Ein bisschen", antwortete Jason. „Aber wenn wir mehr über JRB herausfinden wollen, brauchen wir ein paar Tricks. SkullFace310 hat mir von Rootkits erzählt, das ist krank."

„Was wäre das? Und wer ist SkullFace? Das klingt nach keinem guten Umgang für dich", sagte Lydia und bemerkte, dass sie wie die Mutter von jemandem klang. Jason war ein erwachsener Mann. Geist. Wie auch immer. Und er hatte sich das Hacken von Computern in der Zeit beigebracht, in der die meisten Menschen gerade einmal einen Serienbrief hinbekamen. Außerdem hatte sie das ganze Jahr über erfolglos gegen die zwielichtige Organisation JRB ermittelt. „Sehr gut", sagte sie. „Mach weiter."

Jason strahlte und wandte sich wieder dem Bildschirm zu.

*   *   *

Es war mitten am Nachmittag, als Lydia Potters Fields erreichte. Zu spät für die Menschenmassen zur Mittagszeit und zu früh für den Ansturm nach Feierabend. Der kühle Morgen hatte sich erwärmt und war einem hellen Wintertag gewichen. Ein paar unerschrockene Mütter gingen mit ihrem Nachwuchs spazieren und unterhielten sich bei einem Kaffee to go, während ihre Kinder kreischend zwischen den Staudenrabatten hin und her liefen. Es war ein unangenehmes Geräusch und Lydia konnte sich nur vorstellen, wie viel schlimmer es in einem engen Raum wie einer Wohnung oder einem Café klingen würde. Es war ihr ein Rätsel, wie die Menschen es schafften, Eltern zu sein, ohne den Verstand zu verlieren. Vielleicht war es ein Schalter, der umgelegt wurde. Ein Schalter, der das Gehör herunter- und die Toleranz hochschraubte. Allerdings hatte sie genug schreckliche Eltern erlebt, um zu glauben, dass der Schalter in vielen Fällen defekt sein musste.

Die Tower Bridge wirkte vor dem blauen Himmel besonders eindrucksvoll und Lydia atmete ein paar Mal tief durch. Londoner Luft, Tageslicht und ein schöner Park, auf den sie blicken konnte, während sie wartete. Sie schmeckte immer noch die Panik, die sie in der Zelle verspürt hatte. Das Gefühl, gefangen und des freien Willens beraubt worden zu sein. Der weite Himmel war einladend und sie fühlte sich, als könnte sie sich in ihn erheben. Das Blau, das sich rundherum erstreckte, war voller Möglichkeiten.

Das Einzige, was ihr den Nachmittag verderben konnte, betrat in diesem Moment den Park über den Eingang an der Themse. Paul Fox sah zumindest erfreulich müde aus. Seinen Mund zierten Stressfalten und unter seinen Augen lagen Schatten. Lydia hatte auf einer Bank gesessen und war aufgestanden, bevor er sie entdeckte. Sie wollte bereit sein. Bereit zur Flucht. Ihre Hand glitt in die Jackentasche und schloss sich um ihre Münze. Sie hielt sie fest umklammert und spürte, wie sich ihre Wirbelsäule aufrichtete.

„Vögelchen." Paul freute sich, sie zu sehen, seine Erleichterung wirkte echt. Aber sie traute ihm nicht. Nicht mehr. Es war so dumm von ihr gewesen, das zu tun. Die hochsteigende Galle brannte in ihrer Kehle.

Sie hob ihr Kinn. „Sag, was du zu sagen hast."

„Können wir ein wenig laufen?", fragte Paul. „Ich war die letzten vierundzwanzig Stunden unterwegs und muss mich bewegen."

Lydia antwortete nicht, aber sie spazierten im Gleichschritt den Weg entlang, der an einer Gruppe Silberbirken vorbeiführte, deren schlanke weiße Stämme in Kontrast zu einem lila Bodendecker standen, den Lydia nicht benennen konnte, und weiter zu der eher formalen Bepflanzung mit niedrigen Buchsbaumhecken und einer herbstlichen Rot- und Orangenfärbung, die selbst zu dieser späten Jahreszeit noch anhielt. Globale Erwärmung oder nur das seltsame Klima der Stadt?

„Es hat sich etwas geändert", sagte Paul. „Ich weiß, dass du mir nicht vertraust und nichts von dem glauben wirst, was ich dir sage, aber ich wollte, dass du es von mir erfährst."

„Wir sind fertig miteinander", antwortete Lydia. „Du schuldest mir nichts und ich will mit dir oder deinen Geschwistern nichts mehr zu tun haben."

„Ich verstehe." Paul blinzelte in den Himmel. „Aber wir bekommen nicht immer, was wir wollen, und es heißt, dass du das neue Oberhaupt der Crows bist."

„Nein", entgegnete Lydia. „Das ist eine Übertreibung."

„Du spielst eine wichtige Rolle", sagte Paul. „Du bist die Tochter von Henry Crow."

Lydia ignorierte die Bemerkung. Sie wusste nicht, was sie sagen konnte, ohne dass es wie ein Protest klang.

„Du weißt, dass wir keinen Anführer haben?", fuhr Paul fort.

„Das behauptest du. Aber dein Vater ..."

„Ich bin der Neue."

Lydia blieb stehen. Paul machte ein paar Schritte, bevor er es merkte, dann hielt auch er an und drehte sich zu ihr um.

„Was meinst du damit?" Lydias Brust schnürte sich so eng zu, dass sie kaum Luft holen konnte.

„Ich habe dir gesagt, dass ich herausfinden werde, wer dafür verantwortlich ist, was dir passiert ist. Ich habe dir gesagt, dass ich denjenigen dafür bezahlen lassen werde."

„Ich verstehe das nicht."

„Mein Vater", sagte Paul. „Er hat der Familie erzählt, dass du auf meinen Wunsch hin vor Maria Silver beschützt werden sollst, aber dass eine kleine Schlägerei eine gute Idee wäre. Um endgültig zu beweisen, dass wir keine Verbündeten sind."

Die „kleine Schlägerei" war eine gehörige Portion Prügel gewesen, die ihr am helllichten Tag verabreicht worden war, nachdem Maria Silver versucht hatte, Lydia zu entführen. Es war zwar das geringere Übel gewesen, aber trotzdem erschreckend und schmerzhaft. Noch schlimmer war allerdings der Gedanke, dass Paul tatsächlich versucht hatte, ihr einen Mord anzuhängen.

Als hätte er ihre Gedanken gelesen, fuhr Paul fort. „Und dann ist da noch die andere Sache. Ich hatte ein offenes Gespräch mit ihm und er erklärte mir, dass die Gelegenheit, dir Martys Tod anzuhängen, einfach zu gut gewesen war, um sie sich entgehen zu lassen."

Lydia schüttelte den Kopf. „Du hast mich reingelegt."

Paul schloss die Augen. Als er sie wieder öffnete und sie ansah, spürte Lydia einen Stromschlag von ihrer Kopfhaut bis zu den Zehen. „Das habe ich nicht."

Lydia ging weiter, sie brauchte die Bewegung.

„Dieser Park hat einen schlechten Ruf", sagte Paul nach einem Moment in Plauderton.

Lydia warf ihm einen Seitenblick zu. Sie verdaute immer

noch die Information, dass Paul das Oberhaupt der Fox-Familie war, und ihr ging durch den Kopf, was zwischen ihm und seinem Vater vorgefallen sein musste, damit es so weit hatte kommen können. Wo war Tristan? Er würde es nicht einfach so hinnehmen. Plötzlich fürchtete sie um Pauls Sicherheit, was sie sehr ärgerte.

„Für die meisten Menschen ist *potter's field* der Ausdruck für einen Armenfriedhof, doch in diesem Fall bezieht sich der Name tatsächlich auf die Töpfer, die früher in der Gegend gearbeitet haben. Aber weißt du, warum es normalerweise Armenfriedhof bedeutet?"

„Ich habe das Gefühl, dass du es mir gleich sagen wirst."

„Es kommt aus dem Aramäischen und bedeutet ‚Feld des Blutes'." Paul zog eine Augenbraue nach oben. „Ich glaube, deshalb mögen die Leute den Namen nicht. Aber eigentlich ist die Geschichte des Ortes harmlos. Die Handwerker haben hier Schalen und Tassen hergestellt. Ein klassischer Fall von Fehlinterpretation."

„Ich glaube, die Leute denken nicht über den Namen nach und wenn doch, haben sie keine Ahnung vom Aramäischen."

Paul schnalzte mit der Zunge. „Unterschätze nicht den menschlichen Instinkt. In diesem Moment stellen sich zum Beispiel deine Nackenhaare auf. Das liegt daran, dass ich ein Fox bin. Ich bin keine Bedrohung für dich, aber dein Instinkt warnt dich trotzdem."

„Willst du mir sagen, dass ich dir vertrauen kann, oder willst du mich daran erinnern, dass ich es nicht sollte?", fragte sie. „Du musst an deinen Argumenten arbeiten."

Paul verließ den Hauptweg und ging zu einer Reihe von Linden, die ihn vor den Gebäuden und Ober Straße schütz-ten. Lydia folgte ihm und wollte hören, was er zu sagen hatte, trotz der Warnung, die ihr Körper ihr sendete.

„Ich versuche nichts anderes, als dein Freund zu sein", sagte Paul, lehnte sich mit dem Rücken an einen der Baumstämme und sah zu Lydia. Das Licht, das durch die Blätter fiel, zeichnete schillernde Muster auf sein Gesicht. „Ich bin so ehrlich, wie ich kann, und vertraue darauf, dass du den richtigen Weg erkennen wirst. Du bist klug, Vögelchen, ich weiß, dass du es herausfinden wirst. Nur weil etwas einen schlechten Ruf hat, heißt das nicht, dass es ihn auch verdient."

Lydia neigte ihren Kopf. „Wo ist Tristan?"

„In Japan."

„Im Ernst jetzt, wo ist dein Vater? Du behauptest, er wollte mich reinlegen, als sich die Gelegenheit bot. War es nur seine Idee oder kam der Vorschlag von jemand anderem?" Lydia glaubte nicht, dass es Paul gewesen war, aber es könnte eine der anderen Familien oder der ganze Fox-Clan gewesen sein. Sie musste wissen, womit sie es zu tun hatte und aus welcher Richtung der nächste Angriff zu erwarten war.

„Mein Vater ist in Tokio. Zumindest habe ich ihn dort zuletzt gesehen. Er könnte inzwischen auf dem Land sein oder in einer der anderen Städte, vielleicht in Nagoya oder Kioto."

„Spricht er überhaupt Japanisch?"

„Das habe ich vergessen zu fragen. Er wird es schon schaffen. Das tun Fox immer."

„Ich verstehe nicht, was du mir da erzählst."

„Mein Vater hat dich in Gefahr gebracht. Seine Beteiligung an diesem Gewaltakt und der falschen Anschuldigung gegen dich war gegen meinen Willen. Er wusste das. Ich habe ihm gesagt, dass ich keine Aggression gegen dich dulden werde, und ich bin ein Mann, der zu seinem Wort steht." Ein schiefes Lächeln blitzte auf. „Auch wenn du mir das nicht glaubst."

„Ich verstehe das mit Japan immer noch nicht. Du hast ihn gezwungen, zu verreisen?"

Das Lächeln verschwand und Paul sah plötzlich sehr

gefährlich aus. Lydia wollte einen Schritt zurücktreten, aber sie zwang sich, sich nicht zu bewegen. Mit zunehmender Übung fiel es ihr immer leichter, ihre Angst durch Tapferkeit zu überwinden. Vielleicht würde sie die Angst irgendwann ganz ablegen und wie Onkel Charlie werden. Oder wie ihr Vater.

„Ich habe ihn verbannt. Tristan Fox wird für den Rest seines irdischen Lebens keinen Fuß mehr nach London setzen."

„Verbannt?"

Paul lächelte schwach. „Ich habe ihn vor die Wahl gestellt. Entweder er verlässt das Land oder er stirbt. Er hat eine kluge Entscheidung getroffen."

Das ließ Lydia innehalten. „Du hast gedroht, deinen eigenen Vater zu töten?"

„Ich war mir ziemlich sicher, dass er die Reiseoption wählt, aber ja."

„Er hat dir also geglaubt?"

„Ich drohe niemandem, wenn ich es nicht ernst meine. Er kennt mich gut genug."

Lydia hatte immer noch Mühe, das zu verarbeiten. „Du hast Tristan Fox bedroht? Und er war so verängstigt, dass er London verlassen hat?"

„Ja."

Sie hatte immer gewusst, dass Paul ein mächtiges Mitglied der Fox' war. Er war nach Tristan der Nächste in der Reihe, der die Führung übernehmen sollte, trotz all seiner Beteuerungen, dass sie keine Hierarchie hätten und anders organisiert seien wie die anderen Familien. Trotzdem. Das war überwältigend. „Warum hast du das getan?"

„Du weißt warum, Vögelchen."

„Ich weiß nicht, was ich sagen soll."

„Nur, dass du mir vertraust."

„Das kann ich nicht. Es tut mir leid. Ich weiß, dass das eine große Geste ist."

Paul lachte, es klang rau. „Ich würde es nicht als Geste bezeichnen. Ich würde es einen Grenzstein nennen. Eine Markierung. Eine Linie. Tristans Weg ist zu Ende. Ich bin jetzt das Oberhaupt der Familie, und dir wird kein Leid geschehen."

„Ich dachte, ihr hättet keinen Anführer?"

„Die Dinge ändern sich", sagte Paul.

„Da hast du recht", antwortete Lydia. Sie atmete tief ein und aus. Paul stand ganz nah bei ihr und Lydia konnte den Geruch von Fox schmecken und die Anziehung spüren. Trotz allem hatte er immer noch eine beunruhigende Wirkung auf ihre animalischen Instinkte. „Du hast ihn also nach Japan geschickt?"

„Ich habe ihn nach Tokio gebracht", korrigiert Paul. „Zwölf Stunden Flug hin und zurück. Ich bin gerade zurückgekommen."

Lydia runzelte die Stirn, aber bevor sie die Frage stellen konnte, beantwortete Paul sie. „Du fragst dich, warum ich in das Flugzeug gestiegen bin? Du kannst jemanden nicht einfach fortschicken, wenn du ihn verbannst. Du musst ihn irgendwo verwurzeln. Ihm ein neues Territorium geben. Sonst ist es sein Todesurteil."

Lydia konnte nicht erkennen, ob Paul es metaphorisch oder wörtlich meinte. Das war eines der vielen Probleme mit den Familien. Mythen und Übertreibungen waren Teil der Sprache, sodass es schwierig war, zu unterscheiden, was Realität und was eine Legende aus alten Zeiten war.

„Er kann sich innerhalb Japans frei bewegen, wo immer er will, auch wenn Tokio sein neues Zuhause ist. Er kann auch überall hinreisen. Nur nicht auf diese Insel."

„Großbritannien?"

Paul nickte. „Genau. Du musst nie wieder Angst vor meinem Vater haben."

Instinktiv wollte Lydia entgegnen, dass sie ihn nie gefürchtet hatte. Aber Pauls Enthüllungen verdienten

Respekt und das bedeutete, ihm nicht ins Gesicht zu lügen. Stattdessen nickte sie. „Das ist ... Ich weiß nicht, was ich sagen soll."

„Sag einfach, dass du ein Bündnis zwischen unseren Familien in Betracht ziehen wirst."

„Ich habe dir gesagt, dass ich nicht das Oberhaupt der Crows bin."

„Trotzdem." Er zuckte mit den Schultern. „Du bist die Person, von der ich es hören will."

„Dann ja", sagte Lydia. „Ich werde darüber nachdenken."

KAPITEL FÜNF

Lydias Festnetztelefon klingelte, als sie unter der Dusche stand. Es war 8:45 Uhr, was ein bisschen früh für einen Kunden war. Diese riefen oft um Punkt 9:00 Uhr an, die Zeit, von der allgemein angenommen wurde, dass der Arbeitstag begann. Sie konnte sich vorstellen, wie die Anrufer warteten und die Sekunden verstreichen ließen, vor ihrem geistigen Auge sahen, wie sie ihr Büro betrat oder wie die Empfangsdame ein Headset aufsetzte. Wenn sie diesen Moment erreicht dachten, riefen die Leute sofort an. Lydia verstand sie. Die Entscheidung, eine Privatdetektivin zu kontaktieren, war schwer und wurde meist aus Verzweiflung getroffen. Wer diesen Schritt machte, wollte es schnell hinter sich bringen.

Der Anrufer hatte keine Nachricht hinterlassen, was ebenfalls nicht ungewöhnlich war. Als dieselbe Nummer eine halbe Stunde später erneut anrief, wurde es definitiv kein gewöhnliches Gespräch.

„Ich muss mit Lydia Crow sprechen."

„Am Apparat", sagte sie, öffnete ein neues Notizbuch und nahm einen Stift zur Hand.

„Sie sind Detektivin?"

„Staatlich geprüfte Privatermittlerin", sagte Lydia. „Ich biete vertraulichen Service und die Erstberatung ist kostenlos."

„Aber Sie sind eine Crow? Oder ist das nur ein Geschäftsname? Crow Investigations. Ich habe Sie überprüft, aber ich war mir nicht sicher."

Die Stimme in der Leitung klang tief und rau. Außerdem sprach der Mann leise, was es noch schwieriger machte, ihn zu verstehen. Lydia drückte das Telefon fester an ihr Ohr und hielt sich das andere zu. „Was? Entschuldigung, könnten Sie das wiederholen?"

„Mein Name ist nicht mein Name. Aber ich kann mich nicht an meinen richtigen erinnern. Ich möchte meiner Mum und meinem Dad sagen, dass ich hier bin, aber ich kann es nicht. Nichts ist richtig. Alles ist anders, es riecht falsch. Nein, es ist nicht der Geruch. Nicht genau das. Aber es ist nicht richtig." Die Stimme wurde noch leiser. „Sie könnten Betrüger sein. Ich bin nicht sicher, ob sie echt sind."

„Wer sind Betrüger?"

„Alle. Es ist einfach nicht ... Es kommt mir falsch vor. Ich kann es nicht erklären. Ich brauche Hilfe, um die Dinge zu klären. Ich möchte nach Hause."

Eine Stimme aus dem Hintergrund unterbrach ihn und ein dumpfes Geräusch ertönte. Dann hörte Lydia den Mann sagen: „Ich habe gefragt, ob ich darf, und es war okay."

Einen Moment später war die Stimme zurück. „Mein Name ist Ash. Es ist nicht mein richtiger, aber der, den sie mir gegeben haben. Das reicht fürs Erste. Sie können ihn herausfinden, Sie müssen mir helfen."

„Es tut mir leid", sagte Lydia. „Ich verstehe nicht, wobei Sie Hilfe benötigen. Können Sie ..."

„Sie können mich unter dieser Nummer erreichen oder nach Station 15 im Maudsley Hospital fragen."

„Sie sind im Krankenhaus?"

„Nur vorübergehend. Deshalb brauche ich Ihre Hilfe. Ich

schaffe das nicht allein. Wir dürfen die Computer im Zimmer benutzen und ich habe Ihre Nummer aus dem Internet. Ich habe Sie auf yell.com gefunden, das war mal ein gelbes Buch, man hat mir erklärt, dass man das nicht mehr benutzt. Ich mochte die dünnen Seiten, sie fühlten sich gut an, wenn man sie durchblätterte. Als ob man wirklich etwas zu tun hätte. Erinnern Sie sich an das gelbe Buch oder habe ich mir das ausgedacht?" Plötzlich wurde seine ansonsten ruhige Stimme aufgeregt. „Die Leute sind zwar nett, aber ich kann nicht sagen, ob sie echt sind. Vielleicht sind die Krankenschwestern und Ärzte nicht echt. Vielleicht sind sie auch nur verkleidet."

Lydia wusste nicht, was sie darauf antworten sollte. Sie entschied sich für eine Frage. „Von wem sprechen Sie? Haben Sie vor jemandem Angst?"

„Das verstößt gegen die Regeln, aber darum geht es nicht. Ich glaube, ich bin wieder da, aber nichts scheint zu stimmen. Vielleicht bin ich gar nicht zurück."

„Es tut mir leid, ich bin mir nicht sicher, ob ich Ihnen helfen kann. Wenn Sie im Krankenhaus sind, wird sich das Personal dort um Sie kümmern. Das sind gute Menschen. Sie sind in Sicherheit."

„Ich kann Sie bezahlen. Ich komme hier bald raus, sie haben gesagt, dass ich 72 Stunden warten muss, dann kann ich zur Bank gehen. Ich kann Sie bezahlen. Ich hatte einen Job im Kiosk. Ich habe den ganzen Sommer über gespart. Es wird doch noch da sein, das Geld, oder nicht?"

Lydia hatte im Laufe ihrer Karriere einige verrückte oder zeitraubende Anrufe erhalten. Dieser passte in keine der beiden Kategorien, war aber dennoch merkwürdig. Es klang nach einem psychischen Problem. Außerdem steckte sie bis zum Hals in eigenen Familienangelegenheiten und ihren Ermittlungen gegen JRB. „Es tut mir wirklich leid", sagte sie. „Ich bin im Moment völlig ausgebucht. Und ich glaube nicht, dass das eine Aufgabe für eine Privatermittlerin ist. Wenn Sie wirklich jemanden benötigen, kann ich Ihnen die Nummer eines Kollegen geben. Ein wirklich guter Mann, der hervorragende Arbeit leistet und sehr zuverlässig ist."

„Nein, nein, nein", sagte Ash. Nicht verzweifelt, nur monoton. „Sie hören mir nicht zu. Ich brauche Ihre Hilfe. Das ist nicht normal. Das ist keine Sache für irgendjemanden. Das ist für Sie. Sie sind eine Crow, Sie werden wissen, was zu tun ist."

„Verzeihen Sie", sagte Lydia verwirrt. „Ich bin ausgebucht. Es tut mir leid, dass ich Ihnen nicht helfen kann."

LYDIA DACHTE, dass sie Charlie zumindest für ein paar Tage erfolgreich vertröstet hatte, doch er war der nächste Anrufer und sagte, sie solle „Pronto" nach unten kommen.

„Ich arbeite", entgegnete sie, aber er ließ sich auf das Spiel nicht ein.

„Nur ein kleiner Ausflug mit deinem Onkel. Ich lade dich zum Mittagessen ein. Du musst etwas essen."

Man musste seine Schlachten klug wählen, also schnürte Lydia ihre Dr. Martens und ging hinunter ins Fork.

Onkel Charlie glücklich zu sehen, war eine neue Erfahrung für Lydia. Als sie den Denmark Hill hinunterspazierten, wirkte er noch stattlicher als sonst, und bis zu ihrem Ziel, einer schlichten Pizzeria, quasselte er beinahe ohne Unterbrechung. „Afrikanisch, libanesisch, persisch, Fish and Chips", zählte er die Restaurants auf, an denen sie vorbeikamen. „Hier bekommst du alles. Es gibt noch eine Apotheke. Und einen Gemischtwarenladen. Es ist ein richtiges Viertel. Ein echter Ort, an dem die Menschen leben und sich wohlfühlen. Du kannst deine Kleidung reinigen lassen, zum Friseur gehen, einen Arzt besuchen, eine Wette abschließen, im Park spazieren gehen und einen anständigen Kaffee trinken."

Lydia wollte sagen: „Du liebst Camberwell, das verstehe ich", aber es hatte keinen Sinn, den Stier zu ärgern. Sie ließ ihn seinen Überschwang genießen und wartete ab. Irgendwann würde er ihr den wahren Grund für ihr spontanes Mittagessen verraten.

Vor dem La Pietra hielt Charlie inne. „Ein kurzer Halt", sagte er und ging voraus in das Geschäft daneben: Aristoteles' Minimarkt. Einer dieser Läden, die vom Boden bis zur Decke vollgestopft waren und alles Mögliche führten: von Zigaretten und Lebensmitteln bis hin zu Schraubenziehern und Kurzwaren sowie Kuriositäten, die offensichtlich die meiste Zeit ihres Lebens auf einem Frachtschiff aus China oder Hongkong verbracht hatten. Kleine, mit blauen Blumen bemalte Keramikschweine, japanische Glückskatzen, Stapel von Cocktailschirmen und Papierfächern und was auch immer der letzte Schrei unter den Teenagern war: Fidget Spinners, Loom Bands oder Pokémon-Karten.

„Mr. Crow!" Der Mann hinter dem Tresen trat nach vorn, um sie zu begrüßen. Er war halb so groß wie Charlie und doppelt so breit, aber er zwängte sich mit geübter Anmut durch die engen Gänge des Ladens. Er lächelte und Lydia konnte nicht anders, als zurückzulächeln.

„Tee? Limonade?"

Charlie beugte sich hinunter, umarmte den Mann und klopfte ihm auf den Rücken. „Wir bleiben nicht lange. Ich wollte Ihnen nur meine Nichte Lydia vorstellen. Lydia, das ist Ari."

„Schön, Sie kennenzulernen", antwortete sie. Sie wusste, dass Charlie ihr etwas beibringen wollte, aber sie hatte noch nicht herausgefunden, was.

„Das Lokal sieht gut aus", sagte Charlie und sah sich um. „Man sieht es überhaupt nicht mehr."

„Ich weiß", strahlte Ari. „Ich kann Ihnen gar nicht genug danken, Mr. Crow."

„Charlie, bitte", entgegnete ihr Onkel. „Und Sie müssen mir nicht danken. Dafür bin ich doch da."

Ari zog den Kopf ein. „Trotzdem", sagte er.

Charlie nickte. Er legte seine Hände um Aris Hand und es sah aus, als würden sie schweigend kommunizieren. Oder der eine den anderen segnen. Lydia fragte sich währenddessen, wie viele Porzellanschweine à 2,50 Pfund Ari verkaufen musste, um die Miete zu bezahlen.

Im Restaurant das gleiche Schauspiel. Breites Lächeln, Umarmung und aufgelegte Hände. Der Chefkoch kam heraus, um Charlie seine Aufwartung zu machen, und die Restaurantleiterin, eine Frau mit riesigen Ohrringen und perfekten Augenbrauen, schenkte ihnen höchstpersönlich das Wasser ein. „Ich überlasse Sie den fähigen Händen von Mark", sagte die Frau und deutete auf einen Kellner, der nervös an ihrer Linken stand. Es klang wie eine Frage und Charlie nickte kaum merklich. „Ich bin sicher, Sie sind sehr beschäftigt."

„Die Bücher", antwortete die Frau und verströmte dabei nervöse Energie. „Sie wissen doch, wie das ist."

„Das tue ich", sagte Charlie. „Aber ich habe einen Freund. Ich könnte ihn bitten, vorbeizukommen und Ihnen zu helfen."

„Nein, nein", entgegnete die Frau und trat einen Schritt zurück. „Ich meine, das ist sehr nett von Ihnen. Wirklich freundlich. Aber ich schaffe das schon." Sie lachte. Doch es klang nicht nach Lachen. „Ich muss mich nur mit einer Tasse Kaffee im Büro einschließen."

Charlie nickte und die seltsame Spannung löste sich auf.

Nachdem Mark die Speisekarten gereicht und die Getränkebestellung aufgenommen hatte, fragte Lydia mit gesenkter Stimme: „Was war das denn?"

Charlie hatte die Karte noch nicht aufgeschlagen. „Du solltest den Wolfsbarsch nehmen. Der ist hier ausgezeichnet. Oder die Linguine."

Lydia studierte das Angebot ausführlich. Ärgerlicherweise hatte sie tatsächlich Lust auf den Fisch, aber sie wählte stattdessen ein Risotto, aus Prinzip. Den Kampf um ihr eigenes Getränk hatte sie bereits verloren, denn Charlie hatte Wein für sie beide bestellt.

Er nahm einen Schluck und nickte Mark zu, der sich in der Nähe aufhielt. „Geh schon, Junge."

„Die Bücher?", half Lydia ihrem Onkel auf die Sprünge.

„Du weißt, dass wir einen Fonds für das Wohl des Viertels verwalten?"

Lydia nickte. Sie wusste, dass wenn die Leute in Camberwell Geld brauchten und es nicht von der Bank bekamen, sie zu den Crows gingen. Vor allem zu Onkel Charlie. Sie wusste außerdem, dass jedes Unternehmen, auch wenn es sich kein Geld geliehen hatte, dem Fonds eine zusätzliche Gewerbesteuer schuldete. Manch einer würde das als Schutzgelderpressung bezeichnen und in den schlechten alten Zeiten hätte das vielleicht auch gestimmt, aber jetzt war es eher wie ein verpflichtender Rotary Club. Zumindest war das Lydias Verständnis. Ihr Vater kannte sich mit den Details des Geschäfts nicht aus, denn er hatte seine Stellung bei ihrer Geburt aufgegeben und sich für ein Leben in der sicheren Normalität der Vorstadt entschieden.

„Nun, ich bin dafür verantwortlich, dass alles gerecht von statten geht. Das funktioniert nur, wenn jeder seinen Anteil einzahlt. Jeder profitiert davon, also muss auch jeder seinen Teil dazu beitragen."

Lydia nickte, um zu zeigen, dass sie verstanden hatte.

Charlie lächelte, als ob sie das ganze System gutheißen würde. „Aber manchmal höre ich ein leises Flüstern. Vielleicht geht es einer Person besser, als sie angibt. Vielleicht versucht sie, ihren prozentualen Anteil so niedrig wie möglich zu halten, und bläst daher ihre Ausgaben auf, damit es so aussieht, als würde sie weniger verdienen."

„Du siehst dir also ihre Bücher an?"

„Ich nicht“, sagte er. „Ich schicke jemanden vorbei.“

In diesem Moment erschien Mark mit ihrer Bestellung. Lydia war nicht überrascht, dass er zwei Teller mit Wolfsbarsch abstellte. Der ganze Tag wirkte, als sollte sie abgerichtet werden wie ein Hund. Charlie stellte die neue Weltordnung auf. Eine, in der er „Spring!“ sagte und Lydia fragte, wie hoch.

„Ernsthaft?“, fragte sie und deutete auf ihren Teller.

„Es ist gut für dich“, sagte Charlie. „Gut fürs Gehirn.“

Lydia nahm ihr Besteck und machte sich an das Entgräten des Fisches. „Was passiert, wenn sich die Gerüchte als wahr erweisen?“

Charlie hielt inne, die Gabel mit dem Wolfsbarsch befand sich bereits halb in seinem Mund. „Es wird sich nicht wiederholen“, sagte er mit Nachdruck.

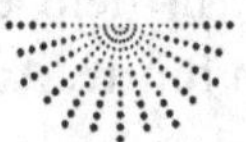

KAPITEL SECHS

Es war ein kalter Morgen und Regen hing in der Luft, als Lydia durch den Kennington Park ging. Sie hatte Kaffee in einem wiederverwendbaren Becher dabei, den Angel ihr freundlicherweise zur Verfügung gestellt hatte, und trug fingerlose Handschuhe und einen riesigen Schal zu ihrer üblichen Lederjacke und Jeans. Es war Ende November, die Schaufenster waren dekoriert und in jedem Geschäft liefen die *Christmas Greatest Hits*. Lydia hatte sich eine kindliche Vorliebe für Weihnachten bewahrt, aber das hängte sie ungern an die große Glocke. Das passte nicht zu einer hartgesottenen Privatdetektivin. Außerdem hatte nicht jeder in seiner Kindheit die Crow-Weihnachtstraditionen erlebt. Das Feuer im Kamin, die Kerzen, die das Haus für das besondere Essen an Heiligabend erleuchteten. Wenn man weit genug zurückging, stammten die Crows aus Nordeuropa und sie hielten an den alten Yul-Traditionen fest. Licht in der langen Dunkelheit des Winters war besonders wichtig. Das und starker Alkohol.

Die Adresse befand sich in der Kennington Road, in einem großen georgianischen Reihenhaus aus rotem Backstein mit einheitlichen Reihen von Sprossenfenstern. Es wirkte nicht wie ein Wohnhaus, sondern eher wie eines, das vor langer Zeit in Büros umgebaut worden war. In einigen Fenstern waren schlichte Jalousien zu sehen, keine Vorhänge, und Lydia erblickte eine Lichterkette. Als sie mit dem Schlüssel eintrat, fand sie sich in einem anonymen Eingangsbereich wieder, in dem eine Treppe mit beigem Teppichboden nach oben führte. An der ersten Tür zu ihrer Rechten hing ein Zettel mit der Aufschrift: *Kennington Council Reception. Termine nur nach Vereinbarung.* Soweit Lydia wusste, gab es kein Kennington Council, da das Gebiet unter die Zuständigkeit von Lambeth fiel.

Sie stieg die Treppe hinauf, bis sie im dritten Stock vor einer nicht gekennzeichneten Tür mit einem elektronischen Türschloss ankam. Sie öffnete sie mit dem zweiten Schlüssel. Dahinter befand sich eine spartanisch eingerichtete Wohnung. Ein Wohnzimmer mit einem schwarzen Ledersofa und einem passenden Sessel, eine Wohnküche mit einem quadratischen Buchenholztisch und Stühlen, die aussahen, als hätte man sie vor zehn Jahren bei IKEA gekauft, sowie zwei Schlafzimmer, beide mit Einzelbetten. Wenn es sich um ein Safe House handelte, war es nur logisch, dass es so viele Menschen wie möglich beherbergen sollte.

Lydia kam absichtlich eine Stunde vor der vereinbarten Zeit und verbrachte die nächsten vierzig Minuten damit, jeden Zentimeter der Wohnung zu durchsuchen. Sie öffnete die Schubladen und Schränke, ohne wirklich zu erwarten, dass sie Hinweise auf Mr. Smiths Arbeitgeber fand, aber sie musste es zumindest versuchen. Dann überprüfte sie alle Lampen, Rauchmelder, Steckdosen und Schalter auf Überwachungsgeräte. Sie fand nichts. Wenn Mr. Smith zum MI5 oder MI6 gehörte, war die Wahrscheinlichkeit natürlich gering, dass er die gleiche Ausrüstung benutzte, zu der Lydia Zugang hatte und die sie erkennen würde. Sie hörte den Schlüssel an der Eingangstür und richtete sich auf. Sie hatte die Sockelleiste unter dem Einbaubackofen entfernt, um unter den Küchenschränken nachzusehen, und hängte sie an ihren Platz, bevor sie sich auf einen Stuhl setzte und nach ihrem Kaffee griff. Er war mittlerweile kalt, aber sie nahm einen kleinen Schluck, als Mr. Smith in die Küche kam.

„Sie sind früh dran", sagte er und ließ seinen Blick durch den Raum schweifen, bevor er wieder zu Lydia sah.

„Sie auch." Lydia stellte ihren Kaffee ab, stand aber nicht auf.

Mr. Smith nickte und setzte sich ihr gegenüber.

Lydia hatte sich auf seine seltsame Wirkung eingestellt und war froh, dass sie nicht mehr so stark war wie zuvor. Sie hatte sich daran gewöhnt. Oder sie entwickelte eine Immunität dagegen. Ein angenehmer Gedanke.

„Ich hatte gehofft, Sie könnten mir einen Gefallen tun", sagte Lydia. Sie fand, dass Offensive die beste Verteidigung war. Er hatte sie zwar zu diesem Treffen verpflichtet, aber sie wollte nicht zulassen, dass er die Tagesordnung bestimmte.

Seine Lippen verzogen sich zu einem Lächeln. „So viel zu den Höflichkeiten."

„Das ist auch kein Freundschaftsbesuch", sagte Lydia. „Und Sie bringen mich durch diese Treffen in Gefahr."

„Welche Gefahr?", fragte er. „Haben Sie Drohungen erhalten?"

Lydia starrte ihn an. „Ich wurde kürzlich von Maria Silver und ihren Helfern angegriffen und wegen Mordverdachts verhaftet, nachdem ich von den Fox' reingelegt wurde. Vertrauen ist alles. Das", Lydia gestikulierte in den Raum, „könnte mich umbringen."

Mr. Smith lächelte. „Ich finde, Sie übertreiben. Aber glauben Sie bitte nicht, dass ich nicht wüsste, was für ein Opfer Sie bringen."

„Gegen meinen Willen“, sagte Lydia. „Sie haben mich erpresst.“

„Ich habe Ihnen einen Deal angeboten. Sie haben ihn angenommen.“

Leider hatte er recht. Lydia starrte ihn trotzdem an. Sie hatte den Deal angenommen, um der Zelle zu entkommen. Das bedeutete aber nicht, dass sie es ihm einfach machen musste.

„Wenn Sie ein paar simple Regeln befolgen, wird Ihnen nichts geschehen. Das verspreche ich Ihnen. Welchen Gefallen?“

„Ich will wissen, was Alejandro Silver vorhat.“

„Wie kommen Sie darauf, dass ich etwas über diesen Mann weiß? Abgesehen vom allgemein Bekannten. Er leitet Silver and Silver. Er ist Anwalt und hat extrem tiefe Taschen.“

„Die Silvers haben sich um JRB gekümmert. Sie haben mir erzählt, dass Sie undercover für beide Unternehmen arbeiten.“

„Oh ja“, sagte Mr. Smith. „Das habe ich getan.“

„Sie haben damit aufgehört?“, fragte Lydia. „Sie geben sich nicht mehr als Kurier aus?“

„Ich habe mich nicht als einer ausgegeben“, sagte Mr. Smith. „Ich war ein hervorragender Kurier.“

„Sie wissen, was ich meine.“

Mr. Smith nahm den Rucksack von seinen Schultern und stellte ihn auf den Tisch. „Sie haben um Kuchen gebeten“, sagte er und holte eine Konditorschachtel heraus. Sie war ein wenig zerdrückt, aber das Gebäck darin war unversehrt. Portugiesische Weihnachtstörtchen, Lydias Lieblingskuchen.

„Pasteis de Nata“, sagte er. „Passionsfrucht und Kakao, Blaubeere und klassisch.“

Lydia wählte ein klassisches Törtchen. Eine solche Köstlichkeit brauchte keinen zusätzlichen oder verfälschenden

Geschmack. Sie konnte den Butterteig und den Vanillepudding riechen, aber sie zögerte, bevor sie einen Bissen nahm.

Mr. Smith las ihre Gedanken. „Bitte. Warum sollte ich mir so viel Mühe machen, Sie zu vergiften? Ich könnte Angel dafür bezahlen, Ihnen etwas in den Kaffee zu geben."

Lydia beschloss, diese beunruhigende Vorstellung zu ignorieren. Sie nahm einen großen Bissen, genoss ihn und fuhr dann fort, als ob nichts passiert wäre. „Ich will nur ein Auge auf die Silvers haben und es wäre unklug, wenn ich dabei gesehen werde. Nach den Unannehmlichkeiten mit Maria Silver muss ich die Dinge erst einmal zur Ruhe kommen lassen."

„Ich tue Ihnen gern einen Gefallen, Lydia", sagte Mr. Smith. „Aber es wäre schon der dritte. Sind Sie sicher, dass Sie Ihre Schulden bezahlen können?"

„Der Dritte?"

Er zählte an seinen Fingern ab: „Sie aus dem Gefängnis holen, über die Silvers berichten und Ihre Wunden heilen."

„Um die Heilung habe ich nicht gebeten. Das zählt nicht."

Er nickte. „Das stimmt. Mein Fehler."

Wenigstens war der Mann vernünftig. Zumindest oberflächlich betrachtet. Sie konnte erkennen, dass er eng mit den Familien zusammengearbeitet hatte, denn er schien zu wissen, wie er sich verhalten musste. Die Art und Weise, wie er mit ihr sprach, war ihr vertraut, was beunruhigend war. Zweifellos gehörte es zu seiner Ausbildung, Sprachmuster nachzuahmen, um sein Gegenüber in Sicherheit zu wiegen. Gleichzeitig erreichte er seine Ziele, was irritierend war.

„Wollen Sie Ihre Fragen stellen?", fragte Lydia. „Ihre Schulden eintreiben."

„Es gibt keinen Grund zur Eile", sagte Mr. Smith. „Das ist ein langfristiges Arrangement, Sie werden Ihrer Verpflichtung in kleinen Stücken gerecht, einmal pro Woche. Ich dachte, ich hätte mich klar ausgedrückt?"

Lydia aß das Törtchen, statt zu antworten. Sie trank

einen Schluck Kaffee dazu, vergaß, dass er kalt geworden war, und stand auf. „Alles klar. Dann bis zum nächsten Mal."

Mr. Smith setzte sich und wählte das Stück Kuchen mit Blaubeeren aus. „Sie waren diese Woche häufig mit Charlie Crow unterwegs. Wie läuft die Einweisung?"

„Einweisung?"

„In das Familienunternehmen. Oder hat er angefangen, Sie auf andere Weise zu testen?"

Lydia biss die Zähne zusammen. Das widersprach allem, was man ihr beigebracht hatte. Einem Außenstehenden verriet man nichts über seine Familie, nicht einmal etwas Unbedeutendes. Man wusste nie, welche Details wichtig sein konnten, also war es am sichersten, einfach den Mund zu halten.

„Ich habe meinen Onkel begleitet. Wir haben örtliche Unternehmen besucht. Er hat gern ein Auge auf die Menschen und hilft ihnen bei Problemen."

„Wie haben Sie sich dabei gefühlt?"

„Was hat das für eine Bedeutung?"

„Seien Sie so nett."

Lydia sprach über ihre Gefühle beinahe genauso ungern wie über ihre Familie, doch wenigstens war das nicht ausdrücklich verboten. „Ich war stolz." Lydia hatte eines der Gefühle aus der komplizierten Masse ausgewählt. Keine Lüge, aber auch nicht die ganze Geschichte. Aus erster Hand zu sehen, wie Charlie empfangen worden war, war beeindruckend und beunruhigend zugleich. Die Menschen waren ihm eindeutig dankbar, wirkten aber auch einge-schüchtert.

Mr. Smith lächelte, als ob er den Teil erraten hätte, den sie unerwähnt ließ. Er hielt ihr die Hand hin. „Danke, Lydia. Bis zum nächsten Mal."

Sie ergriff die Hand und schüttelte sie. Sie hatte sich gegen den Stromstoß gewappnet, aber er ließ sie trotzdem taumeln. Segeltuch, das im Wind peitschte, Salz auf ihren

Lippen und das Knarren von Holz. Das Gold blitzte in der Sonne und blendete sie. Lydia schloss die Augen und atmete durch die Nase, bis der Geruch des Meeres verschwand und das Schwanken aufhörte.

„Wir werden viel Spaß haben." Mr. Smith sah zufrieden aus und Lydia wandte sich ab, wobei sie all ihre Kraft aufwenden musste, um auf dem Weg zur Tür nicht zu taumeln.

Beim Höllenfalken!

SPÄTER AN DIESEM TAG observierte Lydia den Ehemann einer Kundin. Es war ihr einziger offener Fall, abgesehen von den Hintergrundüberprüfungen, auch wenn sie das Charlie gegenüber nicht zugeben würde. Sie war dankbar für das gut gelegene Café mit seinem großzügigen Fenster, doch ihr Hintern war taub von dem hohen Hocker, auf dem sie schon länger saß als vorgesehen. Sie verstand den Markt und verzieh dem Café die Wahl der unbequemen Stühle, auf denen die Gäste nicht länger als für den Konsum ihres Getränks sitzen wollten. Aber an die arme Privatdetektivin, die ihrer Arbeit nachging, hatte niemand gedacht.

Draußen war der Regen in ein schwaches Nieseln übergegangen. Lydia hatte ihren Kaffee schon längst ausgetrunken und überlegte, ob sie sich ein Sandwich bestellen sollte, als sie einen vertrauten Blick erhaschte. Sie hielt sich an der Tischkante fest und betrachtete Fleets Spiegelbild im Fenster, während er sich auf den Hocker neben ihr setzte.

„Können wir reden?"

„Ich arbeite", sagte Lydia und fixierte weiterhin den Laden gegenüber. Aber es war zwecklos. Lila Elefanten hätten aus der Eingangstür tanzen können und sie hätte sie nicht gesehen. „Apropos, wie konnte ich dich nicht kommen sehen?"

„Es gibt einen Hintereingang."

„Dachtest du, ich würde davonlaufen?“

„So etwas in der Art.“

Sie sah sein Lächeln in der Scheibe und das war zu viel. Der Schmerz kreiste über ihr und sie wusste, dass er jeden Moment zuschlagen würde. „Wie hast du mich gefunden?“

„Du hast mir von diesem Ort erzählt“, sagte Fleet. „Ein regelmäßiger Auftrag, richtig?“

Ein weiterer Grund, weshalb sie keine Beziehung eingehen sollte. All das Reden und einander Zuhören passte nicht zu einer Privatdetektivin. „Ich bin nicht bereit dafür.“

„Wofür?“

„Freundliches Geplauder. Es ist noch zu früh.“

„Das ist es ja“, sagte Fleet. „Ich bin es auch nicht. Ich will nicht nur ein Freund sein.“

Lydia schob ihre Tasse von sich und griff nach ihrer Jacke am Fensterbrett. Sie wollte sagen, dass er nicht mehr als das haben konnte, doch plötzlich wagte sie nicht mehr zu sprechen. Sie rutschte vom Hocker und wandte sich ab.

„Lydia.“ Fleet legte seine Hand auf ihren Arm und die Hitze, die von seiner Haut ausging, war erschreckend. In ihren Ohren vernahm sie das Rauschen von Wasser.

„Nein“, entgegnete Lydia. Ihre Füße klebten fest, ihr ganzer Körper war wie eingefroren. Sie musste von hier weg, aber sie konnte sich nicht bewegen.

„Sieh mich an“, sagte Fleet. „Ich habe Mist gebaut. Das weiß ich. Ich hätte die Sache anders angehen sollen. Ich weiß nicht, wie ... Ich weiß nicht was, aber ich hätte etwas tun müssen. Aber ich bin auf deiner Seite. Ich bin immer auf deiner Seite.“

„Ich kann das nicht“, krächzte Lydia. Fleet war jetzt auf den Beinen, er zog sie am Arm und zu sich. Einen Moment lang ließ sie es geschehen, ließ ihn seine Arme um sie legen und ihren Körper an seinem ruhen. Sie schloss ihre Augen und neigte ihr Kinn nach oben. Es war reines Muskelgedächtnis, blinde Gewohnheit, aber ein Teil von ihr wollte es trotzdem tun. Sie könnte ihn einfach küssen und das ganze Grübeln würde aufhören.

„Wie kann ich es wiedergutmachen?" Sein Atem kitzelte in ihrem Gesicht.

Sie öffnete ihre Augen und sah in seine. Sie waren so nah, so schön. Der Gedanke war laut und eindringlich. Lydia wusste, dass sie keinen Moment länger durchhalten konnte. Sie wich einen Schritt zurück und seine Hände ließen sie sofort los. Er würde nie versuchen, sie gegen ihren Willen festzuhalten. Es sei denn, es war Teil seiner Arbeit.

Mit diesem Gedanken kehrte die Verbitterung zurück und setzte sich in ihrem Mund und in ihrem Geist fest. „Das kannst du nicht", sagte sie.

„Ich kann meinen Job aufgeben."

Die Worte hingen in der Luft zwischen ihnen. Lydia konnte sehen, dass er es ernst meinte, und das brachte sie für einen langen Moment zum Schweigen. „Ich bitte dich nicht darum, das zu tun."

„Ich weiß. Aber du hast das Gefühl, dass ich meinen Job über dich gestellt habe."

„Weil es so ist."

„So schwarz-weiß ist es nicht und das weißt du auch." Fleet griff nach ihrer Hand und zog sie zu sich. „Ich werde es trotzdem tun. Ich wähle dich."

Lydia schüttelte den Kopf. „Nein. Du liebst deine Arbeit. Du kannst deine Karriere nicht für mich aufgeben. Das ist zu viel Druck, das würde uns kaputt machen."

„Aber du sagst doch, dass wir ohnehin kaputt sind, also ..."

„Es ist unmöglich. Manche Dinge kann man nicht reparieren. So ist es nun mal." Lydia zog ihre Hand zurück und wandte sich zum Gehen. Tränen brannten in ihren Augen, sie musste dringend von hier fort. Blinzelnd riss sie die Tür auf, aber Fleet stand schon hinter ihr. „Du hast zu tun", sagte er. „Ich werde verschwinden."

Sie traute sich nicht, etwas anderes zu sagen, also nickte sie nur und kehrte zu ihrem Platz am Fenster zurück. Von dort aus hatte sie den perfekten Blick auf den sich entfernenden DCI Fleet.

KAPITEL SIEBEN

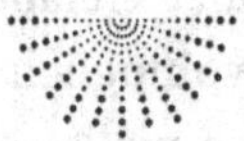

Ein anderer Tag, ein anderes Café. An diesem Samstag saß Lydia hinter der Glasfront von Costa und wartete darauf, dass Jayne Davies ihre Position hinter dem Tresen *von Jayne's Floral Delights*, dem Blumenladen gegenüber, verließ. Sie stellte fest, dass die Überwachung im Auftrag eines anderen nicht annähernd so befriedigend war wie die Arbeit für ihr eigenes Geschäft. Die letzte Stunde hatte sich in die Länge gezogen, was nicht zuletzt daran lag, dass sie unterbewusst stets erwartete, dass Fleet hereinkam und mit ihr sprechen wollte. Sie hoffte und fürchtete es zugleich.

Sie lenkte ihre Aufmerksamkeit wieder auf die Straße, wo Menschen vorbeiströmten und auf ihre Handys starrten. Charlie hatte angedeutet, dass Jaynes Beitrag für den örtlichen Wohlfahrtsfonds stark gesunken war, und er wollte sich ihre Geschichte von sinkendem Umsatz bestätigen lassen. Alles, was Lydia brauchte, war ein Moment allein mit Dylan, Jayne Davies' Stiefsohn und Samstagsaushilfe. Allerdings hatte sie während ihrer Beobachtung niemanden in den Blumenladen gehen sehen, was darauf hindeutete, dass die Klagen der Besitzerin über harte Zeiten im Blumengeschäft stimmten.

Lydia fühlte sich unwohl bei diesem Job, aber sie musste sich in irgendeiner Form willig zeigen. Sie wusste, dass dies nur die Spitze des Eisbergs war und dass das Familienunternehmen tief unter die Oberfläche reichte, und diese Bitte hatte auf sie wie ein kleiner Gefallen gewirkt. Zudem hätte sie Charlie ansonsten womöglich mehr über ihre Kräfte verraten müssen, und das wollte sie so lange wie möglich vermeiden. Außerdem war der Wohlfahrtsfonds eine gute Sache für die Bewohner in Camberwell und Lydia würde vermutlich ebenso herzlich in den Geschäften begrüßt werden wie Onkel Charlie. Sie trank von ihrem Americano und schob jegliche negativen Gefühle beiseite. Ihre derzeitige Situation enthielt mehr Stolpersteine als je zuvor und der konstante Versuch, ihnen auszuweichen, bereitete ihr ständige Kopfschmerzen. Sie holte einen Flachmann aus der Innentasche ihrer Jacke und schüttete einen großzügigen Schluck in den Kaffee. Schon besser.

Schließlich erschien Jayne Davies vor dem Laden. Sie ging zielstrebig die Straße hinunter und Lydia nahm an, dass sie ihre übliche Mittagspause machen würde: einen Bummel durch den italienischen Feinkostladen, gefolgt von einem Ciabatta an einem der Tische im hinteren Bereich. Sie beobachtete, wie Jayne an dem Gemüseladen mit seinen üppigen Auslagen vorbeiging. Lydia hatte den Laden schon einmal betreten und wäre fast gegen ihren Willen von den Pearl-Kräften nach innen gezogen worden. Seitdem hatte sie diesen Straßenabschnitt gemieden. Ob die Pearls ebenfalls in Onkel Charlies Wohlfahrtsfonds einzahlten?

Lydia betrat den Blumenladen und ging vorbei an einer riesigen Auslage mit Trauerkränzen bis zum Tresen, wo ein gelangweilt aussehender junger Mann über seinem Handy gebeugt saß. „Dylan?", fragte Lydia, obwohl sie die Antwort schon kannte.

„Ja?" Er wandte sich für einen Moment vom Handy ab, stellte fest, dass er Lydia nicht kannte, und sah wieder auf das Display.

„Wie läuft das Geschäft?" Der Laden war an einem Samstagmittag leer, also standen die Chancen gut, dass es bescheiden lief und Jayne die Wahrheit gesagt hatte. Trotzdem war es besser, gründlich zu sein. Ein gutes Ergebnis könnte ihr Charlie für ein paar Tage vom Hals halten. Vielleicht.

Dylan ließ sich Zeit, bevor er seine Aufmerksamkeit wieder auf sie lenkte. Lydia juckte es in den Fingern, ihre Münze herauszuholen. Sie würde gern sehen, wie sich Dylans Augen vor Angst weiteten, sobald er verstand, wen er so beiläufig ignorierte, aber diese Strafe stand in keinem Verhältnis zum Delikt. Mit großer Macht kam große Verantwortung, wie Sun Tzu einst sagte. Oder war es Spiderman?

„Was?", fragte er schließlich und runzelte die Stirn. „Kennen wir uns?"

„Nein." Lydia zwang sich zu einem Lächeln. „Ich wollte mich nur unterhalten. Ich bin auf der Suche nach einem Kranz. Oder einem Blumenstrauß. Ich habe mich noch nicht entschieden."

„Die Musterkränze sind dort drüben", sagte Dylan und deutete auf die Auslage. „Ansonsten könnten wir auch etwas Saisonales zusammenstellen. Für welchen Anlass soll es denn sein?"

„Ruhestand", sagte Lydia. „Und es ist ein Eilauftrag, ich brauche ihn für Montagmorgen."

Dylan schüttelte den Kopf. „Unmöglich. Wir sind total überlastet."

Lydia sah sich in dem leeren Laden um. „Ach ja."

„Ja", Dylan drehte sein Handy in Lydias Richtung und sie sah, dass er nicht, wie sie angenommen hatte, mit Freunden chattete oder auf Instagram surfte, sondern eine Datenbank zur Kundenverwaltung geöffnet hatte. Er hielt ihr das Display nur kurz hin, sodass Lydia keine Zeit hatte, Details zu erfassen. „Online-Bestellungen."

„Ich verstehe."

„Wir könnten etwas für später in der Woche zusammenstellen. Vielleicht Mittwoch?"

„Was?" Lydia hatte für einen Moment vergessen, dass sie Blumen kaufen wollte. „Nein, schon gut. Das ist zu spät. Ich werde etwas im Supermarkt besorgen."

Dylan war wieder in sein Handy vertieft.

„Darf ich Sie noch etwas fragen?"

Dylan sah auf, seine Augen wirkten leer. Wenn sich hinter diesem Gesicht ein kriminelles Superhirn verbarg, würde das Lydia sehr überraschen.

„Können Sie mir einen guten Steuerberater empfehlen? Ich führe mein eigenes Unternehmen und meiner ist mies."

„Wir sind bei Weston's. Die sind in Ordnung, denke ich."

Lydia kannte die Firma, sie war in der Camberwell Grove ansässig. Vor einiger Zeit hatte sie einen ihrer Mitarbeiter in einem anderen Fall überwacht. Das war allerdings eine persönliche Sache gewesen und hatte nichts mit der Buchhaltungsfirma an sich zu tun gehabt. Sie bedankte sich bei Dylan, der sein Kinn bereits gesenkt hatte und wieder in das blaue Licht seines Handys eingetaucht war.

ZURÜCK IN IHRER Wohnung war Lydia optimistisch. Sie konnte das schaffen. Sie konnte kleine Teile des Familienunternehmens lernen, nichts allzu Ernstes oder sehr Illegales. Sie konnte sich mit ihrem Onkel Charlie vertragen. Sie konnte damit umgehen, dass er ihr Essen bestellte, und sie konnte lächeln und aufmerksam dreinschauen. Vielleicht nicht ständig und sie würde viel Whisky trinken müssen, aber sie würde es schaffen.

An ihrem Schreibtisch sitzend schraubte Lydia eine

brandneue Flasche auf und goss so lange ein, bis ihre Sherlock-Holmes-Tasse mehr als halb voll war. Dann kippte sie die Flasche erneut, bis die Tasse bis zum Rand gefüllt war. Aus rein medizinischen Gründen, sagte sie sich. Im Zimmer war es kalt, die hohen Decken arbeiteten gegen den einzigen Heizkörper, der unter dem Fenster klopfte und pfiff. Auch in ihrem Bett war es kalt gewesen. Sie vermisste Fleet und das ärgerte sie. Sie trank aus ihrer Tasse und ließ den Alkohol die Orte wärmen, in die ihre Gedanken nicht dringen konnten. Sie würde es überleben, das wusste sie. Sie musste nur ihr Geschäft am Laufen halten, sich auf die Arbeit konzentrieren, Mr. Smith bei Laune halten, ohne etwas Wichtiges preiszugeben, und Charlie zufriedenstellen, ohne ihre Seele zu verkaufen. Es war ganz einfach.

Sie suchte nach *Jayne's Floral Delights* und klickte durch deren Website. Online-Bestellungen waren möglich und die Seite wirkte schick genug, um erfolgreich zu sein. Die Sträuße auf den Fotos waren modern und kreativ gestaltet und sahen ganz anders aus als die Blumen, die Lydia im Laden gesehen hatte. Das war natürlich keine Garantie dafür, dass viel verkauft wurde, könnte aber ein Hinweis darauf sein, dass Charlie weitere Nachforschungen anstellen sollte. Sie machte sich Notizen für ihren Onkel und versuchte, die Folgen zu ignorieren. Was würde geschehen, wenn sich bestätigte, dass das Unternehmen gut lief? Würde das bedeuten, dass Jayne Charlie über ihre Gewinne angelogen hat? Und falls ja, was wären die Konsequenzen? Ganz so schlimm konnte es doch nicht sein. Die schlechten alten Zeiten waren vorbei. Die Crows hielten sich an das Gesetz.

Während ihrer Ausbildung in Aberdeen hatte ihre Mentorin gesagt, dass Lydia nicht zu viel über die Auswirkungen ihrer Ermittlungen nachdenken solle. „Wir werden dafür bezahlt, einen Job zu machen, und solange wir ihn gut machen, können wir nachts ruhig schlafen." So einfach war es für Lydia nicht. Sie wusste, dass sie in fremde Leben eindrang und Geheimnisse aufdeckte, die manchmal besser verborgen bleiben sollten.

Als Nächstes tippte sie eine Nachricht für ihre beste Freundin Emma ein, in der sie sich dafür entschuldigte, dass sie so wenig von sich hören ließ. Sie verwies auf die Arbeit und hoffte, dass es Emma gut ging. Am liebsten würde sie zu ihrer Freundin fahren, sich auf deren bequemes Sofa setzen und sich alles von der Seele reden. Aber alte Gewohnheiten ließen sich nur schwer ablegen. Lydia war nicht der rührselige Typ, der sein Innerstes nach außen kehrte, und war es auch nie gewesen. Sie zog es vor, sich abzulenken und diese matschigen, ekligen Gefühle tief in sich hineinzufressen, bis sie sie nicht mehr spüren konnte.

Lydia klickte in ihren Akten herum, bereit, völlig in der Arbeit zu versinken. Ihr wäre jedes Mittel recht, um die Gedanken an Fleet und das, was sie verloren hatte, zu verdrängen. Sie sollte neue Fälle annehmen, Kunden anrufen, die sich per E-Mail gemeldet oder Telefonnachrichten hinterlassen hatten, aber ihre Gedanken kreisten immer wieder um die Familien und die Ereignisse der letzten Monate. Nach ein paar weiteren Minuten schob sie ihren Stuhl vom Schreibtisch zurück, legte den Kopf in den Nacken und schloss die Augen. Ihre Brust war wie zugeschnürt und sie wünschte sich in diesem Moment mehr als alles andere, die Whiskyflasche zu leeren und ins Bett zu kriechen. Stattdessen zwang sie sich, ein paar Mal tief durchzuatmen und sich auf die Fakten zu konzentrieren. Tristan Fox hatte eine Gelegenheit gesehen, ihr eine Falle zu stellen, und sie ergriffen. War es nur Abneigung gegen ihre Freundschaft mit Paul gewesen? Die altmodische Sorge vor einer Vermischung ihres Familienblutes? Grundlegender Hass? Oder war er von jemandem dazu ermutigt worden? Das alte Bündnis zwischen Crows und Silvers stand auf wackligen Beinen, dafür hatten Maria Silvers Taten gesorgt, und vielleicht sah jemand darin eine Chance. Allianzen aufbrechen, eine nach der anderen, jede Familie isolieren ... Aber warum? Um sie zu schwächen? Den Waffenstillstand zu brechen? Lydia erschauderte bei diesem Gedanken.

Sie kam nicht umhin, Paul dankbar zu sein. Sie konnte ihm zwar nicht mehr vertrauen, aber er wirkte bemüht, ihre angeknackste Allianz zu kitten, das war immerhin etwas. Allerdings konnte sie immer noch nicht glauben, dass er Tristan auf einen anderen Kontinent verbannt hatte. Sie erlaubte sich, sich einen Moment vorzustellen, es wäre wahr, und die Erleichterung, die sie verspürte, war überwältigend. Ihr war nicht bewusst gewesen, wie viel Angst sie vor Tristan und seiner Sippe gehabt hatte. Eigentlich sollte sie Paul zu dieser Gruppe zählen, aber der Teil von ihr, der sich vor all den Jahren in ihn verliebt hatte, lebte weiter und war in ihrem Herzen und in ihren Gedanken vom Rest seiner Familie getrennt. Eine andere Art von Qual.

Dann war da eine weitere Sorge. Es war ihr wieder eingefallen, während sie auf Mr. Smith gewartet hatte. Sie ging zu ihrem Mitbewohner, um die Sache zu besprechen.

„Wie geht es dir?“ Lydia lehnte sich an den Türrahmen und beobachtete, wie Jasons Finger über die Tastatur des Laptops flogen. Er war völlig vertieft und es dauerte einen Moment, bevor er sie ansah.

„Ich lerne etwas über Verschlüsselung und Rootkits.“

„Du siehst glücklich aus“, sagte Lydia und beschloss, die Fachwörter zu ignorieren. Ihr Thema war heikel und sie wusste nicht, wie sie es am besten ansprechen sollte. Jason war so zufrieden, seit sie ihm ihren alten Laptop überlassen hatte, dass es sich grausam anfühlte, die Sache hochzuziehen.

Jason lächelte. „Das bin ich.“

Sie holte tief Luft. „Es tut mir leid, dass ich nichts über deinen letzten Tag herausgefunden habe. Und über Amy. Ich habe dir versprochen, dass ich mich darum kümmere, aber ich bin nicht sehr weit gekommen.“

„Ist schon okay." Jasons Lächeln verschwand. „Ich weiß zu schätzen, dass du es versuchst."

„Die Sache ist die ..." Lydia ging über den Teppich und setzte sich neben ihn aufs Bett. „Ich habe Fleet schon einmal um Hilfe gebeten, aber jetzt habe ich einen neuen Kontakt. Einen, der weiter oben im Geheimdienst arbeitet. Vielleicht kann er etwas für uns herausfinden. Wenn du es immer noch wissen willst."

Jasons Umriss schimmerte und Lydia legte eine Hand auf seinen Unterarm, um ihn zu beruhigen.

„Ich weiß nicht", sagte er nach einem Moment. „Ich habe irgendwie Angst. Und wir haben jetzt einen Weg gefunden, mich aus der Wohnung zu holen. Mit dir."

„Das habe ich mir auch gedacht. Aber ich wollte trotzdem nachfragen. Du solltest nicht denken, ich hätte es vergessen."

Er nickte. „Ich gebe dir Bescheid, falls ich meine Meinung ändere, aber derzeit lebe ich lieber im Hier und Jetzt. Zum ersten Mal seit meinem Tod kann ich eine Zukunft spüren." Er lachte. „Das ist ein seltsamer Satz."

„Das ist ein wunderbarer Satz", sagte Lydia. „Ich bin froh, dass du glücklich bist."

Und es schadete nicht, dass er all ihre Hintergrundchecks durchführte. Das Bankkonto füllte sich wie nie zuvor, denn sie hatte die Zahl solcher Fälle stets beschränkt, damit sie nicht von dieser langweiligen Arbeit überflutet wurde. „Und ich bin froh, dass wir zusammenarbeiten", fügte sie hinzu. „Du bist ein großartiger Partner."

Jasons Lächeln wurde noch breiter und sie tätschelte seinen Arm, bevor sie ihn weitermachen ließ. Zeit war schließlich Geld.

Zurück in ihrem Büro stellte sich Lydia neben die Heizung, um sich aufzuwärmen. Sie starrte auf die Whiskyflasche, die unerklärlicherweise bereits halb leer war. Sie hatte noch nicht zu Mittag gegessen, doch sie fühlte sich nicht im Geringsten angeheitert. Ihre Toleranz gegenüber Alkohol war schon immer hoch gewesen, aber das hier war beinahe lächerlich. Vielleicht sollte sie ein Auge darauf haben. Lydia verwarf den Gedanken sofort wieder. Sie hatte größere Probleme, um die sie sich kümmern musste. Außerdem, wenn sie nie betrunken war, konnte sie kein Problem haben. Oder?

Sie ging in ihr Schlafzimmer, um ein weiteres Paar Socken zu holen, in der Hoffnung, dass warme Füße den Rest ihres Körpers warm halten würden. Der dünne Vorhang vor der Terrassentür war halb zugezogen. Der Blick auf die Außenwelt war nicht gerade verlockend. Es regnete in Strömen und Lydia zog eine Grimasse bei dem Gedanken, die Wohnung zu verlassen, um einzukaufen. Seit sie Charlies Überwachung entdeckt hatte, fühlte sich Lydia auf ihrer Terrasse noch unbehaglicher. Es war schon schlimm genug, dass ein Auftragskiller versucht hatte, sie vom Dach zu werfen, aber jetzt waren da auch noch Charlie und seine versteckten Kameras. Es spielte keine Rolle, dass sie sie entfernt und die Terrasse sorgfältig überprüft hatte. Sie fühlte sich beschmutzt. Verdammter Charlie.

Sie dachte an Paul Fox. Nachdem sie sich eingestanden hatte, dass sie ihm glauben wollte, selbst nach allem, was passiert war, wusste sie, dass sie klug vorgehen musste. Animalische Anziehung hatte in der Paul-&-Lydia-Show schon immer eine große Rolle gespielt und sie musste sichergehen, dass er sie nicht verarschte. Als Erstes konnte sie seine Fakten überprüfen. Sie zählte die Stunden seit ihrem Treffen zurück und suchte nach Verbindungen von London nach Tokio. Nachdem sie die Liste der wahrscheinlichsten Flüge eingegrenzt hatte, fragte sie sich, ob Jasons Hackerkenntnisse ausreichten, um auf die Passagierdaten der Fluggesellschaft zuzugreifen, doch dann fiel ihr eine einfachere Lösung ein. Sie rief Karen an, ihre alte Chefin in Aberdeen, die Frau, die sie zur Ermittlerin ausgebildet hatte. Karen war seit über zwanzig Jahren im Geschäft und verfügte über ein großes Netzwerk an nützlichen Kontakten. Für ein angemessenes Honorar konnte sie die meisten Dinge herausfinden und Lydia wusste, dass sie in der Reisebranche hilfreiche Freunde sitzen hatte. In einem Job, in dem man es vor allem mit Untreue, Sorgerechtsstreitigkeiten und erbitterten Scheidungen zu tun hatte, war es hilfreich zu wissen, ob sich jemand verdrücken wollte. Einer von Lydias stolzesten Momenten als Auszubildende war gewesen, einen Mann davon abzuhalten, seine drei kleinen Kinder während seines monatlichen Kontaktbesuchs nach Mittelamerika zu bringen. Sie konnte noch immer die Erleichterung im Gesicht der Mutter sehen.

Nach weniger als einer Stunde rief Karen sie zurück. „Paul und Tristan Fox standen auf der Passagierliste für den Flug 2102 von Heathrow nach Tokio am Dienstag. Beide wählten das Huhn.“

„Was ist mit dem Rückflug? Hast du ihn gefunden?“

„Natürlich. Nur Paul, wie du erwartet hast. Er hatte wieder das Huhn.“

„Danke“, sagte Lydia. „Schick mir deine Rechnung.“

„Schon gut, Kleine. Jederzeit wieder.“

LYDIA TRAF Charlie unten im Fork, um ihm ihren Bericht über *Jayne's Floral Delights* zu übergeben. Er saß auf seinem Lieblingsplatz und sie setzte sich auf den Stuhl gegenüber. Das Café war am Samstag geschlossen. Lydia wusste nicht, warum sie ihre Online-Recherche über die schicke Website mit den hochwertigen Arrangements in dem Bericht ausgelassen hatte, aber sie vertraute ihrem Instinkt. Außerdem könnte sie ohne Beweise Charlie ein falsches Bild von dem Unternehmen vermitteln.

„In Ordnung", sagte Charlie. „Überprüfe das Geschäft nächstes Wochenende noch einmal, nur um sicherzugehen."

„Ich habe ein eigenes Unternehmen, um das ich mich kümmern muss."

Charlie seufzte. „Muss ich dich an unsere Vereinbarung erinnern?"

„Der Obstladen der Pearls scheint gutes Geschäft zu machen", sagte Lydia, um das Thema zu wechseln. „Das würde man nicht erwarten."

„Was ist damit?" Charlie klang abwehrend.

„Nur, dass es seltsam ist. Mitten in Camberwell."

„Der stationäre Handel stirbt aus, ist dir das nicht aufgefallen? Wenn ein paar nette kleine Unternehmen nach Camberwell kommen wollen, werden wir sie nicht daran hindern."

„Wir?"

Charlie runzelte die Stirn. „Hast du vom Camberwell Regenerationsplan gehört? Miles Bunyan hat sich dafür stark gemacht."

Lydia schüttelte den Kopf. „Nein."

„Ein Teil des Abkommens, das Subventionen und Steuererleichterungen vorsieht, um diese Gegend weiterzuentwickeln, beinhaltet die Förderung von Kleinunternehmen. Ich kann niemanden aus Camberwell vertreiben, nur weil er in eine bestimmte Familie hineingeboren wurde."

Seine Formulierung schockierte Lydia. „Das habe ich nicht gemeint, ich will niemanden ausschließen, ich habe mich nur gewundert. Ich wusste nicht, wie wir es aktuell mit den Pearls halten. Als Familie, meine ich."

Charlie zuckte mit den Schultern. „Die Pearls verhielten sich immer ruhig. Sie versorgen dich mit dem Nötigsten mit ihren netten kleinen Ständen und Läden, aber sie sind nicht besonders clever."

„Das klingt sehr voreingenommen."

„Ich habe mich falsch ausgedrückt", entgegnete Charlie.

„Ich meinte, nicht besonders mächtig. Sie haben sich nie die Mühe gemacht, ihre Kräfte zu konservieren und bei sich zu halten. Sie haben ihre Macht in ganz London und darüber hinaus verstreut."

„Jetzt klingst du definitiv voreingenommen. Ich habe im Biologieunterricht gehört, dass die Natur einen großen Genpool bevorzugt. Das sorgt für gesunden Nachwuchs. Sieh dir nur die Königsfamilie an, wir wollen sichergehen, dass wir nicht mit einem markanten Kinn enden."

„Biologie?" Charlie lächelte nachsichtig. „Davon spreche ich nicht. Ich spreche von der Macht der Familie. Dabei gelten ganz andere Regeln."

Lydia wollte widersprechen, aber sie erkannte, dass das zwecklos war. Charlie war in seinen Gewohnheiten verhaftet und es würde mehr als eine lebhafte Debatte brauchen, um ihn davon abzubringen. Sehr viel mehr.

KAPITEL ACHT

Eine einzelne Elster saß auf der Mauer vor Onkel Charlies Haus. Lydia grüßte sie beim Eintreten und der Vogel hüpfte vor ihr den Weg entlang, als würde er ihn ihr weisen. „Ich war schon einmal hier", sagte sie und kam sich ein wenig lächerlich vor, als das Tier davonflog.

Charlie öffnete die Tür in einem schwarzen Trainingsanzug mit einem weißen Handtuch um den Hals. „Ich dachte nicht, dass du das mit dem Training wörtlich meinst", sagte Lydia. „Fürs Fitnessstudio bin ich falsch angezogen. Und ich werde auch nie einen Fuß in eines setzen", fügte sie leise hinzu.

„Komm und nimm dir einen Kaffee", antwortete Charlie und schritt durch sein Haus zurück in die Küche. Er versprühte Energie und Lydia fiel etwas auf: Er war aufgeregt. Der Knoten in ihrem Magen zog sich zusammen. Das würde kein einfaches Gespräch werden. Sie nahm eine Espressotasse und eine Flasche Wasser aus dem Kühlschrank entgegen. „Koffein und Flüssigkeitszufuhr, heiß und kalt, das ist die beste Kombination, um wirklich wach zu werden. Und wir müssen heute hellwach sein."

„Klar." Lydia hörte kaum zu, ihr Gehirn war damit beschäftigt, die richtigen Worte zu finden. „Ich muss mit dir über etwas sprechen."

„Schieß los", sagte Charlie. „Hier entlang."

„Es geht um das Geschäft." Lydia folgte Charlie die Treppe hinauf. Er machte keine Anstalten, sich mit ihr zu unterhalten, doch Lydia musste es einfach loswerden. „Ich bin mir nicht sicher, ob das wirklich das Richtige für mich ist."

Charlie blieb erst oben stehen und drehte sich zu Lydia hinab. Er überragte sie ohnehin bereits, doch mit dem Höhenvorteil der Treppe wirkte er wie ein Berg. Lydia unterdrückte den Drang, mit der Hand die Augen abzuschirmen. „Du hast gesagt, du bist dabei. Wir haben einen Deal."

„Ich bin dabei, das ist nicht das Problem", sagte Lydia. „Ich glaube nur nicht, dass ich ein Händchen fürs Geschäftliche habe. Und ich habe mein eigenes Unternehmen zu führen. Ich halte es für besser, diese Dinge in deinen fähigen Händen zu lassen."

Charlie kniff die Augen zusammen. „Da ist noch etwas anderes, nicht wahr?"

„Ich denke, du solltest die geschäftlichen Details für dich behalten. Zieh mich da nicht mit hinein. Es ist sicherer, wenn ich nicht weiß, was vor sich geht."

„Was meinst du mit ‚sicherer'?"

„Ich würde nie etwas tun, was dir, der Familie oder dem Geschäft schadet. Aber du musst mir vertrauen. Es ist besser, wenn ich bestimmte Dinge nicht weiß." Was sie nicht wusste, konnte sie in einem Moment der Schwäche nicht an Mr. Smith weitergeben. Oder durch Nötigung. Noch verhielt er sich tadellos, aber würde das auf ewig so bleiben?

„Bist du wieder mit dem Bullen zusammen? Ist das das Problem?"

„Ich bin nicht mit Fleet zusammen." Lydia schluckte den

Kloß in ihrem Hals hinunter. „Darum geht es auch gar nicht. Ich halte das nur für klug. Wenn ich mich nicht um die Geschäfte kümmere, warum soll ich dann im Detail darüber Bescheid wissen? Je weniger Leute davon etwas wissen, desto besser. Das gilt auch für mich. Du weißt schon, mein loses Mundwerk."

Charlie schüttelte den Kopf. „Das klingt verdammt danach, als würdest du dein Wort brechen. Ich will dich im Geschäft haben. Du sollst dich in alle Ebenen einarbeiten. Du führst die Bücher, alles. Ich werde nicht ewig hier sein."

„Die Crows werden für diese Ehre Schlange stehen. Such dir jemanden aus."

„Das habe ich bereits", sagte Charlie, aber Lydia merkte, dass sein Nachdruck schwand. Vielleicht war sie doch nicht seine erste Wahl gewesen. Vielleicht wollte er sie nur aus Loyalität gegenüber seinem großen Bruder im Unternehmen haben oder um den Schein zu wahren. Die Nachfolge war schon immer wichtig gewesen und sie war die rechtmäßige Erbin dieser Position. Vielleicht wäre er dankbar für einen Ausweg, um nicht mit ihr zusammenarbeiten zu müssen.

„Ich glaube nicht, dass dort mein Talent liegt", antwortete Lydia wahrheitsgemäß.

„Trink aus", sagte Charlie. Seine Stimme war neutral und er wandte sich zu schnell ab, als dass Lydia seinen Gesichtsausdruck hätte lesen können. Sie befanden sich in der dritten Etage. Lydia erwartete ein Arbeitszimmer, vielleicht ein Gästezimmer, doch stattdessen öffnete er die Tür zu einem großen leeren Raum, der sich über die gesamte Grundfläche des Hauses erstreckte. Nach etwa einem Drittel der Länge stand ein einzelner Pfeiler da, der wohl als Ersatz für eine durchbrochene tragende Wand eingebaut worden war. Die Wintersonne strömte durch die großen Fenster und bestrahlte den Eichenboden und die weißen

Wände. Wenn sie Charlie nicht besser kennen würde, hätte sie geglaubt, es sei ein Tanzstudio.

Sie ging bis in die Mitte, drehte sich langsam im Kreis und nahm die Eindrücke auf. Diese Menge an ungenutztem Raum war in einer Stadt wie London der pure Luxus. „Was machst du hier drin?" Sie sah keine Fitnessgeräte, keinen Spiegel, keine Pflanzen, Möbel oder Stauraum. Nichts. Sie spürte einen Luftzug an ihrer Wange und drehte den Kopf, um nach der Quelle zu suchen.

Charlie beobachtete sie und Lydia blieb stehen. Die Haare in ihrem Nacken stellten sich auf und für einen Moment dachte sie, jemand würde außerhalb ihres Blickfeldes stehen. In ihrem Augenwinkel. Dann war der Eindruck verschwunden.

„An diesem Ort habe ich deine Cousine ausgebildet."

Maddie.

„Sie machte große Fortschritte, bis ..." Er hielt inne.

Bis sie auf die schiefe Bahn geraten war, beinahe einen Mann getötet sowie einen Autounfall gebaut hatte, bevor sie weggelaufen und mit Paul Fox' Hilfe untergetaucht war. Als Lydia sie (auf Charlies Bitte hin) gefunden hatte, hatte Jason seiner Mitbewohnerin das Leben retten müssen. Bevor Maddie endgültig verschwunden war, hatte sie Lydia eingeladen, sich ihrer verrückten, rasenden Welt anzuschließen. In Lydias Vorstellung war sie der Nachtrabe. Ein Geist, der sie in ihren Träumen heimsuchte und sie daran erinnerte, dass die Mythen ihrer Familie immer noch lebendig waren.

„Warum zeigst du mir das?"

„Wenn du dich nicht im Familienunternehmen engagieren willst, gibt es andere Möglichkeiten, deine Loyalität zu zeigen. Andere Wege, wie du uns nützlich sein kannst." Charlie legte den Kopf schief. „Wir alle müssen unseren Beitrag leisten, Lydia, das weißt du."

„Ich besitze keine Fähigkeiten", antwortete sie. „Außer

Recherche. Darin bin ich ziemlich gut und ich lerne ständig dazu. Crow Investigations steht dir zu Diensten."

„Beleidige mich nicht", entgegnete Charlie. „Du bist die Tochter von Henry Crow. Du hast unsere Münze. Zeig sie mir."

Lydia spürte, wie die Münze in ihren Fingerspitzen auftauchte und schloss ihre Faust darum. Doch sie war nicht schnell genug und Charlie nickte. „Du bist die rechtmäßige Erbin. Willst du nicht herausfinden, was das bedeutet?"

Ihr ganzes Leben lang hatten Lydias Eltern ihr eingetrichtert, sie solle sich von Onkel Charlie fernhalten und ihre Kräfte vor ihm verbergen. Dass er sie ohne zu zögern benutzen würde, sobald er eine Chance witterte. Da sie sich im Grunde genommen machtlos fühlte, weil sie nur die Fähigkeit besaß, die Macht in anderen zu spüren, war das nie ein Problem gewesen. Überhaupt war all das in ihren jungen Jahren nie ein Problem gewesen. Die Geschichten der Crows waren genau das: Geschichten. Ihre Mutter und ihr Vater hatten sie beschützt. Jetzt musste sie sie beschützen. Sie überlegte rasch und sagte: „Du weißt, was ich kann. Meinst du, ich könnte noch besser darin werden? Lernen, meine Sinne besser zu lesen oder eine größere Reichweite zu erzielen? Das könnte in einer Großstadt wie London kontraproduktiv sein. Wenn ich die Signatur der Menschen aus größerer Entfernung wahrnehme, werden es zu viele auf einmal, und ich könnte sie durcheinander bringen."

Charlie schüttelte den Kopf. „Das ist nur der Anfang. Am Anfang konnte Maddie nicht mal eine Büroklammer heben, aber nach einer Weile konnte sie sogar Auto fahren."

„Sie war in der Lage, einen Autounfall zu bauen", ergänzte Lydia. „Und ich bin nicht daran interessiert, ein Auto mit meinem Verstand zu lenken."

Charlie spreizte seine Hände in einer Geste, die ihr verriet, dass ihre Interessen nicht von Belang waren, und sagte: „Warum fangen wir nicht einfach an? Je eher wir anfangen, desto eher sind wir fertig. Und wenn du dich nicht mit dem Unternehmen beschäftigen willst ..."

„Also gut."

„Schließ deine Augen."

Lydia tat wie ihr geheißen. Sofort fühlte sie sich verletzlich. Sie stand allein in einem großen Raum. Charlie stand an der Wand neben der Tür, er war ihr Onkel. Hier würde ihr nichts geschehen, sagte sie sich, aber ihr Körper stimmte ihr nicht zu und ihr Herzschlag beschleunigte sich.

„Du kannst die Münze in deiner Hand spüren. Atme gleichmäßig und öffne deine Finger so, dass deine Münze flach auf deiner Handfläche liegt. Du hast deine Münze schon eine Million Mal in die Höhe geschnippt, aber jetzt wirst du sie schweben lassen. Lass sie einfach von deiner Handfläche abheben und halte sie ein paar Zentimeter darüber in der Luft."

Lydia befolgte die Anweisung. Sie spürte die Münze, ihr leichtes Gewicht und die Ränder an der flachen Mulde ihrer ausgestreckten Hand. „Ich sehe nichts ..."

„Konzentrier dich", sagte Charlie. Sein Tonfall duldete keinen Widerspruch.

Lydia wurde klar, dass sie hier nicht so schnell wieder rauskommen würde, wenn sie sich keine Mühe gab. Sie legte ihre Stirn in Falten, um zu zeigen, dass sie sich konzentrierte.

„Stell dir vor, dass deine Münze fünf Zentimeter über deiner Hand schwebt. Halte sie einfach in der Luft."

Lydia machte sich nicht die Mühe, sich etwas vorzustellen, sie wollte nur so aussehen, als würde sie es versuchen. Sie spannte ihre Muskeln an und kniff die Augen zusammen. Nach einer gefühlten Ewigkeit ließ sie den Arm sinken und öffnete die Augen. „Entschuldige ..." Die Worte erstarben. Ihre Münze schwebte auf Augenhöhe und eine Armlänge von ihr entfernt. Sie drehte sich nicht, sondern lag in der Luft, als würde sie von einem unsichtbaren Regal gehalten.

„Gut", lobte Charlie. Sein Gesicht war gerötet und Lydia griff nach ihrer Münze und steckte sie ein. „Als Nächstes versuchen wir es mit einem neutralen Gegenstand."

„Ich bin müde", sagte Lydia und versuchte, erschöpft zu klingen. Sie ließ ihren Körper ein wenig zusammensacken. „Mir ist schwindelig. Als würde ich gleich ohnmächtig werden."

Charlie kam herüber und legte eine Hand auf ihre Stirn. „Du siehst ein wenig blass aus", sagte er. „Mach dir keine Sorgen, mit etwas Übung wirst du stärker. Es wird leichter."

Lydia wollte nur noch aus diesem Raum und aus Charlies Haus verschwinden. In ihrem Körper kribbelte es, als ob gleich etwas explodieren würde. Ihr war nicht übel, aber es war nicht ausgeschlossen, dass sie sich übergeben musste.

„Das war gute Arbeit", sagte Charlie, als er ihr aus dem Zimmer und die Treppe hinunter folgte. „Ruh dich etwas aus. Sag Angel, sie soll dir etwas zum Abendessen machen. Ich habe ihr gesagt, sie soll sich um dich kümmern."

Lydia schaffte es, ihm zu danken, dann trat sie vor die Tür. Fünf Elstern saßen auf dem Weg und sie nickte ihnen zu, da sie es nicht wagte zu sprechen.

Sie war so rasch gelaufen, dass sie auf halbem Weg nach Hause innehalten musste und sich auf den Bürgersteig hockte, um ein paar Atemzüge zu nehmen. Mit gesenktem Kopf versuchte sie, wieder Sauerstoff in ihren Kreislauf zu bekommen und das Klingeln in ihren Ohren zu stoppen. Ihre Münze steckte in ihrer Tasche, das wusste sie, doch gleichzeitig war sie in ihrer Hand. Und als sie die Augen öffnete, hing sie etwa fünf Zentimeter vor ihrer Nase. Das war unmöglich. Das konnte nicht sein. Ihre Münze war ein Teil von ihr, wie ihr Daumen. Sie erschien, wenn sie sie brauchte, und verschwand, wenn sie sie nicht mehr brauchte. Sie konnte sie in die Luft schnippen und die Drehbewegung dabei verlangsamen. Sie hatte sie noch nie schweben lassen, sie hätte nicht geglaubt, dass so etwas möglich war. Und jetzt waren es drei Münzen. Doch das war falsch. Es gab nur eine, das wusste sie so sicher, wie sie wusste, dass sie zwei Füße hatte. Warum konnte sie dann eine in ihrer Handfläche spüren und eine vor sich sehen? Wie war das möglich?

„Nein", sagte Lydia und die Münze in ihrem Blickfeld verschwand. Sie richtete sich auf und überprüfte ihre Tasche. Nichts. Es war nur eine Münze, die schwer in ihrer Handfläche lag.

KAPITEL NEUN

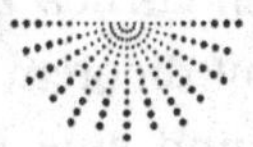

Als Lydia aufwachte, allein in einem kalten Bett und in einem Raum, der sich anfühlte, als wäre Jason irgendwo in der Nähe und würde die Wärme aus der Luft saugen, pochte ihr Schädel. Sie brauchte einen Moment, um sich zu orientieren. Sie hatte von Maddie geträumt, aber im Gegensatz zu den vielen Albträumen in der Vergangenheit, war Maddie diesmal nur eine schweigende Gestalt am Rande ihrer Traumaktivitäten gewesen. Sie hatte weder mit Lydia interagiert, noch sie gewarnt. Es war, als hätte Maddie aufgegeben.

Lydia starrte auf die fast leere Flasche Whisky auf dem Nachttisch. Sie wollte sie trinken und bemerkte gleichzeitig, dass das ein ungesunder Reflex war. Bevor sie weiter darüber nachdenken konnte, war die Flasche an ihren Lippen und die Flüssigkeit rann die Kehle hinunter. Lydia ließ sich in die Kissen fallen und wartete darauf, dass ihr Kopf klar wurde. Alkohol hatte auf sie, im Gegensatz zu anderen Menschen, schon immer eine belebende Wirkung gehabt und seit Tagen wirkte er wie die einzige Möglichkeit, irgendwie zu funktionieren. Alle ihre Sinne schrien lautstark, dass es eine miese Idee war, für Charlie zu arbeiten oder sich mit Mr. Smith zu treffen, ganz zu schweigen von dem riesigen Abgrund, der sich seit der Trennung von Fleet in ihr aufgetan hatte. Es war zu viel.

Genug! Lydia beendete ihre zehnminütige Selbstmitleidsparty und zwang sich zu einer Dusche. Während sie sich die Kopfhaut schrubbte und das Shampoo aufschäumte, wanderten ihre Gedanken zurück zu ihrem Traum. Sie war an einem dunklen Ort mit dichtem Laubwerk gewesen. Die Bäume hatten geknarrt und eine Eule hatte geheult. Eine märchenhafte Landschaft, an die sie sich aus Kindergeschichten erinnerte, voller Gefahren, die sie nicht sehen konnte. Und Maddie. Irgendwo im Dunkeln, abseits des verschlungenen Pfades. Sie hatte Lydia aus sicherer Entfernung dabei beobachtet, wie sie ihr Leben an die Wand fuhr.

Jason war in der Küche und kochte Tee. Er betrachtete die leeren Whiskyflaschen auf dem Tresen und sah dann zu Lydia.

„Sag nichts", entgegnete sie. „Ich bin nicht in der Stimmung."

Jason hielt die Hände hoch. „Ich verurteile dich nicht. Du vermisst Fleet. Ich verstehe das. Das ist die Trauer."

„Er ist ja nicht gestorben", entgegnete Lydia und bereute ihre Worte sofort. „Tut mir leid."

„Schon gut. Du betrauerst den Verlust deiner Beziehung. Es gibt fünf Phasen ..."

„Beim Gefieder, sag so etwas nicht!" Lydia lächelte schwach. „Eine Phase kann ich schaffen. Vielleicht auch zwei. Aber mehr nicht."

„Im Ernst", sagte Jason. „Wenn du reden willst ..."

„Mir geht es gut", log sie.

„Deine Sorgen zu ertränken, ist langfristig keine Lösung."

„Wirklich, mir geht es gut. Lass uns über die Arbeit

reden. Wenn ich etwas zu tun habe, geht es mir noch besser. Ehrlich."

„In Ordnung." Jason hob seine Hände. „Erzähl mir von deinen Fällen."

Lydias Schultern sackten zusammen. „Da gibt es nicht viel zu sagen. Ich habe meinen letzten Betrüger überführt und bin nicht in der Stimmung, noch mehr solcher Fälle anzunehmen. Charlie zerrt mich durch die ganze Stadt und jetzt kommt auch noch das Training dazu."

„Training?"

„Wehe, du freust dich! Das kann ich nicht ertragen. Du musst auf meiner Seite sein."

„Das bin ich doch. Was für Training? Kickboxen? Zirkel-training?"

Lydia nahm den Tee, den Jason gekocht hatte, und legte ihre Hände um die Tasse, um sie zu wärmen. „Crow-Magie."

Jasons Augen weiteten sich. „Heilige Scheiße!"

„Ja."

Jason griff an Lydia vorbei nach dem Wasserkocher, füllte ihn und betätigte den Schalter. Dann holte er Schüsseln aus dem Schrank und begann, Müsli hineinzuschütten. Wenn er nachdachte, sich aufregte oder besorgt war, machte er zwanghaft Frühstück. Was in der Praxis bedeutete, dass ihr Verbrauch an Müsli und Teebeuteln überdurchschnittlich hoch war. „Es ist okay", sagte Lydia und legte eine Hand auf seinen Arm. „Jason."

Als er sie ansah, leuchteten seine Augen. „Freust du dich denn gar nicht? Willst du nicht herausfinden, was du alles kannst?"

Jason war schon immer neugierig auf Lydias Kräfte gewesen, aber Lydia war dazu erzogen worden, sie zu verstecken, sie zu minimieren und in der Welt der Norma-lität und Sicherheit zu bleiben. Diese Angewohnheit war schwer abzulegen. Außerdem hatte sie sich nie mächtig gefühlt. Ihre Kraft bestand darin, die Macht anderer zu spüren, was ihr Gefühl der Unzulänglichkeit nur verstärkt hatte. All diese magischen Familienmitglieder schlenderten durch London und Lydia konnte nur sehen, dass sie existierten. Das war nicht der Stoff, aus dem Legenden gemacht waren.

„Ich meine, du verstärkst mich. Was wäre, wenn du diese Fähigkeit nutzen könntest, um dich selbst zu verstärken? Oder andere Dinge tun? Darüber hast du bestimmt schon nachgedacht."

„Vielleicht. Ich mag es aber nicht, wenn man mich dazu zwingt. Ich traue Charlie nicht." Die Worte laut auszusprechen, machte alles noch schlimmer. Lydia nahm einen Schluck Tee und stibitzte eine Schüssel Müsli. Um das Thema zu wechseln, erzählte sie Jason von der Überwachung des Blumenladens. „Die Website sieht professionell aus, aber wir wissen nicht, ob das Geschäft wirklich gut läuft."

„Das können wir herausfinden", sagte Jason.

„Was?"

„Wir können uns in die Website hacken und so vielleicht auf die Kundendatenbank zugreifen. Wahrscheinlich arbeiten sie mit einem externen, sicheren Bezahlsystem, aber die E-Mails mit den Bestellbestätigungen sollten ziemlich leicht zu knacken sein. Soll ich es versuchen?"

„Kannst du das, ohne dass es jemand merkt?"

„Ja. Ich würde nichts ändern und nichts Böses damit anstellen. Ich würde mich nur umsehen."

Das war moralisch zwar falsch, doch falls sie dadurch Charlies Zweifel beseitigen könnte, wäre es definitiv in Jayne Davies' bestem Interesse. Aber falls nicht? Nun, darüber würde sich Lydia Gedanken machen, wenn es so weit war. Ein Problem nach dem anderen. Sie bedeutete Jason, es zu versuchen, und er ließ das Müsli sofort zugunsten seines Laptops stehen. Immerhin ein kleiner Erfolg.

Jason saß auf dem Sofa und tippte wie wild auf der Tastatur, während Lydia sich einen Toast mit Butter machte. Als sie sich zu Jason setzte, wühlte er sich durch ein E-Mail-Konto. „Hier drin sind alle Bestellungen", sagte er und zeigte ihr den Laptop. „Es sind viele." Er klickte auf eine Nachricht und Lydia überflog die Auftragsbestätigung. Es handelte sich um einen handgebundenen Winterstrauß, der an eine Adresse in Camberwell geliefert wurde. Der Kunde hatte offenbar fast 200 Pfund dafür bezahlt. „Beim Gefieder, das muss ein schöner Strauß gewesen sein."

Jason scrollte weiter durch die Nachrichten, während Lydia ihren Toast aß.

„Sieht so aus, als hätte die Firma letzten Monat etwa zwanzig Riesen Umsatz aus diesen Bestellungen gemacht. Ich muss mir die Buchhaltung ansehen, um dir den Gewinn nennen zu können."

„Lass gut sein", sagte Lydia. „Das reicht, um Charlie wissen zu lassen, dass sie nicht ganz ehrlich zu ihm war."

Bevor sie es sich anders überlegen konnte, rief sie ihren Onkel an und gab ihm ein Update. Es war ein Auftrag wie jeder andere und sie musste ihn zu Ende bringen. Ansonsten würde er es auf anderem Weg herausfinden. Charlie Crow entging nur wenig, und wer weiß, womöglich war dieser Job ein Test ihrer Loyalität. Derzeit bewegte sie sich auf dünnem Eis und konnte es sich nicht leisten, zu versagen.

EIN PAAR TAGE später hatte Lydia noch nichts von Charlie gehört. Sie gab sich der Hoffnung hin, dass sie ihm lang-weilig geworden war und er sich ein anderes Projekt gesucht hatte. Vielleicht hatte sich ihr mangelnder Enthusi-asmus für das Familiengeschäft oder die Ausbildung ausge-zahlt und er würde sie in Ruhe ihre Detektei leiten lassen. Es war zwar unwahrscheinlich, aber ein paar Minuten Hoffnung über ihrem morgendlichen Whisky waren das größte Glücksgefühl, das sie in den letzten Tagen empfunden hatte.

Die Entspannung dauerte nur kurz an, denn es war wieder Donnerstag. Lydia hielt auf dem Weg zu ihrem Treffen mit Mr. Smith Ausschau nach möglichen Verfolgern. Sie mochte es nicht, ein Verhaltensmuster zu haben, und schon gar keines, das ihr aufgezwungen wurde. Es brauchte nur einen misstrauischen Crow, vielleicht Aiden, der von ihrer Verbindung zu Mr. Smith Wind bekam, dann wäre die Hölle los.

Lydia bemühte sich, sich als solche Enttäuschung auszugeben, dass Onkel Charlie das Interesse verlor. Es war vermutlich unrealistisch, sich an die Hoffnung zu klammern, dass alles so werden könnte wie vorher, aber sie war noch nicht bereit, sie aufzugeben. Wenn sie sich genug anstrengte, um normal zu sein, konnte sie es schaffen. Es wäre wieder wie in ihrer Kindheit.

Dieser Gedanke erinnerte sie daran, dass sie schon lange nicht mehr mit Emma gesprochen hatte. Sie griff nach ihrem Handy und drückte die Anruftaste. Emma hatte die Entdeckung, dass Lydia mit einem Geist zusammenwohnte, gut verkraftet und Lydia hatte sich wie immer vorgenommen, eine bessere Freundin zu sein, aber ihr Job und ihr Leben hatten sich gegen sie verschworen. Und natürlich hatte Emma selbst viel zu tun. Zwei kleine Kinder, ein Ehemann, eine Familie und ein Job. Lydia musste vor ihrer besten Freundin nicht mehr so tun, als wäre sie normal, was eine Erleichterung war, aber auch eine weitere Veränderung, eine weitere neue Weltordnung, in der sie sich zurechtfinden musste. Nachdem Emma ein paar Minuten aus ihrem Leben berichtet hatte, fragte sie, wie es Lydia bei der Arbeit erging. „Gut." Lydia näherte sich dem Safe House. Sie ging daran vorbei in Richtung Park und drehte darin eine Runde, um eventuelle Verfolger auszumachen.

„Ich weiß, was das bedeutet", sagte Emma. „Du klingst gestresst."

Lydia rollte ihre Schultern. Sie war eine Crow. Crows empfanden keinen Stress. „Nein, mir geht es gut. Ich habe nur ein paar Dinge zu tun, du weißt ja, wie es ist."

„Ich weiß, wie du bist", sagte Emma. „Du musst dich bei mir nicht verstellen."

„Wirklich", antwortete Lydia. „Ich arbeite nicht gern mit Charlie zusammen, aber es ist ein notwendiges Übel. Aber das wird auch nicht ewig andauern."

„Meinst du?" Emma war nicht unfreundlich. Sie war ehrlich und geradeheraus, nur zwei ihrer hervorragenden Eigenschaften.

„Besser wär's!", sagte Lydia. „Sonst bringen wir uns am Ende noch gegenseitig um."

„Mach keine Witze darüber."

WIE IMMER WAR Lydia früh zu ihrem Treffen gekommen. Jedes Mal durchsuchte sie die Wohnung nach Überwachungsgeräten, nach allem, was achtlos liegen gelassen worden war, nach jedem Hinweis auf die Aktivitäten von Mr. Smiths Abteilung. Lydia erwartete nicht, etwas zu finden, aber es fühlte sich wie ein kleiner Funken Kontrolle an. Außerdem war das bei der Ermittlungsarbeit ganz normal. Man durchforstete eine Menge Nichts und fand gelegentlich etwas. Es war kein Beruf für Ungeduldige.

Mr. Smith zum Beispiel wäre kein guter Privatdetektiv, wenn man sich sein derzeitiges Verhalten ansah. Sie hatten zwanzig Minuten lang Smith-stellt-Lydia-eine-Frage-und-Lydia-weicht-aus gespielt, als ein verräterischer Muskel in seiner glatten Kieferpartie zuckte.

„Sie scheinen die Bedingungen unserer Abmachung nicht zu verstehen." Schließlich brach der Frust aus ihm heraus. „Ich habe Ihnen einen Gefallen getan und Sie erzählen mir aus Ihrem Leben. Das war der Deal."

„Sie fragen mich nicht nach meinem Leben", entgegnete Lydia. „Sie fragen nach meinem Onkel und meinem Vater und die sind beide tabu."

„Sie können nicht auf jede Frage mit einer eigenen Frage antworten", sagte Mr. Smith. Er versuchte sichtlich, sich zurückzuhalten, aber Lydia hörte ein wenig Verständnis heraus. Er war nicht wirklich wütend. Er spielte nur einen weiteren Schachzug. Er tat so, als ob er die Kontrolle verlieren würde, damit Lydia sich mächtig fühlte. Wenn sie sich mächtig fühlte, würde sie einen Fehler begehen. Sie kam nicht umhin, den Mann zu bewundern. Und vielleicht konnte sie ja die eine oder andere Taktik von ihm lernen. Kostenloses Training von einem Spion.

„Sind Sie vom MI5 oder vom MI6? Das haben Sie mir noch nie beantwortet."

Mr. Smith lächelte und alle Spuren von Frust und Anspannung waren augenblicklich verschwunden. „Ich habe Ihnen doch erklärt, dass das so nicht funktioniert."

„Wir haben nie konkrete Details besprochen", sagte Lydia. „Sie haben mir nie ausdrücklich verboten, Fragen zu stellen. Außerdem betreibe ich nur Konversation, wenn ich schon mal hier bin. Wie man das eben so macht unter Freunden."

„Sie wollen mit mir befreundet sein?" Sein Gesichtsausdruck wurde ernst. „Das wäre mir sehr recht. Aber ich glaube nicht, dass Sie das ernst meinen."

„Und wenn doch?" Lydia schob ihm die Kuchenschachtel zu. „Sie wissen, dass ich meine Verbindung zur Polizei verloren habe. Ich brauche eine neue."

„Ich bin nicht von der Polizei."

„Nicht ganz, aber das macht Sie nicht nutzlos."

Seine Mundwinkel zuckten. „Danke. Meine Abteilung

arbeitet mit beiden Geheimdiensten zusammen, ist aber kein offizieller Teil von ihnen."

Lydia unterdrückte einen Schauer. Eine Abteilung, die zu geheim war, um ein offizieller Teil des MI5 oder MI6 zu sein. Das klang gefährlich. „Ich könnte Ihnen besser helfen, wenn ich wüsste, wofür Sie sich interessieren. Womit beschäftigt sich Ihre Abteilung? Geht es um das organisierte Verbrechen oder um seltsame Dinge?"

„Beides", sagte er und nahm seinen Kaffeebecher zur Hand. „Das wissen Sie ja schon."

Lydia nickte und versuchte, ihr Unbehagen zu verbergen. „Und weiß man dort von Ihnen?"

Ein leichtes Zögern. „Nein. Dort verfügt niemand über Ihre Fähigkeit."

„Meine Fähigkeit?"

„Sie spüren sie doch, nicht wahr? Die Macht in anderen?"

Jetzt war Lydia diejenige, die zögerte.

„Machen Sie sich nicht die Mühe, es abzustreiten", sagte Mr. Smith. „Können wir die Lügen zwischen uns auf ein Minimum beschränken? Ich weiß, dass Sie eine Crow sind. Warum über die Details streiten?"

Er log, Details waren alles. Trotzdem zwang sich Lydia zu einem Lächeln und ließ es leicht und entspannt aussehen. „Gut, wir wollen nicht streiten. Was ist Ihr Ziel? Was hoffen Sie zu erreichen?"

Mr. Smith zuckte mit den Schultern. „Ich gehöre zu einer Taskforce. Sie ist neu und unauffällig. Das erklärte Ziel ist reine Informationsbeschaffung. Beobachtung. Wie Dokumentarfilmer sollen wir nicht mit unseren Zielpersonen interagieren oder sie beeinflussen. Das wird sich ändern, aber ich weiß nicht, wann. Wahrscheinlich wissen es nicht einmal die höheren Stellen. An der Spitze wird es politisch."

„Und das ist für Sie in Ordnung?"

„Wissen ist Macht. Und ich habe ein persönliches Interesse.“

„Wegen Ihres ...“ Lydia winkte mit der Hand. „Zeugs. Konnten Sie immer schon Menschen heilen?“

„Ja.“

„Erzählen Sie mir von Ihrem ersten Mal.“

Er schüttelte den Kopf. „Lieber nicht. So gute Freunde sind wir noch nicht.“

„Okay, erzählen Sie mir von Ihrer Abteilung. Was denkt sie über die Familien? Glaubt man dort die Geschichten?“

„Die haben es nicht so mit dem Glauben“, sagte Mr. Smith. „Die interessieren sich für Fakten und betreiben Forschung.“

Es war interessant, dass er seine Abteilung als „die“ bezeichnete. Entweder war er nicht eng mit ihr verbunden, was für Lydia von Vorteil sein könnte, oder er tat nur so, um ihr Vertrauen zu wecken. „Ich werde keine Laborratte spielen“, sagte sie.

Mr. Smith schüttelte den Kopf. „Die karren keine Leute weg und machen illegale Tests. Wir sind nicht mehr in den Siebzigern.“

„Wie wird die Forschung dann betrieben?“

„Durch Freiwillige.“

„Das kann ich nur schwer glauben.“

„Sind Sie nicht neugierig? Wollen Sie nicht wissen, ob in Ihrer DNA etwas anderes ist, ob Sie ein neues Enzym in sich tragen oder ein Teil Ihres Gehirns anders funktioniert als bei normalen Menschen?“

„Ich bin normal“, log Lydia. „Ich bin in Beckenham aufgewachsen. Ich hatte ein Meerschweinchen. Ich habe am Samstagmorgen ferngesehen und nachmittags Schwimmunterricht gehabt.“

Er schüttelte den Kopf. „Sie wissen, was ich meine.“

„Ich hoffe, Sie sind nicht auf der Suche nach einer neuen

Freiwilligen, denn das wird nicht passieren." Sie hatte nicht die Absicht, ein Experiment zu werden.

Mr. Smith hob seine Hände. „Ich möchte Ihr Freund sein, das ist alles."

„Und ich soll Ihre Denunziantin spielen?", fragte Lydia kühl.

Er zuckte leicht zusammen, als hätte sie bei einer Teeparty einen Fauxpas begangen. „So würde ich es nicht ausdrücken."

„Ich schon." Lydia stand auf. „Und jetzt gehe ich."

„Sie werden wiederkommen."

„Das werde ich nicht", sagte Lydia und nahm ihre Jacke von der Stuhllehne. Sie war schon an der Tür und griff nach der Klinke, als Mr. Smith erneut sprach. Sie blieb stehen und sah sich nicht um, aber die Worte fielen trotzdem.

„Sie sind genauso neugierig wie ich."

KAPITEL ZEHN

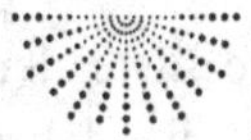

Lydia war früh zu Bett gegangen. Sie fühlte sich auf eine Weise müde, die nichts mit der Anstrengung zu tun hatte. Müde in ihrer Seele. Sie hatte eine Stunde gedöst und war gegen Mitternacht hellwach aufgewacht. Jetzt lag sie da und betrachtete die vertrauten Formen und Schatten in ihrem Zimmer, das vom schwachen Schein der Straßenlaternen erhellt wurde, der durch die Vorhänge drang. Sie hörte Jason den Flur entlangkommen und nahm an, dass er auf dem Weg in sein Schlafzimmer war, aber dann klopfte er leise an ihre Tür.

„Komm rein." Sie setzte sich auf. Es war kühl und sie zog die Bettdecke hoch, denn sie wusste, dass es gleich noch kälter werden würde.

„Du musst dir etwas ansehen", sagte Jason und kam mit seinem Laptop herüber.

„Du klebst förmlich an dem Ding. Arbeite nicht zu viel."

„Ich liebe es." Jason drückte den Computer instinktiv an sich. „Aber sieh mal." Er setzte sich neben Lydia aufs Bett und klappte den Bildschirm auf. „Nachdem ich die Bestell-E-Mails durchgearbeitet hatte, habe ich mich ein wenig umgesehen. Es handelt sich um geschäftliche E-Mails, also nicht viel Persönliches, aber ich habe Nachrichten von einer Online-Buchhaltungsseite gefunden, die mich zu ihren Konten geführt haben."

„Geführt?", fragte Lydia und zog eine Augenbraue hoch.

„Na ja." Jason zuckte mit den Schultern. „Ich habe nachgesehen. Aber dort habe ich ein seltsames Zahlungsmuster gefunden. Sieh mal."

Lydia starrte auf eine Liste der ein- und ausgehenden Transaktionen, die für die Jahresabschlüsse ordentlich beschriftet waren. Lydia benutzte ein ähnliches System für ihr eigenes Unternehmen. Sie wollte gerade fragen, was daran ungewöhnlich war, als sie es sah. Eine Zahlung über dreitausend Pfund von JRB Inc. vor zwei Tagen.

„Ich konnte keine entsprechende Bestellung finden", sagte Jason. „Und es gibt keine Zahlungsreferenz und keine Rechnung in der Buchhaltung oder im Sendeordner der E-Mail-Adresse."

„Was zum Teufel hat ein Blumenladen in Camberwell mit JRB zu tun?"

„Zuerst dachte ich, dass eine Bestellung persönlich aufgegeben wurde und jemand vergessen hat, die Details ins System einzugeben. Aber das wäre seltsam. Ich meine, das sind eine Menge Blumen."

„Oder die Zahlung war für etwas ganz anderes."

„Und zwar regelmäßig", sagte Jason. „Es gibt übereinstimmende Zahlungen, die in den letzten vier Monaten jeweils am selben Tag getätigt wurden. In der ersten wurde in der Referenz vermerkt, dass die Adresse auf Anweisung des Kunden zurückgehalten wurde, also vermute ich, dass es sich um eine wiederkehrende Zahlung für eine reguläre Bestellung an eine Adresse handelt, die woanders eingetragen wurde."

„An wen um alles in der Welt schickt JRB jeden Monat Blumen im Wert von drei Riesen? Und warum soll die Adresse nicht in einer Datenbank gespeichert werden? Das ist ziemlich paranoid." Lydia brach ab, als ihr klar wurde, dass sie in diesem Moment die Konten der Blumenhändlerin nach Informationen durchsuchten. „Kannst du aus diesen Transaktionen mehr über JRB herausfinden? Gibt es so etwas wie den Papierbeweis in digitaler Form?"

„Ich weiß es nicht", sagte Jason. „Ich werde das Kollektiv fragen."

„Das Kollektiv?"

Jason tippte bereits weiter und nickte. „Das könnte uns etwas kosten. Ist das in Ordnung?"

„Klar. Wir werden sie für ihre Zeit entschädigen. Das ist nur fair. Ich frage mich, wie hoch der Preis fürs Hacken ist. Ich schätze, wir können nicht darauf hoffen, dass alle von denen Geister sind."

ALS LYDIA am darauffolgenden Samstag den Blumenladen beobachtete, lief das Geschäft allem Anschein nach erneut schwach. Wieder wartete sie, bis Jane ihre Mittagspause machte, und stattete Dylan einen Besuch ab. Auch dieses Mal war er in sein Handy vertieft und blickte nicht auf, als sie sich im Laden umsah.

Sie trat an den Tresen und Dylan löste seinen Blick vom Bildschirm. Lydia glaubte nicht, dass er sie wiedererkannte. „Liefern Sie auch?"

„Klar", sagte Dylan. Er holte ein Notizbuch unter dem Tresen hervor und klappte es auf. Die Seite war mit einem schäbigen Band markiert und Lydia erblickte einige Worte und gekritzelte Roboter. „Was hätten Sie gerne?"

„Ich bin mir noch nicht sicher", sagte sie. „Ich wollte mich zuerst nach den Kosten erkundigen."

„Bestellungen über fünfzig Pfund liefern wir kostenfrei aus. Innerhalb Londons."

„Okay." Lydia sah eine offene Tür hinter Dylan, die, wie sie annahm, zum Lagerraum und zu dem Ort führte, an dem die Blumensträuße gebunden wurden. Wenn sie mehr über Blumen wüsste, könnte sie ihn vielleicht dazu bringen, dort etwas zu holen.

Dylan widmete sich wieder dem Handy. „Ruhestand, richtig?"

„Wie bitte?"

„Sie waren letzte Woche wegen dem Kranz hier, nicht wahr? Tut mir leid, dass wir Ihnen nicht helfen konnten."

„Das ist schon okay", sagte Lydia. „Ich habe einen bei Marks and Spencer gekriegt. Aber diese Bestellung ist groß. Und ich brauche sie nicht vor nächstem Monat."

„Wie groß?"

„Ich weiß nicht, was kann ich für fünfhundert bekommen?"

Dylan wurde hellhörig. „Wir haben auf unserer Website viele Beispiele. Schauen Sie sich doch die Galerie an."

„Ich will aber wissen, wie die Blumen riechen. Haben Sie etwas, das gut riecht? Richtig stark." Nein, Blumengespräche waren nicht Lydias Stärke.

„Rosen duften", sagte Dylan und deutete auf einen Strauß gelber Blumen in einem Eimer zu ihrer Linken.

Lydia schüttelte den Kopf. „Ich brauche etwas Stärkeres."

„Warten Sie", sagte Dylan. „Ich glaube, wir haben hinten noch Gardenien."

Kaum war er durch die Tür verschwunden, beugte sich Lydia über den Tresen, um einen genaueren Blick auf das Notizbuch zu werfen. Zahlen, die Nachricht, dass Beth angerufen werden solle, und eine lange To-do-Liste. Lydia holte ihr Handy heraus, blätterte die Seiten um und schoss dabei Fotos. Sie registrierte einige Name und Adressen, Bestellnummern und manchmal auch Preise, las jedoch nicht genau, sondern körnn fotografierte so schnell wie möglich.

Sie hatte erst sechs Seiten geschafft, als sie Dylan zurückkommen hörte und sich aufrichtete.

Dylan stand mit leeren Händen da. „Wir haben hinten

keine, aber ich notiere mir, dass wir welche besorgen, falls Sie wiederkommen wollen." Er nahm einen Stift und hielt ihn über das Notizbuch. „Darf ich Ihren Namen notieren?"

„Shaw", sagte Lydia. „Rebecca Shaw." Sie nannte ihm die Nummer eines ihrer Wegwerfhandys und bedankte sich bei ihm.

ZURÜCK AN IHREM SCHREIBTISCH ging Lydia die Bilder durch. Es waren wenige Adressen, vor allem in Anbetracht des Umsatzes, den Jason gefunden hatte. Lydia vermutete, dass nur telefonische oder persönliche Bestellungen auf diese Weise erfasst wurden und der Rest durch das Online-Zahlungssystem auf der Website des Blumenhändlers aufgezeichnet wurde.

Die Adressen lagen alle in wohlhabenden Gegenden, was Sinn ergab, bis man sich fragte, warum jemand nach Camberwell fuhr, um einen Blumenstrauß zu bestellen, wenn er oder sie auf der anderen Seite des Flusses wohnte. Vielleicht wusch der Laden Geld für JRB und Teil der Vereinbarung war es, Blumen an JRB's Freunde zu schicken? Vorausgesetzt, JRB hatte welche. Konnten Briefkastenfirmen Freunde haben?

Lydia hasste diese Art von Ermittlungen fast so sehr wie die Hintergrundüberprüfungen für Unternehmen und Personalvermittler. Es war so langweilig, so technisch. Egal, ob es um Geldwäsche, Steuerhinterziehung oder Insiderhandel ging, man konnte leicht vergessen, dass dabei auch immer Menschen zu leiden hatten. Und die wirklich Verantwortlichen nie diejenigen waren, die dafür bestraft wurden. Zumindest so gut wie nie.

Den anderen Grund für ihre schlechte Laune gab Lydia nur ungern zu. Die Crows waren früher in Machenschaften verwickelt gewesen, denen diese Art von Tätigkeiten nicht fremd war. Schutzgelderpressung, Geldwäsche und wer weiß was noch alles. Es ließ sie erschaudern. Die schlechten alten Zeiten.

Auf der letzten Seite, die sie fotografiert hatte, stand nur eine Adresse. Sie war von Blumen und Ranken umgeben, als hätte jemand beim Telefonieren mal etwas anderes als diese Roboterfiguren gezeichnet. Die Adresse lag nahe Hampstead Heath. Lydia erkannte sie, weil sie in den Nachrichten als eine der teuersten Adressen Londons bezeichnet worden war. Was Lydias Herz jedoch zum Rasen brachte, war der Name über der Adresse. Kein Vorname oder Titel, nur der Nachname: Pearl.

Neben der Adresse, die durch das gekritzelte Laub fast unkenntlich gemacht wurde, standen ein Datum und das Wort *bezahlt*. Lydia durchforstete die Konten des Blumenhändlers und fand die letzte Zahlung über 3.000 Pfund. Das Datum stimmte überein.

DIE HÄUSER in diesem Teil Londons waren nichts für Normalsterbliche. Die Straße, die Lydia entlangfuhr, war als *Straße der Milliardäre* bekannt und die Adresse, die sie gefunden hatte, befand sich in einer bewachten Nebenstraße samt Wachmann in einer kleinen Holzhütte. Lydia tat so, als würde sie das Klemmbrett, das sie mit einigen vorgetäuschten Papieren mitgebracht hatte, zu Rate ziehen, um ihm ihren Zielort zu nennen, und erklärte, dass sie eine Lieferung für *Jayne's Floral Delights* ausfahre. Sie hatte für den Tag einen weißen Lieferwagen gemietet und hoffte, dass der Wachmann nicht in den hinteren Teil des Wagens sehen wollte, denn er war völlig leer.

„Wo ist der Typ, der sonst immer kommt?“

„Magen-Darm“, sagte Lydia.

Die Straße führte zu einer Reihe freistehender Villen. Keine von ihnen konnte älter als fünf oder zehn Jahre sein, dennoch strotzten sie vor weißen Säulen, Bleiglasfenstern, Pfosten, Zierpflanzen und Springbrunnen, wie Miniaturpaläste. Sie sahen alle ähnlich aus und waren offensichtlich vom selben Bauunternehmer gebaut worden, aber einige waren noch größer als andere. Die Adresse auf Lydias Handy führte sie zum größten. Es hatte eine Auffahrt, die am Haus vorbeiführte, und ordentlich gestutzte Buchsbaumhecken, die einen Ziergarten umschlossen. Die schweren Holztore am Eingang schwangen nach innen, als Lydia sich näherte, und sie konnte an den Torpfosten Sicherheitskameras sehen, die sowohl auf die Straße als auch auf den Garten gerichtet waren. Lydia konnte keine Anzeichen von Leben erkennen, nur große bleiverglaste Fenster, in denen sich das schwache Januarlicht spiegelte, und eine beeindruckende Eingangstür, die von weißen Säulen flankiert wurde.

Als sie die kurvige Auffahrt entlangfuhr, öffnete sich die Haustür und ein kleines Mädchen mit wirren blonden Haaren und einer Plastiktiara, schlammigen Jeans und einem karierten Hemd, das ihr bis zu den Knien reichte, hüpfte die Stufen hinunter und starrte sie an.

Lydia stieg aus dem Van und lächelte.

„Du bist nicht aus dem Blumenladen", sagte das Mädchen und legte den Kopf schief. Ihre Stimme klang überraschend reif. Es war die Stimme eines kleinen Kindes, aber die Intonation war erwachsen. Das klang beunruhigend.

„Ich bin Lydia. Und ich wollte mit dem Oberhaupt der Familie Pearl sprechen."

„Du bist Lydia Crow", sagte das Mädchen. „Und du musst auf deinen Tonfall achten. Unser König trifft sich nicht mit jedem Vogel, der vorbeiflattert."

„Ich bitte um Entschuldigung", sagte Lydia. „Darf ich den König treffen? Ich würde gerne seine Bekanntschaft machen."

„Nicht seine", sagte das Mädchen. Es schürzte die Lippen, während es nachdachte.

Nach einem Moment drehte es sich um, öffnete die Tür und führte Lydia in eine große quadratische Eingangshalle. Türen standen in alle Richtungen offen und eine Treppe verlief hinauf zu einer Galerie, die sich über drei Seiten der Halle erstreckte. Der Fußboden bestand aus glänzendem Marmor, der, wie Lydia vermutete, in diesen Häusern zum Standard gehörte. Mit Sicherheit nicht zum Standard gehörte der Baum, der in der Mitte des Raumes empor-wuchs. Der verwucherte Stamm sah aus, als wären mehrere Stämme miteinander verflochten, und die sich ausbrei-tenden Äste verschlangen sich mit dem hölzernen Geländer der Galerie.

Lydia folgte dem Mädchen durch eine gewölbte Tür, die zu einer Treppe nach unten führte. Sie war weniger opulent als die Haupttreppe, aber die Wände und der dicke Teppich waren makellos sauber und dezent beleuchtet. Man fühlte sich eher wie in einem Fünf-Sterne-Hotel als in einer Privatwohnung und ein Hauch von Chlor hing in der Luft. „Gibt es hier einen Pool?"

Das Mädchen antwortete nicht.

Die Treppe bog um eine Ecke und am unteren Ende befand sich ein Raum mit einem Konsolentisch, einem kleinen Sessel und zwei geschlossenen Türen. Eine war aus schlichter Eiche oder einem anderen Hartholz, das auf Hochglanz poliert war, um die Maserung des Holzes hervorzuheben. Die zweite sah ganz anders aus und war mit nichts in diesem Haus zu vergleichen. Sie war schwarz lackiert und mit Hunderten von winzigen Perlmuttstücken besetzt, wie der Deckel einer Schmuckschatulle. Durch die Tür drang das leise Klopfen eines Basses, ein Geräusch, das sich verstärkte, als das Mädchen sie öffnete.

Lydia betrat einen Raum, den man nur auf eine Art beschreiben konnte, auch wenn es im einundzwanzigsten

Jahrhundert lächerlich erschien: Sie stand in einem Thronsaal und die Person, die auf dem Thron saß, war sowohl schön als auch gefährlich scharf wie eine Glasscherbe. Musik pulsierte aus versteckten Lautsprechern, bunte Lichter tanzten, und überall bewegten sich Körper im Takt. Es war ein Nachtclub unter einem Haus, dessen Größe aufgrund der verspiegelten Wände schwer einzuschätzen war.

Das Mädchen zerrte an Lydias Arm, bis sie sich zu ihm hinabbeugte. „Du darfst nähertreten", flüsterte ihre Begleiterin, ihr Atem brannte an Lydias Ohr. „Aber du darfst dich nicht lange aufhalten. Komm schnell zum Punkt."

„Der König", flüsterte Lydia zurück. „Ist er ein Er oder eine Sie? Wie soll ich ihn ansprechen?"

Das Kind warf ihr einen verwirrten, beleidigten Blick zu. „Mit ,Eure Majestät'."

„Natürlich", sagte Lydia und gab sich zerknirscht. Das Kind runzelte die Stirn, als ob es sich fragte, ob es den Besuch wirklich zum König führen sollte. Lydia kam sich vor wie auf der Bühne eines Theaterstücks und ein heißes Gefühl der Befangenheit kroch ihr in den Nacken, als sie auf den lila Samtsessel zuging. Er hatte eine enorm hohe Rückenlehne und glänzend-schwarze Schnörkel am Rahmen, stilisiert und comicgleich wie aus einem Disney-Film. Der König sah nicht zu Lydia, sondern beobachtete die Tanzenden mit halbgeschlossenen Augen. Eine Hand, die über die Armlehne drapiert war, drehte sich in trägen Kreisen am Handgelenk, als würde sie das Treiben im Drogenrausch steuern.

Lydia wusste nicht, ob sie sich verbeugen, räuspern oder Ihre Majestät begrüßen sollte, aber das war egal, denn es kam ihr vor, als könne sie ohnehin nichts mehr tun. Als würde sie angewurzelt auf der Stelle stehen. Dazu kam ein zähflüssiges Gefühl in ihren Adern, als ob alles langsamer geworden wäre. Sie konnte ihren Herzschlag in den Ohren hören, was bei der Lautstärke der Musik unmöglich sein sollte, aber er war da und pochte langsamer als erwartet.

Der König sah sie jetzt an, neigte den Kopf ganz leicht in ihre Richtung. Sie hatte noch nie einen so schönen Menschen gesehen, stellte Lydia fest. Nicht im wirklichen Leben. Es war überwältigend. Jemand war an seiner Seite. Nicht das Kind, das sie an diesen Ort geführt hatte, sondern ein älteres Mädchen. Es konnte zwölf oder zwanzig Jahre alt sein, es war bei der aufwändigen Gesichtsbemalung schwer zu sagen. Eine Linie aus glitzernden Kristallen verlief entlang jedes Wangenknochens und es trug einen leuchtenden Regenbogen aus Lidschatten über dicken schwarzen Wimpern. Eigentlich hätte es lächerlich aussehen müssen, aber das tat es nicht (wahrscheinlich weil es jung und sehr schön war). „Der König ist heute zu beschäftigt, um dich zu sehen", sagte das Mädchen. „Du musst mir folgen."

Lydia wollte entgegnen, dass der König nicht sehr beschäftigt aussah, aber sie fühlte sich vom Boden aufgehoben und hatte genug Verstand, um dem Mädchen zu folgen, nachdem sie ihren Kopf in einer, wie sie hoffte, respektvollen Weise in Richtung des Throns verneigt hatte.

Die Jugendliche führte sie die Treppe zur Eingangshalle hinauf. Es war schattig und dunkel, der riesige Baum wirkte in diesem Licht geheimnisvoll und irgendwie bedrohlich. Lydia blinzelte und fragte sich, ob ihre Augen Zeit brauchten, um sich daran zu gewöhnen, denn die blinkenden Lichter von unten explodierten immer noch in ihrem Kopf. Dann bemerkte sie, dass die kunstvollen Fensterverkleidungen gegen das Tageslicht gezogen worden waren.

„Auf Wiedersehen", sagte Lydia zu dem sich abwendenden Mädchen. Es antwortete nicht. Als Lydia sich umdrehte und sich fragte, ob sie mit einem kurzen Blick in den Rest des Hauses davonkommen könnte, zuckte sie überrascht zusammen. Das kleine Mädchen, von dem Lydia geschworen hätte, dass es nicht ungesehen nach oben hätte kommen können, stand an der Haustür und zwirbelte eine Strähne seines blonden Haares.

„Du hast mich erschreckt“, sagte Lydia und hoffte, dass die laute Bestätigung ihr Unbehagen lindern würde. Tat sie aber nicht.

Als sie wieder draußen war, stellte Lydia überrascht fest, dass es Nacht geworden war. Die Straßenlaternen brannten und die Temperatur war um ein paar Grad gefallen. Sie hätte angenommen, dass sie höchstens zwanzig Minuten im Haus verbracht hatte, aber ihr Handy verriet ihr, dass es eher zwei Stunden gewesen waren.

„Du hast uns heute gelangweilt“, sagte das kleine Mädchen. Seine Stimme war viel älter als sein Gesicht. Vielleicht war es aber auch die Zuversicht in seinem Tonfall. „Der König sagt, dass du zwei Geschenke mitbringen musst, wenn du uns wieder besuchen willst. Eines als Wiedergutmachung für den heutigen Tag und eines für den Besuch selbst.“

Lydia machte sich nicht die Mühe zu fragen, woher das Mädchen wusste, was der König dachte, wenn es nicht bei dem Gespräch dabei gewesen war. Stattdessen blieb sie höflich, was ihr nicht leicht fiel. „Was für ein Geschenk?“

Das Mädchen schüttelte den Kopf. Es steckte sich einen Finger in den Mund und kaute auf dem Nagel.

„Was mag euer König?“

Das Mädchen hatte sich bereits abgewandt und war auf halbem Weg durch die offene Haustür.

„Ach, komm schon“, rief Lydia. „Nur ein kleiner Tipp. Wenn du mir sagst, was du magst, kann ich dir auch ein Geschenk mitbringen.“

Das Mädchen blieb stehen. Es drehte sich langsam zu Lydia. „Lydia Crow bietet mir aus freien Stücken ein Geschenk an?“

Lydia schluckte. In was war sie da hineingeraten? „Ja“,

sagte sie. Sie dachte schnell nach. „Ein Geschenk, das ich aussuche, das ich dir aber freiwillig gebe."

Das Mädchen nickte. „Das ist ein sehr gutes Angebot und ausgezeichnet formuliert." Es lächelte und Lydia spürte, wie sie sich nach vorne lehnte und näherkommen wollte. Das war die Pearl-Magie, dachte sie. Das Mädchen hätte seinen Fuß heben können und Lydia hätte ihn geküsst.

„Ich mag bunte Sachen. Und Glitzer." Das Mädchen drehte sich um und ging ein paar Schritte weiter. An der Tür, gerade als Lydia dachte, dass es hineingehen würde, sah es über seine Schulter zurück. „Der König mag tote Dinge."

KAPITEL ELF

Lydia versuchte, ihr Tempo gleichmäßig zu halten, bis sie zum Wagen zurückging und einstieg. Sie hätte sich gerne schneller bewegt, wäre gerannt, am liebsten geflogen. Das Geräusch schlagender Flügel war ohrenbetäubend, als sie den Schlüssel im Zündschloss drehte. Sie zwang sich, auf dem Weg nach Hause die Geschwindigkeitsbegrenzung einzuhalten. Sie war zu spät dran, um den Van zum Tagesmietpreis zurückzugeben und würde sich morgen darum kümmern müssen. Ein Ärgernis, das sie aber bei dem lauten Hämmern in ihrem Brustkorb kaum wahrnahm.

Lydias Herzschlag verlangsamte sich erst hinter der verschlossenen Tür ihrer Wohnung. Jason saß in seiner gewohnten Position auf dem Sofa, der Laptop war aufgeklappt. Er schaute auf und schloss sofort den Bildschirm. „Was ist passiert? Du warst lange weg."

Lydia setzte sich neben Jason und erzählte ihm vom Haus der Pearls, dem seltsamen Mädchen und dem König. Ihre Bitte ließ sie bis zum Schluss offen. „Sie lieben Geschenke und der König spricht nicht mit mir, wenn er kein ordentliches Geschenk bekommt."

„Ich nehme an, du denkst nicht an eine Flasche Wein“, sagte Jason. „Wie wäre es mit etwas Geld? Du hast gesagt, dass Pearls das mögen.“

„Du kannst nein sagen“, begann sie.

„Was meinst du?“

„Das Kind sagte, dass der König tote Dinge mag.“

„Das ist überhaupt nicht gruselig.“ Jason versuchte zu lächeln, aber es erreichte seine Augen nicht.

Lydia berührte seinen kalten Arm. „Du musst dich nicht sofort entscheiden, denk darüber nach. Aber du kommst in Frage. Und wir wissen, dass wir dich jetzt aus der Wohnung bringen können.“

„Du musst herausfinden, was die Pearls vorhaben“, sagte Jason nach einer Weile. „Denkst du, sie arbeiten mit JRB zusammen?“

„Vielleicht. Oder sie könnten etwas über sie wissen. Wenn sie von JRB verarscht wurden, könnten sie ein Bündnis mit uns in Betracht ziehen. Das wäre im Moment ziemlich praktisch.“

„Nachdem du die Silvers verärgert hast.“

„Ja“, sagte Lydia. „Aber es ist völlig in Ordnung, wenn du es nicht tun willst. Es ist eine große Bitte.“

„Hältst du ein Bündnis mit den Pearls für eine gute Idee? Für die Crows? Für dich?“ Jason zitterte nicht, doch er sah lebloser aus als sonst. Er war immer blass, aber sein Gesicht hatte einen gräulichen Farbton angenommen. „Zahlenmäßig wärt ihr dann mehr.“

„Ich weiß nicht.“ Lydia lehnte sich zurück und stützte ihren Kopf auf die Rückenlehne des Sofas. „Es fühlt sich einfach so an, als ob ich mich derzeit auf ziemlich wackeligem Untergrund bewege. Als ob ein weiterer kleiner Fehler den Waffenstillstand zunichtemachen könnte. Und beim Gefieder, wer weiß, was dann passieren wird.“

„Vielleicht nichts“, sagte Jason hoffnungsvoll. „Vielleicht sind das alles nur Geschichten. Zeug aus der Vergangenheit und nichts davon ist mehr von Bedeutung. Vielleicht ist der Waffenstillstand gar nicht mehr nötig."

Lydia sah ihn an. „Glaubst du das?"

„Leider nein." Jason lehnte sich neben Lydia zurück, sein Körper signalisierte seine Niederlage.

„Ich auch nicht."

Ein paar Tage später sollte Lydia zu einer weiteren Trainingseinheit in Charlies Haus erscheinen, doch sie rief an, um sie zu verschieben. Seine Ansprüche hatten zugenommen und es wurde schwieriger, die Kontrolle zu behalten. Einerseits war Lydia froh, dass sie nicht so machtlos war, wie sie immer angenommen hatte, andererseits schockierte es sie. Sie wusste nie, was passieren würde oder was sie Charlie unabsichtlich verraten könnte. Jede Trainingseinheit war eine anstrengende Scharade. „Ich fühle mich nicht gut."

„Ist das so?"

„Magenprobleme. Die Details willst du nicht wissen. Vertrau mir."

„Das ist schade." Charlie schaffte es, dass der Satz wie eine Drohung klang. „Gute Besserung."

Das Licht auf Lydias Anrufbeantworter blinkte und sie hörte ihre Nachrichten ab. Eine potenzielle Kundin hatte eine Nummer hinterlassen, jedoch keine Details. Sie klang verärgert und Lydia vermutete, dass es sich um einen weiteren Fall von Untreue handelte. Aber es war egal. Zwischen der Sache mit Charlie und Mr. Smith hatte Lydia keine Ahnung, wie sie ihre Arbeit effektiv erledigen konnte. Ein Umstand, der sie wütend machte. Und durstig. Sie sah auf den Whisky und zwang sich dann, sich stattdessen einen Kaffee zu machen.

Während sie in der Küche war, klingelte das Telefon und sie ließ den Anrufbeantworter rangehen.

Der Anrufer sprach sehr schnell, aber Lydia erkannte ihn als den Mann, der sich vor einigen Tagen gemeldet hatte. Sie ging mit dem Teelöffel in der Hand in ihr Büro, um zuzuhören. „Hier ist Ash. Ähm, ich habe schon mal angerufen. Bitte rufen Sie mich zurück. Ich brauche Hilfe. Sie haben meinen Aufenthalt verlängert und ich weiß, dass sie es gut meinen, aber sie können mir nicht helfen. Sie haben eine bestimmte Sichtweise. Eine medizinische Perspektive. Ich brauche jemanden, der herausfindet, was wirklich los ist. Ich bin älter als ich ... Ich bin nicht ... Ich habe immer noch nicht das Recht ...“ Dann etwas Unverständliches. „Ich kann Sie bezahlen. Rufen Sie mich zurück.“

Lydia schaute einen Moment auf das blinkende rote Licht und ging dann zurück in die Küche, um ihren Kaffee zu kochen. Der Mann tat ihr leid, aber sie hatte schon genug Probleme.

KAPITEL ZWÖLF

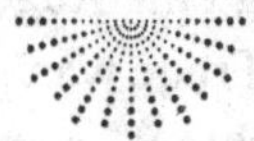

Heiligabend war in der Crow-Familie immer eine große Sache und Henry hatte die Traditionen, mit denen er aufgewachsen war, beibehalten. Für die Wikinger brach der neue Tag mit Sonnenuntergang des alten an und so begann Weihnachten offiziell mit dem Einbruch der Dunkelheit am Heiligabend. Ab diesem Moment wurde geschlemmt, getrunken und gefeiert. Am 25. Dezember fand traditionell die Familienfeier der Crows statt, aber auf Wunsch ihrer Mutter und zu Lydias Schutz hatten sie sich davor meist gedrückt und Charlie am zweiten Weihnachtstag gesehen, wenn er verkatert in die Vorstadt gekommen war, um mit Henry Sport zu schauen, während Lydia ihre neuen Spielsachen ausprobierte.

Die Versicherungsentschädigung für Lydias gestohlenen Volvo war ausbezahlt worden und mit dem, was sie von Pauls Schmerzensgeld gespart hatte, hatte sie gerade genug, um die alte Karre durch eine neue Rostlaube zu ersetzen. Allerdings fehlten ihr dazu sowohl die Zeit als auch die Energie. Lydia bestellte ein Uber und stopfte hastig verpackte Geschenke in einen Rollkoffer und einen Rucksack. Dann sah sie nach Jason. Er lehnte gegen einen Kissenberg auf seinem Bett, den Laptop auf den Knien. „Ist es okay, wenn ich über Nacht bleibe?“

„Natürlich. Mein Akku hält neuerdings gute vierundzwanzig Stunden.“

„Chattest du noch mit deinen Hackerkollegen? Werden sie über Weihnachten offline sein?“

Jason sah auf und zog eine Augenbraue hoch, um ihr zu zeigen, wie dumm diese Frage war.

„Aber es ist Weihnachten!“, sagte Lydia und spielte mit ihrer Unwissenheit. Sie konnte sehen, wie sehr Jason es genoss, ein Fachgebiet zu haben. Eines, das aktuell war und nicht von seinem Status als Geist herrührte. Es tat ihm gut und er wirkte lebendiger denn je. „Sogar SkullFace muss Weihnachten feiern!“

Jason schüttelte spöttisch den Kopf.

„Dein Geschenk liegt auf meinem Schreibtisch. Es ist nichts Besonderes. Ein Buch mit kniffligen Mathe- und Logikaufgaben vom Amt für Kryptographie und ein großes Notizbuch mit kariertem Papier.“ Lydia hatte auch überlegt, Filzstifte zu kaufen, aber sie wollte Jason nicht dazu ermutigen, wieder die Wände zu beschriften.

„Ich habe nichts für dich, fürchte ich.“

„Du erledigst die ganzen Hintergrundchecks, das ist Geschenk genug.“

„Zahlst du mir kein Gehalt?“, fragte Jason mit ernster Miene. Er hielt sie einige Sekunden, lange genug, dass Lydia der Schweiß im Nacken ausbrach, bevor er grinste. „Jetzt habe ich dich drangekriegt!“

„Sehr witzig. Schönen Abend noch.“

Die Sonne stand tief am Himmel, als Lydia durch die Vororte fuhr, in denen sie aufgewachsen war. Der Uber-Fahrer spielte *Last Christmas* in einer Dauerschleife und Lydia machte das nichts aus. Heiligabend kam ihr gerade recht, sie brauchte Abstand von Camberwell und Charlie. Sie fühlte sich eingeengt, von ihm, von Mr. Smith und von den Familien. Sie würde ihr Wort halten, doch das hieß nicht, dass es ihr gefiel. Als ihre Mutter die Tür öffnete und eine Weihnachtsmannmütze aufsetzte, spürte Lydia ein Kribbeln in ihren Augen. Sie konnte es sich nicht leisten, Schwäche zu zeigen, aber das war der einzige Ort, an dem sie ihre Deckung fallen lassen konnte.

Als sie ihrer Mum ins Wohnzimmer folgte, schwor sie sich, offen über ihre Gefühle zu sprechen. Emma sagte ihr immer wieder, dass sie nicht allein sei und dass sie aufhören müsse, so zu tun, als ob das der Fall wäre. „Tee?", fragte ihre Mutter über ihre Schulter zurück. „Sag Hallo zu Papa und dann hilf mir beim Kochen."

Lydia blieb mitten im Zimmer stehen. Henry Crow saß zusammengekauert in seinem Lieblingssessel. Im Fernsehen lief ein Snookerspiel, doch er achtete nicht darauf, sondern starrte auf seinen Schoß. Von seiner schlaffen Unterlippe rann Sabber. Lydia war fassungslos, aber ihre Mutter kam mit einem frischen Kleenex herbei und wischte ihn trocken. Auf dem Couchtisch stand eine Kinderplastiktasse neben den Stumpenkerzen, die ihre Mutter im Dezember immer aufstellte.

Sie blickte entsetzt auf ihre Mutter, die sie unsicher ansah. „Ist schon gut, Schatz. Lass uns Tee machen." Sie nahm die Tasse vom Tisch und fragte mit lauter und heller Stimme: „Tee, Henry?"

Ihr Vater antwortete nicht.

In der kleinen Küche konnte Lydia sich beinahe vorstellen, dass alles so war, wie es sein sollte. Sie sah genauso aus wie immer. Da waren die blaue Vase im Fenster, die Erinnerungsmagnete am Kühlschrank, der metallene Topfuntersetzer auf der Theke und der beigefarbene Toaster mit dem verblassten Zifferblatt, den ihre Eltern seit den frühen Achtzigern hatten und den sie sich weigerten zu ersetzen, obwohl er eine Seite der Scheiben verkohlte.

„Warum hast du mir das nicht gesagt?" Kaum waren die Worte ausgesprochen, wusste Lydia warum. Weil sie hergekommen wäre und ihre Anwesenheit alles noch schlimmer gemacht hätte. Ihre Kräfte schienen das zu verstärken, woran ihr Vater litt, und seine Alzheimer-ähnlichen Symptome verschlimmerten sich in ihrer Nähe.

„Ich wollte dich nicht beunruhigen", sagte ihre Mutter und wandte sich ab, um den Kessel zu füllen. „Du hattest schon genug um die Ohren. Und ich nehme nicht an, dass sich das jetzt geändert hat."

„Ich musste mitmachen", sagte Lydia und wechselte das Thema. Das Undenkbare war geschehen, aber es verblasste zur Bedeutungslosigkeit neben dem, was in diesem Haus passierte. „Ich habe mit Charlie einen Deal gemacht. Im Gefängnis erschien es mir wie die beste Option. Jetzt weiß ich nicht mehr ..."

„Ich bin stolz auf dich", sagte ihre Mutter. Lydia holte die Milch aus dem Kühlschrank und war froh. So musste sie den Zwiespalt und Schmerz ihrer Mutter nicht mitansehen und diese konnte so tun, als wäre es in Ordnung, dass ihre einzige Tochter sich für die Crows entschied, nachdem sie ihre Karriere aufgegeben und fünfundzwanzig Jahre in der Vorstadt verbracht hatte, um sie davon abzuhalten.

„Lass dich aber nicht von ihm herumschubsen."

Lydia wusste, dass sie Onkel Charlie meinte. „Das werde ich nicht." Das Geräusch von schlagenden Flügeln drang an ihr Ohr und sie zwang sich, nicht zusammenzuzucken. „Was ist mit Dad los? War er schon beim Arzt?"

„Anscheinend ist es vaskuläre Demenz. Winzige Schlaganfälle, die sein Gehirn zerstören."

Lydia ließ sich gegen den Tresen sinken. „Beim Höllenfalken!"

Susan zuckte mit den Schultern. „Ich bin nicht überzeugt. Ich habe um eine zweite Meinung gebeten, also warten wir auf den Termin. Ich will nicht, dass sie aufgrund seines Alters voreilige Schlüsse ziehen."

Lydia hätte am liebsten gesagt, dass sie beide genau wussten, was mit ihm los war, aber sie war sich nicht sicher, ob ihre Mutter bereit war, es zu hören. Dass Henry Crow krank war, weil er seine Magie, seine Crow-Kräfte, unterdrückt und sie seiner Frau zuliebe, die ihrer Tochter eine normale Erziehung ermöglichen wollte, unter Verschluss gehalten hatte. „Wann ist es so schlimm geworden?" Ihr letztes zusammenhängendes Gespräch mit ihrem Vater hatte sie geführt, als er einen Zauber benutzt hatte, um seinen Verstand zu schärfen. Ein Relikt von Großvater Crow. War die Anwendung des Zaubers daran schuld?

„Letzte Woche hatte er einen Anfall." Ihre Mutter warf die Teebeutel in die Mülltonne. „Seitdem geht es ihm nicht gut, aber das ist nur eine Frage der Zeit. Er wird sich bald erholen, da bin ich mir sicher."

„Kann ich irgendetwas tun?" Kaum waren ihre Worte aus dem Mund, bedauerte Lydia sie. Sie wusste, dass es das Beste war, wenn sie sich von ihm fernhielt, denn ihre Anwesenheit schien den Zustand ihres Vaters nur noch zu verschlimmern.

Ihre Mutter legte ihr eine Hand auf den Arm und drückte sie sanft. „Ich glaube nicht, Schatz. Verbring so viel Zeit mit ihm, wie du willst."

Ohne dass sie es sagte, hörte Lydia es laut und deutlich: „Solange du kannst."

ALS LYDIA am ersten Weihnachtstag in ihrem Kinderzimmer erwachte, verspürte sie unbändige Lust auf einen Drink. Aber es war noch früh und sie wusste nicht, ob ihre Eltern Whisky im Haus hatten. Sie wollte sich so dringend von der Welt ablenken, dass ihre Hände zitterten.

Ihre Mum war in der Küche, wischte die bereits fleckenfreien Arbeitsflächen ab und rührte in einem Topf Porridge auf dem Herd. „Willst du Croissants? Ich habe welche im Gefrierschrank, die ich aufbacken kann. Es gibt auch Toast. Ich weiß, dass du das hier nicht magst", sagte sie und deutete auf den Herd.

„Nur einen Kaffee, bitte", sagte Lydia und küsste ihre Mum auf die Wange. „Wie geht es Dad?"

„Er schläft noch", antwortete sie. „Ich fürchte, er wird erst nach dem Mittagessen aufwachen."

„Ich muss zu Charlie", sagte Lydia. „Tut mir leid."

„Das ist okay, danke, dass du gekommen bist."

Sie waren seltsam förmlich zueinander.

„Triffst du dich heute mit Emma? Ich habe Geschenke für ihre Kinder."

Und da war er wieder, der Drang zu weinen. Diese normale Welt mit Geschenken und ihrer besten Freundin und den Doppelhaushälften, in denen das Schlimmste der Anblick dieses Breis war. Von oben ertönte ein Poltern und ihre Mutter eilte hinauf. Lydia rührte im Topf. Das war nicht das Schlimmste. Bei weitem nicht.

Auf dem Rückweg nach Camberwell lieferte Lydia die Geschenke bei Emma zu Fuß ab, bevor sie mit einem Uber zu Charlie fahren wollte. Der erste Punkt auf ihrer Liste nach dem Urlaub war der Kauf eines Autos.

Der Weihnachtstag gehörte der Familie und Lydia wollte nicht stören, aber die halbe Stunde, in der sie Archie und Maisie dabei zusah, wie sie im Wohnzimmer herumhüpften, während Tom und Emma miteinander lachten, war das Wertvollste, das Lydia sich vorstellen konnte. Maisie war so verliebt in das Geschenk, das sie kurz zuvor geöffnet hatte, dass Emma sie nicht dazu überreden konnte, Lydias Geschenke auszupacken. „Tut mir leid", sagte Emma.

„Kein Ding. Schön, dass sie Spaß hat."

Als sie aufbrach, umarmte sie Emma innig und spürte, wie die Kraft der Freundschaft zwischen ihnen floss. Keine Crow-Magie, dafür echt und solide.

Emma trat zurück und sah ihr in die Augen. „Geht es dir wirklich gut?"

Lydia schenkte ihr ein seltenes breites Lächeln. „Das war schön heute. Danke."

Emma akzeptierte das Ausweichmanöver, vielleicht weil Maisie gerade aus dem Wohnzimmer in den Flur gekommen war. Sie stürzte sich auf Lydias Beine und schlang ihre Arme um ihre Knie. „Nicht gehen."

Lydia konnte sich nicht hinknien, wenn Maisie sie festhielt, also tätschelte sie deren Lockenkopf und versprach ihr, dass sie bald einen Ausflug ins nahegelegene Spieleland machen würden.

Als sie aufblickte, zog Emma eine Augenbraue hoch. „Das musst du einhalten. Maisie wird es nicht vergessen."

„Ich weiß", sagte Lydia, ein bisschen abwehrend.

„Na großartig." Emma schüttelte den Kopf. „Du bist voll in Weihnachtsstimmung."

CHARLIES HAUS ZIERTEN zwei Formschnittbäume in riesigen steinernen Pflanzgefäßen auf beiden Seiten seiner Haustür. Die Bäume waren geschmackvoll mit Lichtern beleuchtet und in den Fenstern brannten weiße Kerzen in Zinnhaltern. Er sah vielleicht aus wie ein Schläger im Anzug, aber Charlie hatte Geschmack.

Seit der Zusammenkunft im Fork hatte Lydia nicht mehr so viele Crows auf einem Fleck gesehen und es war überwältigend. Federn, Krallen und Flügelschläge, dazu das gelegentliche unheimliche Gefühl, dass sie hoch über der Stadt schwebte, das Gefühl einer warmen thermischen Strömung, die sie nach oben trieb, während sich der

Horizont neigte. So stellte sie sich einen Drogenrausch vor.

Tante Daisy hatte ihr die Tür geöffnet. Ihr Gesicht war gerötet und Lydia vermutete, dass der Alkohol schon seit Stunden floss. Nachdem sie Weihnachtswünsche ausgetauscht und sich umarmt hatten, führte Daisy sie durch den Flur in die große Wohnküche. Fröhliches Geplapper, Partyhüte, Menschen mit Lametta im Haar und Weihnachtspullis, dezente Bing-Crosby-Musik im Hintergrund; alles war genauso wie in jedem anderen Haus in der Straße. Abgesehen von den echten Kerzen, die entgegen den Ratschlägen der Londoner Brandschutzbehörde am Baum flackerten, und der lebensgroßen Strohziege, von der Lydia wusste, dass sie draußen auf der Terrasse darauf wartete, nach Anbruch der Dunkelheit angezündet zu werden.

„Was möchtest du?" Daisy wies ihr den Weg zur Bar, einem mit weißem Leinen und Schnapsflaschen aller Art bedeckten Tisch.

„Whisky", antwortete Lydia und griff bereits nach der verlockenden bernsteinfarbenen Flüssigkeit.

„Charlie ist im Wohnzimmer", sagte Daisy, während Lydia sich ein Glas einschenkte. „Und John ist hier irgendwo." Ohne Vorwarnung lehnte sie sich dicht an Lydia heran und packte ihren Arm so fest, dass es wehtat. „Hast du etwas von ihr gehört?"

Von wegen Julbock, dachte Lydia, man könnte Daisys Atem anzünden. Sie schüttelte den Kopf. „Tut mir leid."

Daisys Augen verengten sich. „Lüg mich nicht an."

Lydia zog sich zurück. „Ich muss meine Aufwartung machen."

„Ja", sagte Daisy laut und ein wenig undeutlich. „Ja, das musst du."

Lydia schlängelte sich durch die Menge, nickte und tauschte Grüße aus. Sie musste von so vielen wie möglich gesehen werden, für eine halbe Stunde präsent sein und lächeln, dann könnte sie sich davonschleichen. Sich in ihrer Wohnung verkriechen und eines ihrer Weihnachtsgeschenke trinken, mit Jason und seinem Hackerkollektiv als Gesellschaft. Sie hatte ein schlechtes Gewissen, weil sie Daisy abgewimmelt hatte, doch sie konnte ihr kaum die Wahrheit erzählen. Dass sie Maddie in ihren Träumen sah. Dass sie manchmal das Gefühl hatte, sie würde links neben ihrer Schulter schweben, aber wenn sie sich umdrehte, sie nirgends zu sehen war. Dass sie manchmal, wenn sie die Straße hinunterging oder an dem Metalltisch auf ihrer Dachterrasse saß oder eine Observation durchführte, Augen auf sich gerichtet spürte und darauf gewettet hätte, dass Maddie in der Nähe war und sie beobachtete.

Zwischen der großen Küche und dem Esszimmer befand sich ein Raum, der als Esszimmer geplant worden war und nun als eine Art Unterhaltungsraum diente. Niedrige Ledersofas, eine Wand voller Bücherregale und ein Flachbildschirm über dem Kamin. Aiden saß auf einem der Sofas, zusammengedrängt mit ein paar ähnlich dürren Crows im gleichen Alter. Sie trugen lockere Wollmützen und tiefsitzende Röhrenjeans, und Lydia blieb gerade lang genug vor ihnen stehen, dass sie sie bemerkten. „Aiden", sagte sie kühl. „Frohes Julfest." Nach einem Moment standen die Jugendlichen auf und schüttelten ihr die Hand.

Im Wohnzimmer mit seinem beeindruckenden Erkerfenster, das sowohl mit weißen Jalousien als auch mit hölzernen Fensterläden abgeschirmt war, brannte ein riesiges Holzscheit im Kamin, das mehr Wärme abgab, als angesichts des Andrangs nötig gewesen wäre.

Charlie stand vor dem Kamin und hielt Hof. Als er Lydia entdeckte, breitete er seine Arme aus und rief ihren Namen. Alle unterbrachen ihr Gespräch und starrten sie an, so war es beabsichtigt gewesen. Charlie liebte ein bisschen Theater und das war sein Moment. Das verlorene Kind war in den Schoß der Familie zurückgekehrt und er wollte sicherstellen, dass alle wussten, wem diese Ehre gebührte. Es war auch kein Fehler, dass sie sich ihm in seinem Palast näherte, wie ein Messdiener, der auf Wohlwollen hoffte. Das Glas Whisky half ihr dabei, in die Menge zu lächeln, nachdem Charlie sie aus seiner Umarmung freigegeben und ihr einen Arm um die Schultern gelegt hatte. Sie blickte von einem Crow zum nächsten und spürte, wie ihre Gesichtsmuskeln zu schmerzen begannen. Es würde ein langer Nachmittag werden.

KAPITEL DREIZEHN

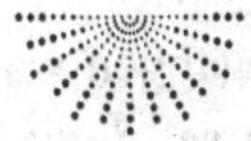

Lydia hatte zwei weitere Gläser getrunken und wollte aufbrechen. Sie hatte ihren Respekt gezollt und, was noch wichtiger war, sie war dabei gesehen worden. „Ich gehe jetzt", raunte sie Charlie zu. „Ich will früh ins Bett."

„Unsinn", entgegnete er. „Du musst für den Julbock bleiben."

Als Kind hatte Lydia davon geträumt, bei Charlies berühmter Weihnachtsfeier dabei zu sein und zu sehen, wie der Julbock, ein lebensgroßes, mit roten Bändern geschmücktes Strohtier, in Flammen aufging. Jetzt, wo sie in Charlies Haus stand, inmitten ihrer großen Familie und mit dem Segen ihrer Mutter, wollte sie nur noch weg. Und zwar schnell.

„Du wirst bleiben", sagte Charlie bestimmt.

Dann trat ein Cousin oder Großonkel oder was auch immer zu ihnen. Er grinste und sein Gesicht war rot angelaufen. „Das Spiel fängt an. Seid ihr dabei?"

Charlie schüttelte den Kopf und der Mann öffnete den Mund, vielleicht um ihn aufzuziehen oder zu überreden, doch dann überlegte er es sich anders. Er nickte den beiden zu, es wirkte beinahe ehrerbietig.

„Was für ein Spiel?“, fragte Lydia. Sie hatte Mitleid mit ihm.

„Poker. In der Küche. Kleine Einsätze, nur zum Spaß.“

„Vielleicht steige ich ein“, sagte sie. „Ich bin hier gleich fertig.“

Nachdem der Typ gegangen war, flüsterte Charlie: „Das würde ich nicht tun. Es sei denn, du bist sehr gut. Philip wird deine Taschen leeren.“

Lydia hatte überlegt, ein oder zwei Partien mitzuspielen, um Charlie und seine Feier ein wenig aufzumischen und dann zu verschwinden. Sie wollte Jason von ihrem Vater erzählen. Jasons Status als Untoter machte es ihr leichter, sich zu öffnen. Zumindest manchmal. Vielleicht lag es daran, dass er ein Geist war, vielleicht an Weihnachten oder womöglich auch am sechsten Glas Whisky, aber sie hatte Lust, sich in ihren Pyjama zu kuscheln und sich mit ihm zu unterhalten.

„Außerdem haben wir noch etwas zu erledigen“, sagte Charlie.

„Heute?“, fragte Lydia überrascht.

Sie folgte ihm und hoffte, dass er kein Training im Sinn hatte. Bei all dem Trubel im Haus hatte sie das Gefühl, dass es nicht viel brauchte, um ihr Mittagessen auf den Tisch zu befördern. Er führte sie aus der Haustür und auf die Straße. Die Kälte schlug ihr ins Gesicht und Lydia spürte, wie ihre Übelkeit nachließ. „Wohin fahren wir?“

Charlie öffnete die Beifahrertür und wartete, während sie einstieg, bevor er um den Wagen ging und sich auf den Fahrersitz setzte.

„Es dauert nicht lange“, sagte er und schenkte ihr sein Haifischlächeln. „Danach ist es an der Zeit, den Bock anzuzünden.“

„Und für mich, nach Hause zu gehen. Du kannst mich absetzen. Ich habe dir doch gesagt, dass ich erledigt bin."

Charlie ignorierte die Bemerkung und fuhr los. In Camberwell war es ruhig, aber es waren immer noch viele Menschen unterwegs. London stand nie still, nicht einmal am Weihnachtstag. Als sie sich der Themse näherten, wurden die Straßen noch belebter, obwohl es definitiv weniger Gedränge gab als sonst.

Charlie plauderte während der Fahrt über einzelne Familienmitglieder und erzählte Anekdoten von vergangenen Partys. Lydia erkannte es als das, was es war: ein Ablenkungsmanöver, das sie davon abhalten sollte, Fragen zu stellen. Sie ließ sich in den Ledersitz sinken, starrte aus dem Fenster und wartete ab.

Ein Hotelparkplatz kam in Sicht und Charlie steuerte ihn an. Nachdem sie geparkt hatten, öffnete er eine Tür mit der Aufschrift *Rezeption*, die zu einem Treppenhaus und einem Aufzug führte. Er drückte den Knopf für das oberste Stockwerk und stand still da, die Arme verschränkt wie ein Türsteher. Lydia spürte, dass er eine Art Mantel um sich bildete, und fragte sich, was zum Teufel so wichtig war, dass Charlie ausgerechnet an Weihnachten in den Arbeitsmodus verfiel. Sie hatte sich geschworen, Charlie nicht danach zu fragen, denn wenn er gewollt hätte, dass sie wusste, wohin sie fuhren, hätte er es ihr gesagt. Doch jetzt ließ ihre Entschlossenheit nach. Bevor sie gänzlich aufgab, öffneten sich die Aufzugtüren und Lydia wurde von einer Welle Silver-Energie getroffen.

Es war eine Party. Lydia vernahm stilvolle Hintergrundmusik - etwas Klassisches. Männer mit schwarzer Krawatte und Frauen in glitzernden Kleidern und hohen Absätzen nippten an Champagnerflöten, standen in kleinen Gruppen zusammen, redeten und lachten. Eine bodentiefe Fensterfront bot einen Blick über den Fluss und in den Scheiben funkelten die Lichter der Stadt.

Charlies Hand lag auf ihrem Rücken und schob sie vorwärts, während jeder Instinkt Lydia dazu antrieb, davonzufliegen. „Was zum ...“

„Hier entlang“, sagte Charlie. „Und spiel schön mit.“

Einige Gäste sahen sie neugierig an, doch der viele Alkohol verleitete sie zu nicht mehr als einem Hochziehen der Augenbrauen. Lydia erwartete feindselige Schreie, geworfene Gläser und womöglich sogar Gewalt, aber sie schafften es ohne großes Aufheben durch die Menge. Charlie schien sein Ziel zu kennen und bevor Lydia ihre Atmung unter Kontrolle bringen oder sich an das überwältigende Gefühl so vieler Silvers auf einem Fleck gewöhnen konnte, waren sie durch den Hauptraum durch und traten in einen kurzen Korridor, wo ihnen eine Frau in Dienstkleidung die Tür zu einer Hotelsuite öffnete. „Möchten Sie etwas zu trinken?“, fragte sie. Lydia sah, dass sie keine Hoteluniform trug. Die Kleidung war viel zu teuer, selbst für so einen edlen Schuppen. Die weiße Bluse war aus Seide und sie trug rote High Heels unter einer perfekt geschnittenen, schmalen schwarzen Hose. Und sie war eine Silver. Lydia hatte es nicht sofort bemerkt, denn hier schmeckte einfach alles nach kühlem, scharfem Metall.

„Nein danke“, sagte Charlie. Er ging zum Fenster und sah hinaus. „Schöne Aussicht.“

Lydia sah sich um. Sie befanden sich in einem Wohnbereich, der doppelt so groß war wie das Fork, und als sich eine Innentür öffnete, erblickte sie ein Schlafzimmer mit einem Bett, das aussah, als hätte man zwei Kingsize-Diwane zusammengeschoben. Darin könnte eine ganze Fußballmannschaft schlafen.

Alejandro Silver trug einen Anzug, der lässiger aussah als die vielen Smokings im Hauptraum, aber trotzdem stilvoller und eleganter wirkte als alle anderen zusammen. Lydia vermutete, dass es am Maßanzug lag, gepaart mit einer guten Portion exzellenter Gene. Und magischen Kräften.

„Charlie", sagte Alejandro, schüttelte seine Hand und sah Lydia kaum an. „Danke, dass du gekommen bist."

„Am besten, wir bringen das in Ordnung", sagte Charlie. „Du siehst gut aus."

„Du ebenfalls", antwortete Alejandro. „Ich hoffe, du hattest schöne Weihnachten."

Charlie nickte. „Feierst du ein gutes Jahr für die Firma?"

„Die Firma und die Familie", antwortete Alejandro. Er breitete die Arme aus. „Es war ein gesegnetes Jahr."

„Das freut mich zu hören", sagte Charlie. „Nun zur Sache mit den Kindern."

Alejandro nickte. Die Frau, die sie in die Suite gelassen hatte, öffnete eine zweite Tür, und Maria Silver trat herein. Sie trug ein blutrotes bodenlanges Kleid und eine silberne Tiara, die sie wie eine Königin aussehen ließ.

„Was ist hier los?", fragte Lydia Charlie, der völlig unbeeindruckt aussah. Sie spürte, wie sich ihre Hände zu Fäusten ballten und sich die Nägel in die Handflächen gruben. Sie zwang sich, die Finger zu lösen. Stattdessen holte sie ihre Münze hervor und umklammerte sie.

„Maria, meine Liebe", sagte Charlie und trat nach vorn.

Marias Gesichtsausdruck mochte neutral erscheinen, aber Lydia konnte die unterdrückte Wut in ihren Augen sehen. Sie fühlte das Gleiche und für einen Moment verspürte Lydia Verbundenheit mit ihrer Feindin. Sie beide waren unter Zwang hier, erkannte sie, eigensinnige Kinder, die von enttäuschten Erwachsenen zur Rechenschaft gezogen wurden.

„Mr. Crow", sagte Maria und beugte sich vor, um Charlie auf beide Wangen einen Luftkuss zu geben.

„Charlie. Ich bin ein alter Freund deines Vaters."

Maria senkte ihre Lider und Lydia konnte sehen, wie ein Muskel in ihrer Wange zuckte. Das Schweigen war angestrengt, bevor Maria sagte: „Charlie."

Alejandro und Charlie nickten zufrieden.

„Ihr habt nichts zu trinken", rief Alejandro. „Wurde euch etwas angeboten?"

Es war keine ernstgemeinte Frage. Alejandro wusste, dass die Frau, die sie hereingelassen hatte, wer auch immer sie war, ihre Pflicht erfüllt hatte. Er bezweckte etwas anderes damit. Wollte er sie daran erinnern, dass er der Gastgeber war? Dass sie Besucher in seiner Welt waren? Was hatte es gebraucht, um Charlie Crow am Weihnachtstag zu den Silvers zu bringen? Lydia hatte es vermasselt, vermutete sie. Im großen Stil. Dabei war sie diejenige, der Unrecht getan worden war. Sie war von der Polizei hereingelegt worden. Ja, sie hatte Maria ein paar Monate zuvor ins Gefängnis gebracht, aber das war etwas anderes gewesen. Maria hatte sich eines Mordes schuldig gemacht.

Die Mörderin selbst starrte auf den Boden, als ob sie am liebsten darin versinken würde.

„Ich denke, wir sollten das klären", sagte Charlie. „Es ist natürlich immer schön, euch zu sehen, aber wir müssen zurück."

„Natürlich", sagte Alejandro. „Maria wird von nun an deine Ansprechpartnerin sein." Er sah seine Tochter dabei nicht an. Es war, als ob sie nicht da wäre.

„Du wirst mit deinen parlamentarischen Pflichten beschäftigt sein. Herzlichen Glückwunsch."

Alejandro hob scheinbar demütig die Hände. „Es ist zu früh, das zu sagen, aber ich wage es zu hoffen, ja."

Charlie schnippte mit den Fingern nach Lydia und sie fragte sich, was er von ihr erwartete. Sollte sie betteln? Männchen machen? Eine Zeitung holen?

„Es wird eine große Ehre sein, der Stadt, die ich liebe, und ihren Menschen zu dienen", fuhr Alejandro fort. Er klang definitiv wie ein Politiker. Wie ein Fisch im Wasser.

„Wir wünschen dir viel Erfolg", sagte Charlie. „Du kannst auf die Unterstützung der Crows zählen."

Die Silvers hatten Menschen umbringen lassen. Maria

hatte versucht, Lydia zu entführen, um wer weiß was zu tun, aber Lydia konnte die Logik in Charlies Vorgehen erkennen. Der Waffenstillstand musste bestehen bleiben. Es war vernünftig, sich mit den Silvers zu versöhnen und die Allianz zu stärken. Vor allem, wenn Alejandro seinen Einfluss um politische Macht erweitern wollte. Trotzdem. Das bedeutete nicht, dass Lydia das gut finden musste. Und sie durfte wütend auf Charlie sein, weil er sie mit diesem Treffen überrumpelt hatte, anstatt vorher mit ihr darüber zu sprechen. Er behandelte sie wie ein ungezogenes Kind, das vor die Erwachsenen gezerrt wurde, um sich zu entschuldigen. Scheiß drauf.

Sie streckte Maria ihre Hand entgegen. „Herzlichen Glückwunsch zu deiner neuen Position als Geschäftsführerin der Kanzlei. Du wirst deine Sache gut machen."

Maria blinzelte. Dann berührte sie Lydias Hand und vollführte den kürzesten und schwächsten Händedruck, den die Welt je gesehen hatte.

Der silberne Blitz wanderte Lydias Arm hinauf, aber sie setzte ein Lächeln auf und reichte Alejandro die Hand. „Auf einen Neuanfang."

DIE FAHRT zurück nach Camberwell verlief schweigend. Lydia spürte, dass Charlie noch nicht fertig war, und so überraschte es sie nicht, dass er sich weigerte, sie am Fork abzusetzen. „Der Tag ist noch nicht vorüber, Lydia", sagte er. „Die Pflicht ruft."

Sie gönnte ihm nicht die Genugtuung, sich über das überraschende Treffen zu beschweren, und wollte sich nicht wie ein beschämter Teenager verhalten, auch wenn er sie so behandelte. Kopf hoch, Pokergesicht und unbeteiligter Blick. Dass hatte ihr Dad ihr geraten, als Lydia an die weiterführende Schule gekommen war. Sie betrachtete ihr eigenes Spiegelbild im Fenster und starrte in ihre Augen, bis sie sich wie die eines Fremden anfühlten. Eines Fremden, dem alles egal war.

In Charlies Haus war die Party weitergegangen, als ob sie nicht fort gewesen wären. Lydia setzte ein festliches Lächeln auf und leerte ein Glas Whisky. Sie hätte während der Fahrt die perfekte Gelegenheit gehabt, Charlie von ihrem Aufeinandertreffen mit dem Pearlkönig zu erzählen, doch die Sache mit den Silvers hatte sie aus dem Konzept gebracht. Lydia hatte schon immer gewusst, dass ihr Onkel starre Ansichten darüber hatte, wie die Dinge zu erledigen waren, aber jetzt wurde ihr langsam bewusst, was das genau bedeutete.

Ein rotgesichtiges Paar stolperte im Flur an Lydia vorbei, als sie in die Küche ging. Sie schenkte sich ein weiteres Glas ein, als die Gesellschaft plötzlich lebhafter wurde. Sie hörte, wie jemand rief: „Es ist an der Zeit!" Der Satz wurde aufgegriffen und wiederholt.

Charlie erschien mit einem Bündel Zweige, das zu einer Fackel gebunden war. Es wurde gejubelt und gejohlt, die Leute stampften und klatschten. Charlie schritt durch die Glastür in den Garten. Das Entzünden des Julbocks war eine der ältesten Traditionen der Crows, die sie aus Skandinavien mit herüber nach Britannien gebracht hatten. „Wie ihr alle wisst, ist es eine große Ehre, das Mittwinterfeuer anzuzünden. Wir verbrennen das alte Jahr, um das neue einzuläuten, und wir reinigen die Welt von unseren Feinden."

Noch mehr Jubel, Gläser wurden erhoben und klirrten, Applaus ertönte. Lydia stand im hinteren Teil der Menge und hatte keine gute Sicht, da sie zu klein war.

„In diesem Jahr habe ich die Ehre, meine Nichte Lydia, die Tochter von Henry Crow, mit dieser Aufgabe zu betrauen. Komm nach vorn, Lydia."

Die Menge teilte sich und Lydia sah Charlie die Fackel vor sich in die Höhe halten. Das Feuer strahlte in der

Dunkelheit und sie blinzelte, um klar zu sehen. Die Gesichter ihrer Familie waren seltsam beleuchtet, denn viele hatten auf dem Weg aus dem Haus Kerzen mitgenommen. Sie schritt durch die Menge, die jetzt unheimlich still war. Auf halbem Weg zu Charlie bemerkte sie etwas Auffälliges an dem Strohtier. Es war nicht der übliche Julbock. Es war eine Kreatur mit spitzen Ohren und langem Bürstenschwanz. Ihr Gesicht war komisch langgezogen, was sie gleichzeitig lächerlich und bedrohlich aussehen ließ. Ein Fuchs.

„Niemand legt sich mit dieser Familie an." Charlies Stimme war klar und deutlich. „Und wir werden keine Gnade gegenüber denen zeigen, die es wagen."

Er reichte die Fackel an Lydia weiter. Die Hitze, die von ihr ausging, war heftig und der Rauch ließ ihr Tränen in die Augen steigen. Sie blinzelte. Er nickte ihr zu. „Mach schon."

Lydia wusste, was er vorhatte. Eine letzte Inszenierung für die Familie. Er hatte die Kontrolle, er war der Anführer und er hatte Lydia aus der Gosse geholt. Jetzt musste sie beweisen, wie es um ihre Loyalität bestellt war, indem sie ein Bildnis verbrannte, das Paul Fox und seine Familie repräsentierte. Sie musste ihm und allen anderen zeigen, dass sie nicht aus der Reihe tanzte, dass die alten Wege und Bündnisse weiter Bestand hatten und dass sie, Lydia Crow, bereit war, ihnen zu folgen.

Sie war eine Crow und Crows kniffen nicht.

Mit einer unbändigen Wut auf Charlie trat sie nach vorne und stieß die Fackel in den Fuchs. Das Feuer fraß sich durch das Stroh und verzehrte den Körper und den Kopf der Kreatur beinahe sofort.

Lydia registrierte die Jubelrufe kaum. Sie beobachtete die lodernde Gestalt und ignorierte das Gefühl, dass mit ihr auch ihre Freiheit verbrannte.

KAPITEL VIERZEHN

Als Lydia endlich entlassen war, ging sie zu Fuß nach Hause. Sie brauchte frische Luft und Bewegung, um ihren Kopf freizubekommen und die Anspannung abzubauen. Ihre Gedanken drehten sich im Kreis, ohne jedoch eine Lösung zu finden. Vielleicht hätte sie Charlie von ihrem Kontakt mit den Pearls erzählen sollen, von ihrem Verdacht, dass sie mit JRB zusammenarbeiteten. Nach seinem kleinen Auftritt tendierte ihre Lust auf Informationsteilung gegen Null, doch das allein war es nicht. Er stand eindeutig auf der Seite der Silvers und das passte Lydia überhaupt nicht. Ihrer Meinung nach beging er einen großen Fehler.

Jason sah sich auf seinem Laptop *Die Braut des Prinzen* an und auf Lydias Schreibtisch standen mehrere Tassen. „Frohe Weihnachten", sagte er und drückte auf die Pause-Taste.

„Es ist bereits offiziell Boxing Day", antwortete Lydia und ließ sich neben ihm auf dem Sofa nieder. „Tut mir leid, dass ich so spät dran bin. Charlie war komisch drauf."

„Ich habe gar nicht gemerkt, dass du weg warst", sagte Jason und deutete auf die Tassen. „Ich habe gearbeitet."

„Es ist Weihnachten, Jason", schimpfte sie. „Du kannst nicht immer nur arbeiten."

Er zuckte mit den Schultern. „Es ist nicht meine Lieblingszeit im Jahr."

Lydia bekam ein schlechtes Gewissen. Natürlich war es für einen Geist kein lustiger Tag. „Tut mir leid."

„Ich mag mein Buch, danke."

Lydia akzeptierte den Themenwechsel. „Sollen wir uns den Film fertig ansehen?" Sie holte sich ein Getränk und eine Decke aus ihrem Zimmer und kuschelte sich neben Jason. Verzweifelt versuchte sie, beim Blick auf Westley und Buttercup nicht allzu sehr an Fleet zu denken.

EIN PAAR TAGE später traf Lydia eine merkwürdige Entscheidung. Sie wusste nicht, ob es daran lag, dass Charlie ihr die Verbrüderung mit den Fox' verboten hatte, oder ob sie nur fleißig und gründlich war und herausfinden wollte, wer Tristan Fox ins Ohr geflüstert hatte, er solle Lydia einen Mord anhängen. In jedem Fall wählte sie die Nummer, von der Paul Fox aus sie das letzte Mal angerufen hatte, doch als diese nicht mehr zu erreichen war, war sie enttäuscht. Was sie wiederum ärgerte.

Natürlich hatte Paul sein Handy weggeworfen. Das bedeutete jedoch, dass Lydia sich zum Fuchsbau begeben musste, um ihn zu finden. Ein Gedanke, der ihr eine Gänsehaut bescherte, sie aber in ihrem Entschluss bestärkte. Sie konnte nicht für den Rest ihres Lebens vor fuchsgleichen Schatten auf der Hut sein und Angst haben. Also würde sie auch keine Angst haben. Sie holte ihre Münze hervor und ließ sie schweben, etwa fünf Zentimeter über ihrer ausgestreckten Handfläche. Das Zusehen wirkte meditativ und innerhalb weniger Minuten war die Furcht verflogen. Sie konnte es schaffen.

Trotzdem durfte sie nicht leichtsinnig werden. Sie war

zwar bereit zu glauben, dass Paul sie nicht umbringen wollte, aber das galt nicht für den Rest seiner Familie. Sie verfasste eine Nachricht, rief ihren bevorzugten Fahrradkurierdienst an und vereinbarte eine sofortige Abholung. Sie traf sich mit dem Kurier in einem türkischen Café einige Straßen weiter, nachdem sie eine falsche Adresse als ihr Büro angegeben hatte. Sie war zwar nicht so paranoid zu glauben, dass jeder Kurier in London in Wirklichkeit ein Geheimagent war, aber es gab keinen Grund, alle Informationen zu teilen. Sie besaß ein Firmenkonto auf den Namen *Elster Holdings*. Kuriere waren auch nur Menschen und die Versuchung könnte zu groß sein, einen Blick in die Korrespondenz eines Privatdetektivs zu werfen.

Die Kurierin, die nichts von Lydias Grübeleien ahnte, nahm ihren Fahrradhelm ab und betrat das Café. Ihr blondes Haar war gewellt wie das eines Beachgirls und ihre Bräune musste aus der Tube stammen, es sei denn, die Bezahlung von Fahrradkurieren war besser als gedacht. Sie nahm die versiegelte Tüte an sich und Lydia unterschrieb mit einem Finger auf dem vorgehaltenen Handlesegerät. „Garantierte Zustellung innerhalb von zwei Stunden, richtig?"

Die Frau nickte. „Die Quittung wird Ihnen per E-Mail zugeschickt."

NACH EINEINHALB STUNDEN, in denen Lydia in einem Buch aus Angels Zur-freien-Entnahme-Regal geblättert und einen Teller knusprig gebratener Kartoffelpuffer mit Ei gegessen hatte, klingelte das Handy, dessen Nummer sie Paul geschickt hatte.

„Klingt ja geheimnisvoll", sagte Paul. „Was hast du gerade an?"

„Wie bitte?"

„Ich stelle mir einen Trenchcoat und ein Monokel vor.

Vielleicht auch einen dieser altmodischen Hüte. Einen Trilby?"

„Tut mir leid, dass ich dich enttäuschen muss."

„Niemals." Pauls animalischer Charme wirkte selbst auf die Entfernung und Lydia konzentrierte sich darauf, gleichmäßig zu atmen und ihrem willensschwachen Körper zu befehlen, nicht auf ihn zu reagieren. Es klappte nicht ganz.

„Hör auf damit", sagte sie. „Das war reine Höflichkeit. Ich wollte dich wissen lassen, dass ich das große Opfer, das deine Familie mit der Verbannung von Tristan Fox erbracht hat, offiziell anerkenne. Als du mir davon erzählt hast, kam das nicht so rüber, und ich wollte noch einmal klarstellen, dass es ..." Lydia hielt einen Moment inne, das passende Wort fiel ihr nicht ein. Schließlich sagte sie: „... zur Kenntnis genommen wurde." Das war zwar nicht beeindruckend genug, aber es musste reichen.

„Du hast es also überprüft", meinte Paul.

Lydia schwieg.

„Wir sollten uns treffen", sagte er nach einem Moment. „Um die Fortführung unserer Allianz zu besprechen. In diesen unruhigen Zeiten sollten wir uns auf den neusten Stand bringen."

„Ich glaube nicht, dass das nötig ist", sagte Lydia und ignorierte den Anflug von Erregung. Sie brauchte Paul Fox nicht zu sehen.

„Ich könnte wichtige Informationen haben."

„Hast du?"

„Das sage ich dir, wenn wir uns treffen."

„Ich habe keine Zeit für Spielchen", entgegnete Lydia.

„Wir wissen beide, dass das nicht stimmt", sagte Paul. „Wir sehen uns in einer Stunde."

Nachdem er aufgelegt hatte, trudelte eine SMS mit den Worten *Imperial War Museum* ein. Lydia hoffte, dass das kein Omen war.

Es war zu kalt, um herumzustehen, und Lydia umrundete die Grünfläche vor dem Museum, während sie auf Paul wartete. Sie musste an das Treffen mit ihm nach ihrer Rückkehr nach London denken, es hatte am selben Ort stattgefunden. Als sie den Ausgang erreicht hatte, kehrte sie um und sah Paul auf dem Weg hinter sich. Die volle Dosis Fox schlug ihr entgegen, sie musste wirklich abgelenkt gewesen sein, wenn sie ihn noch nicht bemerkt hatte. Äußerst nachlässig. Sie vertraute ihm tatsächlich, so viel war klar. Und das war beunruhigend. Außerdem machte ihr Herz bei seinem Anblick einen kleinen Sprung. Ein alter Reflex aus der Zeit, als sie noch ein Paar gewesen waren. Das war Vergangenheit. Eine uralte Geschichte.

Als Zugeständnis an das kalte Wetter trug Paul eine schwarze Mütze und eine khakigrüne Bomberjacke über seiner Standarduniform aus enganliegendem schwarzem T-Shirt und Jeans. Es war eine gewisse Erleichterung zu sehen, dass er ein wenig menschliche Schwäche zeigte.

„Vögelchen", sagte er und blieb in respektvollem Abstand stehen. „Du siehst nicht gut aus."

„Mir geht's hervorragend", entgegnete Lydia. Kaum waren die Worte ausgesprochen, konnte sie die Lüge schmecken. Sie fühlte sich zittrig. Und sie wollte an dem Flachmann nippen, der in ihrer Jacke versteckt war.

Paul legte den Kopf schief. „Du musst auf dich aufpassen. Ich habe meinen Vater nicht verbannt, nur damit du von selbst tot umfällst."

„War das ein Scherz? Machen wir jetzt schon Witze darüber?"

Paul lächelte. „Ich versuche nur, die Stimmung aufzulockern. Du solltest dich entspannen."

Lydia schüttelte den Kopf. „Das wird nicht passieren. Nicht jetzt und niemals. Was hast du mir zu sagen? Ich nehme an, die Informationen gibt es nicht umsonst?"

„Ich habe mit Jack und den anderen gesprochen. Sie

sagten, dass Tristan sehr unglücklich darüber war, dass wir uns wieder zusammengetan haben.“

Lydia hätte gerne gefragt, warum ihm das missfallen hatte, aber sie war sich nicht sicher, ob sie die Antwort hören wollte. Außerdem wusste sie das alles bereits. Sie war nicht durch die halbe Stadt gelaufen, um die gleiche Entschuldigung oder die gleiche Erklärung noch einmal zu hören. Sie hatte keine Zeit für Spielchen, sie hatte mit Charlie und Mr. Smith bereits alle Hände voll zu tun.

„Dann erzählte ihm ein Russe, dass die Crows planen, gegen unsere Familie vorzugehen.“

„Ich erinnere mich. Und ich habe dir schon gesagt, dass das nicht wahr ist.“

„Soweit du weißt“, sagte Paul. „Ich weiß nicht, wie ehrlich dein Onkel zu dir ist.“

„Sehr“, antwortete Lydia. Sie spürte die Münze in ihrer Hand und umklammerte sie. „Besonders jetzt. Ich bin seine rechte Hand.“

„Und weißt du, was seine linke Hand macht?“

„Natürlich“, sagte Lydia.

Paul winkte ab. „Aber ich habe mir den Russen angesehen und etwas Interessantes herausgefunden. Er nimmt sein Honorar in bar entgegen, in einem Büro in der Chancery Lane. Es gehört einer Firma namens ...“

„JRB“, unterbrach Lydia ihn. „Beim Gefieder.“

Lydia lief zu Fuß nach Camberwell und versuchte, die nervöse Energie, die sie durchströmte, loszuwerden. Jedes Treffen mit Paul war aufwühlend. Er erinnerte sie an ihre frühere Zuneigung und ihre unüberlegte Beziehung. Sie war nicht in der Lage, sich damit zu befassen, nicht mit der schmerzenden Leere, die Fleet in ihr hinterlassen hatte. Das Telefon lag in ihrer Hand und ihre Fingerspitze kreiste über seiner Nummer, ohne dass sie sich der Bewegung bewusst wurde. Sie zwang sich, das Gerät auszuschalten und es in ihre Tasche zu stecken.

Nahe der Well Street entdeckte sie eine schwarze Rauchwolke über den Dächern. Es roch nach verschmortem Plastik. Als sie um die Ecke bog, beschleunigte sie automatisch ihre Geschwindigkeit und wollte auf die Straße ausweichen, um den Lebensmittelladen der Pearls zu umgehen. Dann hielt sie inne. Das Haus mit der kränklich-pastellfarbenen Fassade, in dem sich *Jayne's Floral Delights* befunden hatte, war verschwunden. Besser gesagt war nur noch die ausgebrannte Hülle davon übrig und wurde von den blinkenden Lichtern eines Polizei- und eines Feuerwehrautos beleuchtet. Offensichtlich wurde der Einsatz gerade beendet.

Lydia eilte in die nächstgelegene Seitenstraße und rief Charlie an. „Was zum Teufel?“

„Nicht am Telefon“, entgegnete er und legte auf.

Lydia lief zur Grove Lane und Charlies Haus. Der Vorgarten war gesäumt mit Vögeln, vor allem Raben, und sie grüßte sie auf dem Weg zur Haustür. Sie schlug mit ihrer Faust gegen das Holz und versuchte, sich zu beruhigen. Sie musste die Sache richtig angehen. Ruhig bleiben. Charlie nicht verärgern. Antworten erhalten.

Ihr Onkel öffnete die Tür mit hochgezogenen Augenbrauen. „Du wirkst gestresst.“

Lydia drängte sich an ihm vorbei und betrat das Haus. „Was hast du getan?“

Charlie runzelte die Stirn und vermittelte einen hervorragenden Eindruck von Verwirrung. „Wovon sprichst du?“

„Der Blumenladen. Jayne Davies' Laden. Er wurde abgefackelt.“

Charlie schüttelte den Kopf. „Sehr bedauerlich. Eine Schande, dass Jayne den Beitrag für ihre Schadensversicherung nicht rechtzeitig einbezahlt hat.“

„Du hast das getan.“

„*Wir* haben das getan“, entgegnete Charlie und verzog

dabei keine Miene. „Man kann Camberwell nicht ohne Härte leiten. Sonst verlieren wir die Kontrolle. Wenn ich mich von einem Unternehmen verarschen lasse, was soll dann die anderen davon abhalten, es nicht ebenfalls zu tun? Du musst härter werden, Lydia. Das ist die wirkliche Welt."

Lydia nahm sich einen Moment, um ihren Atem zu beruhigen und sich eine passende Antwort zu überlegen.

„Ich weiß, dass es hart klingt", sagte Charlie und seine Stimme wurde etwas sanfter. „Aber ich habe sichergestellt, dass sich niemand im Gebäude befand. Der Laden war über Weihnachten geschlossen."

Lydia spürte, wie ihre Beine nachgaben. Es war ihr gar nicht in den Sinn gekommen, dass jemand verletzt worden sein könnte. Auch wenn das Geschäft geschlossen war, könnte sich dennoch eine Person bei Ausbruch des Feuers darin befunden haben. Sie zwang sich zu einem Nicken. „Okay. Gut."

„Es war spät in der Nacht und wir haben alles gründlich überprüft, damit wir keine Überraschungen erleben. Es hätte viel schlimmer ausgehen können."

„Gut", antwortete Lydia. „Klug von dir." Sie wusste nicht einmal wirklich, was sie da sagte, nur dass jeder Muskel in ihrem Körper aus dem Haus und von diesem Mann weg wollte. Er sah zwar aus wie der Onkel, den sie schon ihr ganzes Leben kannte, doch er war nicht derselbe Mann. Ihr Onkel leitete eine Familie mit einer zwielichtigen Vergangenheit, verschaffte sich Respekt und hielt die schlimmsten Drogenbanden aus Camberwell fern, war jedoch in der modernen Welt angekommen. Der Kerl, der in diesem Moment vor ihr stand, war anders. Er würdigte nicht einfach die Geschichte oder die Traditionen, er war fest verwurzelt in der schlechten alten Zeit. Nein, es war mehr als das. Die schlechte alte Zeit war die schlechte neue Zeit.

„Ich bin froh, dass du gekommen bist. Hier." Charlie griff

hinter Lydia auf einen kleinen Konsolentisch. „Dein Honorar.“

„Das ist nicht notwendig“, sagte Lydia. Sie wollte verschwinden, bevor sie sich übergeben musste. Karen mochte behaupten, dass sie nicht an die Konsequenzen denken durften, wenn sie ihren Job machten, aber Lydia war anderer Meinung. Außerdem hatte sie gewusst, dass etwas Schlimmes passieren würde. Sie hatte es gewusst und hatte Charlie trotzdem von Jayne Davies’ Onlineshop erzählt. Die Schuldgefühle schlugen ihr wie ein Hammer auf den Magen und raubten ihr den Atem.

„Nimm schon.“ Charlie drückte ihr einen Satz Autoschlüssel in die Hand und schloss ihre Finger darum. Er hielt sie einen Moment lang fest und sah ihr mit seinem Haifischblick direkt in die Augen. „Du gehörst jetzt zu uns, Lydia. Und du brauchst einen Wagen.“

KAPITEL FÜNFZEHN

Charlie wartete und beobachtete, wie Lydia zur Straße ging. Sie drückte den Schlüssel und ein grauer Audi, der direkt vor dem Haus geparkt war, blinkte. Lydia warf einen Blick zurück und Charlie hob eine Hand, bevor er nach innen verschwand und die Tür zuzog. Der zufriedene Ausdruck auf seinem Gesicht drehte ihr den Magen um. Das Auto war kein auffälliges oder brandneues Modell, aber in einem ausgezeichneten Zustand und weitaus teurer als alles, was sie sich mit der Versicherungsentschädigung hätte leisten können. Innen war es fachmännisch gereinigt worden und am Rückspiegel baumelte ein Lufterfrischer mit Markenaufdruck. Sie fuhr damit zurück zum Fork und fand ihren üblichen Parkplatz eine Straße weiter. Lydia ignorierte den Gedanken, wie perfekt das Fahrzeug für ihre Zwecke geeignet war, wie leise der Motor schnurrte, wie geschickt das Handling und wie sicher die Bremsen wirkten. Jede Spur von Freude an dem Auto kam ihr wie ein Verrat an ihrer Unabhängigkeit und ihrem Moralkodex vor. Charlie hatte ein Geschäft niedergebrannt und tat so, als wäre es ein normaler Arbeitstag für ihn gewesen.

Sie hatte kaum einen Fuß in ihre Wohnung gesetzt, als ihr Handy klingelte. Lydia starrte auf den Bildschirm. Sie hatte mit einer unbekannten Nummer gerechnet, mit der Paul von seinem neuen Telefon aus anrufen würde. Vielleicht, um ihr wieder einmal zu sagen, dass sie nicht wusste, was ihr eigen Fleisch und Blut im Schilde führte. Womit er absolut recht hatte. Stattdessen war es DCI Fleet und es kostete sie all ihre Willenskraft, das grüne Symbol nicht zur Seite zu schieben, um seine Stimme zu hören. Er hatte ihre Bitte, sich aus ihrem Leben herauszuhalten, bislang respektiert und sie fragte sich, ob es einen Notfall gab. Vielleicht war es wirklich wichtig. Während sie mit sich rang, verstrichen die Sekunden und das Klingeln verebbte. Lydia wartete, ob er eine Nachricht hinterlassen würde.

Tat er nicht.

Die darauffolgende Enttäuschung war ein weiterer Schlag in die Magengrube. Lydia setzte sich an ihre Arbeit, aber sie konnte sich nicht konzentrieren. Sie starrte auf ihr Telefon, als ob sie sich wünschte, es würde erneut klingeln, auch wenn sie wusste, dass sie immer noch nicht rangehen konnte. Sie konnte nicht mit ihm sprechen, konnte nicht darauf vertrauen, stark zu bleiben.

Nach einer zehnminütigen Tortur nahm sie ihre Jacke vom Sofa und verließ die Wohnung. Sie wollte einen zügigen Spaziergang machen und vielleicht etwas Nervennahrung besorgen. Kühle Luft schlug ihr entgegen. Normalerweise war es in London nie kalt, besonders im Vergleich zu Aberdeen, aber dieser Winter war eine Ausnahme. Oder Lydia war empfindlicher als sonst. Sie schloss den Reißverschluss ihrer Jacke und steckte die Fäuste in die Taschen.

Lydia bog vor dem Fork nach links ab, war aber nur ein paar Schritte gekommen, als ein vertrautes Auto neben dem Bordstein hielt. Fleet stieg aus und stützte sich mit der Hand auf dem Dach ab. „Können wir reden?"

Lydia antwortete nicht sofort. Der Anblick von Fleet,

groß und attraktiv, in einem seiner gut geschnittenen Anzüge und dem grauen Wollmantel, war zu viel. Dieser Mann war ihr vertraut und unbekannt zugleich. Sie kannte jeden Zentimeter seiner nackten Haut, hatte im Dunkeln mit ihm geflüstert und gelacht, hatte Stunden damit verbracht, ihm in die Augen zu starren, und jetzt schweiften dieselben Augen umher, wanderten von ihren Füßen über ihre Schultern zu ihrem Gesicht und wandten sich dann ab, als hätten sie sich verbrannt. Lydia dachte, sie wäre auf den Schmerz vorbereitet gewesen, Fleet als eigenständige Person zu begegnen, nicht mehr als ihrer besseren Hälfte, doch das stimmte nicht.

„Nur für ein paar Minuten", sagte er. „Im Auto, wenn du willst, heute ist es kalt."

„Okay." Lydia öffnete die Beifahrertür und stieg wie benommen ein. So konnte sie es schaffen. Als Fleet seine Tür schloss, erkannte sie ihren Fehler. Sie saßen in einem geschlossenen Raum und viel zu nah beieinander. Sie atmete Fleets Duft ein und war verloren. Sie reiste in der Zeit zurück zu seinem Bett, zu ihrem Bett, zu ihrem Sofa, ihrem Schreibtisch, ihrer Küchenarbeitsplatte und jedem Quadratzentimeter Boden in der Wohnung.

„Was brauchst du?" Sie war stolz auf ihren Tonfall. Er klang geschäftsmäßig. Ruhig und beherrscht. Effizient.

Fleet konnte ihr nicht in die Augen sehen. Er starrte aus der Windschutzscheibe, während er sprach. „Ich habe einen Fall, der zu dir passen könnte." Dann beschrieb er den Mann, der Lydia einige Wochen zuvor aus dem Maudsley Hospital angerufen hatte.

Lydia versuchte sich zu konzentrieren. Sie hatte erwartet, dass Fleet sie nach dem Brandanschlag auf den Blumenladen fragen würde und dass er unterschwellig geahnt hatte, dass die Crows darin verwickelt waren. „Er ist in der Psychiatrie untergebracht, richtig? Er wollte mich beauftragen, aber ich habe ihm abgesagt."

„Das sagte er. Aber er ruft ständig auf dem Revier an, und wir können nichts für ihn tun. Ich dachte, du überlegst es dir vielleicht noch einmal.“

„Damit er dich nicht mehr belästigt?“

Fleet setzte ein verlegenes Lächeln auf. „Auch. Aber vor allem denke ich, dass es genau dein Ding ist. Es klingt ein bisschen ...“

„Seltsam?“, fragte Lydia. „Verrückt? Unwirklich?“ Sie hielt inne, bevor sie sagte: „Magisch.“ Sie war nicht mehr mit Fleet zusammen. Das bedeutete, dass sie Mauern aufrechterhalten musste. Sie erinnerte sich an das Gefühl in der Zelle. Warum war er nicht gekommen, um sie zu sehen? Ihr gut zuzureden? Er behauptete, er habe versucht, ihr zu helfen, und im Grunde glaubte sie ihm und verstand die schwierige Situation, in der er sich befunden hatte. Dennoch setzte ihr Fluchtinstinkt ein und sie schmeckte einen bitteren Geschmack im Mund.

„Du weißt, was ich meine. Ich kann ihm nicht helfen, aber du vielleicht schon.“ Fleet zuckte mit den Schultern. „Der Typ tut mir leid. Er klingt wirklich verzweifelt. Und wir sind im Moment völlig überlastet.“

Lydia kniff die Augen zusammen. Sie fühlte sich manipuliert. Und das tat Charlie bereits häufig genug. „Ist das nicht unter deiner Gehaltsklasse? Warum weißt du von einem zufälligen Anruf auf dem Revier?“

„Er hat dem Sergeant gesagt, dass er dich anheuern wollte, also hat er es an mich weitergegeben. Jetzt versuche ich es bei dir.“ Er lächelte ein wenig bedauernd. „Ich wollte es versuchen. Ich bin im Moment total überlastet.“

Lydia ignorierte die Tatsache, dass immer noch alles, was mit ihr zu tun hatte, direkt an Fleet weitergeleitet wurde. Stattdessen überlegte sie, ihn nach seinen aktuellen Fällen zu fragen, aber sie hielt sich zurück. Sie war nicht mehr seine Freundin, seine Unterstützerin, seine Vertraute. „Ich bin zu beschäftigt. Das habe ich ihm gesagt.“

„Schon gut", sagte Fleet. „Tut mir leid, dass ich dich belästigt habe."

Lydia wandte sich zur Tür. Aber was war so seltsam, dass Fleet sie kontaktierte? Sie ging noch einmal die Geschichte durch, die Ash am Telefon erzählt hatte. Ihr war nichts Ungewöhnliches im magischen Sinne aufgefallen. Sie drehte sich wieder um. „Was war seltsam? Ich verstehe, dass es dem Mann nicht gut geht, aber er wird von Psychiatern betreut. Wenn er zu Unrecht eingewiesen wurde, ist das doch eine zivilrechtliche Angelegenheit. Eine Sache für einen Anwalt."

Eine tiefe Falte zog sich über Fleets Stirn. „Ash glaubt, dass er aufgrund einer Amnesie seine wahre Identität verloren hat, und er braucht Hilfe, um herauszufinden, wer er ist. Er will seine Eltern ausfindig machen, damit sie die Verwechslung aufklären und ihn nach Hause bringen."

„Er sagte, sein Name sei nicht sein richtiger", erzählte Lydia. „Als er mich anrief, sagte er, dass die Leute um ihn herum Betrüger seien und sie ihm einen falschen Namen gegeben hätten. Das hört sich definitiv nach einem psychischen Problem an, also ist es richtig, dass er von Fachleuten behandelt wird. Ich weiß nicht, wie ich ihm helfen soll. Es könnte alles nur noch schlimmer machen und seine Wahnvorstellungen bestätigen."

Fleet nickte. „Das ergibt Sinn. Tut mir leid. Ich habe mich täuschen lassen. Er klang ganz vernünftig."

Lydia kämpfte gegen ihre Instinkte an. Nicht nur ihre natürlichen, die ihr in einer Mischung aus Angst und Verlangen die Eingeweide verdrehten, sondern auch ihren Crow-Instinkt. Der, der die Macht in anderen spürte. In der Vergangenheit hatte sie bei Fleet einen ungewöhnlichen Schimmer wahrgenommen, aber sie hatte sich mit der Zeit daran gewöhnt. Es war ein Teil von ihm, das allgemeine Fleet-Gefühl. Jetzt, nachdem sie fast einen Monat lang keinen Kontakt zu ihm gehabt hatte, war es deutlicher. Es war weder Crow noch Fox, Pearl oder Silver. Es war, wenn überhaupt, näher an dem, was Mr. Smith ausstrahlte. Und das war beunruhigend.

„Da ist noch etwas anderes", sagte Fleet.

„Was?"

„Ich mache mir Sorgen um dich."

„Nein", sagte Lydia. „Ich habe dich nicht zu kümmern."

„Du stehst in Kontakt mit Paul Fox. Nach allem, was passiert ist. Du kannst ihm nicht trauen."

„Und woher willst du das wissen? Werde ich von der Polizei überwacht, Officer?"

Fleet zuckte zusammen. „So ist das nicht."

„Wenn du mich in deiner Freizeit beobachtest, nennt man das Stalking. Also, was ist es sonst? Beruflicher oder persönlicher Eingriff in die Privatsphäre?"

Fleets Gesichtsausdruck wurde leer. „Sei einfach vorsichtig. Bitte."

Lydia drückte die Tür auf und sprang aus dem Wagen. Es war ein Fehler gewesen, überhaupt einzusteigen. Als sie auf dem Bürgersteig Fleet-freie Luft einatmete, wusste sie, dass sie diesen Fehler nicht noch einmal begehen durfte. Sie war nicht stark genug.

KAPITEL SECHZEHN

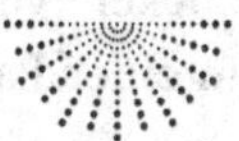

Obwohl es die Woche zwischen Weihnachten und Neujahr war, in der man traditionell im Schlafanzug faulenzte oder es extrem ruhig angehen ließ, während man so tat, als würde man arbeiten, und die übrig gebliebene Schokolade aß, wusste Lydia, dass Mr. Smith erwartete, dass sie ihren Termin einhielt. Das Gute war, dass Lydia ihn ohnehin etwas fragen wollte.

Sie sollte Mr. Smiths Verdacht über ihre Fähigkeiten nicht bestätigen, aber es war ihr bewusst, dass sie sich in irgendeiner Form willig zeigen musste, um ihn zu besänftigen. Seit dem Besuch zu Weihnachten dachte sie ständig an ihren Vater und daran, wie es mit ihm weitergehen würde. Ihre Mutter würde sich so lange wie möglich um ihn kümmern, aber irgendwann würde es darin enden, dass Henry Crow in ein Pflegeheim oder ein Hospiz kam. Er würde in einem Stuhl sitzen oder in einem Bett liegen, in die Ferne starren und nichts mehr wahrnehmen. Insgeheim wusste jeder, dass die eigenen Eltern dieses Schicksal ereilen könnte. Eines Tages, weit entfernt in der Zukunft. Aber jetzt dachte Lydia ständig an die schreckliche Leere an der Stelle, an der früher seine Augen gewesen waren.

Sie schob die Konditorschachtel beiseite, denn die Verbindung mit diesen erzwungenen Treffen verdarb ihr den Appetit, und nahm einen langen Schluck von ihrem Kaffee. Am liebsten hätte sie den Inhalt ihres Flachmanns dazugegossen, aber sie widerstand dem Drang. Sie brauchte einen klaren Kopf. „Ich habe an Sie gedacht."

Mr. Smith leckte Zucker von seinen Fingern und wischte sich die Hände an einer Papierserviette ab. „Das ist schön."

Lydia holte tief Luft. „Sie haben eine ungewöhnliche Signatur."

Mr. Smith sah zum ersten Mal interessiert aus. „Ist das so?"

„Wie haben Sie mich geheilt?"

Seine Miene verfinsterte sich. „Wir sind nicht hier, um über mich zu sprechen."

„Ich habe mich gefragt, ob Sie das noch einmal machen könnten. Bei jemand anderem. Und ob es bei einer Gehirnkrankheit funktioniert."

Mr. Smith neigte abschätzend den Kopf. „Über wen sprechen wir?"

Das war ein enormes Geständnis. Henry Crow war offiziell raus aus dem Familienunternehmen, aber immer noch das rechtmäßige Oberhaupt der Crows, und Schwächen jeglicher Art wurden nicht an die große Glocke gehängt. Trotzdem. Wenn die Chance bestand, dass Mr. Smith ihren Dad heilen konnte, musste sie dieses Risiko eingehen. „Meinen Vater", sagte sie und ihre Kehle schnürte sich zu. „Er hat Alzheimer oder so etwas in der Art." Sie verschwieg, dass es eine magische Krankheit sein könnte, die durch die Unterdrückung seiner eigenen Kräfte ausgelöst wurde. Erstens war das nur eine Vermutung und zweitens war sie es gewohnt, nur das Nötigste preiszugeben.

„Ich will Sie nicht beleidigen", sagte Mr. Smith, „aber die Crows gelten im Allgemeinen nicht als rechtschaffen. Sie müssen wissen, dass die NCA schon seit Jahren wegen organisierter Kriminalität gegen die Familie ermittelt. Henry Crow zu stärken, steht nicht weit oben auf unserer Prioritätenliste."

Lydia verbarg ihre Überraschung. Sie war der Meinung, dass die Crows schon seit Jahren innerhalb der Grenzen der Legalität lebten und Charlies jüngste Ausflucht in die Brandstiftung ein Ausrutscher gewesen war. Sie war davon ausgegangen, dass die National Crime Agency schon vor Jahrzehnten das Interesse an der Familie verloren hatte. Entweder log Mr. Smith oder sie war wirklich naiv. Sie hatte das schreckliche Gefühl, dass es Letzteres war. Sie schob es beiseite und lehnte sich vor, wobei sie ihre Ellbogen auf den Tisch stützte. „Ich bin eine Crow", sagte Lydia. „Mich haben Sie geheilt."

„Sie sind anders."

Lydia sah Mr. Smith direkt in die Augen. „Ich bin auch schwer zu motivieren."

Nach einem Moment nickte er. „Es könnte möglich sein. Und ich denke, ich könnte es in meinem Bericht unerwähnt lassen. Ich kann aber nicht versprechen, dass es klappt."

„Zur Kenntnis genommen."

„Ich würde eine Geste des guten Willens benötigen. Und eine Vorauszahlung."

„Ich bin gerne bereit, meine Motivation unter Beweis zu stellen, und kann eine Teilzahlung leisten, aber die volle Summe gibt es erst, wenn mein Vater geheilt ist."

„Nicht geheilt. Nachdem ich eine vollständige Heilung versucht habe."

„Nein. Eine Teilzahlung für den Versuch. Voll für die Heilung."

„Warum sollte ich es überhaupt versuchen, wenn ich nicht den vollen Betrag erhalte?"

Lydia dachte einen Moment nach. Sie musste sicher sein, dass er sich wirklich anstrengte. Sie hatte seinen erschöpften Gesichtsausdruck gesehen, nachdem er sie von ein paar Prellungen und einer gebrochenen Rippe geheilt hatte. Er spielte mit ihr, so gut er konnte, und machte seinen Job, aber es war möglich, dass mehr dahintersteckte. Wenn sie eines von ihrem Vater und Onkel Charlies Ausbildungsversuchen gelernt hatte, dann dass Magie eine knifflige Angelegenheit war. Sie gab nie etwas, ohne etwas wegzunehmen. „Gut", sagte sie. „Volle Bezahlung für vollen Einsatz, unabhängig vom Ergebnis. Aber wie soll ich wissen, dass Sie Ihr Möglichstes versuchen?"

„Ich gebe Ihnen mein Wort", antwortete Mr. Smith.

Lydia wollte ihm gerade sagen, dass sie kein kleines Kind sei und mehr brauchen würde, als sie verstand, dass er es ernst meinte. „Wir schütteln die Hand darauf?"

Er nickte. „Münze an Münze. Verbindlich."

Lydia erinnerte sich an das klirrende Geräusch von Metall, als sie ihm auf dem Polizeirevier die Hand geschüttelt hatte. Wollte sie tatsächlich einen weiteren Deal mit dem mysteriösen Mann eingehen? Sie dachte an das erschlaffte Gesicht ihres Vaters sowie den Sabber in seinem Mundwinkel und streckte ihre Hand aus.

Nachdem sie den Deal besiegelt hatte, lehnte sich Mr. Smith in seinem Stuhl zurück. „Jetzt diese Geste des guten Willens."

„Was wollen Sie?"

„Ich möchte etwas über Ihr Leben erfahren. Wie läuft die Arbeit für Ihren Onkel? Hatten Sie weiteren Ärger mit den Silvers?"

„Keine weiteren Probleme", sagte Lydia und ignorierte die Frage nach ihrem Onkel. Sie überlegte, welche Information den wenigsten Schaden anrichten würde. Er würde Brotkrümel brauchen, wenn sie ihn dazu bringen wollte, ihren Vater zu heilen.

„Ich habe etwas für Sie", sagte sie schließlich.

Mr. Smith neigte den Kopf, schwieg jedoch.

„Sie sind mit dem Waffenstillstand vertraut, nehme ich an?“

„In Kraft seit 1943, als sich die vier Familien angesichts der erlittenen Verluste darauf einigten, die Kämpfe zu beenden.“

„Gut.“ Lydia war froh, dass sie keine Geschichtsstunde halten musste. „Jemand versucht, ihn zu brechen.“

„Wer?“

„Ich weiß es nicht, aber alle Hinweise deuten auf Ihre früheren Kumpels, JRB. Sie waren Kunden der Silvers, wie Sie selbst wissen, vielleicht sind sie es immer noch, aber es war schwierig, Informationen über sie zu finden.“

„Das hört sich eher wie eine weitere Bitte um Hilfe als nach wertvollen Informationen an. Ihre Schulden werden immer größer.“

„Ich habe Beweise dafür gefunden, dass JRB mit den Pearls in Verbindung steht. Vielleicht sind sie sogar ein und dieselben, ich weiß es nicht. Das bedeutet, dass die Pearls in gewisser Weise mitschuldig sind, wenn nicht sogar aktiv versuchen, die Familien zu destabilisieren.“

„Nicht unbedingt“, sagte Mr. Smith. „Wie stark ist diese Verbindung, die Sie gefunden haben?“

„Was wissen Sie über die Pearls? Ich dachte, sie wären ruhige Ladenbesitzer, nicht sehr mächtig, nicht sehr interessiert an Politik und Machtspielen.“

„Anders als die Crows und die Silvers.“

„Ja“, sagte Lydia ungeduldig. „Deshalb war unser Bündnis mit den Silvers so wichtig. Wenn wir auf derselben Seite stehen, ist es unwahrscheinlicher, dass wir uns im Kampf um die Macht gegenseitig zerfleischen. Zumindest ist das die Theorie. Und was mich betrifft, ist das alles nur noch Schnee von gestern.“

Er zog eine Augenbraue nach oben.

„Maria Silver wurde zum neuen Oberhaupt der Silvers ernannt. Und sie ist nicht mein größter Fan.“

Mr. Smith nickte. „Ich nehme an, das ist die logische Konsequenz, nachdem Alejandro in die Politik gehen will?"

Natürlich wusste er das. „Also, die Pearls?"

Er lehnte sich in seinem Stuhl zurück und betrachtete Lydia. Als er weitersprach, hörte er sich an wie jemand, der eine oft erzählte Geschichte wiederholte. „Es war einmal eine Frau, die ging durch eine Tür in einem Kreidefelsen und heiratete einen Prinzen. Als sie zurückkam, waren dreihundert Jahre vergangen und ihre gesamte Familie längst tot. Aber sie war nicht allein. In ihrem Bauch wuchs ein Kind heran. Halb Fee, halb Sterbliche, und dieses kleine Mädchen war die erste Pearl."

„Ich glaube nicht an Feen", sagte Lydia.

„Niemand, der bei Verstand ist, tut das", antwortete Mr. Smith. „Das heißt aber nicht, dass es sie nicht gibt."

AM NEUJAHRSTAG WACHTE Lydia spät auf und hatte einen üblen Geschmack im Mund. Sie hatte in der Nacht zuvor eine weitere Flasche Whisky geleert und das Beweismittel stand auf ihrem Nachttisch. Um kurz nach zwei Uhr war sie zusammengesackt und hatte ihren Laptop an das Fußende des Bettes gelegt. Sie griff danach und schob ihre Kissen gegen das Kopfteil. Nachdem sie sich aufgesetzt und ihren Mund mit einer abgestandenen Dose Cola ausgespült hatte, klärte sich ihr Geist ein wenig.

Sie schaltete den Computer ein und prüfte ihre E-Mails. Jason hatte ihr eine übersichtliche Liste der erledigten Aufgaben sowie einen Link zu ihrem neuen gemeinsamen Ordner geschickt. Auch wenn es ihr lächerlich vorkam, antwortete sie dem Geist, um sich zu bedanken.

Fleet hatte Lydia an den Anruf erinnert und da sie etwas Gutes tun wollte, rief sie im Maudsley Hospital an und ließ sich mit der Station verbinden, die Ash angegeben hatte. „Das hört sich jetzt ein bisschen seltsam an", sagte Lydia,

„aber ich habe einen Anruf von einem Ihrer Patienten erhalten. Er meinte, sein Name sei Ash. Kein Nachname. Und das könnte ein Spitzname sein. Er war sich nicht ganz sicher."

„Wie kann ich Ihnen helfen?" Die Krankenschwester in der Leitung klang aufrichtig mitfühlend und Lydia fragte sich, wie man diesen Job machen und trotzdem freundlich zu Fremden sein konnte, die einen bei der Arbeit störten.

„Er klang verzweifelt und ich hatte das Gefühl, dass ich mich nach ihm erkundigen sollte. Oder Sie alarmieren. Ich weiß es nicht ..."

„Auf dieser Station werden Patienten psychiatrisch behandelt. Leider sind viele von ihnen oft verzweifelt. Gehören Sie zur Familie?"

„Nein", antwortete Lydia. „Ich kenne ihn überhaupt nicht. Ich weiß, dass Sie mir keine Details verraten können und ich bitte Sie auch nicht um Informationen. Ich wollte nur weitergeben, was er mir erzählt hat, falls es medizinisch relevant ist. Es fühlt sich einfach falsch an, es komplett zu ignorieren."

„Ich verstehe", sagte die Krankenschwester. „Ich werde mir eine Notiz machen. Wann hat er angerufen?"

Lydia nannte ihr alle Details, an die sie sich erinnern konnte.

„Und was hat Ash zu Ihnen gesagt? Nannte er einen Grund, weshalb er Sie kontaktierte?"

„Er wollte mich beauftragen. Ich bin Privatdetektivin und er wollte, dass ich seine Eltern finde. Er sagte, sein Name sei falsch und dass sich alles geändert hätte. Er sagte, dass es überall Betrüger gäbe und dass nichts echt sei."

„Ich verstehe. Das klingt beunruhigend. Es tut mir leid."

„Nein, ist schon in Ordnung", antwortete Lydia. „Ich habe nur darüber nachgedacht und hatte ein schlechtes Gewissen, weil ich ihm nicht geholfen habe. Könnten Sie ihm ausrichten, dass ich angerufen und mich nach ihm erkundigt habe?"

„Natürlich. Dürfte ich nach Ihrem Namen fragen?"

„Lydia Crow."

Eine Pause entstand. „Das ist interessant", sagte die Krankenschwester. „Ich sehe mir gerade seine Akte an. Sie sind als Notfallkontakt eingetragen und stehen auf der Liste der zugelassenen Besucher."

„Wie ist das möglich? Ich habe ihn noch nie getroffen."

„Er hat uns diese Informationen gegeben. Wir konnten seine Familie nicht ausfindig machen. Wir haben seine Daten an die Polizei weitergegeben, für den Fall, dass er irgendwo als vermisst gemeldet wird."

„Warten Sie, soll das heißen, er hatte recht? Sein Name ist nicht Ash? Sie kennen seine wahre Identität nicht?"

„Das könnte sein. Wir konnten das noch nicht bestätigen. Er hatte keinen Ausweis bei sich. Er wurde von der Notaufnahme zu uns überwiesen."

„Sie hatten also keinen Kontakt zu seiner Familie?"

„Leider nicht."

„Kann ich mit ihm sprechen?"

„Ich fürchte, er ist im Moment in einer Gruppensitzung. Ich werde ihm aber ausrichten, dass Sie angerufen haben, und Sie können ihn jederzeit besuchen. Offene Besuche sind jeden Tag zwischen zwei und vier Uhr und samstags von zehn bis zwölf Uhr möglich. Sie müssen einen Ausweis mitbringen und auf unserer Website finden Sie eine Liste mit Gegenständen, die Sie nicht mitbringen dürfen."

Nachdem sie aufgelegt hatte, hoffte Lydia, dass sie Ash nicht versehentlich in Schwierigkeiten gebracht oder gegen ihre eigenen Regeln in Bezug auf die Privatsphäre von Klienten verstoßen hatte. Natürlich war er kein Klient, aber er war zu ihr gekommen, weil er Hilfe suchte. Sie hatte das Gefühl, sich falsch verhalten zu haben, wusste jedoch auch nicht, was sie tun sollte, und nach einer weiteren Minute des Grübelns ließ sie es gut sein.

. . .

Das Fork hatte über Weihnachten und Neujahr geschlossen gehabt, aber am dritten Januar öffnete es wieder und wie immer war es dort geschäftig. Das Leben in London machte nie lange Pause. Lydia hatte einen Kaffee und ein Bacon-Sandwich bestellt und, als Zugeständnis an ihre Gesundheit, ein Glas Orangensaft. Angel lehnte an der Theke und scrollte auf ihrem Handy, während ein neuer Mitarbeiter an der Kaffeemaschine herumfummelte. Er hatte eine schlanke Statur, hellbraunes Haar und einen sehr besorgten Gesichtsausdruck, aber das lag vermutlich daran, dass er neu war. Lydia konnte sich nicht vorstellen, dass Angel eine geduldige Lehrerin war.

„Danke." Lydia bezahlte bei dem Neuen und trank von ihrem Kaffee, während er in die Küche ging, um ihr Frühstück zu holen.

„Hast du das gesehen?" Angel richtete sich auf.

„Was?"

Sie reichte ihr Handy an Lydia weiter und schnalzte dabei mit der Zunge. „Solltest nicht du die Schnüfflerin sein?"

„Privatermittlerin", korrigierte Lydia. „Ich arbeite auftragsbasiert. Das heißt aber nicht, dass ich den ganzen Tag in den Nachrichten nach Arbeit suche." Sie brach ab und sah sich das Video auf dem Handy an. Es stammte von der BBC-Website und Angel hatte Untertitel angeschaltet. Eine hochrangige Polizeibeamtin gab vor einem Absperrband eine Pressekonferenz, ihr Gesicht war ernst, aber Lydia ignorierte die Worte. Hinter dem gelben Absperrband, inmitten der Menschenmenge, hatte sie eine vertraute Gestalt erblickt. Fleet.

„Es ist aber etwas Lokales", sagte Angel und Lydia zwang sich, sich auf die Worte der Reporterin zu konzentrieren. Die fünfzehnjährige Tochter des Bezirksrats Miles Bunyan war seit drei Tagen verschwunden und die Polizei suchte nach Zeugen. Lydia wusste, dass das Team sich nach diesem

Beitrag mit einer Flut an zeitraubenden Anrufen herumschlagen musste, von denen die meisten unbrauchbar, einige merkwürdig und einige geradezu psychotisch sein würden.

Sie kniff die Augen zusammen und versuchte herauszufinden, wo das Video gedreht worden war und was die Absperrung schützte, aber der Beitrag endete und der nächste begann, dieses Mal ein Bericht über den Klimawandel. Wie immer. Nichts als Elend und Angst in den Nachrichten.

„Bunyan? Der Name sagt mir etwas.“

„Leiter des Southwark Council“, sagte Angel. „Er spricht ständig über den Camberwell Regeneration Plan.“

Lydia antwortete nicht, sie ließ den Blick auf Fleet noch einmal Revue passieren und wartete darauf, dass der Adrenalinschub abklang. Hatte er müde ausgesehen? Glücklich? Besorgt? Es war sinnlos, darüber zu spekulieren, und es ging sie auch nichts an, aber die Gedanken kreisten weiter.

Ihr Frühstück wurde serviert und sie nahm es mit zu einem Tisch am Fenster. Ihr war der Appetit vergangen, doch sie zwang sich zu essen und scrollte auf ihrem eigenen Handy, während sie kaute. Sie fand die Nachrichtensendung und las verschiedene Berichte. Die Informationen waren spärlich, aber das hatte wenig zu bedeuten. Fleets Team würde aufpassen, was es an die Presse weitergab, vor allem, wenn es einen Appell startete. Je mehr Informationen zurückgehalten wurden, desto leichter war es, echte Hinweise zu erkennen. Sie legte ihr Handy mit dem Display nach unten auf den Tisch. Sie bedauerte es, dass ein Mädchen verschwunden war, aber es war nicht ihr Fall. Dann wurde ihr klar, warum der Name Bunyan ihr so bekannt vorkam: Charlie hatte ihn erwähnt. Er betrachtete Bunyan als einen Verbündeten im ständigen Kampf, Camberwell über Wasser zu halten.

Lydia kippte ihren Orangensaft wie ein Glas Medizin hinunter und stand auf. In ihrem Hinterkopf kitzelte ein weiterer Gedanke. Ein wichtiger. Erst als sie oben in ihrer Wohnung war und zehn Minuten an ihrem Schreibtisch gesessen hatte, trat er endlich aus dem Schatten.

Sie lehnte sich zurück und wunderte sich, dass es ihr nicht schon früher aufgefallen war. Der Gedanke war ihr gekommen, als Angel ihr das Handy gereicht hatte. Es hatte sie daran erinnert, dass Angel sie auch auf den Mann hingewiesen hatte, der an der Blackfriars Bridge erhängt worden war. Fluchend ging sie nach unten, um eine gewisse Person mit Dreadlocks zur Rede zu stellen.

Angel saß an einem Tisch und las ein Taschenbuch, während der Neue den Boden fegte.

„Gib uns eine Minute", sagte Lydia zu ihm. Er sah zu Angel, die nickte.

Lydia stand an Angels Tisch und versuchte, ihre Gedanken zu ordnen. Charlie hatte sie nicht nur durch seine Kamera beobachtet oder war aufgetaucht, um sie etwas zu fragen. Er hatte sie für seine Zwecke eingesetzt, ohne dass sie es bemerkt hatte.

„Du arbeitest für Charlie", sagte Lydia.

„Ja." Angel legte das Buch mit der Vorderseite nach unten auf den Tisch. „Was ist los?"

„Du hast mir den Nachrichtenartikel gezeigt. Den erhängten Mann auf der Blackfriars Bridge."

Angel zuckte mit den Schultern. „Du hättest es sowieso gehört. Die Geschichte war überall."

„Du berichtest an Charlie, nehme ich an?" Lydia zwang sich, ihre Fäuste zu lösen, ihre Arme an den Seiten hängen zu lassen und ihre Gesichtsmuskeln zu entspannen. Sie konnte Angels Kraft nicht einschätzen, aber Lydia hatte gesehen, wie sie mit einer riesigen gusseisernen Pfanne über einem Brenner hantierte, und hatte keine Lust auf Handgreiflichkeiten.

Angel zuckte mit den Schultern. „Er zahlt mein Gehalt. Er fragt, ich antworte."

„Hat er dir aufgetragen, mich zu bestimmten Jobs zu lotsen?"

Angel seufzte gelangweilt. „Manchmal. Er war der Meinung, dass die direkte Annäherung weniger effektiv wäre."

„Warum will er, dass ich mir das ansehe?" Lydia tippte das Display an. Darauf war ein Bild von Miles Bunyan zu sehen, dem Tränen in den Augen standen.

„Ich glaube, du missverstehst die Art unserer Geschäftsbeziehung. Er fragt, ich antworte. Nicht andersherum."

„Und das ist für dich in Ordnung?"

„Er ist Charlie Crow. Und ich arbeite im Fork." Sie sagte es, als wäre Lydia eine Vollidiotin.

Sie lächelte, holte ihre Münze hervor und schnippte sie in die Luft. Sie hatte versucht, ihre Magie nicht dazu einzusetzen, das Verhalten von Menschen zu beeinflussen, aber Angel machte sie wütend. „Ich bin Lydia Crow und ich denke, wir sollten eine eigene kleine Vereinbarung treffen."

Angel sah sie sowohl genervt als auch gelangweilt an. „Lässt du was dafür springen?"

„Ich werde dich deinen Job behalten lassen", sagte Lydia. „Das ist aus meiner Sicht ein gutes Angebot."

Zurück im Obergeschoss setzte sich Lydia an ihren Schreibtisch und goss den letzten Rest Whisky in ihre Tasse. Sie wusste nicht, warum Angels Information sie so aus der Bahn warf. Sie war sich bewusst, dass Charlie seit ihrer Rückkehr nach London versucht hatte, sie zu kontrollieren, aber es war beunruhigend, dass sie Angel nicht verdächtigt hatte. Sie fragte sich, was sie sonst noch übersehen hatte.

KAPITEL SIEBZEHN

Lydia lief unruhig durch das Wohnzimmer, bis Jason sie bat, aufzuhören, weil sie ihn nervös machte, dann rief sie ihren Onkel an. „Bist du in der Nähe des Cafés? Ich muss mit dir sprechen."

„Dir auch ein frohes neues Jahr, Lydia."

Sie reagierte nicht darauf. Nach einem Moment sagte er: „Ich könnte ein zweites Frühstück vertragen."

Angel sah alarmiert drein, als Lydia wieder nach unten kam und noch besorgter, als Charlie die Tür aufstieß.

„Kaffee", sagte Lydia. „Zwei."

Sie lenkte Charlie zu ihrem üblichen Tisch.

„Vielleicht möchte ich etwas essen", sagte er.

„Keine Zeit", entgegnete Lydia. „Ich habe die Nachrichten gesehen."

Sie beobachtete Charlies Augen, in der Erwartung, dass sie zu Angel wandern würden. Sie taten es nicht und Lydia war wieder einmal erstaunt, wie gut ihr Onkel darin war, Dinge zu verbergen. Es war eine Verschwendung, dass er sich auf Camberwell beschränkte. „Hast du jemals daran gedacht, für den Geheimdienst zu arbeiten?", fragte sie.

„Was?"

„Nichts." Lydia nippte an ihrem Kaffee. „Das mit dem vermissten Mädchen ist wirklich tragisch."

Charlie griff nach seiner Tasse. „Zufällig wollte ich mit dir darüber sprechen."

„Ach ja?"

„Wir sollten uns mit dieser Sache beschäftigen. Mal sehen, was wir ausgraben können."

„Ich nehme an, mit *wir* meinst du *ich*."

Er zuckte mit den Schultern. „Du bist die Expertin. Du hast Maddie gefunden."

„Ich bin im Moment ziemlich beschäftigt", sagte Lydia. Was sie verschwieg, war, dass sie ein Problem damit hatte, manipuliert zu werden. Und mit beiläufiger Brandstiftung. Wenn sie etwas in Charlies Auftrag untersuchte, was würde das diesmal für Folgen haben?

„Dafür hast du Zeit", sagte er. Er ließ sein Haifischlächeln aufblitzen und noch immer war sein Blick ausdruckslos sanft. Es war eine Warnung und Lydia brauchte nicht einmal hinzusehen, um zu wissen, dass die Tätowierungen, die unter den gefalteten Manschetten seines schwarzen Hemdes zu sehen waren, zuckten.

„Warum ist dir das so wichtig?"

„Miles Bunyan ist ein alter Freund. Er hat sehr viel für unseren Bezirk getan."

„Du meinst den *Camberwell Regeneration Plan*?"

„Unter anderem. Miles Bunyan hat sich um Camberwell gekümmert, obwohl seine Kollegen am liebsten alle Gelder nach Bermondsey umgeleitet hätten."

„Ist er auch ein guter Vater?"

Charlie hielt inne. „Was willst du damit andeuten? Dass er der Grund dafür ist, dass Lucy weggelaufen ist? Er hat alles für dieses Mädchen getan. Seit Carolines Tod war er sowohl Mutter als auch Vater, er hat seinen Job behalten, war Vorsitzender des Bezirksrats und hat sich für wohltätige Zwecke eingesetzt ..."

„Okay, okay", sagte Lydia und hob ihre Hände. „Ich hab's verstanden. Dad des Jahres."

„Bestimmt steckt ihr Freund dahinter. Ungeeigneter Einfluss von außen. Das passiert immer wieder: Ein gut aussehender Junge verdreht einem jungen Mädchen den Kopf und lässt sie ihren Verstand verlieren."

Lydia tat so, als ob Charlie sie nicht ärgern würde. Die Spannungen zwischen ihnen waren schon groß genug und sie brauchten nicht noch mehr Stress. „Ich werde sehen, was ich tun kann", sagte sie. Und weil sie nicht anders konnte, fügte sie hinzu: „Es würde helfen, wenn ich noch mit Fleet befreundet wäre."

Charlie fletschte seine Zähne. „Man muss nicht mit jemandem befreundet sein, um Informationen zu bekommen."

„Ich kann nichts versprechen", sagte Lydia. Sie wollte gehen, aber Charlie hielt sie zurück.

„Noch nicht. Wir müssen noch unsere Aufwartung machen."

Miles Bunyan saß auf dem braunen Ledersofa im schmalen Wohnzimmer seines viktorianischen Reihenhauses. Es war kein großer Raum, aber die originalen Fensterflügel im Erker waren noch erhalten und das Haus lag in der Nähe des Burgess Park. Lydia fragte sich, wie viel Bezirksräte verdienten.

„Nett von Ihnen, dass Sie gekommen sind", sagte Miles. „Ich weiß nicht ... Ich weiß nicht, was ich im Moment machen soll." Er erhob sich. „Möchten Sie Tee?"

„Lydia wird welchen machen", antwortete Charlie.

Lydia war froh, in die Küche flüchten zu können, weg von der Traurigkeit im Wohnzimmer. Sie fand Tassen und Teebeutel und füllte den Wasserkocher, dann nutzte sie die Gelegenheit, um sich umzusehen. Es gab einen Essbereich, von dem aus Türen in den Garten führten. Die Küche war offenbar vor nicht allzu langer Zeit renoviert worden und wirkte gepflegt. Speisekarten von Lieferdiensten waren mit Magneten an den Kühlschrank gepinnt, auf dem Tresen lag ein Stapel Post.

Sie ging die Treppe hinauf und fand Lucys Zimmer. Das letzte Mal hatte sie im Zimmer eines vermissten Mädchens herumgeschnüffelt, als ihre Cousine Maddie verschwunden war. Es hatte sich herausgestellt, dass Maddie am Leben war und es ihr gut ging - gut genug, um zu versuchen, Lydia zu töten. Lydia hoffte, dass sich in diesem Fall nur der erste Teil der Geschichte wiederholte. Das Zimmer war sauber und aufgeräumt und hätte als Nachher-Foto in einem Marie-Kondo-Video dienen können. Entweder war Lucy äußerst ordentlich oder ihr Vater hatte ihre Abwesenheit genutzt, um auszumisten. Auf einem weißen Schreibtisch befanden sich eine Schreibtischlampe und eine einzelne Sukkulente in einem blaugrünen Topf. Bevor Lydia mit den Nachttischschubladen anfangen konnte, hörte sie die Wohnzimmertür und Miles' Stimme. Sie schlüpfte aus dem Zimmer und eilte ins Badezimmer auf der anderen Seite des Flurs. Sie spülte, wusch sich die Hände und ging die Treppe hinunter, wobei sie Miles anlächelte, der unten stand und verloren aussah.

„Ich dachte, Sie bräuchten vielleicht ... Hilfe. Finden Sie alles?"

„Alles bestens", sagte Lydia. „Sie könnten mir allerdings beim Tragen helfen."

In der Küche bereitete Lydia den Tee zu. Miles stand still da, wie ein Uhrwerk, das aufgezogen werden musste. „Wir stehen uns wirklich nah. Sie würde niemals weggehen, ohne es mir zu sagen. Sie weiß, dass ich mir große Sorgen machen würde. Sie würde niemals ... Ich weiß, was Sie denken. Was die Polizei denkt, aber Sie irren sich. Sie war glücklich. Sie hatte keinen Grund davonzulaufen."

Und dann das schreckliche Geräusch von Schluchzen.

Lydia drehte sich mit jeweils einer Tasse in der Hand um. Sie hätte sie abstellen und den gebrochenen Mann trösten sollen, aber sie kannte ihn nicht und wollte keine Grenze überschreiten.

Er wischte sich mit den Händen über das Gesicht. „Entschuldigung. Es tut mir leid, es ist nur ... Ich kann mich des Eindrucks nicht erwehren, dass etwas Schlimmes passiert ist. Sonst würde sie sich melden."

„Nicht unbedingt", sagte Lydia und hasste sich dafür, dass sie Hoffnung machte, obwohl sie vermutlich nicht gerechtfertigt war. „Sie ist fünfzehn. Vielleicht kann sie nicht klar denken oder hat Angst, dass sie Ärger bekommt."

„Nein." Miles schüttelte heftig den Kopf. „Wir sind eher wie Freunde. Und sie ist sehr vernünftig. Sehr erwachsen. Sie würde es einfach nicht tun."

„Okay", sagte Lydia, stellte die Tassen auf den Tresen und straffte die Schultern. „Was hat die Polizei gesagt?"

„Sie hatten viele Fragen zu Josh. Das ist ihr Freund." Miles verzog das Gesicht. „Er war in der Nacht, in der sie verschwand, bei ihr. Er ist etwas älter als sie und hat gerade seinen Führerschein gemacht, aber ich lasse sie nicht zu ihm ins Auto steigen. Zu riskant. Die Statistik zeigt ..." Miles brach ab. „Da tut man alles Menschenmögliche, um sie zu schützen. Alles. Und dann ... das."

„Wie ist er so?"

„Joshua?" Miles zuckte mit den Schultern. „Er ist ein siebzehnjähriger Junge. Wenigstens höflich. Er redet mit mir, was ich vom Letzten nicht behaupten konnte. Das war ein übler Bursche. Ich habe der Polizei gesagt, dass sie sich ihren Ex ansehen sollten. Sie behaupten, dass sie in allen Richtungen ermitteln. Die üblichen Phrasen."

Lydia nickte. „Das werden sie auch. Sie werden alles tun, was möglich ist. Was sagt Josh über Lucy? Ich nehme an, er wurde befragt?"

„Er behauptet, er leide an einer Amnesie. Er könne sich an nichts erinnern, nur dass er am nächsten Morgen in Highgate gefunden wurde. Er muss etwas genommen haben. Drogen. Was, wenn er Lucy etwas gegeben hat? Sie könnte verletzt sein ... und irgendwo liegen.“

Miles drehte sich plötzlich mit einer Tasse in der Hand weg. Ein tiefes, verschleimtes Grollen ertönte, als er sich räusperte. Lydia folgte ihm ins Wohnzimmer, aber er blieb vor der Tür stehen und sprach leise und hastig: „Sie verdächtigen mich. Ich weiß es. Es macht mir nichts aus, ich verstehe das. Ich weiß, dass es normalerweise“, seine Stimme stockte und er holte scharf Luft, „jemand aus dem Umfeld ist. Aber ich will nicht, dass die Polizei Zeit verschwendet. Ich will, dass mein Mädchen gefunden wird.“

Später in Charlies Auto erzählte Lydia ihm von dem Gespräch. Charlie nickte. „Etwa dasselbe hat er zu mir gesagt. Ich habe ihm versichert, dass wir tun werden, was wir können. Er war gut zu uns, gut zu Camberwell, das sind wir ihm schuldig.“

„Was ist mit Lucys Mutter?“

„Krebs“, antwortete Charlie. „Als Lucy drei Jahre alt war. Seitdem sind sie zu zweit. Er hat noch nicht einmal eine andere Frau angesehen. Seine Tochter und seine Arbeit sind sein ganzes Leben.“

„Was ist seine Arbeit?“

„Abgesehen vom Vorsitzenden des Bezirksrats? Ich glaube, er hat einen Direktorenposten.“ Charlie schaute weg und Lydia wusste nicht, ob er ausweichend war oder ob es ihm peinlich war, keine genaueren Informationen zu haben.

„Soll ich meine Kontakte nutzen? Vielleicht kann ich etwas über den Stand der Ermittlungen herausfinden.“

Charlie nickte, ohne sie anzuschauen.

„Du hättest mich auch einfach fragen können“, sagte

Lydia. „Du musst dir keine solchen Umstände machen." Sie fragte sich, ob er zugeben würde, dass er Angel benutzt hatte.

Charlie startete den Motor und überprüfte seinen Außenspiegel, bevor er in den Verkehr hinausfuhr. Er antwortete nicht und Lydia konnte sehen, wie die Tattoos auf seinen Unterarmen zuckten. Wieder hatte sie etwas über ihren Onkel gelernt. Er mochte es nicht, konfrontiert zu werden.

Als sie am Fork ankamen, hielt Charlie und machte keine Anstalten, aus dem Auto auszusteigen. „Also gut", sagte Lydia. „Danke fürs Mitnehmen. Ich melde mich."

Er sah sie nicht an. „Das ist eine üble Sache."

„Ich weiß, sie ist noch ein Kind."

Er schüttelte heftig den Kopf. „Jeder weiß, dass Miles ein Freund von mir ist. Ich hätte ihn beschützen müssen."

„Du kannst nicht für alles verantwortlich gemacht werden", sagte Lydia und fragte sich, ob Charlie schon immer so besorgt um seinen Ruf und so unbekümmert in Bezug auf das Leben anderer gewesen war. Ein Kind wurde vermisst.

Er drehte sich zu ihr und Lydia sah, dass seine Augen blutunterlaufen waren. „Ich bin das Oberhaupt der Crows. Wenn die Leute denken, dass ich meine Freunde nicht beschützen kann, was werden sie dann über meine Fähigkeit sagen, die Gemeinschaft zu schützen? Ihre Familien? Ihre Lebensgrundlage?"

LYDIA ATMETE TIEF durch und schrieb Fleet eine Nachricht. Sie nannte sie „Arbeitsanfrage", um Missverständnisse zu vermeiden. In der Tasse auf ihrem Schreibtisch befand sich ein Rest Whisky, den sie in der Spüle ausleerte, bevor sie einen frischen Schluck nahm. Fünf Minuten später klingelte ihr Telefon.

„Was kann ich für dich tun?" Sein Ton war ruhig und professionell und Lydia konnte Telefonklingeln und andere Bürogeräusche hören. Der Klang seiner Stimme versetzte ihr dennoch einen Schlag in den Magen. Die Sehnsucht war so stark, dass sie sich auf ihrem Stuhl zusammenkauerte.

„Lucy Bunyan. Ich hatte gehofft, du könntest mit mir darüber sprechen."

„Warum?"

„Familiensache", sagte Lydia, stand auf und wanderte umher. Sie musste die überschüssige Energie abbauen, die durch ihren Körper strömte, sonst würde sie wie ein Luftballon platzen. „Charlie ist mit Miles Bunyan befreundet. Er hat mich um Hilfe gebeten. Falls möglich."

„Ich kann dir nichts sagen, was nicht schon an die Presse weitergegeben wurde. Das ist eine heikle Sache mit hohem Aufmerksamkeitsgrad."

„Kriegst du viel Druck?"

„Nichts, womit ich nicht klarkomme", antwortete Fleet. Eine Tür wurde geschlossen und die Geräusche im Büro verschwanden. „Ich kann das nicht."

„Schon okay", sagte Lydia. „Ich habe versprochen, es zu versuchen, und das habe ich getan."

„Nein", entgegnete Fleet. „Nicht am Telefon. Wenn du reden willst, triff dich heute Abend mit mir auf einen Drink."

LYDIA STAND vor dem Hare und zögerte. Sie verfluchte Charlie und seine Forderungen sowie die Welt im Allgemeinen dafür, dass sie Kinder in Gefahr brachte. Es gab nichts, was sie mehr tun konnte als die Polizei, aber jetzt, wo sie Miles Bunyan getroffen und einen trauernden, verängstigten Vater gesehen hatte, konnte sie nicht anders als es zu versuchen. Zum Teufel mit Charlie und seiner Intuition. Er hatte gewusst, wie er Lydia auf seine Seite ziehen konnte.

Fleet stand an der Bar und wartete auf sein Bier. Er nickte Lydia zu. „Das Übliche?"

„Rotwein", sagte Lydia. „Was? Es ist verdammt kalt."

In der Ecke des Pubs sitzend, mit dem Rücken zur Wand und einem großen Glas Rotwein in Griffweite, atmete Lydia ein paar Mal tief durch. Sie war zwar nicht mehr mit Fleet liiert, aber er war ein guter Mensch. Sie konnte ihm vertrauen. Vielleicht nicht mehr so wie früher, doch für diesen speziellen Job reichte es.

„Ich gehe aufs Klo", sagte Fleet, kaum dass er sich hingesetzt hatte, und stand auf.

Lydia brauchte einen Moment, um zu begreifen. Er hatte sein iPad entsperrt und auf dem Tisch liegen lassen. Sie zögerte nicht und scrollte durch die Bilder.

Als er zurückkam, legte sie es nicht ab, sondern winkelte es an, damit er mitschauen konnte. Sie hatte genug von den Spionagespielchen, die hatte sie mit Mr. Smith zur Genüge. „Die Überwachungskameras zeigen sie und ihren Freund beim Feiern auf dem Friedhof von Highgate."

Fleet nickte. „Ein Zeuge hat sich gemeldet, der ein Pärchen, das auf die Beschreibung der beiden passt, um kurz nach halb zwölf in den Wald gehen sah."

„Highgate Woods? Welcher Eingang?"

„Die nächstgelegene U-Bahn-Station in Highgate. Gypsy Gate."

„Glaubwürdiger Zeuge?"

„Ja."

„Und was ist das?" Lydia zeigte auf ein Beweisfoto. Eine Blazerjacke, die entweder alt und ursprünglich schwarz oder neu und dunkelgrau war.

„Die Jacke des Freundes. Übersäht mit Blutflecken. Auch vom Freund."

„Wie viel Blut?"

„Mehr als ein Schnitt mit dem Rasiermesser, weniger als eine Arterienblutung."

„Wunderbar. Heißt das, er ist kein Verdächtiger mehr?"

„Er könnte sich verletzt haben, falls sie sich gegen ihn gewehrt hat. Aber nein, es wurde kein anderes Blut gefunden und wir haben kein Motiv. Nach allem, was man hört, waren sie ein Traumpaar. Wir überprüfen ihren Ex, der offenbar sehr eifersüchtig war."

„Gut", sagte Lydia. „Miles erwähnte den Ex."

Sie tippte auf das nächste Foto. Das vorherige Bild hatte die Jacke auf einem Tisch in der Gerichtsmedizin gezeigt, doch das hier zeigte sie an Ort und Stelle, wo ein Beamter sie bei der Durchsuchung des Waldes gefunden hatte. Abseits des Weges, aber nicht versteckt.

„Sie lag einfach da", erklärte Fleet. „Die Jacke lag auf einem großen Baumstumpf, zusammengefaltet, als hätte ihr Besitzer vorgehabt, sie abzuholen."

„Es muss in der Nacht eiskalt gewesen sein. Warum sollte er seine Jacke ausziehen?"

„Womöglich hat ihn die Liebe warmgehalten?"

Lydia nickte. „Und Alkohol. Sie haben auf dem Friedhof gefeiert. Nur Drinks?"

„Die Überwachungskameras zeigen, wie sie Gin Tonic aus Dosen trinken, bevor es zur Sache geht. Dann verschwinden sie aus dem Bild. Wegen des Vandalismus an Karl Marx' Grab sind dort Kameras installiert, erst seit kurzer Zeit. Wir haben Glück, dass wir überhaupt etwas haben."

„Gin Tonic?" Lydia verzog das Gesicht. „Was zum Teufel ist mit den Jugendlichen von heute los?"

„Wahrscheinlich von zu Hause geklaut. Eher die Gelegenheit als der Geschmack. Obwohl, wer weiß? Die Menschen stecken voller Überraschungen."

„Er ist siebzehn. Kann er sich nicht kaufen, was er will? Oder sieht er jung aus?"

„Vielleicht ist er kein großer Trinker. Vielleicht fanden

sie es romantisch. Als ich sagte, dass es zur Sache ging, meinte ich nicht, dass sie sich stritten ..."

„Verstanden. Ist die Suche beendet?"

„Ja, seit gestern Abend. Sonst wurde nichts gefunden, tut mir leid."

„Besser als etwas zu finden", sagte Lydia und dachte an verwesende Überreste und flache Gräber im gefrorenen Mulch. Sie hörte Vögel kreischen, die hoch am Himmel kreisten, und schüttelte den Kopf, um den Gedanken abzuschütteln.

Fleet sah sie an und Lydia konnte ihn praktisch denken hören.

„Was?"

„Da ist noch etwas anderes. Wir halten es vor der Presse zurück."

„Meine Lippen sind versiegelt", sagte Lydia.

„Wir haben den Freund befragt. Er wurde am frühen Morgen des ersten Tages von einem Spaziergänger mit Hund gefunden. Er war verwirrt und unterkühlt und leidet offenbar immer noch an einer Amnesie."

„Offenbar", wiederholte Lydia. „Was sagen die Ärzte dazu?"

Fleet zuckte mit den Schultern. „Nur, dass es durchaus möglich ist und dass es keine Möglichkeit gibt, herauszufinden, ob er die Wahrheit sagt. Als Letztes erinnert er sich angeblich daran, dass er sich am 31. um kurz nach sieben mit Lucy treffen wollte. Er behauptet, er sei bis dahin zu Hause gewesen, habe bis mittags geschlafen und am Nachmittag gelernt. Er macht gerade seinen Abschluss am Peckham College, wo er und Lucy Bunyan sich kennengelernt haben, und nächste Woche stehen die Prüfungen an."

„Du glaubst ihm?"

„Die Amnesie oder dass er gelernt hat?"

„Beides."

„Die Amnesie ist praktisch für ihn, aber er hat keine

Wunden, die einer Verteidigung ähneln. Wenn überhaupt, sieht er wie ein Opfer aus. Und er wirkt verzweifelt darüber, dass Lucy vermisst wird."

„Was glaubst du?"

Fleet hielt inne. „Dass er die Wahrheit sagt. Er wirkt wie ein verängstigtes Kind. Willst du es mit eigenen Augen sehen?"

„Ist das erlaubt?"

Fleet schüttelte den Kopf. „Wann hat mich das je aufgehalten? Außerdem schätze ich deine Meinung." Er schob sein iPad über den Tisch und Lydia nahm ihre Ohrstöpsel aus der Tasche und setzte sie ein. Das Video von Joshuas erster Befragung tauchte auf dem Display auf und sie drückte auf den Pfeil, um es abzuspielen.

Fleet hatte recht, Lucy Bunyans Freund sah aus wie ein verängstigtes Kind. Ja, er hatte struppige Koteletten, einen Pseudo-Ziegenbart, den er wahrscheinlich seit Monaten stolz wachsen ließ, und die Muskeln eines sportlichen jungen Mannes, aber sein Blick war der eines Neunjährigen, der sich in einer Menschenmenge verlaufen hatte. Lydia verspürte das Bedürfnis, ihn zu trösten. Sein rechtes Bein wippte während der Befragung auf und ab und er rieb sich ständig die Augen wie ein müdes Kleinkind. Neben seiner Rechtsvertreterin war ein Mann vom Sozialamt anwesend, um ihn zu schützen. Mit seinen siebzehn Jahren galt Joshua zwar nicht mehr als Kind, aber er war auch noch nicht volljährig. Die beiden Polizeibeamten, die ihn befragten, strahlten eine unaufgeregte Besorgnis um sein Wohlergehen aus und hinterfragten gleichzeitig subtil jeden Aspekt seiner Geschichte. Genau wie Fleet gesagt hatte, gab es nicht viel zu erzählen. Joshua erinnerte sich an nichts ab dem Zeitpunkt, als er das Haus verlassen hatte, um sich mit Lucy zu treffen.

„Joshuas Vater bestätigt, dass er den ganzen Nachmittag zu Hause in seinem Zimmer war", sagte Fleet.

Einer der Beamten auf dem Video fragte Joshua nach den bevorstehenden Prüfungen und versuchte, ihn zu beruhigen. Dann meldete sich der zweite Beamte zu Wort: „Weißt du noch, wo du Lucy treffen wolltest?"

„Ich weiß es nicht mehr." Er rieb sich mit der Faust die Augen.

„Was tust du normalerweise, wenn du dich mit Lucy triffst? Habt ihr einen Lieblingsplatz? Gemeinsame Hobbys?"

„Kommt drauf an. Manchmal gehen wir zueinander nach Hause. Oder wir machen etwas, gehen zu Nando's oder so. Ich weiß nicht mehr, was wir an diesem Tag gemacht haben. Wir haben überlegt, an Silvester auszugehen, aber ich bin mir nicht sicher, wofür wir uns entschieden haben. Ein paar Freunde feierten eine Hausparty, vielleicht sind wir dorthin gegangen." Als er seine Hände wegzog, war die Haut um seine Augen vom wiederholten Reiben gerötet. Er blinzelte die Tränen zurück. „Ich schwöre, ich kann mich nicht erinnern. Hat mich noch jemand gesehen? Vielleicht kann Ihnen jemand anderes sagen, was ich gemacht habe."

„Dein Vater hat dich zuletzt gesehen, als du am 31. das Haus verlassen hast. Er war der Meinung, dass du dich mit Lucy treffen wolltest."

„Sehen Sie, ich sage die Wahrheit. Ich versuche zu helfen, ich schwöre es. Ich weiß nicht, warum ich mich nicht erinnern kann. Wissen Sie, wo sie ist? Wie lange ist es her? Ich will, dass es ihr gut geht. Es muss ihr gut gehen. Sie ist meine ... Sie ist ..." Er rang nach Luft und wandte sich ab.

„Können wir eine Pause machen?", fragte der Rechtsvertreter.

„Nein." Joshua setzte sich auf. „Mir geht es gut. Ich will helfen. Sie müssen sie finden. Ich liebe sie."

Die einfache Art, wie er die letzten Worte sprach, zeugte

von Wahrheit. Lydia konnte sie zwischen den Zähnen und in ihrem Blut spüren. Dieser Junge hatte nicht gelogen.

„In Ordnung, Joshua. Sprechen wir über den Wald. Du wurdest bei einem Spaziergang in Queen's Woods gefunden. Kannst du dich erinnern, wie du dorthin gekommen bist?"

Er schüttelte den Kopf. „Nein."

„Was ist das Letzte, woran du dich erinnerst?"

„Mir war saukalt. Ich glaube, ich habe geschlafen. Aber ich habe mich nicht hingelegt. Ich bin nur gelaufen. Da waren viele Bäume und mein Hals tat weh. Als ob ich geschrien oder viel geraucht hätte. Er tut immer noch weh."

„Das ist wirklich hilfreich", ermutigte ihn der Beamte. „Kannst du dich erinnern, ob du jemanden gesehen hast?"

„Die Dame mit dem Hund. Sie ging mit ihrem Hund spazieren und fragte, ob alles in Ordnung sei."

„Das ist das Letze, woran du dich erinnern kannst? Was war, kurz bevor du die Frau getroffen hast? Kannst du dich daran erinnern?"

Er schloss die Augen und schwieg. Nach einer Minute öffnete er sie und schüttelte den Kopf. „Nein. Tut mir leid. Ich weiß nicht, warum. Ich glaube nicht, dass ich mir den Kopf gestoßen habe oder so. Warum kann ich mich nicht erinnern?"

„Warum sagst du, du hättest dir nicht den Kopf gestoßen?"

„Er tut nicht weh", sagte er und fuhr sich mit den Händen über den Schädel. „Es würde doch wehtun, wenn ich es getan hätte, oder? Hätte ich dann keine Beule? Aber meine Brust tut weh. Und meine Arme." Er streckte sie aus und starrte auf die Verbände. „Was ist passiert?"

„Du hattest einige oberflächliche Verletzungen. Nichts Ernstes, aber es waren viele und sie waren ziemlich frisch. Sie wurden mit Antibiotikaspray behandelt und dann abgedeckt, damit sie sauber bleiben, während sie heilen. Erinnerst du dich daran?"

Er nickte. „Ja. Ich habe es vergessen. Ich dachte nur einen Moment lang, es wäre etwas anderes."

„Ich denke, wir sollten es gut sein lassen."

Die Aufnahme stoppte und Lydia nahm ihre Ohrstöpsel heraus. „Was waren das für Verletzungen an seinen Armen?"

„Kleine Schnitte. Mit etwas Scharfem zugefügt."

„Rasierklinge?", fragte Lydia und dachte sofort an Selbstverstümmelung. „Hat er sich in der Vergangenheit schon einmal selbst verletzt?"

„Nicht, soweit wir wissen. Und er sagt, dass er es nicht gewesen ist."

„Woher weiß er das? Er behauptet, er kann sich an nichts erinnern."

„Das stimmt. Er sagte, dass er sich nicht verletzen wollte und dass er, soweit er sich erinnern kann, keine Klinge bei sich trug."

„Habt ihr Bilder?"

Fleet tippte auf den Bildschirm und drehte das iPad zurück zu ihr. Die Schnitte verdrängten jeden Gedanken an Selbstverstümmelung. Es waren verschlungene Muster, die trotz des austretenden Blutes erkennbar waren. Lydia wusste, dass das Foto sofort nach der Reinigung der Wunden gemacht worden war. Ihr drehte sich der Magen um. Jemand hatte sich Mühe gegeben, als er diese Bilder in die Arme des Jungen ritzte. Sie konnte sich nicht vorstellen, dass jemand sich das selbst antun konnte, vor allem, wenn er keine Erfahrung hatte. Es musste höllisch wehgetan haben. Und das Wichtigste: Das Muster erstreckte sich über die Oberseite jedes Arms und reichte bis über den Ellbogen auf den Bizeps, wobei beide Arme gleich aussahen. Der Junge musste ein beidhändiger Verrenkungskünstler sein, um das getan zu haben.

„Was denkst du?", fragte Fleet und beobachtete Lydia aufmerksam.

„Dass das alles ziemlich komisch ist."

Fleet nickte.

„Aber ich glaube dem Jungen", sagte Lydia und zeigte auf das iPad. „Was meint dein Bauchgefühl?"

„Ich versuche, in letzter Zeit nicht mehr so oft darauf zu hören."

Lydia fühlte sich, als hätte er sie geohrfeigt, obwohl sie nicht genau wusste, warum. Wahrscheinlich war sie nur empfindlich. Fleet sprach über die Arbeit, das war alles. Er zerstörte diese Theorie, indem er seinen Blick abschwächte und sich ein wenig näher lehnte.

„Wie geht es dir?"

Lydia nahm ihr Weinglas und leerte die Hälfte des Inhalts, bevor sie antwortete. Das war kein Freundschaftsbesuch.

„Mir geht's schlecht." Fleet hob sein Bier auf und stellte es wieder hin, ohne zu trinken. „Sehr schlecht."

Lydia wich seinem Blick aus und tat so, als würde ihr das Herz nicht aus der Brust springen. „Hast du weitere Nachforschungen angestellt? Gibst du mir Bescheid, wenn es irgendwelche Entwicklungen gibt?"

„Das sollte ich nicht", antwortete Fleet. „Aber ich werde es tun. Denn ich entscheide mich für dich. Ich entscheide mich immer für dich."

„Nicht immer." Plötzlich wurde sie müde. Sie stand auf, um zu gehen.

Fleet lehnte sich in seinem Stuhl zurück und schaute sie mit seinen ruhigen braunen Augen an. „Soll ich dir zeigen, wo die Jacke gefunden wurde?"

Lydia hatte nach ihrer eigenen gegriffen, aber sie zögerte. Beim Gefieder. „Ja. Lass uns gehen."

KAPITEL ACHTZEHN

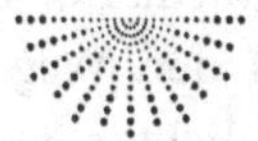

Lydia stimmte der Einfachheit halber zu, in Fleets Auto mitzufahren. Außerdem war er immun gegen Strafzettel. Die Zeit drängte, denn der Park schloss bei Sonnenuntergang und das war zu dieser Jahreszeit bereits um halb fünf. Der Himmel war grau, die Wolken verdeckten die tiefstehende Sonne. „Wir können immer noch über das Tor springen, wenn wir eingeschlossen werden", sagte Fleet.

Lydia öffnete das Fenster einen Spalt und ließ einen stetigen Strom kalter Luft herein. Sie scrollte durch ihr Handy und ignorierte die unangenehme Stille zwischen ihnen. Fleet ergatterte den letzten Platz in dem kleinen Parkhaus hinter der Highgate Underground Station. Dort gab es einen stillgelegten Bahnhof über der U-Bahnlinie und zwei Ausgänge. Sie nahmen den direktesten Weg zur Muswell Hill Road und gingen davon aus, dass die Jugendlichen dasselbe getan hätten. Sie gingen am Woodman Pub an der Ecke vorbei und die Straße hinauf, die zwischen den Highgate Woods und Queen's Woods verlief. Es war beunruhigend, so viele Bäume in London zu sehen. Es war noch schlimmer als in den Vororten, in denen sie aufgewachsen war.

Fleet äußerte den gleichen Gedanken. „Hier fühlt es sich anders an, nicht wahr?"

„Es ist nicht Camberwell", stimmte Lydia zu. Und es sollte noch schlimmer werden. Sie betraten den Wald am Gypsy Gate, mit den Informationskarten und dem grünen Metallschild. Fleet wies den Weg. Sie waren nicht lange gelaufen, als die Bäume dichter wurden und die Geräusche des Verkehrs verstummten. Kahle Äste mischten sich unter das glänzende Dunkelgrün der Stechpalmen und an einigen großen Bäumen hingen noch bräunlich aussehende Blätter. „Liegt das am Klimawandel?", fragte Lydia und deutete auf die Bäume.

„Hainbuchen", erklärte Fleet. „Sie behalten ihre Blätter im Winter."

„Mr. Naturkundler", sagte Lydia. „Ich hatte keine Ahnung."

Fleet schenkte ihr ein kurzes Lächeln. „Ich habe mich über die Wälder informiert. Man weiß nie, welches Wissen einmal nützlich sein könnte."

Lydia wollte gerade zu einer Bemerkung über die Wahrscheinlichkeit dafür ansetzen, dass das Wissen über Bäume mit den Ermittlungen zu einem Verbrechen zu tun hatte, ließ es dann jedoch gut sein. Sie musste sich daran erinnern, dass das hier keine Spaßveranstaltung und die Zeit der Albereien vorbei war. Eines Tages wäre es vielleicht wieder möglich. Aber noch war es zu früh. Würden sie jemals wirklich „nur Freunde" sein? Sie hatte keine Ahnung. Die verstohlenen Blicke auf ihn waren wie ein Schluck Wasser nach einer Woche Wüstendurchquerung. Unglaublich erleichternd, löschte jedoch ihren Durst bei weitem nicht.

Die Bäume kamen immer näher und ein paar Minuten später verschwand der Himmel hinter einer Decke aus Ästen. „Ich glaube, es geht in diese Richtung", sagte Fleet.

„Glaubst du?“, fragte Lydia und stolperte über eine Baumwurzel. Sie hatten den breiten Hauptweg fast sofort verlassen und auch der ausgetretene Trampelpfad, den sie genommen hatten, war verschwunden. Jetzt liefen sie über den trockenen Mulch aus gefallenem Holz, Rinde und Blättern. Die braunen Blätter, die vom Herbst übriggeblieben waren, verrotteten und verbargen wer weiß was unter sich. Lydia fröstelte. Beim Gefieder. Es war eiskalt.

Schweigend gingen sie weiter. Lydia empfand die Stille nicht mehr als unangenehm, sie fühlte sich wie angehaltener Atem an. Als ob sie beide dem Knarren der Bäume und dem Rascheln der trockenen Blätter lauschen würden. Dann bemerkte Lydia, welches Geräusch fehlte: Vögel. Sie hielt in der Bewegung inne und dachte nach. Sie hatte Rufe gehört, als sie losgezogen waren. Bestimmt Amseln und etwas Trillerndes und Kleines, vielleicht Buchfinken. Jetzt war nichts mehr zu hören.

Fleet stand ein paar Meter entfernt und schaute zu Boden. Lydia wollte etwas sagen, ihn bitten, zu ihr zu kommen, aber plötzlich schnürte sich ihre Kehle zu. Es war Angst. Urangst. Sie drückte die Fußballen in den Boden, bereit, sich zu erheben, und spannte die Muskeln in ihrem Rücken und in ihren Schultern an, als ob ihr Flügel wachsen würden. In ihren Ohren rauschte es und Lydia spürte, wie sich die Zeit verlangsamte, während ihr Blick die Bäume abtastete und sie versuchte, die Gefahr zu finden.

In der Ferne bewegte sich etwas. Schwer zu sagen, wie weit es entfernt war, denn die dicht gedrängten Stämme und das Gestrüpp bildeten eine optische Täuschung. Lydia verfolgte die Bewegung, blieb regungslos stehen und wartete darauf, dass sich die Gestalt offenbarte. Ein rotbrauner Blitz ließ ihr den Atem stocken. Einen Moment lang hielt sie es für einen Fuchs, aber das passte nicht. Es war etwas Größeres. Ein Reh? Das war unwahrscheinlich.

Fleet schaute nicht mehr auf den Boden, sondern starrte in die gleiche Richtung. „Siehst du das?“

Der Klang seiner Stimme löste Lydias Füße und sie bewegte sich auf ihn zu, ohne den Blick von dem Tier abzuwenden, was immer es auch war. In Fleets Reichweite flüsterte sie: „Was ist das?“

„Irgendetwas fühlt sich nicht ...“ Fleet hielt inne. Seine Worte trafen auf Widerstand, sie klangen gedämpft. Ein unheimlicher, unnatürlicher Effekt, der Lydia das Gefühl gab, sie sei in eine Fallkiste mit unsichtbaren Wänden gelaufen. Und jetzt veränderten sich auch noch die Bäume. Sie wuchsen. Schnell und gleichmäßig wuchsen die Äste, Zweige und Blätter. Grüne Blätter in allen Schattierungen von blassgrau bis smaragdgrün, rote, weiße und schwarz glänzende Beeren, weiße Blüten, jeder Baum und jeder Strauch erwachten zum Leben. Lydia hätte ihren Augen nicht getraut, aber die Stille wurde durch das Knacken von Ästen, das Rascheln von Blättern und das feuchte Geräusch von reifenden Beeren unterbrochen.

„Was zum ...?“ Fleet hatte ihre Hand ergriffen und sie an seine Seite gezogen.

„Ich weiß es nicht.“ Lydias Kehle war trocken. Sie drückte seine Hand. „Wir sollten verschwinden.“

Der Boden bewegte sich, die braunen Blätter wurden von einem Wind aufgewirbelt, den Lydia nicht spüren konnte. Sie schmeckte Grün in ihrem Mund, Pollen und Blätter, ihre Nase und Augen juckten. Kinder, die im dunklen Wald Händchen hielten. Das war kein hilfreicher Gedanke und sie schob ihn beiseite. Sie musste nachdenken. Sie mussten irgendwie von hier verschwinden.

Sie wusste nicht, in welche Richtung sie laufen sollten, drehte sich aber instinktiv um und zog Fleet an der Hand. Sie sollten den Weg zurückgehen, den sie gekommen waren. In Richtung des Hauptweges und der Vernunft. Fleet fluchte, als ein Ast links von ihnen auf den Boden krachte.

Der Wind war stärker geworden und in der Luft wirbelten dünne Zweige, Blätter und Rinde. Etwas Schweres landete auf Lydias Lippe und sie wischte es mit instinktivem Ekel weg. Es war ein großer Käfer, der vermutlich bis vor ein paar Sekunden unter dem Laubschimmel sein Unwesen getrieben hatte.

Und dann, so schnell wie er begonnen hatte, legte sich der Wind. Die Vegetation, die um ihre Gesichter gepeitscht war, ihnen in den Augen gebrannt hatte und in ihre Münder gedrungen war, fiel auf den Waldboden zurück. Ein Sonnenstrahl durchdrang die Baumkronen und erhellte die Szenerie. Lydia zitterte, das Adrenalin schoss durch ihren Körper. Das Grün war verschwunden und die Bäume waren in ihren Winterzustand zurückgekehrt. Die Rinde der Hainbuchen glitzerte silbern im Sonnenlicht und die Eichen standen still und regungslos da, als würden sie nicht im Traum daran denken, ihre Äste zu schütteln.

„Ist das gerade passiert?" Fleet schaute sich verwirrt um.

„Hat es aufgehört?", fragte Lydia.

„Ja." Fleet zog Lydia in seine Arme und sie widersetzte sich nicht. Er neigte seinen Kopf. „Alles okay?"

Sein Gesicht war zu nah, die Bewegungen fühlten sich zu natürlich an. Sie wich zurück und schluckte. „Ja. Aber das war seltsam."

„Eine Untertreibung", sagte Fleet und richtete sich auf.

Sein Gesichtsausdruck war schwer zu lesen und Lydia fragte sich, warum er nicht mehr ausflippte. Die Erkenntnis traf sie wie ein Schlag. Er war schon immer äußerst gelassen mit merkwürdigen Begebenheiten umgegangen. Zu ruhig. Hatte das mit dem seltsamen Schimmer zu tun, den er trug? Und wenn ja, was wusste er darüber? Was hatte er ihr verschwiegen?

„Sieh mal." Fleet entfernte sich und richtete seine Aufmerksamkeit auf den Boden.

Die unheimliche, dumpfe Stille hatte sich aufgelöst und

seine Schritte klangen normal. Zweige knackten unter seinen Füßen und Vogelgezwitscher war zu hören. „Jemand war hier."

Neben dem dicken Stamm einer Eiche war das Unterholz auf eine Art verdichtet, die darauf schließen ließ, dass dort jemand gesessen hatte. Außerdem lagen daneben Zigarettenstummel. Mindestens zehn, vielleicht mehr. Zusätzlich zu diesen realen Beweisen lieferten Lydias Sinne weitere Informationen. Sie schloss die Augen, um die Signatur besser erkennen zu können. Pearl. Sehr schwach, nur noch Rückstände, aber unverkennbar.

Fleet zog Gummihandschuhe an und Lydia tat dasselbe. Er machte Fotos von der Stelle, den Zigarettenresten und der plattgedrückten Erde, bevor er zwei der Stummel aufhob und sie in eine Plastiktüte steckte.

Lydia hockte sich neben den Baum und tastete den Boden sorgfältig ab. Sie ging methodisch vor, indem sie ihn in Quadranten aufteilte und jeden Abschnitt von links nach rechts untersuchte, als würde sie die Seiten eines Buches lesen. Nachdem sie das erste Quadrat durchforstet hatte, entfernte sie sich ein Stück und wiederholte die Übung, wobei sie das Stechen in ihrem Nacken ignorierte.

„Ich rufe die Kollegen an, damit sie das Gebiet absuchen. Wir sollten gehen."

„In einer Minute", sagte Lydia. Die Grau-, Braun- und Grüntöne des Bodens hatten sich in all ihren Variationen gezeigt. Verwesendes Laub, ausgefranste Rindenstücke, winzige weiße Pilze, die zwischen sattgrünen Moosflecken hervorlugten. Sogar im Dezember gab es hier Leben, wenn man bereit war, genau hinzusehen. Der Fleck war winzig. Ein schillerndes türkises Glitzern auf einem gut erhaltenen Eichenblatt. Sie tütete es ein.

„Was ist das?"

Lydia richtete sich auf und reichte ihm die Tüte. „Könnte

Make-up oder ein winziges Stück Kleidung sein. Was hatte Lucy an?"

„Nichts Glitzerndes, aber keine Ahnung, wie es mit Accessoires und Make-up aussieht. Können wir jetzt verschwinden? Dieser Ort ist mir unheimlich."

„Zu viele Bäume", stimmte Lydia zu. „Das ist nicht normal."

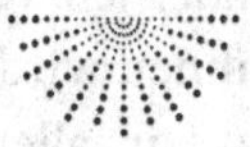

Zurück im Auto dachte Lydia angestrengt nach. Fleet fuhr schweigend nach Camberwell. „Das war nicht normal", bemerkte sie schließlich. „Hast du es auch gesehen?"

„Ja."

Nur ein Wort, aber ein großes Geständnis. „Passiert dir das oft? Dinge zu sehen, die nicht normal sind?"

Fleet richtete seinen Blick auf die Straße und Lydia tat es ihm gleich. Es war einfacher, Seite an Seite über so etwas zu sprechen. „Nicht oft. Manchmal nehme ich etwas aus dem Augenwinkel wahr. Ein Bauchgefühl, das sich stärker anfühlt als sonst." Nach einer Pause sagte er: „Ich habe einmal einen Mann in deiner Wohnung gesehen. Er stand einfach da."

„Wie hat er ausgesehen?"

Fleet sah sie stirnrunzelnd an. „Er trug einen seltsamen, viel zu großen Anzug mit hochgeschobenen Ärmeln."

Da wurde Lydia etwas klar. Ihre schlimmste Befürchtung war wahrgeworden, also war es egal, was er wusste. Sie konnte die Beziehung nicht mehr zerstören, denn das war bereits geschehen. Welchen Unterschied machte es schon, wenn er sie für eine Verrückte oder einen Freak hielt? „Das ist Jason“, sagte sie. „Er ist ein Geist. Er ist in den Achtzigern gestorben, deshalb ist er so gekleidet.“

Schweigen. Dann fragte Fleet: „Wenn es Geister gibt, warum sehe ich erst jetzt einen?“

„Gute Frage. Ich glaube, ich verstärke Menschen. Jede verborgene Fähigkeit in ihnen wird in meiner Nähe stärker. Das erklärt, warum du vor allem dann ungewöhnliche Dinge gesehen hast, wenn wir zusammen waren.“

„Das ergibt Sinn.“

„Ach ja? Das ist gut.“

„Und wenn du Fähigkeit sagst ...“

„Magie.“ Lydia sagte das Wort geradeheraus. „Oder Crow-Energie. Ich weiß nicht, wie ich es bezeichnen soll. Als zusätzlichen Sinn?“

„Vielleicht ist auch dein Gehirn anders verdrahtet. Wie bei Menschen, die Farben riechen oder ADHS haben. Neurodiversität.“

„Oder du hast eine psychische Störung und ich verstärke sie.“

„Nein“, sagte Fleet. „Das glaube ich nicht. Daran habe ich nie gedacht. Und wenn ich den Gedanken akzeptiere, dass du über übernatürliche Fähigkeiten verfügst, muss ich auch akzeptieren, dass andere Menschen welche haben können. Sogar ich.“

Die Ernsthaftigkeit seines Tons ließ Lydia die Tränen in die Augen steigen. Beim Höllenfalken! Sie war völlig fertig und musste sich wieder auf den Fall konzentrieren. „In welchem Krankenhaus liegt Joshua Williams?“

„Er ist zu Hause“, sagte Fleet. „Warum? Willst du ihn besuchen?“

„Ich will sehen, ob er sich noch an etwas anderes aus dieser Nacht erinnert.“

„Bis jetzt hat er nichts gesagt. Ein Beamter ist rund um

die Uhr im Haus, um die Familie zu begleiten, und er sagt, dass Joshua nicht sehr gesprächig war."

„Kann ich seine Adresse haben?"

„Seine Mutter wird dich nicht reinlassen, damit du ihren traumatisierten Sohn befragen kannst", entgegnete Fleet. „Selbst wenn ich dir die Adresse geben würde, was ich auf keinen Fall tun sollte."

„Dann lass uns zusammen hingehen", sagte Lydia. „Du willst doch ohnehin noch einmal mit ihm sprechen, nicht wahr? Nimm mich mit. Ich werde kein Wort sagen."

Fleet stieß ein kurzes Lachen aus. Es schien ihn zu überraschen. Er sah sie an und seufzte. „Dir kann ich einfach nichts abschlagen, Lydia Crow."

„Gut zu wissen", sagte sie. Sie ignorierte das verräterische Flattern in ihrem Herzen und starrte aus dem Fenster.

JOSHUA WILLIAMS LEBTE mit seinen Eltern in der modernistischen Anlage im Ruskin Park aus den 1930er Jahren, mit gepflegten Gärten und drei fünfstöckigen Gebäuden im Art-déco-Stil. Über ein auffallend sauberes Treppenhaus mit blassgelben Fliesen an den Wänden erreichten sie eine Wohnung im zweiten Stock. Der abgestellte Beamte öffnete die Tür und bot ihnen, nachdem er Fleets Ausweis sorgfältig geprüft hatte, Tee an.

Joshua saß auf dem Sofa in dem kleinen, aufgeräumten Wohnzimmer, die Augen starr auf den Fernsehbildschirm gerichtet, auf dem ein Ego-Shooter-Spiel für die PlayStation lief. Er umklammerte den Controller so fest, dass seine Fingerknöchel weiß angelaufen waren, aber womöglich war das seine übliche Anspannung, wenn er digitalen Zombies den Kopf wegballerte. In der Wohnung war es warm und er trug ein graues T-Shirt, Bandagen schlangen sich an beiden Armen von den Handgelenken bis unter den Saum der Ärmel. Lydia hatte es auf dem Video gesehen, aber Fleet

hatte recht: Joshua konnte sich diese Wunden auf keinen
Fall selbst zugefügt haben.

Fleet stellte sich und Lydia vor.

„Hi." Joshua starrte auf den Bildschirm und spielte
weiter.

„Wie fühlst du dich?"

„Haben Sie Lucy schon gefunden?"

„Nein", antwortete Fleet. „Wir geben dir Bescheid, sobald
wir Neuigkeiten haben."

„Klar." Er warf ihnen nur einen Seitenblick zu. „Sicher."

„Ich bin nicht von der Polizei", sagte Lydia und sah Fleet
absichtlich nicht an. „Als DCI Fleet mich vorhin vorstellte,
erwähnte er meinen Dienstgrad nicht und das liegt daran,
dass ich keinen habe. Ich bin Privatdetektivin und ich werde
alles tun, um Lucy zu finden."

Joshua sah sie einen längeren Moment an. „Warum? Hat
mein Vater Sie engagiert?"

Bevor Lydia ihn fragen konnte, warum er glaubte, dass
sein Vater Lucy Bunyan unbedingt finden wollte, sprach er
weiter: „Er hat Angst, dass ich wieder verhört werde und Sie
mich weiterhin für verdächtig halten, falls Lucy nicht nach
Hause kommt und allen erklärt, dass ich ihr nichts getan
habe und ihr nie etwas antun könnte."

„Die Polizei hat dich wohl ordentlich in die Mangel
genommen. Nimm es nicht persönlich. Du warst der Letzte,
der sie gesehen hat, und du bist mit ihr zusammen. Alles
eine Frage der Statistik."

Joshua riss die Augen auf und sah zu Fleet.

„Ich sehe mal nach dem Tee", sagte Fleet und verließ das
Zimmer.

„Darf ich mich setzen?" Lydia ging auf das Sofa zu. Es
war ein Viersitzer und Joshua saß an einem Ende, sodass
viel Platz zwischen ihnen war.

„Okay." Joshua drückte eine Taste und das Bild auf dem
Fernseher fror ein.

„Nein“, sagte Lydia und blickte zur Tür. „Lass es weiterlaufen.“

Joshua runzelte die Stirn.

„Privatsphäre“, flüsterte sie und warf einen Blick auf die Wohnzimmertür, die Fleet einen Spalt weit offen stehen hatte lassen.

Joshua nickte und drehte seinen Körper zu ihr.

„Ich war gerade im Wald.“

Joshua zuckte sichtlich zusammen.

„Und ich weiß, dass du nichts mit Lucys Verschwinden zu tun hast. Du bist genauso ein Opfer wie sie und es tut mir wirklich leid, dass dir das passiert ist.“

Er blinzelte. „Danke.“

„Das wird sich jetzt komisch anhören, aber ich habe nicht viel Zeit“, sagte Lydia und überlegte, wie schnell sie zur Sache kommen sollte. „In diesen Wäldern stimmt etwas nicht. Ich konnte es spüren. Und dann veränderten sich die Bäume. Auf einmal trieben Blätter und Beeren aus, aber nicht eindrucksvoll wie in einer Doku, sondern richtig unheimlich.“ Lydia sah ihn eindringlich an. „Glaub mir, mich kann man nicht so leicht erschrecken, aber ich wollte so schnell wie möglich wieder von dort weg.“

„Das ist ... Ich habe keine Ahnung, warum Sie mir das erzählen.“

„Doch, das tust du“, Lydia beugte sich ein wenig nach vorn. „Weil du und Lucy das Gleiche gesehen habt.“ Es war nur eine Vermutung. Sie holte ihre Münze hervor und nahm sie in ihre rechte Hand. Als Glücksbringer.

Joshua schüttelte den Kopf, aber seine Augen waren aufgerissen. „So war es nicht. Es war wirklich dunkel. Ich wusste nicht, dass es so dunkel sein würde. Wir haben unsere Handys als Taschenlampen benutzt, damit wir etwas sehen und nicht stolpern.“

„Habt ihr die Lichter auf den Boden gerichtet? Nach unten geschaut?“

„Da waren Blätter, Wurzeln und kleine Mooshügel. Wir waren weit vom Weg entfernt und Lucy ging sehr schnell. Sie hielt meine Hand und zog daran, damit wir schneller vorankamen, aber es fühlte sich komisch an. Es war, als würde uns jemand beobachten und das machte mir Angst. Ich dachte, dass vielleicht ein Perverser in der Nähe war oder wir einen Drogendeal stören."

„Ah, ein Stadtkind."

„Dann fing er an, sich zu bewegen."

„Wer?"

„Der Boden. Er hat sich gewunden, als ob er lebendig geworden wäre. Als kämen Tentakel oder Schlangen heraus."

„Was hast du getan?"

„Ich habe Lucy angeschrien und versucht, sie wegzuzerren, aber sie ließ meine Hand los. Sie rannte weg."

„Welche Richtung?"

„Ich weiß es nicht, sie hatte die Taschenlampe ihres Handys ausgeschaltet. Ich schaute auf den Boden und versuchte, dem Zeug auszuweichen, und als ich aufblickte, konnte ich sie nicht mehr sehen."

„Sie war verschwunden?"

„Nein, ich konnte sie rennen hören. Es war ganz leise und sonst war nichts zu hören, nicht einmal der Verkehr. Also konnte ich sie ganz deutlich hören. Je weiter sie weglief, desto leiser wurde es ... Ich rief ihr zu, sie solle mit dem Unsinn aufhören und zurückkommen, aber sie tat es nicht."

„Hast du versucht, ihr nachzulaufen?"

„Ich konnte nicht. Das Zeug auf dem Boden war um meine Beine geschlungen und ich konnte mich nicht bewegen. Dann hatte ich das Gefühl, als würde etwas über meinen Körper laufen." Joshua erschauderte. „Das war's. Ich kann mich an nichts anderes erinnern."

„Danke, dass du mir das gesagt hast. Das hilft mir weiter.“

„Wirklich?“ Joshua schüttelte den Kopf. „Sie wollen mich nicht in die Klapse stecken?“

„Nein“, sagte Lydia und sah ihm tief in die Augen. „Du bist nicht verrückt. Das ist wirklich passiert. Irgendetwas Böses hat deine Freundin entführt und dir diese Schnitte zugefügt und ich werde herausfinden, was das war. Und falls möglich, werde ich Lucy sicher nach Hause bringen.“

Joshua schlug sich die Hände vors Gesicht und seine Schultern bebten. Lydia wusste nicht, ob sie ihm den Arm reiben oder etwas Tröstendes sagen sollte. Sie hörte, wie Fleet sich mit seinem Kollegen unterhielt, und einen Moment später erschienen sie im Zimmer. Fleet hielt ein Tablett mit Tassen in der Hand. Er schaute von Joshuas zitternder Gestalt zu Lydia und zog eine Augenbraue nach oben.

Joshua schniefte laut und ließ seine Hände fallen. „Noch etwas“, sagte er und ignorierte Fleet und den anderen Polizisten dabei völlig. „Lucy hat beim Rennen gelacht.“

„Wie meinst du das? Klang es eher wie ein verrücktes Lachen oder ein wirklich glückliches?“, fragte Lydia.

„So glücklich habe ich sie noch nie gehört.“

VOR DEM HAUS lehnte sich Lydia gegen Fleets Auto, anstatt einzusteigen. Sie verschränkte ihre Arme, um sich warm zu halten. Zwei Kinder gingen in einen dunklen Wald, nur eines kam wieder heraus. Lydia schüttelte den Kopf. Sie brauchte keine Gutenachtgeschichten, sie musste sich auf die Fakten konzentrieren. „Ihr Handy wurde nicht gefunden, nehme ich an?“

„Nein, nichts. Nur Joshuas Jacke. Wir haben ihre Nummer überprüft und festgestellt, dass ihr Telefon kurz nach Mitternacht ausgeschaltet wurde. Wir konnten anhand der Funkdaten ermitteln, dass Lucys letzter bekannter Aufenthaltsort der Wald war. Das bestätigt Joshuas Geschichte, liefert uns aber keine weiteren Informationen."

Fleet hatte die Hände in seine Manteltaschen gegraben. „Verrätst du mir, was Joshua zu dir gesagt hat? Oder sollen wir fahren? Hier draußen ist es kalt."

„Ich werde von hier aus nach Hause laufen", sagte Lydia. „Trotzdem danke."

Fleet sah sie eindringlich an, ohne etwas zu sagen. Früher hatte Lydia geglaubt, sie könne seine Gedanken lesen. Jetzt war sie sich nicht mehr so sicher. „Er hat gesehen, dass sich die Baumwurzeln bewegten. Und er sagte, dass er das Gefühl hatte, etwas würde über ihn krabbeln. Vielleicht hat er seine Jacke ausgezogen, weil er das Gefühl hatte, etwas wäre hineingekrabbelt."

Fleet nickte. „Okay."

„Danke für heute", sagte Lydia und drückte sich vom Auto weg, um zu gehen.

„Das war's?"

„Was meinst du?"

Fleet wandte seinen Blick ab, sein Kiefer war angespannt. „Ich dachte, wir wären ehrlich zueinander? Du hast mir Dinge erzählt, die du mir früher verschwiegen hast. Ich bin froh, dass du so offen zu mir warst. Das bringt uns weiter."

Lydia wich zurück, ihr Herz raste. „So habe ich das nicht gemeint ... Es tut mir leid. Ich glaube, ich bin endlich in der Lage, ehrlich zu dir zu sein, was meine ... Sache angeht, weil wir nicht mehr zusammen sind."

„Das verstehe ich nicht", sagte Fleet. „Das ergibt keinen Sinn."

„Ich hatte immer Angst, dir zu nahe zu kommen, dir zu viel von meinem Leben und dem Crow-Zeug zu zeigen. Jetzt spielt das keine Rolle mehr."

„Was spielt keine Rolle? Das ergibt doch keinen Sinn."

Lydia holte tief Luft. „Was du von mir denkst. Es ist nicht mehr wichtig."

Fleet sah aus, als ob sie ihn geohrfeigt hätte.

Lydia spürte, wie sich die Tränen in ihren Augenwinkeln sammelten und sie wollte weg, bevor sie flossen. Sie drehte sich um und ging in Richtung Denmark Hill davon.

KAPITEL ZWANZIG

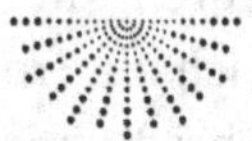

Lydias Weg vom Ruskin Park nach Camberwell führte sie am Maudsley Hospital vorbei. Das Gebäude verfügte über eine hübsche Fassade aus rotem Backstein und Stuck mit cremeweißen Säulen und einem gravierten Steinsockel über dem Eingang. Sie sah auf ihre Uhr. Die Besuchszeit war bereits vorbei, aber sie konnte es versuchen.

Der Empfangsbereich war düster. Nicht, weil er schmutzig oder kahl war, obwohl der Maschendrahtzaun und das Sicherheitsglas, die das Personal vom Rest des Raumes trennten, keine warmen Gefühle weckten, sondern weil etwas in der Luft lag. Etwas jenseits des üblichen Duftbouquets aus Desinfektionsmittel und gekochtem Kohl. Nach ein paar Minuten Warten wurde Lydia klar, was sie wahrnehmen konnte: Verzweiflung. Angst. Verwirrung.

Die Frau hinter dem Bildschirm lächelte freundlich. Lydia erklärte, sie wisse, dass sie nicht zu den regulären Besuchszeiten käme, aber sie sei zufällig vorbeigekommen und habe sich gefragt, ob sie mit Ash sprechen könne.

„Lassen Sie mich sehen, was ich für Sie tun kann."

Lydia wartete, scrollte durch ihr Handy und machte sich ein paar Notizen.

Als die Frau zurückkam, lächelte sie. „Er hatte noch nie Besuch, also machen wir eine Ausnahme. Hier entlang."

Lydia war nichts unangenehmer, als eine weitere geschlossene Einrichtung zu betreten, aber sie folgte der Frau gehorsam durch Türen, die hinter ihr zufielen, und durch kahle Korridore. „Ich bin froh, dass Sie hier sind. Ash ist ein lieber Kerl und es bricht mir das Herz, dass er keinen Besuch bekommt. Er ist sehr sanftmütig und ruhig, aber ich kann während des Treffens im Zimmer bleiben, wenn Ihnen das lieber ist?"

„Nein, das ist in Ordnung", sagte Lydia, als sie an einer Tür ankamen. Im Gegensatz zu den anderen, durch die sie gegangen waren, war diese ganz normal, ohne Tastenfeld und Sichtfenster. Die Frau fummelte an dem Schlüsselband um ihren Hals herum und senkte ihre Stimme. „Ehrlich gesagt, bin ich mir nicht sicher, wie lange Ash noch bei uns sein wird. Wenn wir einen stabilen Ort für ihn hätten, wäre er schon längst in ambulanter Behandlung. Noch ein paar Tage, dann müssen wir ihn wahrscheinlich verlegen."

„In ein betreutes Wohnheim?"

„Irgendwann. Wahrscheinlich zuerst in eine Notunterkunft. Sein Betreuer gibt sein Bestes, um etwas Geeignetes zu finden, aber ...", die Frau zuckte mit den Schultern, „wir sind überlastet."

Sie öffnete die Tür und trat in ein kleines quadratisches Zimmer. Darin standen ein Couchtisch aus lackiertem Kiefernholz und vier Sessel mit abwischbarem Stoff. An einer Wand hingen zwei fade Kunstdrucke von Booten, daneben ein in Plastik laminiertes Rauchverbotsschild.

Ein Mann in grauer Jogginghose und einem schwarzen Kapuzenpulli stand von einem der Stühle auf, als sie hereintraten. Er war etwa Anfang dreißig und sah außergewöhnlich gut aus – denn trotz des grellen Neonlichts, der schlecht sitzenden Kleidung und der dunklen Ringe unter seinen Augen wirkte er attraktiv.

„Ash?“

„Schön, Sie kennenzulernen.“ Ash streckte seine Hand aus.

„Dann lasse ich Sie allein“, sagte die Frau. Zu Ash sagte sie: „Zwanzig Minuten, okay?“ Er nickte, ohne seinen Blick von Lydias Gesicht abzuwenden, und Lydia schüttelte seine Hand über die abgewetzte Tischplatte hinweg. Eine gehörige Portion Pearl schoss ihren Arm hinauf und durch ihren Körper und es kostete Lydia all ihre Selbstbeherrschung, nicht laut aufzustöhnen. Sobald der Kontakt unterbrochen war, verschwand das Gefühl.

„Sollen wir uns setzen?“ Ash wies mit einer Geste auf den Stuhl, der Lydia am nächsten stand, und wartete, bis sie sich hingesetzt hatte, bevor er es ihr gleichtat. Höflich. Lydia versuchte zu verstehen, was gerade passiert war. Sie hatte beim Betreten des Zimmers kein Pearl gespürt, was merkwürdig war. Die Signatur, die von Ash ausgegangen war, fühlte sich nicht richtig an. Sie war nichts Natürliches, nichts, was zu ihm gehörte, wie seine Augenfarbe. Sie war geliehen. Oder hinterlassen. Die Überreste von etwas, das zurückgelassen wurde, wo es nichts zu suchen hatte.

„Ich bin froh, dass Sie hier sind“, sagte Ash und verschränkte seine Hände locker zwischen seinen Knien.

„Wie geht es Ihnen?“ Lydia beugte sich vor und versuchte, noch einmal die Pearl-Magie zu spüren. Nichts. Hätte sie nicht diesen einen Funken Magie gespürt, hätte sie darauf gewettet, dass in ihm nur magiefreies Blut floss.

„Ich versuche zu begreifen, was passiert ist. Die Computer, die sie hier haben, die Telefone. Es ist alles neu. Wie etwas aus der Zukunft.“

„Das Krankenhaus hat Ihre Daten an die Polizei weitergegeben. Die Beamten werden die Datenbank für vermisste Personen durchsuchen und mit etwas Glück tauchen Sie darin auf. Sie müssen darauf vertrauen, dass sie ihre Arbeit machen, und sich einfach darauf konzentrieren, gesund zu werden.“

„Ich dachte, Sie hätten Ihre Meinung geändert und würden meinen Fall übernehmen?“

„Nein“, sagte Lydia. „Aber ich werde mich bei meinem Kontaktmann bei der Polizei erkundigen. Ich werde dafür sorgen, dass Ihre Sache oberste Priorität bekommt.“

Eine Pause entstand. „Ich kann Sie bezahlen.“

„Sie sind nicht mein Kunde, also stelle ich Ihnen auch keine Rechnung aus. Machen Sie sich keine großen Hoffnungen, ich glaube nicht, dass ich viel ausrichten kann.“ Lydia holte ihr Handy heraus. „Darf ich trotzdem ein Foto von Ihnen machen? Das könnte helfen.“

„Okay.“

Lydia hielt ihr Handy hoch und machte ein paar Schnappschüsse. Er hatte die scharfen Wangenknochen und den breiten, wohlgeformten Mund eines Models. Ein Mensch, der keine Pearl-Magie brauchte, damit andere ihn begehrten. „Es wäre hilfreich, wenn Sie mir erzählen, was Sie über Ihr altes Leben wissen. Bevor das alles passiert ist. Ich nehme an, Ihr Name und Ihre Adresse sind Ihnen nicht zufällig eingefallen?“

„Sie denken, ich lüge?“ Ash war wie vom Donner gerührt.

„Nein“, sagte Lydia. „Das sollte ein Scherz sein. Tut mir leid.“

Er schüttelte den Kopf. „Ist schon okay. Hier drin wird nicht viel gescherzt. Ich bin aus der Übung.“

Lydia blinzelte. Ash hörte sich nicht mehr verstört an. Er klang traurig und verloren. Sie wollte ihn fragen, ob ihm der Name Pearl etwas sagte, aber sie hatte die vage Vorstellung, dass sie ihn damit auf falsche Gedanken bringen könnte. Gab es da nicht das Syndrom der falschen Erinnerung? Was, wenn sie in ihrem Eifer seine Genesung behinderte?

Ash schloss seine Augen. „Im Radio lief *Millennium* und alle machten sich Sorgen wegen des Millennium-Bugs. Das ist es, woran ich mich erinnere. Das war wohl doch kein Problem."

„Das ist ein langer Fall von Amnesie", sagte Lydia.

„Das hat mein Arzt auch gesagt." Ash öffnete seine Augen und sah sie direkt an. „Ich habe akzeptiert, dass diese Welt real ist. Ich glaube nicht mehr, dass alle lügen. Ich habe Google benutzt. Ich habe in einen Spiegel geschaut. Das wäre eine zu aufwändige Scharade. Es muss alles echt sein. Das heißt, ich bin in der Zeit gereist. Ich war sechzehn Jahre alt und jetzt bin ich es eindeutig nicht mehr. Das ist auch verrückt. Aber das weiß ich. Ich bin nicht so verrückt, dass ich das nicht wüsste."

„Können Sie sich an irgendetwas aus den letzten Jahren erinnern?"

„Eine Party", sagte Ash. „Ich war auf einer Party. Mit viel Musik, Tanzen und Drogen. Zumindest nehme ich an, dass es Drogen waren, denn es war, als würde ich auf einem Trip sein und Dinge sehen. Unmögliche Dinge."

„Was für Dinge?"

„Das kann ich nicht sagen." Ash klang plötzlich panisch, mehr wie bei ihrem ersten Gespräch. Er schob die Ärmel seines übergroßen Kapuzenpullis über die Arme und Lydia sah die blassen Narben, die sich über seine Haut zogen. „Ich darf das nicht. So viel weiß ich. Sie wollen nicht, dass ich über sie spreche."

„Okay, vergessen Sie die Frage. Was ist das Letzte, woran Sie sich vor der Party erinnern?"

Die Pause war so lang, dass Lydia dachte, Ash sei in eine Schockstarre verfallen. Er war völlig regungslos und starrte auf seine gefalteten Hände. Lydia überlegte, was sie tun sollte, als er weitersprach.

„Ich habe mich mit meinen Freunden getroffen, glaube

ich. Ich war aufgeregt wegen Silvester. Alle hatten große Pläne."

„Und das war 1999?"

„Ja. Wir waren zu jung, um in die Clubs zu kommen, also haben wir uns so getroffen. Wir hatten unsere eigene Party geplant ..." Ash brach ab. „Ich wünschte, ich könnte mich erinnern. Wir hatten auf jeden Fall etwas Besonderes geplant. Keine Hausparty oder so."

„Es ist alles in Ordnung", sagte Lydia. „Das ist wirklich gut. Sie können mich anrufen, wenn Ihnen noch etwas einfällt."

„Der Wald", rief Ash plötzlich. „Wir wollten eine Party im Wald feiern."

KAPITEL EINUNDZWANZIG

Lydia schlief tief und fest und träumte von sich windenden Bäumen und seltsamem, nassem schwarzem Laub, das sie zu ersticken drohte. Nachdem sie aufgewacht war und sich aus der verschlungenen Bettdecke gekämpft hatte, die vom Kampf gegen die imaginären Äste zeugte, duschte sie den Schweiß der Nacht ab und ging für ein spätes Frühstück nach unten ins Café. Immerhin hatte sie, seit sie wusste, dass Angel für Charlie arbeitete, sie auf Fälle aufmerksam machte und ihrem Onkel Bericht erstattete, keine Gewissensbisse mehr, wenn sie dort kostenlos aß. Angel räumte nach dem morgendlichen Ansturm die Tische ab. „Wo ist der Neue?", fragte Lydia erstaunt.

„Abspülen. Er hat meine Lieblingspfanne verbrannt."

„Ich wusste nicht, dass er auch kocht."

„Und er wird es auch nicht wieder tun", sagte Angel. „Das hat man davon, wenn man jemandem etwas beibringen möchte."

Lydia stand vor der Theke und betrachtete die Speisekarte. „Ich nehme das komplette Frühstück mit Toast. Und Hash Browns."

Angel zog eine Augenbraue hoch. „Ach ja?“

Lydia lächelte. „So schnell wie möglich, ich bin am Verhungern.“

„Noch einen Wunsch für Mylady?“

Lydia verbreitete ihr Lächeln. „Nur etwas Tee. Und Orangensaft. Danke, Angel. Du bist die Beste.“ Bevor Angel über den Tresen stürzen und ihr eine Ohrfeige verpassen konnte, zog sich Lydia auf ihren Lieblingsplatz zurück. Er befand sich in der hinteren Ecke, mit Blick auf den Tresen und den Eingang, mit dem Rücken zur Wand und dem großen Fenster zu ihrer Rechten. So hatte sie die beste Sicht und konnte schnell die Tür erreichen, die hinauf in ihre Wohnung führte. Das Essen half Lydia beim Aufwachen, aber es fiel ihr immer noch schwer, die Erinnerung an ihren Traum abzuschütteln. Das Treffen mit Ash hatte sie verunsichert. Er war nicht verrückt und es war eindeutig etwas Merkwürdiges geschehen. Außerdem war es seltsam, dass das Letzte, woran er sich erinnerte, der Wald war. Lydia glaubte nicht an Zufälle und wollte schon in den Zeitungsarchiven von 1999 nach einem vermissten Sechzehnjährigen suchen, als etwas anderes passierte, das sämtliche Gedanken an Ash vertrieb.

Charlie näherte sich dem Café, aber etwas an seinem Gang war merkwürdig. Er bewegte sich sehr schnell und Lydia spürte, wie sich ihr Herzschlag beschleunigte. Da sie zu lange gezögert hatte, um nach oben zu verschwinden, beobachtete sie mit einer nervösen Vorahnung, wie er auf ihren Tisch zusteuerte. Er hatte Angel nicht einmal zugenickt, was bedeutete, dass etwas Ernstes vorgefallen sein musste. Man konnte viel über Charlie Crow sagen, aber er war äußerst höflich. Lydia legte ihr Besteck ab und schob ihren Teller beiseite. „Was ist los? Wurde Lucy Bunyan gefunden?“ Sie versuchte, das plötzliche Bild eines toten Mädchens zu verdrängen, das unter einem Haufen verrottender Blätter lag.

Charlie setzte sich neben sie, nicht wie sonst ihr gegenüber. Er legte ihr eine Hand auf den Arm. „Dein Onkel Terrence ist tot.“

Lydia runzelte die Stirn und versuchte, den Namen einzuordnen.

Charlie zog seine Hand weg. „Erzähl mir nicht, dass du Terrence nicht kennst. Was hat Henry sich dabei gedacht? Beim Gefieder, wir sind deine Familie. Du solltest zumindest ihre Namen kennen.“

„Es gibt eine Menge Crows“, verteidigte sich Lydia. Henry hatte ihr viele Geschichten erzählt und sie war zumindest ein wenig mit der Familie vertraut. Sie war auf Taufen und diversen Familienfeiern gewesen. An einen Onkel Terrence konnte sie sich nicht erinnern.

„Terrence sitzt in Wandsworth ein“, sagte Charlie nach einer Pause. „Saß. Er wurde gestern Morgen tot in seiner Zelle gefunden. Ich habe es gerade erst erfahren.“ Er sah empört drein, als ob die Verzögerung der Nachricht das Schlimmste wäre.

Lydia wusste nicht, welche Frage sie zuerst stellen sollte. Wer war Terrence und warum war er im Gefängnis? Wie ist er gestorben? Zum Glück sprach Charlie weiter. Dabei schaute er sich im Café um und schaffte es nicht, sie anzusehen - oder wollte es nicht. „Du weißt um die alte Zeit? Ein Aufenthalt im Gefängnis gehörte sozusagen zum Berufsrisiko. Heute ist das natürlich nicht mehr so, aber unsere alten Hasen sitzen immer noch ihre Zeit ab. Wir kümmern uns um sie, so gut wir können, mit besseren Zellen, angenehmen Jobs, großzügigem Taschengeld und so weiter.“

Lydia nickte, als hätte Charlie nicht gerade in einer völlig fremden Sprache mit ihr gesprochen. Nicht zum ersten Mal begriff Lydia, warum ihre Eltern sie vor Charlie und dem Familienunternehmen gewarnt hatten. „Was ist passiert?“

„Er war 75“, sagte Charlie. „Er wurde mit einer Schlinge um den Hals gefunden. So etwas macht man nicht mit 75.

Er war seit über dreißig Jahren im Knast. Offiziell glaubt man, dass er es nicht mehr ertragen hat. Warum sollte er dreißig Jahre absitzen und dann plötzlich freiwillig auschecken? Das ergibt keinen Sinn. Da hat jemand nachgeholfen."

Charlies Handy vibrierte, er zog es aus der Tasche und sah auf das Display. Er ging ran und mied Lydias Blick. Sie hatte ihn noch nie so aufgewühlt gesehen. Seine Laune verdüsterte sich im Laufe des kurzen Telefonats. „Nein!", sagte er dann. Sein ganzer Körper war gefährlich regungslos geworden und Lydia schob ihren Teller weiter von sich, da ihr der Appetit endgültig vergangen war.

„Was ist los?", fragte sie, als er sein Handy mit dem Display nach unten auf die Tischplatte aus Kunststoff gelegt hatte.

„Terrences Kumpel Richard ist auch tot. Er wurde abgestochen. Er lag über Nacht auf der Intensivstation und ist gerade verstorben."

„War Richard auch einer von uns?"

Charlie nickte. „Er war in den Siebzigern auf Reisen, kam aber nach Hause, als wir ein wenig Ärger mit dem Gesetz hatten. Er nahm die Strafe auf sich, um uns andere zu beschützen. Er ist ein Held. Terrence und er waren die Letzten aus dieser Zeit. Sie haben ihr Leben geopfert, damit wir frei fliegen können."

„Ich kann mir das nicht vorstellen", sagte Lydia, die den Schrecken des Eingesperrtseins noch frisch in Erinnerung hatte. Sie konnte sich nicht vorstellen, wie viel Kraft es brauchte, das zu ertragen.

„Nein, nicht wirklich dein Stil." Charlie war wütend und Lydia wusste, dass sie das erstbeste Ziel war. Sie presste ihre Lippen zusammen, um nicht darauf zu reagieren.

Charlie blies die Luft aus seiner Nase und schloss für einen Moment die Augen. Als er sie wieder öffnete, drehte er sich zu Lydia. „Du weißt nicht, wie es damals war. Ich schätze, Henry hat dir nichts davon in seinen Gutenachtgeschichten erzählt. Wir hatten die Polizei über Jahre hinweg gut bezahlt, alles verlief harmonisch. Sie wussten, dass wir in Camberwell für Ordnung sorgten und dass die Dinge noch viel schlimmer sein könnten. So konnten sie Ressourcen für Peckham abstellen. Auch wenn womöglich nicht alles ganz nach dem Gesetz lief, wussten sie, dass wir einen Kodex hatten und fair arbeiteten. Wir wurden zwar bezahlt, aber wer arbeitet schon umsonst?"

Lydia nickte.

„Dann änderte sich das. Neue Gesichter an der Spitze, aber vor allem politische Reformen. Die Korruption innerhalb der Polizei wurde ein öffentliches Thema, Druck wurde ausgeübt, gleichzeitig stiegen die Drogendelikte, die Obdachlosigkeit, die Überbelegung in den Gefängnissen und die rassistischen Übergriffe. Irgendein Schwachkopf beschloss, dass ein paar hochrangige Verhaftungen, ein paar Schläge gegen das organisierte Verbrechen, die allgemeine Stimmung beschwichtigen würden." Charlie schüttelte den Kopf. „Wahrscheinlich wollte jemand aufsteigen und dachte, die Verhaftungen würden sich gut in seinem Lebenslauf machen. Mehr braucht es nicht." Er beäugte sie. „Du glaubst, dass Einzelne bei der Polizei keine Macht haben, doch das stimmt nicht. Deshalb war ich auch so dagegen, dass du dich mit deinem Cop triffst. Ein falscher Tritt kann eine ganze Lawine lostreten."

„Ich verstehe", sagte Lydia. „Wirklich."

„Das denke ich nicht", entgegnete Charlie, aber er klang ruhiger. „Lydia, du bist immer noch ein Kind. Du bist ganz frisch dabei und es tut mir leid, dass der Zeitpunkt kein besserer ist. Ich wollte dir die Schlüssel zu einem Palast übergeben, das musst du mir glauben."

Lydia nickte, auch wenn sie nicht verstand, wovon er sprach.

„Jedenfalls schulterten Terrence und Richard und ein paar alte Knaben, die mittlerweile gestorben sind, alle

Anklagen. Und das war's. Die Führungsspitze der Metropolitan Police wechselte noch ein paar Mal und der politische Schwerpunkt verlagerte sich auf die Einwanderung und schließlich auf den Krieg gegen den Terror."

„Und das Geschäft hat sich auch verändert, nicht wahr?", fragte Lydia. „Es ist nicht mehr so, wie es einmal war."

„Richtig, richtig", sagte Charlie. „Heutzutage sind wir sehr professionell. Alles sieht ordentlich und aufgeräumt aus."

Das war nicht gerade beruhigend.

„Die Silvers haben uns über die Jahre hinweg dabei geholfen. Es ist ungünstig, dass die Beziehung belastet wurde."

„Sie werden sich ruhig verhalten", sagte Lydia. „Sie haben genauso viel zu verlieren wie wir. Besonders jetzt, wo Alejandro in Westminster sitzt."

„Ich glaube, du unterschätzt, wie sehr du Maria Silver verärgert hast. Und jetzt hat sie das Sagen ..."

„Ich weiß, ich weiß." Lydia schloss ihre Augen. Nur für ein paar Sekunden. Als sie sie öffnete, wollte sie die offensichtliche Frage nicht stellen. Sie senkte ihre Stimme. „Wissen wir, wer es war?"

Charlie schüttelte den Kopf. „Aber ich werde es herausfinden."

CHARLIE WOLLTE sich um die Angelegenheit kümmern, doch Lydia wusste, dass sie ihm helfen musste. Einerseits, weil es das war, was sie konnte, andererseits, weil die Familie sehen musste, dass sie etwas unternahm. Lydia war nicht so naiv zu glauben, dass nur Aiden Zweifel an ihrer Loyalität hatte. Wenn eine andere Familie für den Tod von zwei Crows verantwortlich war, war es besser, wenn sie das vor Charlie herausfand. Hoffentlich war es ein Zufall oder ein Streit über die Hackordnung im Gefängnis. Kein Hinweis auf etwas Größeres. Und schon gar nicht etwas, das dadurch ausgelöst wurde, dass sie im Haus der Pearls herumgeschnüffelt hatte. Oder dass Maria die Führung der Silvers übernommen hatte.

Es würde nicht einfach werden. Sie hatte eine Karte, die sie ausspielen konnte, aber nicht wollte. Jedes Mal, wenn sie dachte, dass sie die Tür zu Fleet geschlossen hatte, schwang sie wieder auf. Doch zwei Crows waren tot, also hatte sie keine Wahl. Sie wählte die Nummer. Als Fleet abnahm, sagte sie nur: „Du musst mir einen Gefallen tun."

DAS GEFÄNGNIS von Wandsworth zu betreten, war wie eine Reise in die Vergangenheit. Das Ambiente im Empfangsraum des viktorianischen Gebäudes entsprach den 70er Jahren. Lydia wäre nicht überrascht gewesen, einen Playboy-Kalender an der Wand hängen zu sehen. Fleet sprach mit den Gefängnisbeamten und Lydia hielt ihren Mund. Nachdem sie den Papierkram unterschrieben hatten, für den es Durchschläge gab - der Beamte reichte Fleet den gelben Teil -, wurden sie gründlich abgetastet, was laut Fleet das absolute Minimum an Sicherheit darstellte, und durch eine unauffällige Tür und einen kurzen Korridor zu einem Gitter mit einem verschlossenen Tor geführt. Sofort schlug die Atmosphäre um und Lydia spürte, wie die Decke von oben herabdrückte. Rufe und Schreie hallten von den Wänden wider und ein rhythmisches Klopfen war zu hören. Fleet hatte ihr beschrieben, dass sich die Zellen in einem zentralen Bereich befanden, aber eigentlich war sie nur erleichtert, dass sie an einen anderen Ort kamen. Nachdem sie die erste Reihe von Gittern passiert hatten, nahmen sie eine Seitentür und gingen über einen kleinen offenen Hof in ein separates Gebäude.

„Besuchersuite", flüsterte Fleet.

Suite war das völlig falsche Wort. Der Raum, in den der

Beamte sie führte, war mit Brandlöchern übersät und die Farbe blätterte von den Wänden ab, sodass feuchte Flecken zum Vorschein kamen. Ein Tisch war am Boden festgeschraubt, die Stühle passten nicht zusammen. Es roch nach Desinfektionsmittel und etwas viel Schlimmerem: den Überresten dessen, was das Desinfektionsmittel eigentlich beseitigen sollte.

„Das ist der Besuchsraum?" Lydia stellte sich ein Dutzend Gefangene und deren Familien in dem Raum vor. Selbst bei dieser kleinen Zahl würde es eng werden, und es gab bei weitem nicht genug Sitzplätze und keine Chance auf Privatsphäre.

„Nein, Miss", sagte der Beamte. „Das ist der Raum für private Treffen. Rechtsbeistand, polizeiliche Befragungen." Er nickte Fleet zu. „Allgemeine Besuche finden im Hauptgebäude statt."

„Richtig." Lydia kam sich dumm vor und schwor sich, den Mund zu halten. Ihre Sinne arbeiteten auf Hochtouren, aber nicht aufgrund von Familienmächten, es war mehr ein erhöhtes Gefahrenbewusstsein. All diese Gitter zwischen ihr und der Freiheit. All die böse Energie - und das Leid - der Eingesperrten. Sie überlegte, wie viel Loyalität es brauchte, um sich freiwillig an einen Ort wie diesen zu begeben, in dem Wissen, dass man ihn für den Rest seines Lebens nicht mehr verlassen würde.

Fleet hatte gemeint, dass es unwahrscheinlich sei, dass ihr Kontaktmann mit ihnen reden würde. Er saß acht Jahre wegen schwerer Körperverletzung, Drogenbesitzes und dreimaligem Einbruch ab. Lydia hielt das für eine lange Strafe, aber Fleet sagte, er würde nur vier absitzen. Als er hereinkam, bemerkte Lydia, dass er einen Zuschlag für seine Hautfarbe bezahlte. Schwarze Straftäter bekamen in der Regel härtere Strafen als ihre weißen Kollegen.

„Hast du was zu rauchen, Bruder?" Azi stolzierte zum Tisch und setzte sich lässig auf den Stuhl, die Beine weit gespreizt und eine Hand auf dem Oberschenkel. „Was gibt's, Süße?" Er warf Lydia einen lüsternen Blick zu.

Lydia hatte erwartet, dass eine Inhaftierung einen Menschen demütigt oder bricht, und bei einigen war es vermutlich auch so. Bei Azi jedoch nicht. Es sei denn, sein Selbstvertrauen war vor dem Gefängnis wirklich stratosphärisch hoch gewesen und sie erlebte ihn mit fünfzig Prozent Ego.

„Ich rauche nicht, tut mir leid", sagte Fleet.

Azi ignorierte ihn, hielt seinen Blick auf Lydia gerichtet und leckte sich mit der Zunge über die Lippen.

„Wir sind hier, um mit dir über Terrence zu sprechen."

Azi sah zu Fleet. „Was geht dich das an? Das kümmert doch niemanden hier, oder? Er war den ganzen Tag drauf."

„Drauf?", fragte Fleet. „Er hat was genommen?"

„Nein, Bruder. Warnstufe rot, verstehst du mich?"

„Er war eingesperrt?", fragte Fleet, doch ihm schien etwas zu dämmern.

Lydia hatte immer noch Schwierigkeiten, dem Gespräch zu folgen. „Er war in seiner Zelle eingesperrt? Oder in Isolationshaft?"

Azi wandte seinen Blick wieder ab, leckte sich anzüglich über die Lippen und ließ die Hand in seine Jogginghose gleiten. Lydia hielt seinem Blick stand und zwang sich, nicht zu erröten oder wegzusehen.

„Wir sind den ganzen Tag eingesperrt, nicht wahr? Zu wenig Personal, um uns für das Reha-Zeug rauszulassen. Ich sollte eigentlich lernen, wie man Wände trockenlegt." Der Beamte an der Tür drehte sich um. „Das solltest du dir aufschreiben."

„Terrence benutzte seine Notfallklingel, bevor er starb. War das ungewöhnlich? Für ihn, meine ich?" Fleet hatte sein Notizbuch herausgeholt und Azi sah es gierig an. „Gib mir eines von denen, Kumpel. Ich erzähle dir, was du wissen willst."

„Du willst ein Notizbuch?“ Fleet zog eine Augenbraue hoch. „Gib’s auf, Azi. Du kannst doch nicht mal schreiben.“

Lydia verbarg ihren Schock, aber Azi stieß ein bellendes Lachen aus. Es war das echteste Geräusch, das sie bislang von ihm gehört hatte.

Er nickte Fleet zu. „Er hat die Glocke fast nie benutzt. Gab keinen Bedarf. War kaum eingesperrt. Er war einer von den Besseren, verstehst du? Hatte eine große Bude mit einer PlayStation und so weiter.“

Fleet hatte Lydia erklärt, dass Wirtschaftskriminelle oft verantwortungsvolle Positionen im Gefängnis innehatten und die schöneren Zellen im Erdgeschoss ein Bonus für die Arbeit waren, die sie für das Gefängnispersonal erledigten. Hochrangige Kriminelle wie Terrence bekamen die besten Jobs und Zellen, indem sie komplexe Tausch- und Gefälligkeitsgeschäfte mit den Insassen und dem Personal abwickelten und ihre Fähigkeiten und ihre Macht von draußen nach drinnen übertrugen.

„Wie war er vorher? Hast du mit ihm gesprochen? War er wie immer?“

Azi warf dem Wachmann einen Blick zu und sagte: „Er hat beim Schnipp Schnapp gewonnen.“

Fleet nickte, als ob dieser kryptische Satz Sinn ergeben würde.

„Er hatte in letzter Zeit keine Probleme? Es hat sich nichts angebahnt?“

Azi schüttelte den Kopf.

„Das kann ich nur schwer glauben“, sagte Fleet. „Es gibt immer Ärger. Und Terrence ist tot.“

Azi zuckte mit den Schultern.

Lydia holte ihre Münze hervor und schnippte sie über ihre Handknöchel. Es war ihr egal, dass Fleet sie dabei sah. Er hatte ihr gezeigt, wie sehr er sich für seinen Job einsetzte, und sie hatte nicht vor, ihren Einsatz zu verbergen. Sie war eine Crow. Sie war voll dabei. Und es ging ihn auch nichts mehr an.

„Sieh mich an", sagte sie. „Weißt du, wer Terrence war?"

Azis Augen schossen in Lydias Richtung und weiteten sich, nur ganz wenig. Er war hartgesotten, aber nicht unempfindlich.

„Ein Gangster."

„Das stimmt", sagte Lydia, wobei ihr Tonfall dem einer Kindergärtnerin glich, die mit einem widerspenstigen Kleinkind sprach. „Aber er war nicht irgendein alter Knacker, er war ein Crow."

„Ich kenne seinen Namen", sagte Azi nach einem Moment. Er starrte auf die Münze.

„Terrence gehörte zu meiner Familie", sagte Lydia. „Ich will herausfinden, wer für seinen Tod verantwortlich ist."

„Ich weiß es nicht", antwortete Azi. „Er hat keine Probleme gemacht. Man muss schon verrückt sein, wenn man ..." Er brach ab, bevor er sich plötzlich nach vorn lehnte, die Ellbogen auf den Knien, und flüsterte. „Es sei denn, es war einer der Wachmänner."

„Das funktioniert nicht." Lydia schüttelte energisch den Kopf. „Ein Insasse hat das getan, wahrscheinlich auf Anweisung von draußen. Ich brauche einen Namen."

„Ich weiß keinen", sagte Azi wieder. Sein Blick wanderte zur Wache an der Tür.

„Ich bin nicht hinter dem Mann her, der den Abzug gedrückt hat, sondern hinter der Person, die die Waffe auf ihn gerichtet hat."

Azis Augen flackerten verwirrt und Lydia überlegte, ob sie den Satz umformulieren sollte.

Fleet stand auf und ging zu dem Wachmann an der Tür, um mit ihm zu sprechen. Lydia wusste nicht, ob er ihn überreden wollte, sie für ein paar Minuten allein zu lassen, oder nur nach einer Tasse Tee fragte, aber sie nutzte die Gelegenheit, um dicht an Azi heranzurücken. Körpergeruch, Zigarettenrauch und eine seltsame süße chemische Note stiegen ihr in die Nase. Ihre Sinne erfassten die Angst und sie ließ ihre Münze direkt vor Azis Gesicht schweben. Sie wusste, dass er zurückweichen wollte, seine Augen waren ganz weiß, aber sie ließ ihn nicht. Sie legte eine Hand auf sein Knie, sah ihm in die Augen und drückte ein bisschen fester zu, als sie es jemals zuvor bei einem Menschen versucht hatte. Sie hatte nur wenige Sekunden Zeit. „Wer hat Richard erstochen?"

„Malc." Azi sah sie verwirrt an, als ob die Worte von selbst aus seinem Mund herausgesprungen wären.

„Und war er auch das mit Terrence?"

Azi wollte mit den Schultern zucken, aber es klappte nicht. „Ich schwöre, ich weiß es nicht. Könnte sein. Oder einer aus der gleichen Gang."

„Überleg noch mal."

„Ich kann nicht", sagte Azi und Lydia sah Tränen in seinen Augen. „Sie werden mich umbringen."

„Sag mir einfach, wer die Gang anführt. Wer hat Malc auf Terrence und Richard angesetzt?"

Fleet war wieder da, stand hinter Lydias Stuhl und versperrte dem Wachmann die Sicht. „Danke für deine Mitarbeit, Azi", sagte er. „Du warst sehr hilfsbereit."

„Das war ich nicht!", rief Azi panisch. Jede Spur von Angeberei war verschwunden und seine Haut war aschig und feucht vom Schweiß.

„Das Gespräch ist äußerst produktiv, DCI Fleet", sagte Lydia. „Ich denke, wir sollten uns noch länger unterhalten. Wir brauchen mit niemandem sonst von unserer Liste sprechen, das wäre Zeitverschwendung, wenn wir Azi hier haben."

Er sah verwirrt aus. „Ich werde nichts sagen."

„Es war sehr aufschlussreich", sagte Fleet. „Die Polizei möchte sich für deine Mitarbeit bedanken. Ich frage mich, ob wir etwas für dich tun können? Ganz offiziell."

„Das kannst du nicht machen", flüsterte Azi. „Das kannst
du nicht machen."

„Ich kann machen, was ich will, mein Freund."

„Malc war es", sagte Azi. „Er war es. Es war seine Idee. Er
hat es einfach getan."

„Und wie war Malc in letzter Zeit so drauf?", fragte
Lydia.

„Was meinst du?"

„War er glücklich? Deprimiert? Besorgt? Ist etwas Ungewöhnliches vorgefallen? Ist er zu Geld gekommen?"

„Hat er auf großem Fuß gelebt? Hatte er mehr Gras und
Kippen als sonst? Hat er in großen Mengen im Supermarkt
eingekauft?"

Azi verdrehte die Augen, er stand kurz davor, vor Angst
ohnmächtig zu werden. Lydia schob ihre Sorge und ihr
Mitgefühl beiseite. Es gab einen Job zu erledigen, und sie
mussten es tun. „Antworte dem DCI", sagte sie und verlieh
ihrer Stimme etwas Crow-Nachdruck.

Azi leckte sich über die Lippen. „Er war gut bei Kasse.
Als wäre Zahltag gewesen."

„Seit Terrence und Richard tot sind?", fragte Fleet.

Azi nickte stumm.

ALS SIE WANDSWORTH VERLIEß, musste Lydia sich zusam-
mennehmen, um nicht zu rennen. Der Drang davonzuflie-
gen, durchzog jeden Muskel ihres Körpers. All diese Türen,
Schlösser und Gitter. Sie ließen etwas Uraltes in ihrem
Gehirn vor Panik erstarren, genau wie damals in der Zelle.
Krähen mochten keine Käfige.

Sie stieg zu Fleet ins Auto und ließ sich von ihm nach
Camberwell fahren. Die Nähe war zwar ungünstig, aber
draußen war es kalt und der Regen fiel mit solcher Wucht,
dass er vom Boden wegspritzte. Außerdem hatte sie noch
einige Fragen.

„Malc hat es also getan und dafür Geld bekommen.“

„Es sieht so aus“, sagte Fleet und sah auf die Straße, sodass Lydia ihn beobachten konnte. Die Linie seines Kiefers, die Falten um seine Augen, die Narbe an seinem Kinn, vom Sturz von der Schaukel als Kind.

„Aber wie erhielt er den Auftrag? Wird die Kommunikation nicht überwacht?“

„Doch, alle Anrufe werden aufgezeichnet und schriftliche Mitteilungen werden gelesen, egal ob E-Mails oder Briefe. Außerdem dürfen die Insassen keine Handys haben.“

Lydia entging die Formulierung nicht. „Aber sie tun es?“

„Ja. Ein Prepaid-Handy ist eine andere Form von Währung. Damit werden Überweisungen über externe Zahlungssysteme getätigt und es fließt Geld von oder an Bankkonten von Freunden oder Familienmitgliedern. Es ist unmöglich, dass eine Menge Bargeld den Besitzer wechselt oder Geld auf das Gefängniskonto der Insassen überwiesen wird, also werden die großen Geschäfte über Dritte abgewickelt.“

„Solange wir das fragliche Handy also nicht haben, können wir die Person, die den Auftrag erteilt hat, nicht ausfindig machen?“

„Richtig“, sagte Fleet. „Deshalb werden wir seine Zelle auf den Kopf stellen lassen. Wenn er schlau ist, bewahrt er es nicht dort auf, aber du weißt ja, dass die meisten Jungs dort drinnen keine kriminellen Superhirne sind. Vielleicht haben wir Glück.“

FLEET NUTZTE seinen Einfluss bei der Polizei und sorgte dafür, dass Malcs Zelle noch am selben Nachmittag durchsucht wurde. Direkt danach rief er Lydia an. „Letzte Woche kam eine SMS mit Terrences und Richards Namen. Der Idiot hat sie nicht einmal gelöscht.“

„Nummer?“

„Abgeschaltet. Wahrscheinlich wurde das Handy schon längst entsorgt."

Lydia stieß einen frustrierten Seufzer aus. „Warum können nicht alle so dumm sein?"

„Ich habe das Handy an die Techniker weitergegeben und wir werden sehen, was sie noch finden können. Aber versprich dir nichts davon."

„Klar. Danke." Lydia saß in ihrem Bürostuhl und blickte auf ihren überquellenden Schreibtisch. Von hier aus konnte sie ihren unter Zetteln begrabenen Laptop, drei alte Kaffeetassen und zwei leere Whiskyflaschen sehen. Sie sollte wirklich aufräumen, bevor sie den nächsten Klienten empfing.

„Bist du noch dran?", fragte Fleet.

„Ja." Lydia richtete sich auf. „Entschuldigung. Ich bin nur müde. Was geschieht mit Malc? Können wir mit ihm reden?"

Fleet hielt inne. „Ich werde auf eine Verurteilung drängen, aber ich warne dich vor, die Chancen sind gering."

„Azi hat ihn verraten", sagte Lydia.

„Ja, aber das wird er nicht noch einmal tun. Nicht offiziell. Sobald du den Kerl vor einen Richter stellst, hat er seinen eigenen Namen vergessen, ganz zu schweigen von dem anderer Leute."

Lydia wusste, dass sie Azi nur mit ihrer Crow-Magie zum Reden gebracht hatte. Und dass er um sein Leben fürchten musste, wenn er vor Gericht gegen einen anderen Gefangenen aussagte. Trotzdem konnte es doch nicht sein, dass jemand so leicht mit einem Mord davonkam, wenn er bereits ein verurteilter Verbrecher war und einsaß. „Haben die Wachen nichts gesehen? Sie könnten die Beweise koordinieren und mit dem Handy ..."

„Das ist nicht in ihrem Interesse", sagte Fleet. „Die Gefängnisleitung will ein Ergebnis, das auf keine Nachlässigkeit in der Aufsicht hindeutet. Es macht kein gutes Bild, wenn jemand in einem Hochsicherheitsgefängnis einen Mord bestellen kann."

Lydia fluchte leise.

„Es tut mir leid. Ich weiß, dass sie zur Familie gehörten."

„Ich habe sie nicht gekannt", wies Lydia sein Mitgefühl zurück. „Das ist es nicht. Ich bin wütend. Und besorgt. Wenn das Gesetz sie nicht rächt, was wird Charlie tun, um die Taten zu vergelten? Kannst du dafür sorgen, dass ich Malc befragen kann?"

„Ich werde sehen, was ich tun kann."

„Danke." Lydia dachte über das Gespräch mit Charlie nach. Sie fragte sich, ob es eine Möglichkeit gab, diese Information vor ihm geheim zu halten, um Malc zu schützen. Es war ja nicht so, dass Charlie die Sache einfach fallen lassen würde. Wenn Lydia keine Ergebnisse lieferte, würde er sie auf andere Weise bekommen.

Fleet schien ihre Gedanken zu lesen. „Ich nehme an, du wirst deinem Onkel von Malc erzählen?"

Lydia nickte. „Ich habe keine Wahl."

„Das verstehe ich", sagte Fleet. „Ich werde das Gefängnis vorwarnen, damit er in Schutzhaft genommen wird. Wenn sie die Ressourcen dazu haben."

Lydia konnte wenig Mitleid mit einem Mann aufbringen, der zwei alte Männer ermordet hatte, auch wenn Terrence und Richard Crow zweifellos keine Engel gewesen waren. „Tu, was du tun musst."

KAPITEL ZWEIUNDZWANZIG

Charlie verlangte per SMS nach einem Update. Lydia fuhr zur Grove Lane und schob den Gedanken beiseite, was ihr Onkel tun würde, sobald er Malcs Namen kannte. Sie hatte keine Wahl. Charlie würde die Sache nicht fallen lassen. Und wenn sie es ihm nicht sagte, würde es jemand anderes tun. Irgendwann. Und dann könnte er herausfinden, dass sie ihm etwas vorenthalten hatte.

Charlie öffnete die Tür, er sah mitgenommen aus. Seine olivfarbene Haut hatte einen Gelbstich angenommen und die Falten in seinem Gesicht waren tiefer als sonst. Er führte sie ins Haus. „Schnell", sagte er. „Wir sind nicht sicher."

„Ist noch etwas passiert?", fragte Lydia. Ihr wurde schwindelig.

„Nein. Nein. Noch nicht. Es ist nur eine Frage der Zeit. Deine Verhaftung war ein Warnschuss. Es wird ernst. Falls unsere Allianz mit Alejandro zu Ende ist ..." Er schüttelte den Kopf. „Daran will ich gar nicht denken."

Lydia war klar, dass wenn JRB die Familien dazu bringen wollte, den Waffenstillstand zu brechen, die Ermordung einiger Crows ein effektives Mittel dazu wäre. Allerdings müssten sie die Morde einer der anderen Familien in die Schuhe schieben. Es müssten nicht unbedingt die Silvers sein. Sie erzählte ihm von ihrem Besuch bei Azi und was sie von ihm erfahren hatte.

Charlie hörte ihr schweigend zu. Dann sagte er: „Das war gute Arbeit, Lydia."

„Ich werde die Person finden, die den Angriff angeordnet hat. Die wollen wir haben."

Charlie nickte abwesend, sein Gehirn arbeitete bereits auf Hochtouren.

„Wir sollten nichts Unüberlegtes tun. Nicht bevor wir alle Informationen haben." Lydia beobachtete ihren Onkel. Er war gefährlich still geworden.

„Natürlich", sagte er. Er klatschte in die Hände, laut und plötzlich, und setzte ein humorloses Lächeln auf. „Du musst trainieren."

„Ich wollte meine Kontakte spielen lassen und herausfinden, wer den Anschlag angeordnet hat."

„Das Training steht nicht zur Diskussion", sagte er. „Besonders jetzt nicht. Du musst stark sein. Zu deiner eigenen Sicherheit."

Lydia wusste, wann ein Streit mit Charlie zwecklos war, also folgte sie ihm nach oben in den Trainingsraum.

Es war ein bewölkter grauer Tag, aber ein wenig Licht strömte durch die großen Fenster und erhellte den Raum. Charlie war in einer seltsamen Stimmung, aufgeregt und abgelenkt zugleich. Lydia verbrachte die nächste Stunde damit, sich selbst zu beruhigen und sicherzustellen, dass nichts Unerwartetes passierte. Sie schnippte ihre Münze in die Luft, ließ sie schweben und zog dann noch mehr davon hervor, die zwar nur Kopien waren, aber genauso aussahen, und ließ sie in einem Schauer aus klirrendem Metall zu Boden fallen. Es war anstrengend, doch Lydia hatte das Gefühl, dass die wahre Erschöpfung daher rührte, dass sie sich kontrollierte und versuchte, einen möglichst geringen

Effekt zu erzielen. Sie spürte während der Übungen eine
größere Macht über sich schweben. Lydia war eine Batterie,
die andere Menschen mit Energie versorgte, so zumindest
lautete ihre Theorie, aber diese Energie musste von irgend-
woher kommen. Sie verstand es nicht, was das alles bedeutete, und das behagte ihr nicht.

„Okay, das reicht“, rief Charlie. „Ich sehe, dass du müde
bist.“

„Danke“, sagte Lydia und gab sich erschöpft.

„Es sei denn …“ Charlie hatte sich an die ihr gegenüber-
liegende Wand gelehnt und richtete sich jetzt auf. „Du tust
nur so?“

„Wie bitte?“ Lydia zuckte zusammen.

Charlie sah sie aufmerksam an, sein Blick war eindringlich, aber unleserlich. Lydia verspürte ein Kribbeln der
Angst. Sie verdrängte es. Er wusste es nicht. Er konnte es
nicht wissen.

„Ich frage mich nur, ob du dich genug anstrengst“, sagte
Charlie. Er schaute weg und sein Körper schien sich zu
entspannen.

Lydia spürte, wie ihre eigene Angst nachließ, und sie
zwang sich, auf ihn zuzugehen, ihre Wasserflasche zu
nehmen und einen Schluck zu trinken.

Die Flasche fiel ihr aus der Hand, als Charlie einen Arm
um ihren Hals legte und sie zurückzog, sodass sie das
Gleichgewicht verlor. Sein Unterarm drückte gegen ihre
Kehle und schnitt ihr den Atem ab. Sie strampelte nach Halt,
während sie Charlie wie eine Wand hinter sich spürte. Sie
packte seinen Arm und versuchte, ihn wegzuziehen, stieß
ihren Fuß nach unten und trat mit aller Kraft gegen seinen
Spann, aber er war zu groß und zu stark.

Ihr Kopf war leer vor Panik. Ein Mann hatte sie auf der
Straße gepackt und versucht, sie in einen Lieferwagen zu
werfen, Sekunden bevor die Fox-Brüder aufgetaucht waren.
Maddie hatte sie ebenfalls gewürgt, damals hatte Jason ihr

das Leben gerettet. Aber Jason war nicht hier. Und die Wahrscheinlichkeit, dass die Fox-Brüder auftauchten, um sie zu retten und danach selbst zu verprügeln, war gering. Kleine schwarze Sprenkel tauchten vor ihren Augen auf und Lydia wusste, dass sie bald ohnmächtig werden würde. Sie hatte in Aberdeen ein Selbstverteidigungstraining absolviert und wusste, dass sie zur Seite ausweichen, sich ducken und aus der Umklammerung drehen hätte sollen, aber in ihrem Schock hatte sie den Moment verpasst und Charlie hatte sie gegen seinen Körper gepresst, sodass sie keinen Spielraum mehr hatte.

„Komm schon", schrie Charlie. „Wehr dich!"

Lydia spürte ihren Körper nicht mehr. Sie hatte sich an einen Ort am Rande des Bewusstseins zurückgezogen. Jede Sekunde würde sie verschwinden. Getötet von ihrem eigenen Onkel. Für ihn war es bestimmt praktisch. Er hatte sie immer in der Familie haben wollen, aber sie hatte sich als Enttäuschung erwiesen. Und sie war eine tickende Zeitbombe, die sich mit den Fox' verbrüderte, die Silvers verprellte und ihm nicht den Respekt entgegenbrachte, den er seiner Meinung nach verdiente.

Müdigkeit übermannte Lydia und sie dachte daran, sich schlafen zu legen. Sie war erschöpft. „Oh, verdammt noch mal." Es war eine Frauenstimme. Sie klang vertraut. Und nicht gerade erfreut. Lydia brauchte eine gefühlte Ewigkeit, aber nur den Bruchteil einer Sekunde, um zu erkennen, wer zu ihr gesprochen hatte. Es war Maddie. Maddie war nicht hier, es musste Einbildung sein. Davon hatte sie eine Menge. Und sie wurde ohnmächtig. Oder war schon ohnmächtig und würde bald sterben.

Das war's. Sie wollte nicht sterben. Schon gar nicht durch die Hand von Onkel Charlie. Ihre Mum hatte Lydia gewarnt, sich vor ihm in acht zu nehmen, sie sollte nicht recht behalten. Trotz war zwar nicht der edelste Grund zum Kämpfen, aber besser als nichts. Lydia konzentrierte die

Kraft, die in den Flügeln gewartet hatte. Es fühlte sich schwierig an, als wäre jeder Gedanke langsam, doch sie dachte an ihre Münze. Sie spürte sie nicht, sah nur Blitze und Flecken und war sich ziemlich sicher, dass ihre Augen in den Höhlen nach hinten gedreht waren, aber die Vorstellung half ihr, sich zu konzentrieren.

Sie legte die Kraft wie einen Mantel um sich. Sie war warm und tröstlich und mit dieser Behaglichkeit kam auch ein wenig mehr Klarheit. Ihre Münze war vor ihrem geistigen Auge deutlich zu sehen. Sie sah den Raum, Charlie hinter sich, das graue Winterlicht, das blasse Formen auf den Holzboden warf, und ihre Wasserflasche, die davonrollte. Ihre Münze war realer als die Wirklichkeit. In diesem Moment wusste Lydia, dass sie von woanders kam. Oder sie zu einem anderen Teil der Realität gehörte als die Wasserflasche, der Boden und ihr eigener Körper. Sie musste sich ihr nur noch anschließen. Sofort hatte sie ihren Körper verlassen und blickte nach unten. Sie sah ihr eigenes Gesicht, blass und verzweifelt, Charlies fleischigen Arm um ihre Kehle, seine Tattoos, die sich bewegten. Seine Tätowierungen wirkten real, doch sie waren bei weitem nicht so klar wie ihre Münze. Das Bild sollte beängstigend sein, die letzten Momente der Halluzination vor dem Tod, aber Lydia verspürte keine Angst mehr. Sie ließ sich Zeit, sah sich im Raum um, ignorierte ihre eigene zappelnde Gestalt und sah in den vielen Spiegeln die vagen Umrisse einer zweiten Lydia, die in der Luft schwebte. Sie sah ein bisschen aus wie Jason, wenn er besonders schwach war, ein Gedanke, der sie zum Lächeln brachte. Sie streckte eine geisterhafte Hand aus, legte sie auf Charlies Arm und spürte ein Kribbeln.

Sofort verschwand der Druck an ihrer Kehle und sie sog schmerzhaft Sauerstoff ein. Sie war zurück in ihrem Körper, kauerte am Boden und rang nach Atem, während jeder Muskel vor Schmerz schrie. Selbst in den kurzen Momenten, in denen sie körperlos gewesen war, hatte sie vergessen, wie viel Aktivität in einem Körper steckte. Sie spürte, wie das Blut durch die Adern schoss, wie sich die Muskeln dehnten und zusammenzogen, wie die Luft über die winzigen Härchen in ihrem Mittelohr strömte, wie ihre Eingeweide verkrampfen und wie das elektrische Knistern ihrer Neuronen feuerte. Als sich ihr Sauerstoffgehalt mit einigen weiteren Atemzügen verbesserte, verblasste der intensive Eindruck und sie konnte andere Dinge wahrnehmen. Zum Beispiel die zusammengesackte Gestalt ihres Onkels, der mit den Händen auf den Knien an der Wand lehnte. Auch er röchelte, als hätte er einen Sprint hingelegt.

Sie ging zur Tür, behielt jedoch Charlie im Auge, für den Fall, dass er sich auf wundersame Weise erholte und auf sie stürzte. Einen Moment lang glaubte sie, eine schwarze, geflügelte Gestalt in den Spiegeln zu sehen, aber als sie blinzelte, war sie verschwunden. Wahrscheinlich waren es die Nachwirkungen des Sauerstoffmangels oder das Adrenalin, das noch immer durch ihren Körper schoss und die Zeit anders laufen und die Farben satter erscheinen ließ. Sie konnte weder ihren eigenen Augen noch ihren Sinnen trauen. Sie musste von hier weg und sich an einem dunklen, sicheren Ort ausruhen.

„Was war das denn?“ Charlie hob den Kopf und sah zu Lydia.

Sie war wütend und verwirrt. „Du hast versucht, mich zu töten!“

„Nein!“ Charlies Stimme klang anders, aber Lydia konnte sich nicht erklären, wie.

Sie trat ein paar Schritte zurück und näherte sich der Tür, während sie Charlie im Auge behielt.

„Das war …“ Er schnappte nach Luft. „Training.“

Es fühlte sich nicht so an, dachte Lydia. Charlie war immer noch vornübergebeugt und machte keine Anstalten, sich zu bewegen, aber Lydia wollte nicht warten, bis er wieder bei Kräften war. Sie war an der Tür und bereit, sie zu öffnen und aus dem Haus zu rennen. Sie wusste nicht wohin, doch es war klar, dass Charlie ihr nicht folgen durfte. Andernfalls müsste sie London verlassen. Sie zögerte. „Habe ich deinen kleinen Test bestanden?"

Charlies Haifischaugen waren feucht, als würde er gleich weinen. „Was hast du getan?"

„Ich ..." Lydia hielt inne. „Das hättest du nicht tun sollen. Du hast mich wirklich erschreckt."

„Das habe ich verstanden", sagte er und ein Funke seines alten Ichs flammte auf.

Lydia trat noch einen Schritt zurück und legte ihre Hand auf die Türklinke. Und da sah sie, was an Charlie anders war. Seine Tattoos bewegten sich nicht.

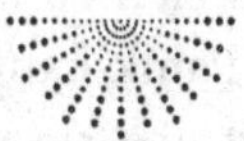

KAPITEL DREIUNDZWANZIG

Lydia wusste, dass sie nicht ins Fork konnte, nicht jetzt. Irgendwann würde sie zurück müssen, um Jason abzuholen oder zumindest sicherzugehen, dass er nicht verblasste, aber in diesem Moment musste sie verschwinden. An einen sicheren Ort. Irgendwohin, wo Charlie sie nicht suchen würde. Gedankenverloren fuhr sie los, um Abstand zwischen sich und Charlie zu bringen. Er hatte sie angegriffen. Gerade eben.

Lydia kam an ihrem Zielort an, ohne dass sie sich bewusst dafür entschieden hatte. Sie wählte die Nummer, bevor sie es sich anders überlegen konnte. „Bist du zu Hause?"

Fleet hatte nach dem zweiten Klingeln abgenommen. „Was ist passiert?"

„Mir geht es gut", sagte Lydia. Als sie zum letzten Mal angerufen und gefragt hatte, ob er zu Hause war, war sie verletzt aus einem Überfall entkommen. „Aber ich kann gerade nicht nach Hause."

„Ich bin auf dem Heimweg. Bis gleich."

Lydia parkte den Wagen in einer ruhigen Straße, blieb auf dem Fahrersitz und zählte ihre Atemzüge. Sie sah Fleets

Auto in ihrem Rückspiegel und beobachtete ihn beim Einparken. Als er ausstieg, sackte sie vor Erleichterung zusammen.

Seine Wohnung war genauso wie in ihrer Erinnerung. Penibel aufgeräumt, warm und gemütlich. „Tee?"

„Danke", sagte Lydia. Sie setzte sich auf das Sofa und starrte an die Wand, um sich zu sammeln. Sie hatte es im Auto versucht, aber die Panik hatte sie immer noch fest in ihrem Griff gehabt. Jetzt, wo sie von der Straße weg und sicher versteckt war, gelang es ihr besser. Charlie kannte diesen Ort nicht. Er würde sie nicht bei Fleet vermuten und falls er es dennoch überprüfen wollte, müsste er Fleets Adresse herausfinden, was nicht einfach war. Allerdings nicht unmöglich. Nicht für einen Mann wie Charlie Crow. Die Angst packte sie erneut und sie sprang auf.

„Ich muss gehen", rief sie. „Tut mir leid." Es war ein Fehler gewesen. Sie sollte in Bewegung bleiben.

„Warte!" Fleet kam aus der Küche geeilt. Er legte seine Hände auf Lydias Schultern und neigte den Kopf, um ihr in die Augen zu sehen. „Was ist passiert? Rede mit mir!"

„Ich kann nicht", sagte Lydia. „Ich muss mich verstecken." Sie dachte an Maddie, die sich auf Paul Fox' Hausboot versteckt hatte. Sie hatte geglaubt, Maddie sei die Böse, der Joker, aber jetzt ahnte Lydia, warum ihre Cousine weglaufen wollte. Hatte Charlie sie auf dieselbe Weise trainiert? Womöglich war Maddie gar nicht von Anfang an soziopathisch gewesen. Vielleicht hatte Charlie dieses spezielle Monster geschaffen.

„Lydia, du zitterst ja. So habe ich dich noch nie gesehen. Dabei habe ich dich kennengelernt, nachdem dich gerade jemand umbringen wollte." Er bemühte sich um ein Lächeln. „Du machst mir Angst."

Lydia konzentrierte sich auf Fleets Augen. Warm, beständig und voller aufrichtiger Sorge. Beim Höllenfalken, sie wollte nicht weinen. Sie weigerte sich. Sie grub die

Fingernägel in ihre Handflächen und richtete sich auf. „Charlie. Er hat mich angegriffen.“

Fleet runzelte die Stirn. „Was meinst du damit?“

„Genau das, was ich gesagt habe.“ Lydia löste sich aus seinem Griff, sein Blick war zu intensiv, um ihm noch eine Sekunde länger standzuhalten. Sie lehnte sich auf dem Sofa zurück und ließ ihren Kopf nach hinten fallen. Die Müdigkeit kroch über sie herein und drohte, sie unter ihrem Mantel zu begraben.

„Bist du verletzt?“

Lydia schüttelte den Kopf. „Ein paar blaue Flecken, das ist alles. Aber er hat mir Angst eingejagt.“

„Ich bringe ihn um“, knurrte Fleet. „Ich warte nur auf dein Stichwort.“

„Es war Training“, entgegnete sie. „Es war nicht ... Er sagte, es sei zu meinem Besten. Nun, nicht unbedingt zu *meinem* Besten, aber dem der Familie.“

„Training?“

Lydia schloss die Augen. „Du weißt, was ich bin. Crows haben bestimmte Fähigkeiten. Anscheinend können diese Fähigkeiten trainiert werden, damit sie stärker und effektiver werden. Charlie ist davon besessen. Er sagt, dass wir stark sein müssen und dass ein Krieg bevorsteht. Er glaubt nicht, dass der Waffenstillstand noch lange Bestand haben wird. Nicht jetzt, wo jemand Crows im Gefängnis ermorden lässt.“

„Ist das der Grund für Alejandros Ausstieg?“

Lydia öffnete die Augen und richtete sich auf. „Was weißt du über die Silvers?“

„Nur dass Maria das neue Oberhaupt der Familie ist.“

„Ist das eine offizielle Info oder nur Polizistengerede?“

Fleet zuckte mit den Schultern. „Du weißt ja, wie es ist. Die Hälfte der Leute glaubt nicht an die Familien und die andere Hälfte erzählt Geschichten, um sich interessant zu machen. Die Großtante war mit einem Fox verheiratet und als Hochzeitsgeschenk mussten alle einen Zahn hergeben, so was in der Art."

„Im Prinzip stimmt es. Alejandro strebt eine Karriere als Politiker an."

„Das verheißt nichts Gutes", sagte Fleet.

„Ich bin mir aber nicht sicher, ob das relevant ist. Charlie ist auf die Familien fixiert, weil er sie kennt, aber JRB ist ein Klient der Silvers und hat offenbar auch eine Verbindung zu den Pearls."

„Vielleicht sind die Morde im Gefängnis auch nur ein Zufall. Wir dürfen keine voreiligen Schlüsse ziehen. Eine Liste mit Leuten, die mit deiner Familie ein Hühnchen zu rupfen haben, wäre allerdings praktisch."

Lydia neigte ihren Kopf. „Wie viel Zeit hast du?"

Fleet lächelte traurig. „Und jetzt hat Charlie den Verstand verloren. Willst du Anzeige erstatten?"

Lydia hätte fast gelacht. „Nein, danke."

„Das ist ernst."

Der Drang zu lachen verschwand. „Ich weiß. Er flippt wegen dieser Morde aus. Es ist eine Warnung. Nein, mehr als eine Warnung, es ist ein Angriff. Und er will mich stärken." Lydias Gedanken drehten sich im Kreis und sie kämpfte darum, die Geschehnisse in eine sinnvolle Reihenfolge zu bringen.

„Du verteidigst ihn?", fragte Fleet.

„Ich weiß es nicht. Ich muss nachdenken." Lydia zückte ihr Handy und schrieb Paul eine SMS. Sie sagte ihm, dass sie in Fleets Wohnung war und fragte, ob er die Adresse brauche.

Nein. Bin unterwegs.

„Paul Fox ist auf dem Weg hierher. Er wird nicht lange brauchen. Ich muss mit ihm sprechen und will das nicht am Telefon tun."

„Ich verstehe nicht. Warum er? Warum jetzt?"

„Ich kann mich draußen mit ihm treffen, wenn du willst."

„Nein, das meine ich nicht."

„Ich muss ihn sehen. Ich brauche jede Hilfe, die ich kriegen kann." Lydia handelte aus einem Instinkt heraus. Als Charlie sie gepackt hatte, hatte sich in ihrem Kopf ein Schalter umgelegt. Sie hatte ihrem Onkel nie getraut und Recht behalten. Vielleicht waren die alten Familienbande nicht in Stein gemeißelt, vielleicht gab es ein besseres Entscheidungskriterium als Blut, um Freund von Feind zu unterscheiden.

Fleet ging in die Küche und kümmerte sich um den Tee. Und Lydia schritt im Zimmer umher und sah alle paar Minuten aus dem Fenster.

Paul Fox musste gerast sein, wenn er nicht zufällig in der Nähe von Camberwell gewesen war. Außerdem hatte er geparkt und es zum Haus geschafft, ohne dass Lydia ihn vom Fenster aus gesehen hatte. Sie ließ ihn über die Gegensprechanlage herein und öffnete die Wohnungstür.

„Was ist passiert, Vögelchen?" Die Sorge in seinem Blick war aufrichtig und Lydia wurde etwas klar, als Paul Fleets Wohnung betrat. Der Geruch von Fox war ihr nicht länger eine Warnung.

„Ärger zu Hause", sagte Lydia. „Ich muss womöglich untertauchen."

Paul nickte.

„Komm mit aufs Revier", sagte Fleet. „Wir können dich beschützen."

„Nein", entgegnete Lydia. „Solange ich in dieser Stadt lebe, setze ich keinen Fuß mehr an diesen Ort."

Fleets Augen weiteten sich, er nickte aber. „Na gut. Ich kann dir aber Polizeischutz bieten. Zumindest für kurze Zeit. Und ich habe ein paar Urlaubstage angespart. Die könnte ich nehmen und dich rund um die Uhr beschützen."

„Nicht nötig, Kumpel", entgegnete Paul. „Wir haben die notwendige Manpower." Zu Lydia sagte er: „Wir haben das im Griff. Niemand kommt an dich heran."

„Du vertraust ihm?", fragte Fleet. „Der Kerl hat dich verraten. Das Polizeirevier, das du so hasst? Der Kerl hat dich dorthin gebracht."

„Ich glaube mich zu erinnern, dass du auch dort warst", entgegnete Lydia müde. „Und Paul hat mich nicht reingelegt."

„Sagt er."

Lydias Geduldsfaden riss. „Stell nicht in Frage, wem ich vertraue, oder ich werde alle meine Verbindungen neu bewerten, angefangen bei dir. Wenn du mir helfen willst, musst du akzeptieren, dass Paul auf meiner Seite steht. Ich brauche deine Hilfe. Ich brauche euer beider Hilfe. Aber ich kann nicht meine Zeit damit verschwenden, Schiedsrichterin zu spielen. Ich bin müde und habe Angst. Ich muss mich darauf konzentrieren, die Sache in Ordnung zu bringen. Seid ihr dabei oder nicht? Entscheidet euch jetzt."

„Ich bin dabei", sagte Fleet unumwunden.

Paul nickte, seine Lippen hatte er zusammengepresst.

„Gut." Lydia wollte sich hinsetzen. Eigentlich wollte sie sich hinlegen und zwölf Stunden durchschlafen, aber die Angst siegte über die Erschöpfung. Und sie ließ das Adrenalin durch ihren Körper schießen. Sie ging auf und ab und versuchte nachzudenken. „Charlie kennt diesen Ort nicht, also bin ich hier vorerst sicher. Langfristig weiß ich es nicht. Ich weiß nicht, was ich tun soll."

„Willst du, dass wir gegen ihn vorgehen?", fragte Paul.

„Nein. Unternimm nichts. Ich muss mir nur überlegen, wie ich vorgehen soll." Lydia holte tief Luft. „Malcolm Ferris, auch bekannt als Malc. Kennst du ihn?"

„Nein."

Paul war ein ausgezeichneter Lügner, daran hatte Lydia keine Zweifel, doch er wirkte aufrichtig ahnungslos. Sie studierte seine Züge, aber sie konnte keinen Hinweis auf eine Lüge entdecken. „Jemand hat ihn mit dem Mord an ein paar Crows beauftragt", erklärte Lydia. Sie würde mit der

Wahrheit herausrücken. „Sie saßen alle im selben Block in Wandsworth ein. Die Betonung liegt auf *saßen*.“

„Tut mir leid“, sagte Paul. „Das war keine gute Idee.“

Lydia hörte etwas in seinem Tonfall. Erleichterung. „Was dachtest du, was ich sagen würde? Du klingst fast glücklich.“

„Nein, nein. Es ist nur ...“ Er atmete hörbar ein. „Ich bin froh, dass mein Vater in Japan ist. Sonst hätte ich ihn ganz oben auf die Liste der Verdächtigen gesetzt und das hätte noch mehr Probleme für uns bedeutet.“

Lydia ignorierte eine mögliche romantische Konnotation von *uns* und entschied, dass er damit eine berufliche Freundschaft meinte. Ein Familienbündnis. Mehr nicht. „Kannst du dich mal umhören?“

„Ich kann Leute losschicken, um zu sehen, was wir herausfinden können. Vielleicht hören wir etwas.“

„Danke“, sagte Lydia.

„Nimm das.“ Paul griff in seine Jacke und zog ein Wegwerfhandy hervor. „Ruf mich an, wenn du mich brauchst. Ich kann dich verstecken.“

„Ich glaube mich zu erinnern, dass Lydia Maddie gefunden hat, als du sie versteckt hast“, sagte Fleet. „Was macht dich so sicher, dass Lydia bei dir in Sicherheit ist?“

Paul warf ihm einen finsteren Blick zu. „Ich habe nicht versucht, Maddie zu verstecken. Ich wollte diese Psychopathin loswerden.“

„Wusste Maddie das?“, fragte Fleet.

„Hört auf“, rief Lydia. „Charlie Crow ist verrückt geworden, mein Genick tut weh und ich will, dass ihr beide aufhört, euch zu streiten.“

Paul und Fleet wandten den Blick voneinander ab und Paul sah stattdessen auf Lydias Hals. „Ich werde ihn umbringen“, sagte er. „Ich warte nur auf dein Kommando.“

„Ich versuche, einen Krieg zu vermeiden, keinen auszulösen“, entgegnete Lydia. „Aber ich weiß das Angebot zu schätzen. Was ich wirklich brauche, sind Informationen.

Charlie ist nicht zu Unrecht besorgt. Jemand hat es auf uns abgesehen."

Paul nickte. „Ich werde mich umhören. Irgendjemand muss doch wissen, wer die Morde in Auftrag gegeben hat."

„Danke", sagte Lydia und öffnete die Tür.

Als Lydia sich zu Fleet zurückdrehte, wirkte sein Gesicht angespannt und sie wusste, dass es ihm schwerfiel, keinen Kommentar abzugeben. Nach einem weiteren Moment des stillen Ringens bot er ihr an, ihr ein Bad einzulassen.

„Lieber würde ich duschen", sagte Lydia, die sich plötzlich sehnlichst wünschte, die letzten Stunden von ihrem Körper zu spülen. Und etwas Privatsphäre.

Lydia genoss eine lange heiße Dusche, während der sie ausgiebig weinen konnte. Noch immer konnte sie Charlies Hände spüren, seinen Atem an ihrem Hals, und sie schäumte und schrubbte ihre Haut. Als sie aus dem warmen Dampf auftauchte, eingewickelt in eines von Fleets weichen und frisch duftenden Handtüchern, fühlte sie sich halbwegs menschlich.

Fleet hatte Nudeln gekocht und zwei große Gläser Rotwein eingeschenkt. Der Geruch von Knoblauch und Basilikum ließ ihr sofort das Wasser im Mund zusammenlaufen und Lydia fiel auf, dass sie den ganzen Tag noch nichts gegessen hatte. Fleet saß an seinem Tisch, Akten vor sich ausgebreitet. Er reichte Lydia die Fernbedienung und eine Schüssel Nudeln, dann überließ er sie dem Kohlenhydratkonsum und sinnlosem Fernsehen. Lydia war froh um sein Verständnis. Sie fühlte sich nicht dazu in der Lage, weiter über die Sache zu sprechen, und schon gar nicht, schwierige Fragen zu beantworten.

Als es spät wurde, baute Fleet aus dem Sofa ein Behelfsquartier. „Du nimmst mein Zimmer", sagte er. „Ich habe mein Bett frisch bezogen."

Lydia blieb in der Tür stehen. „Ich weiß, es ist viel verlangt, aber können wir unsere persönliche Situation beiseiteschieben und Freunde sein? Nur für heute Abend?"

Fleet hielt inne. Er ließ die Laken los und richtete sich auf. „Wie soll das genau aussehen?"

Lydia glaubte, dass er eine Bemerkung darüber machte, dass er ihr bereits Unterschlupf gewährte und sie mit Essen versorgte. Sie versuchte, sich zu erklären. „Dieser Abstand zwischen uns. Ich habe darum gebeten und ich weiß, dass es auf lange Sicht das Richtige ist, aber heute Abend ... Ich kann nicht ..." Sie holte tief Luft. „Ich brauche dich bei mir."

Fleet kam zu ihr und zog sie in eine Umarmung. Lydia lehnte sich an seine Brust und atmete seinen Geruch ein, der ihr schon immer Sicherheit gegeben hatte. Etwas Kleines, Festes tief in ihrem Inneren löste sich und sie schlang ihre Arme um Fleets Rücken und ließ eine Hand in seinen Nacken gleiten.

Er sah nach unten, als Lydia nach oben blickte, und ihre Münder trafen sich in einer leichten Bewegung. Die Erleichterung, Fleet wieder zu küssen, war wie der erste lang ersehnte Schluck Whisky und trotz allem, was an diesem Tag geschehen war, schlug ihr gebeuteltes Herz höher.

Als sie einen Moment innehielten, keuchend, mit den Händen überall, und Fleets Bett auf wundersame Weise näher als zuvor, lächelte Fleet und die süße Freude, die darin lag, brachte Lydia fast zum Weinen. Er hatte seine Hände an seinem T-Shirt, bereit, es sich über den Kopf zu ziehen, als er zögerte. „Ich habe mich gefragt, ob du und Paul vielleicht ..."

„Paul?" Lydia versuchte, zwischen all den Emotionen und der Lust eine angemessene Antwort zu formulieren. Stattdessen zog sie sich ihre Jeans und Socken aus und trat nach vorn, um Fleet beim Ausziehen zu helfen. „Nein", sagte sie und küsste ihn. „Nur du."

KAPITEL VIERUNDZWANZIG

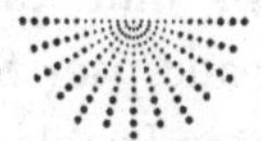

Am nächsten Tag wachte Lydia in Fleets bequemem Bett auf. Er schlief auf dem Bauch, den Kopf auf dem Kissen zur Seite gedreht. Sie betrachtete sein schönes Gesicht einen Moment lang, bevor sie leise aufstand. Er rührte sich, als sie ihre Jeans anziehen wollte.

„Steh nicht auf", flüsterte sie. „Es ist noch früh."

Fleet blinzelte, drehte sich um und stützte sich auf einen Ellbogen. „Du gehst?"

„Ich fahre nach Hause", sagte Lydia und ignorierte den plötzlichen Ausbruch von Angst. „Ich habe mich gestern Abend geirrt. Ich kann nicht vor Charlie weglaufen. Und ich werde nicht vor meinem Zuhause weglaufen. Oder Jason im Stich lassen."

„Und wenn er dich wieder angreift?"

Lydia zuckte betont lässig mit den Schultern. „Er kann es versuchen. Er wird mich nicht noch einmal überrumpeln."

Fleet presste die Lippen zusammen und Lydia konnte erkennen, dass er sich mit Mühe eine Bemerkung verkniff.

„Was?" Lydia setzte sich auf das Bett, um ihre Stiefel zu schnüren.

„Ich mache mir nur Sorgen."

„Er ist immer noch mein Onkel. Er hat gestern eine Grenze überschritten, aber ich bin sicher, er bereut es. Er steht unter großem Stress." Als sie ihre eigenen Worte hörte, wurde Lydia schlecht. Die üblichen Entschuldigungen von misshandelten Ehepartnern.

„Was kann ich tun?"

Lydia beugte sich vor und küsste ihn sanft auf den Mund. „Ich werde mich alle paar Stunden bei dir melden. Und ich rufe an, wenn es ein Problem gibt."

„Was ist, wenn du nicht frei sprechen kannst?"

„Wenn ich sage, dass alles in bester Ordnung ist, weißt du, dass ich in Schwierigkeiten stecke."

„Ich meine es ernst", sagte Fleet.

„Ich lasse das GPS auf meinem Handy an und wenn du länger als sechs Stunden nichts von mir hörst, kannst du die Kavallerie rufen."

„Vier Stunden."

„Fünf. Und du schreibst zuerst."

ALS LYDIA DAS FORK BETRAT, rechnete sie damit, dass Charlie auf sie wartete, und war erleichtert und ein wenig enttäuscht, dass er nirgendwo zu sehen war. Sie hatte sich mental auf die Konfrontation vorbereitet und es kam ihr wie eine Verschwendung von Adrenalin vor, ihn nicht zu treffen. Und wenn sie ehrlich war, hatte ein kleiner Teil von ihr gehofft, dass er auf sie warten würde, um sich persönlich zu entschuldigen. Es würde die Dinge so viel einfacher machen, wenn es ihm leidtäte. Die ganze Sache könnte in eine Kiste mit der Aufschrift *Einmaliger Zwischenfall* gesteckt werden und sie könnten beide so tun, als wäre es nie passiert.

Das würde natürlich nicht funktionieren. Charlie Crow würde es schwerfallen, seine Reue überzeugend darzustellen, und nichts konnte das Bild des wahren Mannes, das

Lydia gesehen hatte, auslöschen. Sie wollte nur wissen, was sein nächster Schritt war. In Charlies Augen war er zweifellos das Opfer und sie das undankbare Kind. Die Frage war nur, wie er mit ihrem Ungehorsam umgehen würde. Und sah er sie immer noch als potenzielle Waffe an, die er kontrollieren konnte, oder als persönliche Bedrohung?

Nachdem Lydia Jason über die Geschehnisse des vergangenen Tages informiert hatte, fragte sie ihn abschließend, ob es eine Möglichkeit gäbe, herauszufinden, wer die SMS geschickt hatte, mit der Malc beauftragt worden war, Terrence und Richard zu ermorden. Sie machte sich keine große Hoffnung, aber da Jasons neue Hacking-Fähigkeiten fast magisch waren, wollte sie wenigstens fragen.

„Nicht ohne das andere Handy", erklärte er. „Zumindest glaube ich das. Ich werde mich aber mal umhören, vielleicht habe ich etwas übersehen."

„Danke."

„Aber was wirst du wegen Charlie unternehmen? Das klingt … übel. Ich kann nicht glauben, dass er dich angegriffen hat."

„Er dachte wahrscheinlich, es sei zu meinem Besten", antwortete Lydia betont ruhig. „Aber, ja. Es ist ein Problem."

„Hör auf, es herunterzuspielen", sagte Jason und schimmerte ein wenig. „Du musst nicht so tun, als ob alles in Ordnung wäre. Was ist, wenn er es wieder tut? Und was bedeutet es, dass sich seine Tattoos nicht mehr bewegen? Hast du ihm wehgetan?"

„Tut mir leid", sagte Lydia und blinzelte die Tränen weg. „Ich darf nicht zu viel darüber nachdenken. Es ist zu viel. Ich tue einfach so, als wäre es nicht passiert, weil ich es sonst nicht schaffe. Ich darf nicht zusammenbrechen."

„Du solltest nicht hier sein", sagte Jason und schlang seine Arme um sich. „Es ist hier gefährlich für dich."

„Crows laufen nicht weg", entgegnete Lydia und sah ihm in die Augen. „Und das hier ist mein Zuhause."

Jason schüttelte den Kopf, seine Konturen kräuselten sich. „Es ist wegen mir, nicht wahr?“

Sie zwang sich zu einem Lächeln. „Sei nicht albern.“

„Du bist wegen mir zurückgekommen.“ Jason machte einen Schritt auf Lydia zu und sie spürte, wie die Luft kühler wurde.

„Mach doch keine große Sache draus“, sagte sie. „Ich mag meine Wohnung. Können wir uns jetzt bitte wieder an die Arbeit machen? Lenk mich ab.“

Jason zögerte und Lydia konnte sehen, dass er hin- und hergerissen war zwischen dem Wunsch, sie zu umarmen oder weiter zu streiten.

„Bitte“, sagte sie. „Hilf mir, weiterzumachen.“

Er nickte und nahm seinen Laptop in die Hand. „Hast du die Telefonnummer?“

„Ja.“ Lydia hatte sie in ihr kleines Notizbuch geschrieben, jetzt schlug sie die entsprechende Seite auf und las sie vor.

Jasons Finger flogen über die Tastatur. „Nummern sind mit bestimmten Telefonen verknüpft und jedes Telefon hat eine Seriennummer. Eine ID. Ich vermute, die Polizei kann die Telefonaufzeichnungen des Netzbetreibers kriegen. Sie wird auch herausfinden können, wo es gekauft wurde. Und wann.“

„Gibt es eine Möglichkeit zu sehen, wo das Handy jetzt ist?“

„Nicht, wenn es ausgeschaltet ist. Wenn es eingeschaltet ist, wird der nächstgelegene Mobilfunkmast angesteuert und der allgemeine Standort angegeben. Die Telefonaufzeichnungen zeigen, welcher Mast in der Nähe war, als die SMS gesendet wurde. Glaube ich.“ Er las ein paar Sekunden weiter und sah auf. „Es sei denn, das GPS war an, dann würden wir einen viel genaueren Standort bekommen.“

„Ich glaube nicht, dass wir so viel Glück haben“, sagte Lydia.

„Ja, wenn jemand klug genug ist, ein Wegwerfhandy zu benutzen ..."

Jason war über den Computer gebeugt, sein Körper war zum Bildschirm hin gekrümmt. Lydia berührte ihn leicht an der Schulter. „Woher weißt du schon so viel darüber?"

Er wandte seinen Blick nicht ab und seine Finger flogen über die Tasten. „Google."

LYDIA ZOG IHRE JACKE AN, setzte eine Wollmütze auf und wagte sich auf die Dachterrasse. Es war ein grauer Tag mit schwachem Wind. Irgendwo in der Ferne heulte eine Sirene und Lydia spürte die Feuchtigkeit auf ihrer Haut schon nach wenigen Sekunden. Sie rief Emma an und versuchte, nicht daran zu denken, dass die Daten über dieses Telefonat gefunden werden könnten. Kein Wunder, dass Paul und Charlie so scharf auf persönliche Treffen waren.

„Tut mir leid, dass ich mich nicht gemeldet habe." Lydia fragte sich, wie oft sie das im Laufe ihrer Freundschaft schon gesagt hatte.

„Was ist los?"

„Nichts. Mir geht's gut."

Emma stieß einen Seufzer aus. „Ruf mich nicht an, um mich anzulügen."

„Ich lüge nicht ..." Lydia brach ab. „Tut mir leid. Es tut mir leid." Sie spürte Tränen in ihren Augen und redete sich ein, dass es an der kalten Luft lag. „Es läuft gerade ziemlich mies. Charlie hat den Verstand verloren."

„Was ist passiert?"

Lydia erzählte es Emma so kurz und unaufgeregt wie möglich. „Ich habe herausgefunden, dass ich ein paar ältere Verwandte im Gefängnis habe. Oder hatte. Sie wurden ermordet."

„Oh mein Gott", rief Emma. „Das ist ja furchtbar. Kommst du nach Hause?"

Wenn Emma „nach Hause" sagte, meinte sie die Vorstadt, in der sie gemeinsam aufgewachsen waren. Für eine Sekunde spürte Lydia die Anziehungskraft, doch dann fiel ihr ein, dass das Haus ihrer Kindheit jetzt die Hülle ihres Vaters beherbergte. Und dass ihre Anwesenheit seinen Zustand noch verschlimmerte. Sie war ein Fluch. „Ich kann nicht."

„Dann musst du aus London verschwinden. Bring etwas Abstand zwischen dich und dieses Chaos. Es klingt so, als ob du in Gefahr wärst."

„Ich laufe nicht weg", sagte Lydia. „Ich bin eine Crow."

„Dann komm zu uns."

„Danke für das Angebot, aber nein." Der Gedanke, Charlie in die Nähe von Emma und ihrer Familie zu bringen, ließ Lydia einen kalten Schauer über den Rücken laufen.

„Du tust das, was du immer tust", sagte Emma. „Du isolierst dich in dem Irrglauben, dass dich das stärker macht."

„Ich glaube nicht, dass es mich stärker macht", entgegnete Lydia. „Aber ich will nicht, dass meinetwegen jemand verletzt wird. Ich könnte den Gedanken nicht ertragen."

„Und das ist die Ironie", antwortete Emma. „Je mehr du uns alle von dir schiebst, desto verletzter sind wir. Jeder verliert."

„Aber ihr bleibt am Leben", entgegnete Lydia.

Lydia machte sich Käsetoasts, räumte ihren Schreibtisch auf und beobachtete Jason bei der Arbeit, während sie in einem Roman blätterte. Sie hatte die Schlösser überprüft, Dosen aus der Küche hinter der Eingangstür gestapelt und verschiedene Utensilien darauf balanciert. Das würde Charlie zwar nicht daran hindern, in die Wohnung zu kommen, aber es würde einen Höllenlärm machen. Und in ihrem Schlafzimmer hatte sie eine Kommode vor die Tür geschoben, die zur Dachterrasse führte. Ihr Blick wanderte immer wieder zum Flur und zu dem behelfsmäßigen Alarm, der sie optisch daran erinnerte, dass etwas nicht in Ordnung war. Die Worte in dem Buch tanzten auf dem Papier und ihre Augen fühlten sich trüb an, also legte sie sich ins Bett und trank einen Whisky, um sich zu wärmen. Das Zimmer war noch kälter, als sie einige Stunden später aufwachte.

„Ich habe Fortschritte gemacht."

Lydia öffnete die Augen und sah einen Geist neben dem Bett schweben. „Wir haben doch über Grenzen gesprochen, Jason", sagte sie und setzte sich auf. Er stieß eine leere Whiskyflasche um und Lydia rutschte zur Seite, damit er sich auf das Bett setzen konnte. „Wie spät ist es?" Sie rieb sich den Schlaf aus den Augen und versuchte, sich zu konzentrieren.

„Keine Ahnung. Früh. Das ist unwichtig."

„Für dich vielleicht", sagte Lydia. „Du brauchst nicht zu schlafen."

„Du musst aufhören, vor dem Einschlafen eine Flasche Whisky zu trinken."

„Es war stressig. Hast du mir nicht mal einen Kaffee gebracht?"

Jason stellte seinen Laptop zwischen ihnen ab. „Wirst du mir zuhören?"

„Tut mir leid." Lydia wusste, dass er sie nicht ohne guten Grund geweckt hatte. Er wirkte im blauen Licht des Bildschirms angespannt und aufgeregt. „Ich bin wach. Ich höre zu. Sind es Malcs Telefonaufzeichnungen?"

„Nein, dazu habe ich noch nichts. Ich habe mich noch einmal über JRB hergemacht."

„Oh. Das ist gut. Danke." Einen Assistenten zu haben, der keinen Schlaf brauchte, war ein echter Vorteil.

„Du weißt, dass JRB eine Briefkastenfirma ist?"

„Ich glaube schon. Ich verstehe nicht wirklich, wie das alles funktioniert."

„Im Grunde ist JRB als Dienstleistungsunternehmen registriert, aber nicht in diesem Land, wodurch alle britischen Register und Vorschriften umgangen werden. Die Büros, die du gefunden hast, sind eher wie ein Postfach. Alles, was in Großbritannien registriert werden muss, wird über eine Tochtergesellschaft abgewickelt, die im Besitz von JRB ist."

„Okay." Lydia war immer noch nicht sicher, ob sie alles verstanden hatte. „Du bist also dem Geld gefolgt?"

„Genau", sagte Jason. „Und ich habe ein bisschen Hilfe bekommen."

„Von SkullFace?"

„Unter anderem. Es gibt eine Menge Geld. Es geht auf Offshore-Konten, um Steuern zu vermeiden, wie du dir vorstellen kannst. Alles ist fein säuberlich im Ausland verstaut. Aber in ihren Anfängen war die Firma noch nicht ganz so raffiniert."

„Wann waren diese Anfänge?"

„1887 wurde eine Firma namens *J.R.B. and Sons Ltd* bei der britischen Handelsregisterbehörde eingetragen. Die ursprünglich eingetragene Adresse war ein Geschäft in Peckham und der Geschäftsführer war Mitglied der *Coster Guild*, der Vereinigung der Obst- und Gemüsehändler."

Jetzt war Lydia hellwach. „Das klingt nach Pearl-Business. Aber sie waren schon immer offener für Einflüsse von außen und haben das Familienblut vermischt. Dad sagte immer, das läge daran, dass sie als Straßenhändler in ganz London unterwegs waren und in den Docks mit Menschen aus aller Welt zu tun hatten. Sie sind weniger engstirnig und verschlossen als die Crows, Silvers oder Fox."

„Das klingt gesund", sagte Jason. „Inzucht ist problematisch."

„Ich stimme dir zu. Aber das war bisher nicht unsere offizielle Position."

„Sieh nur, wohin es euch gebracht hat."

„Ich sagte, ich stimme dir zu", fuhr Lydia ihn an. Sie durfte ihre Familie kritisieren, aber niemand sonst. So lautete die Regel.

Jason berührte das Touchpad, um den Bildschirm aufzuwecken. Er hatte eine Notizen-App mit einer Aufzählung geöffnet und las davon ab. „Der Gründer und Geschäftsführer war ein John Roland Bunyan, und es sieht so aus, als ob das Unternehmen über Generationen hinweg von Sohn zu Sohn weitergegeben wurde, bis es 2001 aufgelöst wurde, und das neue Unternehmen JRB Inc. als Offshore-Firma gegründet wurde. Jetzt ohne die Punkte."

„Bunyan?" Lydia starrte Jason mit offenem Mund an. „Und du bist dir sicher, dass es die gleiche Gesellschaft ist?"

„Nicht hundertprozentig. Es gibt nur ein paar interne Vermerke, die das bestätigen. Buchhaltungsnotizen, die sich in den Eröffnungskonten von JRB Inc. auf den Handel bei J.R.B. and Sons Ltd beziehen."

„Wie um alles in der Welt bist du da rangekommen?"

„Jede Information, die auf einem Server gespeichert ist, ist zugänglich, wenn man weiß, wie man sie finden kann."

„Sind die Sachen nicht geschützt?"

„Doch, man muss wissen, wie man bestimmte digitale Türen öffnet."

„Und das weißt du jetzt?"

Jason grinste. „Es ist erstaunlich, was man alles lernen kann, wenn man nicht schlafen muss und kein Sozialleben hat."

„Das ist brillant. Das hast du wirklich gut gemacht."

„War es hilfreich?" Jason sah hoffnungsvoll aus.

„Auf jeden Fall." Lydia beugte sich näher heran, um die Liste seiner Notizen zu lesen, und ignorierte das Frösteln auf ihrer Haut. „Ich nehme an, diese Informationsbeschaffung war nicht ganz legal?"

„Nicht im Entferntesten."

„Wir werden noch einen Crow aus dir machen", sagte Lydia und legte ihren Kopf auf seine Schulter.

Nach einer Pause, in der Lydia spürte, wie die Kälte von Jasons Schulter in ihre Wangenknochen sickerte, fragte er: „Wenn JRB mit den Pearls in Verbindung steht, was bedeutet das?"

Lydia hob ihren Kopf und sah ihn an. „Ich glaube, das bedeutet, dass ich ihnen noch einen weiteren Besuch abstatten muss."

„Mit einem Geschenk?" Jason sah so verängstigt aus, dass Lydia ein schlechtes Gewissen bekam.

„Wenn du es ertragen kannst, ja."

NACH DEM GESPRÄCH mit Jason kroch sie zurück unter die warme Decke und döste ein paar Stunden. Es war noch früh, als sie aufstand. Licht drang durch den dünnen Vorhang, der die Tür zur Dachterrasse verdeckte und von der Kommode abgeschnitten war. Sie spürte die Angst tief in ihrer Magengrube sitzen und fragte sich zum millionsten Mal, was Charlie wohl vorhatte. Er hatte sie angegriffen, aber sie hatte gewonnen. Vielleicht beschloss er, dass sie wertvoller war als je zuvor, eine Waffe, die er schärfen und kontrollieren konnte. Oder er entschied, dass sie eine Bedrohung war. Das wäre ungünstig. Lydia griff automatisch nach einer neuen Flasche Whisky, doch als sie den Verschluss aufdrehte, stellte sie fest, dass sie eigentlich nichts trinken wollte. Sie zog sich an und räumte die Wäsche vom Boden auf, dann ging sie ins Bad, sprühte Reinigungsmittel auf das Waschbecken und die Badewanne und schrubbte, während sie nachdachte. Es gab viel zu tun und sie musste sich entscheiden, womit sie sich zuerst beschäftigen wollte. Die Pearls waren mit JRB verbunden und JRB war von jemandem mit dem Namen Bunyan gegründet worden. Das konnte kein Zufall sein. Lydia wusste, dass sie sich darauf konzentrieren sollte, sich mit Charlie zu versöhnen oder die Morde an ihren Familienmitgliedern aufzuklären, aber ein fünfzehnjähriges Mädchen war verschwunden. Als sie die Dusche anmachte, um die Badewanne abzuspritzen, wurde Lydia klar, dass die Entscheidung gar nicht so schwer war.

Sie fand Jason in der Küche. „Vielleicht wissen die Pearls etwas über Lucy Bunyan."

„Ich will es nicht tun", entgegnete Jason.

„Ich weiß. Tut mir leid, dass ich frage. Aber sie ist erst fünfzehn und die Polizei hat noch nichts herausgefunden."

„Du willst auch nicht, dass ich es tue. In deinem Körper mitfahren, meine ich." Jason füllte seine vierte Schüssel Müsli. Im Großen und Ganzen war er davon abgekommen, die Müslischalen zu füllen, aber offenbar war er gestresst. „Du hast es gehasst."

„Ich habe es nicht gehasst", sagte Lydia und spürte, wie die Lüge auf ihrer Zunge brannte. „Nicht alles", ergänzte sie. Die meiste Zeit hatte sie einfach nur Angst gehabt. Einen Geist in sich zu haben, war, wie den Tod zu schlucken.

Er klappte die Pappklappen der Müslischachtel zu und stellte sie in den Schrank. „Willst du Milch dazu?"

Lydia wollte kein Müsli, aber sie nickte. Wenn es Jason beruhigte, das Frühstück seiner Kindheit zu machen, wollte sie ihm nicht den Spaß verderben. Nachdem er eine neue Zwei-Liter-Flasche geöffnet und Milch auf das Müsli geleert, Zucker darüber gestreut und einen Löffel dazugegeben hatte, vibrierte er nicht mehr. Er atmete nicht tief ein, denn er brauchte nicht zu atmen, aber manchmal hoben und senkten sich seine Schultern, als würde er einen tiefen Atemzug nachahmen, und Lydia wusste, dass er eine Entscheidung getroffen hatte.

„Es ist wichtig, mit den Pearls zu sprechen, und wenn du denkst, dass das der beste Weg ist, dann werde ich es tun."

Lydia wollte sich bedanken, aber Jason war noch nicht fertig.

„Du kannst mich nicht für immer dort lassen“, sagte er mit fester Stimme.

„Natürlich nicht“, sagte Lydia schockiert. „Es dauert zehn Minuten, vielleicht zwanzig.“

„Warte. Was? Ich dachte, ich wäre ein Geschenk“, sagte Jason. „Wenn man etwas schenkt, lässt man es beim Beschenkten.“

„Beim Gefieder, nein!“ Lydia konnte nicht fassen, dass sie sich so falsch ausgedrückt hatte. „Ich würde dich niemals weggeben. Das könnte ich gar nicht, du gehörst mir ja nicht. Das Geschenk ist, dass der König dich kennenlernen darf. Mehr nicht.“

Jasons Gesicht erhellte sich augenblicklich und er lächelte vor Erleichterung. „Das ist gut. Das ist kein Problem. Oder nur ein kleines Problem. Ich habe immer noch Angst und es wird mir nicht gefallen, aber das ist okay.“

„Du dachtest, ich würde dich bitten, dein Zuhause aufzugeben und für den Rest deines Lebens das Spielzeug oder was auch immer eines völlig Fremden zu sein? Und du hättest zugestimmt?“ Lydia war verblüfft.

Jason zuckte mit den Schultern. „Du würdest nicht fragen, wenn es nicht wirklich wichtig wäre.“

Lydia legte ihre Arme um Jason und umarmte ihn innig, wobei sie die Kälte ignorierte, die in ihren Körper drang.

„Lass mich los“, sagte Jason nach einem Moment. „Du musst frühstücken.“ Er schaute auf die Müslischalen. „Das wird eine Weile dauern.“

KAPITEL FÜNFUNDZWANZIG

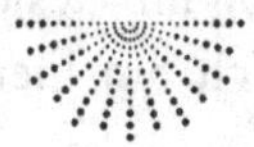

Mit einem schimmernden, schwindenden, panischen Jason vor dem Fork zu stehen, fühlte sich wie ein Déjà-vu an. „Schnell", sagte Lydia. „Komm rein."

Da sie es schon einmal getan hatte, dachte Lydia, dass es dieses Mal einfacher sein würde. Sie irrte sich. Es war genauso unangenehm und beängstigend. Die Kälte strömte durch ihren Körper und belegte jede Vene und jede Kapillare mit eisigem Feuer.

Lydia wusste nicht, ob sie mit einem Geist im Auto fahren konnte, also drehte sie eine Proberunde mit dem Audi. Es wäre sicherer, ein Uber zu nehmen, aber sie könnte am Ende ohne eine schnelle Fluchtmöglichkeit dastehen. Die Zeit hatte sich bei ihrem letzten Besuch seltsam verhalten und Lydia glaubte nicht, dass ein Uber-Fahrer dafür bezahlt werden konnte, auf unbestimmte Zeit zu warten. Die Fahrt zum Nordende von Hampstead Heath dauerte vierzig lange Minuten. Sie konnte Jason in ihrem Kopf spüren, der sich höflich und leise am Rande hielt, jedoch unbestreitbar dort war. Ihr Körper fühlte sich schwerer an als sonst, aber auch seltsam ungebunden mit einem Gefühl von flatternder Panik. Jeder Teil ihres Wesens wollte den Eindringling aus dem Nest stoßen und hoch in die Luft steigen. Sie kontrollierte ihre Instinkte, doch es war anstrengend und als sie am Torhäuschen ankamen, fühlte sich Lydia, als wäre sie einen Marathon gelaufen.

Sie kurbelte das Fenster herunter, als sich der Wachmann näherte, und verzog ihr Gesicht zu einem hoffentlich freundlichen Lächeln. „Ich bin hier, um eine Freundin zu besuchen."

„Heute dürfen keine Autos durch, Miss", sagte der Wachmann und zog seinen Gürtel höher. Er trug ein Walkie-Talkie in einem Holster sowie eine klobige Taschenlampe und etwas, das ein Multitool oder ein illegaler Taser sein hätte können, Lydia konnte es nicht erkennen. „Private Veranstaltung."

„Ziemlich extrem", sagte Lydia.

Der Wachmann zuckte mit den Schultern. „Privatstraße. Deren Regeln."

„Ich kann aber zu meiner Freundin?"

„Name?"

„Lucinda Pearl", sagte Lydia, erfand den Namen und fügte die Adresse des Pearl-Hauses hinzu. „Ich bin Lydia Crow. Ich habe ein Geschenk dabei."

„Einen Moment, bitte." Der Wachmann ging weg und griff nach dem Walkie-Talkie.

Lydia gab sich unbeteiligt, während er ein Gespräch führte. Sie ließ den Motor des Wagens laufen, legte den Rückwärtsgang ein und stellte den Fuß auf das Gaspedal. Nur für alle Fälle.

Der Wachmann kam stirnrunzelnd zurück und Lydia hätte sich fast aus dem Staub gemacht, aber er sah nur bedauernd drein. „Sie müssen Ihr Auto hier stehenlassen und zu Fuß gehen, fürchte ich."

Lydia zwang sich zu einem Seufzer.

Der Wachmann zeigte auf einen markierten Parkplatz an

der Straße. Dort stand ein Schild mit der Aufschrift *Parken verboten - Abschleppzone*. Lydia kämpfte mit Jasons Gewicht, als sie aus dem Fahrzeug stieg und an der Hütte des Wachmanns vorbeiging. Zu Fuß sahen die Häuser zwar eindrucksvoll aus, aber es gab noch weniger zu sehen. Hohe Hecken und Mauern, bewachte Einfahrten und Überwachungskameras - die Straße war ein Beweis für die Privatsphäre, die man sich mit Wohlstand erkaufen konnte.

Als Lydia sich der Pearl-Residenz näherte, sah sie Kinder vor den geschlossenen Toren stehen. In der Kälte sahen sie verkniffen und blass aus. Sie trugen schmuddelige, bunt zusammengewürfelte Kleidung, hatten ausgezehrte Gesichter und scharfe Augen und sahen wilder aus, als man es von Bewohnern einer solchen Anlage erwarten würde. Lydia griff nach ihrer Münze und richtete sich auf. Sie musste jede Spur von Müdigkeit verbergen und war froh, dass sie auf der Fahrt daran gedacht hatte, etwas roten Lippenstift aufzutragen und sich in die Wange zu kneifen, um den Anschein von Vitalität zu erwecken. Als sie näher kam, erkannte sie das Mädchen, das ihr beim letzten Mal den Weg gezeigt hatte. Es unterhielt sich leise mit ihrem Begleiter, einem Jungen. Der Junge warf Lydia einen ausdruckslosen Blick zu und rannte dann in die entgegengesetzte Richtung, wobei sein riesiger Kapuzenpulli flatterte. „Ich habe ein Geschenk für den König", sagte Lydia.

Das Mädchen sah durch sie hindurch, als wären sie sich noch nie begegnet. Lydia hatte gehofft, die ganze Inszenierung nicht noch einmal durchmachen zu müssen. Sie konnte Jason in ihrem Körper spüren, die Kälte, den Gehirnnebel und die Angst, und das verbesserte ihre Stimmung nicht gerade. „Vielleicht habe ich auch etwas für dich dabei", sagte sie. „Aber nur, wenn du mich schnell hineinbringst. Hier draußen ist es kalt und ich bin eine vielbeschäftigte Frau."

Das Mädchen neigte den Kopf und musterte Lydia mit

seinen unnatürlich blassen Augen. Sie waren rot umrandet und Lydia spürte einen Anflug von Sorge und den Drang, das Kind zu trösten, es zu umarmen. Eine Sekunde später erkannte sie den Ursprung dieses Drangs. Pearl-Magie.

„Glitzert es?", fragte das Mädchen.

Lydia starrte sie schweigend an. Bei aller Sympathie, man sollte in einer Verhandlung nie zu früh die Hand aufhalten. Sie war vielleicht nicht auf dem Niveau von Onkel Charlie, aber sie war durch und durch eine Crow.

Nach ein paar Augenblicken, in denen sie zurückstarrte - Lydia bewunderte den Esprit der Kleinen -, drehte sie sich um und das Tor öffnete sich. Sie ging die Auffahrt hinauf und Lydia folgte ihr. Sie schaute nur einmal hinter sich und das Tor glitt lautlos zu.

Drinnen erkannte Lydia den riesigen Baum, der in der Mitte der Eingangshalle wuchs, aber sie hätte schwören können, dass sie einen anderen Weg in den Keller nahmen. Entweder war das Haus noch größer, als Lydia vermutet hatte, oder es war seit ihrem letzten Besuch renoviert worden. Oder es war nur eine Illusion und sie befanden sich in einem völlig anderen Gebäude. An diesem Ort schien alles möglich zu sein. Pearl-Magie hing in der Luft und Lydia konnte spüren, wie sie von jeder glänzenden Oberfläche reflektiert wurde. Die Wände dieses Treppenhauses waren mit schwarzen Spiegeln, Muschelsplittern und Metallplatten verkleidet. Ein Sammelsurium aus reflektierenden Flächen, die das Auge täuschten und Lydias Sinne vernebelten, bis sie das Gefühl hatte, bei jedem Schritt durch Sirup zu laufen. An einer Wand, die nicht nach einer Tür aussah, blieb das Mädchen stehen und streckte seine Hand aus. Nachdem sie für den Bruchteil einer Sekunde gedacht hatte, Lydia solle ihre Hand nehmen, wurde ihr klar, dass das Mädchen seine Bezahlung einforderte.

„Muss ich hier langgehen?" Lydia deutete auf die Wand. Sie war aus glänzendem schwarzem Ebenholz oder aus lackiertem Holz - es war in dem schwachen Licht schwer zu erkennen - und mit Tausenden von winzigen Perlmuttstücken besetzt. Es war, als hätte sich die Schmuckschranktür, durch die sie beim letzten Mal gegangen war, verwandelt und wäre gewachsen, und als hätte die mit Perlen besetzte Oberfläche sich wie ein lebendiges Wesen im Haus ausgebreitet.

Das Mädchen nickte.

„Wie kann ich die Tür öffnen? Ich sehe keinen Griff."

Das Mädchen sah auf seine ausgestreckte Hand und presste seine Lippen zu einer dünnen Linie zusammen, sodass sie fast verschwanden.

„Beim Gefieder", sagte Lydia. „Du solltest mehr Vertrauen in die Menschheit haben." Sie Griff in die Innentasche ihrer Lederjacke und holte das herzförmige Medaillon hervor, das sie in Aris Laden gekauft hatte. Die Kette schillerte in Regenbogenfarben und das funkelnde Hologrammbild auf der Vorderseite verwandelte sich von einem Zeichentrickkätzchen in einen lächelnden Regenbogen, wenn man es kippte. Das Plastikteil war billig, kitschig und sehr, sehr glitzernd. Lydia hatte nach etwas gesucht, was Emma und sie im Alter von acht Jahren zum Ausflippen gebracht hätte, und sie hoffte, dass dieses Mädchen nicht anders war.

Die Augen der Kleinen leuchteten und ihre Hand schnellte hervor, als wolle sie nach der Halskette greifen. Sie hielt jedoch kurz inne, ihre Finger kamen dem Schmuckstück nahe, ohne es zu berühren. Lydia drückte es ihr in die Hand. „Ein Geschenk von mir für dich, freiwillig gegeben."

Das Mädchen legte die Halskette sofort an und verstaute sie sicher unter seinem dünnen Sweatshirt. „Hier entlang", sagte es, drehte sich wieder zur schwarzen Wand und drückte mit den flachen Händen dagegen. Lydia glaubte, ein Klicken zu hören. Vielleicht bildete sie sich das auch nur ein, denn es erschien eine Tür, die auf gut geölten Scharnieren nach außen schwang. Das Mädchen hielt sich an der Kante fest und öffnete sie weit genug, damit sie hindurchgehen konnten.

Es mochte ein anderer Eingang gewesen sein, doch der Raum, den Lydia betrat, war derselbe. Dieses Mal war es jedoch ruhig. Keine Musik oder Tanz, nur flackerndes Licht, das an den verspiegelten Wänden reflektierte. Und eine Menge gutaussehender Menschen, die das trugen, was Lydia für High Fashion hielt, weil es teuer und ein bisschen seltsam aussah. Eine junge Frau zu ihrer Linken trug ein weißes körperbetontes Kleid mit tiefem V-Ausschnitt, das ein knochiges Brustbein entblößte und Schulterpolster besaß, die wie Flossen weit über ihren eigenen Körper hinausragten. Sie zischte, als Lydia an ihr vorbeiging, und das hätte eigentlich komisch sein sollen, aber das war es nicht.

Als sie durch die Menge der fast schweigenden, unheimlich regungslosen Körper schritt, fühlte sich Lydia unbehaglicher, als sie es erwartet hatte. Sie spürte, wie Jason unruhig wurde, weil er seine eigenen Bedenken hatte oder weil er die ihren aufnahm. Sie zwang sich zu gleichmäßigen Atemzügen und ließ eine Hand in ihre Tasche gleiten, um ihre Münze zu umklammern. Sie konnte das schaffen.

„Eure Majestät", sagte Lydia und senkte ihr Haupt. Sie dachte, dass sie dieses Mal auf die Schönheit des Königs vorbereitet sei und der Effekt sie nicht von den Füßen holen würde. Das war jedoch nicht der Fall. Die androgyne Gestalt, die auf dem thronartigen Stuhl saß, war sogar noch schöner und perfekter als beim letzten Mal. Beunruhigender war, dass sie Lydia dieses Mal direkt ansah und ihr nicht nur einen Seitenblick zuwarf. Die mandelförmigen, schwarz umrandeten Augen mit den silbern bemalten Lidern, die leuchtende Haut und die Wangenknochen - jedes Merkmal war wunderschön und perfekt. Alles zusammen war wie ein Blick in die Sonne.

„Du schon wieder." Die Stimme des Königs war sanft und mittelhoch. Sie klang geschlechtsneutral. Nein, korrigierte sich Lydia. Geschlechtsunbedeutend. Ihrer Meinung nach war dieses Geschlecht perfekt. Warum das eine oder das andere sein? Warum nicht diese perfekte Mischung aus beidem, die so viel mehr war als die Summe zweier Hälften? Verzweifelt versuchte sie, ihre abdriftenden Gedanken unter Kontrolle zu bekommen. Ihre Hände steckten nicht in ihren Taschen und sie bekam ihre Münze nicht zu fassen. Sie spürte Jason und dachte, dass er ihr vielleicht etwas sagen wollte, aber sie konnte seine Worte nicht hören. Sie wollte einfach nur die Pracht der Majestät bewundern.

Lydia.

Jemand sagte ihren Namen. Mit großer Anstrengung wandte Lydia ihre Aufmerksamkeit von dem ätherischen Gesicht des Königs ab. „Was?" In diesem Moment war der Bann gebrochen. Sie hatte ihre Münze in der Hand, Jason saß in ihr, sie stand mitten am Tag in einem Nachtclub und das Oberhaupt der Pearls saß drei Meter entfernt und lächelte sie an, als wäre sie ein Affe, der jonglieren wollte.

„Ich habe Euch ein Geschenk mitgebracht", sagte Lydia. Sie schnippte ihre Münze über ihre Fingerknöchel und hielt sich damit im Moment. Pearl-Magie hatte die Menschen schon immer in ihren Bann gezogen, hatte Bedürfnisse geweckt, Verlangen, bis sie bereit waren, sich von jedem Geldbetrag zu trennen, um diese große Leere zu füllen. Das jedoch war anders. Die Gerüchte stimmten. Mr. Smith hatte nicht gelogen, als er sagte, die Pearls hätten sich weiterentwickelt.

Der König richtete sich ein wenig auf und seine Augen leuchteten vor Interesse. „Ein Geschenk von einer Crow. Was für eine unerwartete Freude."

Neunzig Prozent von Lydia wollten sich dem König zu Füßen werfen und darum betteln, bis in alle Ewigkeit in seiner perfekten Gegenwart bleiben zu dürfen, aber die restlichen zehn Prozent behielten mit Jasons Hilfe die Menge im Auge, um zu sehen, wer hinter ihr womöglich den Ausgang versperrte. „Mein Geschenk ist eine Darbietung. Eine vorübergehende Darbietung, die durch ihre Vergänglichkeit noch besonderer wird."

Einer perfekten Augenbraue wurde hochgehoben.

„Wenn Eure Freunde das Geschenk genießen dürfen, müssen sie hier stehen", Lydia deutete auf den Platz vor sich, „um es zu würdigen."

Der König neigte den Kopf und die Menschenmenge, die sich hinter ihm gebildet hatte, rückte in Lydias Nähe. Sie machte einen Schritt rückwärts in Richtung Ausgang und versuchte, lässig zu wirken. „Also gut." Sie leckte sich über die Lippen und wünschte sich, sie hätte etwas, um ihre trockene Kehle zu befeuchten. „Ich freue mich, Euch Jason Montefort vorstellen zu dürfen. Einen Mann, der 1985 gestorben ist."

Ein Raunen ging durch die Menge, die Zuschauer reckten ihre Hälse und flüsterten mit ihren Nachbarn.

„Okay", flüsterte sie. „Du kannst jetzt rauskommen."

Zu spüren, wie Jason ihren Körper verließ, war nicht so seltsam wie das Gefühl, wenn er in sie eindrang, aber es kam dem sehr nahe. Sie nahm mehrere lange Atemzüge, um ihr Gehirn mit Sauerstoff zu versorgen und sicherzustellen, dass sie nicht ohnmächtig wurde oder sich übergeben musste. Letzteres wäre in der Gegenwart des Königs wahrscheinlich gleichbedeutend mit Hochverrat.

Jasons Gestalt war transparent und Lydia konnte den König durch seinen Oberkörper hindurch sehen. Sie lächelte ihn aufmunternd an und nahm seine Hand. „Bereit?"

Jason nickte, sein Umriss schimmerte in den Discolichtern.

Lydia nahm ihre Münze in die andere Hand und konzentrierte sich darauf, ihre Energie zu bündeln. Das

Training mit Charlie hatte sie gelehrt, dass sie kein magischer Kelch war, der eilig geleert werden konnte, sondern vielmehr ein Dynamo, der ihre menschliche Energie in Crow-Kraft umwandelte. Sie wusste nicht, ob diese Energie endlich war oder ob sie das Feuer sozusagen immer wieder auffüllen konnte. Charlie hatte gesagt, sie könne grenzenlos sein, und vielleicht stimmte das. Alles, was sie in diesem Moment wusste, war, dass sie den Flügelschlag hörte und den Wind auf ihrem Gesicht spürte, als würde sie fliegen. Ein Teil von ihr schwebte hoch über diesem Gebäude, in den Wolken, während sich die Stadt unter ihr ausbreitete. Als Jason fest und stabil war, schickte sie ihre Energie in Wellenformen aus. Sie wusste nicht, ob und wie lange sie das durchhalten würde, aber sie war zuversichtlich. Es würde funktionieren. Sie würde weitermachen, bis es klappte.

Ein Aufschrei ging durch die Menge und Lydia sah durch ihre schweißgebadeten Augen, dass Jason vor dem Publikum stand. Sie konnte seine Stimme hören, und den Reaktionen des Königs und der Höflinge nach zu urteilen, konnten sie das auch.

„Es ist mir eine Ehre, Euch kennenzulernen", sagte Jason.

Sehr höflich. Sehr korrekt. Ein guter Mann. Lydia verlieh der Energie Nachdruck und stellte sicher, dass alle Jason sehen und hören konnten. Sie spürte es wie ein Netz, das sie quer durch den Raum geworfen hatte, oder ein dünnes Stück Stoff wie einen Schleier. Sie konnte sehen, wie es den Kopf jeder Person locker bedeckte und an den Rändern der Menge herunterhing.

Der König klatschte vor Freude in die Hände. „Das ist ein sehr schönes Geschenk, sehr schön." Er strahlte Jason an, dann Lydia, und diese spürte erneut die Pearl-Magie, den Drang, sich dem König zu Füßen zu werfen und seine Zehen zu küssen. Igitt.

„Du darfst nähertreten", sagte der König.

Jason sah zu Lydia und sie nickte aufmunternd.

Die Menge war nähergekommen, die Leute rückten vor, die hinteren wollten besser sehen und ihre murmelnden Stimmen vereinten sich zu einem einzigen, verzückten Gesang. Lydia sah sich unauffällig in dem riesigen Raum um. An einer Wand befand sich eine Bar mit glitzernden Glasflaschen, die in einem wunderschönen Jugendstilschrank untergebracht waren, davor standen Hocker in einer Reihe. Deren Holzfüße waren wie verdrehte Baumstämme geformt und auf Hochglanz poliert. Ohne die flackernden Lichter, die den Eindruck eines Nachtclubs erweckten, konnte Lydia jetzt sehen, dass die Einrichtung weitaus edler war als für ein solches Lokal üblich. Sie musste ein Vermögen gekostet haben.

Die Menge beugte sich aufgeregt nach vorn und Lydia vergewisserte sich gerade, dass ihr ausgeworfener Schleier alle Anwesenden bedeckte, als sie eine Gestalt erblickte, die außerhalb des Kreises geblieben war. Eine weibliche Gestalt, jung und halb versteckt im Schatten hinter dem schicken Stuhl des Königs. Lydia weigerte sich, ihn als Thron zu bezeichnen. Die Gestalt sah nicht zu Jason, der dem König die Hand zum Schütteln reichte, sondern starrte den König an, als wäre er das schönste, faszinierendste Wesen, das sie je gesehen hatte. Auch wenn ihr Gesicht mit Regenbogenglitzer geschminkt war und sie ein Ballkleid trug, erkannte Lydia sie. Es war Lucy Bunyan.

KAPITEL SECHSUNDZWANZIG

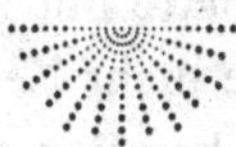

Der König streckte die Hand aus und versuchte, Jason zu berühren, aber sie ging durch ihn hindurch. Er lachte begeistert. „Sehr, sehr gut. Danke für deinen Besuch. Wir hoffen, du wirst wiederkommen."

Lydia meldete sich zu Wort, bevor Jason etwas Unkluges wie *Nie im Leben, Kumpel,* sagen konnte. „Wir freuen uns sehr, Euch amüsiert zu haben", sagte sie, ließ den Zusatz Eure Majestät aus, und neigte respektvoll den Kopf.

„Und was willst du von Uns? Sprich schnell, bevor Wir müde werden." Der König lächelte, als ob er wüsste, dass sie in einer Parodie auf das Königtum sprachen, aber um seine Augen lag ein Hochmut, der völlig echt war.

Lydia schluckte. Sie konnte die Frage, die sie sich vorgenommen hatte, nicht stellen. Nicht, wenn das Objekt ihrer Frage dem König aus dem hinteren Teil des Raumes Hundeblicke zuwarf. Sie wandte sich ihrem zweiten Interessengebiet zu und hoffte, dass der König es für wichtig genug halten würde, um nicht zu erraten, dass Lydia eigentlich aus einem anderen Grund gekommen war. „Ich möchte etwas über JRB erfahren. Ich bin Privatdetektivin, ein Geschäft, das auf Informationen basiert, und das ist ein Bereich, in dem mein Wissen nicht ausreicht.“

Der König betrachtete Lydia nachdenklich. „JRB ist ein eingetragenes Unternehmen. Es ist bei den zuständigen Behörden registriert.“

Lydia schluckte. Sie hatte mit der falschen Frage angefangen. Und sie brauchte mehr Zeit. Es würde kompliziert werden, Lucy Bunyan zu befreien, wenn sie zahlenmäßig so stark unterlegen war, aber sie hoffte, das Mädchen zumindest beruhigen zu können. Lydia zwang sich, sich nicht umzusehen.

„Sie ist auch eine Familie, eine Art Familie.“

Lydia sah zum König auf, hielt den Atem an und war für einen Moment von Lucy abgelenkt.

„Sie trägt Uns.“

Lydia wartete, weil sie den König nicht unterbrechen wollte. Als sich das Schweigen jedoch in die Länge zog, fragte sie. „Euch tragen?“

Der König winkte ab. „Pearls hatten schon immer eine Schwäche für Geld und die schönen Dinge, die man damit kaufen kann. Wir nähten Perlmutt an unsere Jacken, um das Licht einzufangen, wühlten Silberstücke aus Misthaufen, füllten unsere Karren mit poliertem Zinn und verkauften alles für das Zehnfache seines Wertes.“

Lydia presste ungeduldig ihre Lippen zusammen. Sie brauchte keine Geschichtsstunde oder weitere Mären, aber wenn sie so weiterreden konnten, gewann sie Zeit.

Der König lächelte. „Du willst die Wahrheit? Die ungeschminkte Realität, nicht das hier.“ Er deutete auf den großen Raum und die schönen Menschen. „Die Wahrheit ist: JRB hat Uns eine Menge Geld angeboten und Wir haben es angenommen. Jetzt leben Wir hier. In diesem Schmuckkästchen.“

„Ihr seid gefangen?" Die Frage war gestellt, bevor Lydia
nachdenken konnte.

„Wir sind ein König", sagte er eisig. „Und jeder ist auf die
eine oder andere Weise gefangen."

„Das war keine richtige Antwort." Der König sah jedoch
zunehmend ungeduldig aus und die Menge bewegte sich.

„Jason", flüsterte Lydia. „Komm her. Geh rückwärts."

Jason gehorchte und wich mit kleinen Schritten vom
Thron zurück.

„Wir danken Euch für Eure Zeit", sagte Lydia. „Ihr wart
sehr gütig und geduldig. Ich hoffe, dies ist der Beginn einer
Freundschaft zwischen unseren beiden Familien."

Der König lächelte hämisch. „Du wünschst ein Bündnis?
Das erfordert ein weitaus größeres Geschenk. Die Münze,
die du in deiner Hand hältst, zum Beispiel. Oder dieses
Spielzeug."

Einen Moment lang verstand Lydia nicht, dass der König
Jason meinte. „Ich habe leider nicht die Befugnis", sagte sie.
„Ich werde deine Nachricht an das Oberhaupt unserer
Familie weiterleiten."

Der König wedelte mit dem Finger. „Du darfst keine
Lügen erzählen, Lydia Crow. Wir denken, Wir werden dir
eine Lektion zu erteilen. Wir werden dein Geschenk
behalten."

Mit einer Schnelligkeit und Geschmeidigkeit, die Lydia
überraschte, schoss der König von seinem Thron herunter
und stand vor Jason, die Hände in seiner Brust versenkt.

Er sah über seine Schulter zu Lydia, die Augen weit
aufgerissen und erschrocken.

„Nein!", entgegnete Lydia. In ihrem Kopf fügte sie „Böser
König" hinzu, was wahrscheinlich das Produkt ihrer Angst
war, doch es brachte sie zum Lächeln, was sie an eine wichtige Tatsache erinnerte. Sie war nicht machtlos. Sie war stets
davon ausgegangen, dass sie es war, und hatte sich wie eine

Enttäuschung gefühlt. Aber das stimmte nicht. Es war nie wahr gewesen, sie hatte es nur nicht gewusst.

Sie griff nach Jasons Hand. Sie fühlte sich fest und real an und wie immer sehr kalt. Gleichzeitig riss sie den Schleier weg, den sie über die Menge geworfen hatte, sodass sie Jason nicht mehr sehen konnten. Der König zischte vor Unmut, aber Lydia ignorierte ihn. Sie zog Jason zurück und er stolperte gegen sie. Im einen Moment brachte er sie mit seinem Gewicht ins Taumeln, im Nächsten war er schwerelos wie ein Lufthauch. Sie atmete tief ein und nahm ihn für die Heimreise auf.

„Das war sehr unhöflich", sagte Lydia zum König. „Ihr solltet keine Dinge nehmen, die Euch nicht gehören." Sie ließ ihren Blick über Lucy Bunyan schweifen, die den König immer noch anhimmelte. „Das wird Konsequenzen haben."

„Du wagst es, Uns zu drohen, Crow?"

„Das tue ich", sagte Lydia. „Und jetzt gehe ich."

„Unwahrscheinlich", entgegnete der König und blickte sie mit seinen schönen und schrecklichen Augen an.

Lydia drehte sich um und bemerkte, dass die Menge sie eingekreist hatte. Sie wirkte nicht mehr wie eine Gruppe glamouröser Partygänger, ihre Gesichter waren vor Wut verzerrt und Hässlichkeit zeigte sich in jeder Zelle. Einen Sekundenbruchteil später erkannte Lydia noch etwas anderes. Es war nicht nur die Wut, die ihre Gesichter veränderte, es war Alter. Die faltige Haut hing über den Knochen, die milchigen Augen und die knorrigen Finger reckten sich. Auch der König war nicht immun. Er schwankte zwischen der Perfektion der Jugend und der eines gut erhaltenen Sechzigjährigen, schwarzes Haar wurde grau und dann wieder schwarz. Da verstand sie. Der Hof der Pearls bestand nicht aus frisch gezüchteten Pearls oder den verwässerten Versionen, denen sie in London begegnet war, sondern aus der alten Garde. Den ursprünglichen, mächtigsten Mitgliedern der Familie. „Ich sehe euch“, sagte Lydia. „Und ich habe keine Angst.“

Der König lachte, aber Lydia bemerkte das Aufflackern von Unsicherheit in seinen Augen.

„Gebt zurück, was Ihr gestohlen habt, und ich werde Euch Eure Verfehlungen vergeben. Es gibt keinen Grund, den Waffenstillstand zwischen unseren Familien zu brechen.“ Lydia richtete sich zu ihrer vollen Größe auf. Das war nicht besonders beeindruckend, das musste sie selbst zugeben, und sie konnte Jasons Panik spüren, die sich mit ihrer Angst paarte. Die Angst war gut. Als Charlie sie angegriffen hatte, hatte sie instinktiv reagiert. Der Schrecken, gewürgt zu werden, hatte etwas Wildes und Unbekanntes in ihr ausgelöst. Jetzt, wo sie das Gefühl und die Form dieses Etwas erkannte, wusste sie, dass sie danach greifen konnte. Wie die verschiedenen Kräfte, die sie bei anderen spürte, hatte es eine Signatur. Es war ein Flügelschlag, ein warmes Luftkissen, das sich erhob, glatte Federn, die in der Mittagssonne glänzten, und ein scharfer Schnabel, der sich in Fleisch bohrte. Aber nicht nur ein Schnabel oder zwei Flügel, sondern Hunderte. Tausende. Eine Vielzahl von schlagenden Herzen. Lydia hob ihre Arme und streckte sie weit aus. Sie sah den König an und hielt den Blickkontakt, während sie das Gefühl verdrängte.

Die Menge trat gemeinsam einen Schritt zurück. Lydia konnte den Weg aus dem Partykeller sehen. Die Tür war mit einem Spiegel versehen und wäre mit der Wand verschmolzen, sodass sie unsichtbar geworden wäre, aber Lydia hatte sich ihre Position beim Betreten des Raumes gemerkt und sie ein Stück offengelassen. Sie ging rückwärts darauf zu und behielt die Pearls im Blick. Diese runzelten die Stirn und fragten sich, warum sie Lydia nicht angegriffen hatten, wie es ihr König von ihnen verlangte.

Lydia wusste nicht, wie lange ihr Zauber anhielt, wenn sich alle dazu entschlossen, zurückzuschlagen. Der Club war mit reflektierenden Oberflächen bedeckt und die Menge wirkte zehnmal größer, als sie es tatsächlich war. Es waren zehn, vielleicht fünfzehn Pearls, aber ihre Gesichter spiegelten sich in den unzähligen Spiegeln, dem polierten Holz und den Perlmuttintarsien an den Wänden wider. Durch die Lichter entstanden so viele Oberflächen, die glitzerten und das Licht brachen, so viele Bereiche, die leuchteten, dass es schwer war, die Orientierung zu behalten und die Gedanken zu ordnen.

Lydia.

Das war Jason. Lydia versuchte, sich über das rhythmische Schlagen der Flügel hinweg zu konzentrieren. Die Gesichter in der Menge sahen nicht mehr wütend, sondern aufgeregt aus.

Lydia bemerkte, dass sie stehengeblieben war. Sie wusste nicht, wann das passiert war. Es war keine bewusste Entscheidung gewesen und sie wollte ihre Beine bewegen, aber sie stand wie angewurzelt da. War das das Geräusch des Windes in den Bäumen? Wie konnte sie das hören? Die Musik war zu laut. Und sie befanden sich in einem Keller. Einem schicken Keller, sicher, aber einem Keller. Hier sollte es windstill sein.

Lydia! Geld!

Guter Einwand, Jason. Guter Mann. Ausgezeichneter Assistent. Lydia griff in ihre Tasche und fand ihre Münze. Sie hielt sie zwischen Zeigefinger und Daumen, den Arm vor ihrem Körper ausgestreckt. Alle Augen im Raum richteten sich auf sie. Lydia konnte ihren Hunger sehen. Gesichter, die vorher schön gewesen waren, wirkten verworren und brüchig wie alte Baumrinde. Zum ersten Mal sahen die versammelten Pearls ihrem Alter entsprechend aus.

Lydia bündelte die Kraft, die sie gespürt hatte, diese Tausenden von winzigen pulsierenden Herzen, diese schlagenden Flügel, und zerbrach die Münze in Hunderte von goldenen Crow-Münzen. Dann schleuderte sie sie hoch in die Luft, sodass sie auf die Pearls prasselten, und rannte davon.

Von hinten ertönte ein dröhnendes Geräusch, aber Lydia lief die Treppe hinauf und in den großen Eingang mit dem Baum. Hier oben hörte sie ein Knacken und ein leises Grollen, als ob sich tief unter der Erde etwas bewegte. Der Boden begann zu beben und der Baum wankte, als würde er von einem unsichtbaren Sturm gerüttelt. Lydia lief zur Haustür, riss sie auf, eilte hinaus und rannte die Auffahrt hinunter zu den geschlossenen Holztoren. Sie stürzte beinahe, als sich der Boden bewegte. Erdbeben, dachte Lydia, auch wenn das eigentlich nicht sein konnte. Kurz vor ihr brach eine Baumwurzel durch die Steinplatten der Auffahrt und die Luft füllte sich mit Erde und Blättern. Diesmal fiel Lydia tatsächlich und stützte sich auf Händen und Knien ab. Sie ignorierte den Schmerz, rappelte sich auf und wich den Baumwurzeln aus, die den Boden durchbrachen und einen Meter hoch in die Luft schossen.

Die Tore waren geschlossen, aber Lydia war sich sicher, dass sie hinüberklettern konnte. In der oberen Hälfte befand sich ein Ziergitter, an dem sie sich festhalten konnte, und überhaupt hatte sie keine Wahl. Einen Moment später brach eine weitere Baumwurzel durch den Boden unter einem der Torpfosten, spritzte Späne und spuckte Erde, Lydia warf instinktiv die Arme vor ihr Gesicht und spürte scharfe Schnitte auf ihren Handrücken. Das Tor war zersplittert und hing auf einer Seite durch. Lydia rannte weiter, schob sich durch den Spalt und trat über die rauen, gezackten Kanten der zerbrochenen Holzbretter.

Ihre Lunge schmerzte, ihre Haut brannte und ihr Atem rasselte, aber Lydia zwang sich, weiterzulaufen. Sie rannte diagonal, um möglichst viel Abstand zwischen sich und das explodierende Gelände um das Haus zu bringen. Sie wurde langsamer, als sie das Torhäuschen an der Einfahrt zur Privatstraße erreichte. Sie setzte mit Mühe einen Fuß vor den anderen, während jeder Teil von ihr nach Erholung verlangte und das Gewicht und die Kälte von Jason sie zu Boden zerrten, doch sie duckte sich unter der Absperrung hindurch und ging weiter.

Lydia wollte Onkel Charlie nicht dankbar sein, aber in diesem Moment war sie verdammt froh, ihr neues Auto dort stehen zu sehen, wo sie es abgestellt hatte. Als sie auf dem Fahrersitz saß, alle Türen verschlossen waren und ihre zitternden Hände das Lenkrad umklammerten, gönnte sich Lydia einen Moment. Nur einen Moment, um einige tiefe, beruhigende Atemzüge zu nehmen.

Der Boden fühlte sich wieder stabil an, was eine Erleichterung war, aber sie spürte den Geist in sich und die Anstrengung, ihn in Schach zu halten und zu stabilisieren. Der Flügelschlag war schwächer geworden und Lydia wusste, dass ihre Kraft leiser geworden war, wie die Lautstärke eines Fernsehers. Sie startete den Motor und behielt den Rückspiegel im Auge, bereit, das Gaspedal durchzudrücken, falls sie auch nur einen einzigen Pearl sah. Sie rief Fleet an und stellte das Handy auf Lautsprecher.

Als er ranging, lieferte sie ihm die wichtigste Information. Die Adresse des Hauses, in dem er Lucy Bunyan finden würde. „Es sind die Pearls", sagte sie. „Und sie sind stinksauer."

„Auf dich?"

Lydia konnte fast hören, wie er dem Drang widerstand, etwas Sarkastisches zu sagen. „Ja. Wenn du dich beeilst, erwischst du sie noch auf frischer Tat. Ich glaube nicht, dass sie damit rechnen, dass ich die Polizei rufe."

„Wo bist du jetzt? Bist du in Sicherheit?"

„Ich bin am Ende ihrer Straße in meinem Auto."

„Dann mach dich auf den Weg. Ich rufe dich an, wenn wir Lucy haben."

„Ich möchte helfen." Schon während sie die Worte aussprach, wusste Lydia, dass sie keine gute Antwort parat hatte. Sie war selbst kaum aus dem Haus gekommen. „Sie sind stark."

„Eine bewaffnete Truppe ist auf dem Weg", sagte Fleet. „Wir sind in zehn Minuten dort."

Lydia griff nach dem Lenkrad. Sie sollte sich bewegen. Wegfahren. Aber was, wenn die Pearls Lucy fortbrachten? Wenn dem so war, musste sie sie beobachten. Eine Richtung oder ein Nummernschild herausfinden. Irgendetwas.

Die Minuten verstrichen quälend langsam und in Lydias Rückspiegel tat sich nichts. Sie spürte Jasons Gewicht und war sich nicht sicher, wie lange sie ihn noch in sich halten konnte. Lydia wusste nicht, was passieren würde, wenn sie sich in ihrem Auto trennten, aber eines war klar: Wenn die Pearls sich entschließen würden, sie zu holen, würde sie weder sich noch Jason schützen können. Sie war zu erschöpft.

Nach elf Minuten sah Lydia die ersten blau-gelben Polizeiautos. Der Wachmann näherte sich nicht, sondern winkte nur aus seiner kleinen Hütte und öffnete die Schranke. Drei gekennzeichnete Autos und zwei Polizeiwagen bogen in die Privatstraße und Lydia duckte sich. Sie hatte immer noch Angst vor der Polizei als offiziellem Organ und hatte keine Lust, mit einem Geist an Bord eine Zeugenaussage zu machen.

Sie fuhr vorsichtig zurück nach Camberwell, dankbar, dass Jason sich ruhig verhielt, und sobald sie einen Fuß durch die Tür des Fork gesetzt hatte, stieß sie ihn aus ihrem Körper. Lydia war froh, dass schon fast Sperrstunde und das Lokal menschenleer war, aber sie hätte ehrlich gesagt keine Sekunde länger warten können und hätte Jason auch im hektischen Mittagstreiben hinausgeworfen.

„Wir haben es geschafft." Jason schwebte vor Lydia und

machte sich nicht die Mühe, mit den Füßen den Boden zu berühren. „Du siehst beschissen aus."

„Ich bin ... okay." Das Sprechen kostete sie viel Kraft.

Angel stieß die Küchentür auf, einen Eimer und einen Mob in der Hand, und blieb stehen, als sie Lydia vornübergebeugt keuchen sah. „Alles in Ordnung?"

„Klar", keuchte Lydia. „Seitenstechen."

„Nun, das kommt davon, wenn man joggt. Dumme Idee."

Lydia machte sich auf den Weg nach oben. Jason war verschwunden und sie hoffte, dass er nicht lange weg sein würde. Er hasste es, aus dem Leben zu verschwinden. Sie brauchte sich keine Sorgen zu machen, denn er wartete im Büro auf sie und sein stoisches Schweigen im Auto wich einem Wortschwall.

„Ich kann nicht glauben, dass sie ... Ich glaube nicht, dass sie uns gehen lassen wollten. Und wie hat der König das gemacht? Er hat seine Hände in mich gesteckt. Das war schrecklich, ich spürte, wie sie zupackten." Jason schüttelte den Kopf. „Ich will dieses Gefühl nie wieder erleben. Möchtest du Tee? Ich muss Tee kochen."

Lydia nahm einen weiteren Atemzug. Jeder Teil ihres Körpers wollte schlafen, aber sie zwang sich, sich auf die Unterhaltung zu konzentrieren. Noch einen Moment und sie würde ins Bett gehen. Oder einfach auf dem Boden einschlafen. Das hörte sich gut an.

Jason brabbelte eilig und unzusammenhängend vor sich hin und Lydia ließ ihn sprechen. Nachdem er sich beruhigt hatte, trat er einen Schritt näher und fragte: „Hast du ihnen wirklich deine Münze gegeben?"

Lydia richtete sich auf. Wenn Jason kein Geist gewesen wäre, hätte sie gesagt, dass er blass aussähe. Da er einer war, kam es ihr wie eine überflüssige Bemerkung vor. Er sah aber noch toter aus als sonst.

„Nein", sagte sie nach einem Moment der Anstrengung.

Ihre Fingerspitzen brannten, als wäre die Münze wütend geworden. „Ich habe sie ausgetrickst."

Jason sah erfreut und beeindruckt aus und Lydia steckte die Münze wieder ein. Sie ließ sich erschöpft gegen den Schreibtisch sinken.

„Es waren also die Pearls." Jason versuchte zu scherzen, aber seine Füße schwebten immer noch einen Zentimeter über dem Boden. „Ich weiß nicht, ob ich ein Fan von ihnen bin."

„Ich nehme an, wir stehen auch nicht auf ihrer Weihnachtsliste."

„Sie sahen alle etwa hundertfünfzig Jahre alt aus. Es war unheimlich."

„So habe ich Lucy entdeckt."

Jason runzelte die Stirn. „Lucy Bunyan war dort?"

„Du hast sie nicht gesehen? Sie stand hinter diesem lächerlichen Stuhl des Königs."

„Du weigerst dich, Thron zu sagen, oder?"

„Verdammt richtig." Lydia zwang sich zu einem Lächeln. „Hast du nicht gehört, dass ich es gemeldet habe? Deshalb habe ich auf die Polizei gewartet."

Jason schüttelte den Kopf. „Alles war dunkel, als wir nach oben kamen. Wir sind gerannt. Ich meine, du bist gerannt. Und da war dieses Geräusch, als würde die Erde auseinanderbrechen und ich wurde irgendwie ohnmächtig." Er sah verlegen aus. „Ich bin ein Weichei."

Lydia überprüfte ihr Telefon. Fleet würde sich so bald wie möglich melden.

„Die Polizei ist also dort?", fragte Jason zögernd. „Sie gehen rein und werden Lucy retten?"

„Das ist der Plan." Lydia wünschte sich, sie hätte Lucy selbst packen können, wie ein Actionheld aus einem Film. Wenn sie ein großer Kerl mit einer Pistole gewesen wäre, hätte sie Lucy Bunyan über eine Schulter werfen und sich den Weg nach draußen freikämpfen können. Natürlich wäre da noch der Pearl-Zauber gewesen, der sie an Ort und Stelle verwurzelt und ihre Schusshand an der Bewegung gehindert hätte.

„Was sollen wir tun?" Jason blinzelte, seine Füße schwebten immer noch über dem Boden und seine Ränder schimmerten vor Verzweiflung.

Lydia schluckte. „Wir warten und hoffen."

KAPITEL SIEBENUNDZWANZIG

Wenn Lydia schlau gewesen wäre, hätte sie die Pearls gewarnt, dass Fleet sowie eine bewaffnete Spezialeinheit durch ihre Haustür stürmen und Lucy Bunyan befreien würden. Sie hätte ihnen die Chance geben können, Lucy freizulassen, vielleicht ihre Erinnerung zu löschen und sie an einem neutralen Ort auftauchen zu lassen. Als Gegenleistung für diesen Gefallen hätte der König einem Bündnis zwischen den Crows und den Pearls zustimmen können. Das wäre, wie Charlie es ausdrücken würde, eine „vernünftige" Lösung gewesen. Und eine, die die Macht und Position der Crows gestärkt und ihre Zukunft gesichert hätte.

Lydia war nicht schlau. Zumindest nicht in Charlies Sinne. Sie würde nicht riskieren, dass Lucy Bunyan Schaden nahm, um sich bei den Pearls beliebt zu machen. Nicht, wenn es um Entführung ging. Was, wenn der König beschloss, Beweise zu vernichten, indem er Lucy woanders versteckte oder sie umbrachte? Charlie mochte Kollateralschäden als notwendige Geschäftsausgaben akzeptieren, aber Lydia sah das anders.

Lydia wanderte ziellos durch das Büro, ihr Handy in der

einen und ihre Münze in der anderen Hand. Als wäre sie ein Amulett, das Lucys sichere Rückkehr garantieren konnte. Was, wenn der König Lydias Drohung gehört hatte und Gewalt anwendete, nur um Lydia zu ärgern? Um ihr eine Lektion zu erteilen? Bis Fleet endlich anrief, hatte sich Lydia in ihrem Gedankenkarussell eingeredet, dass sie das Todesurteil des Mädchens unterschrieben hatte.

„Wir haben sie", sagte er. „Es geht ihr gut. Sie ist unverletzt, Gott sei Dank."

Lydia sank vor Erleichterung auf den Fußboden.

„Uns ist auch nichts passiert." Fleet klang überglücklich, für ihn war dieser Moment der Höhepunkt vieler langer Tage und schlafloser Nächte. Sie wusste, wie erleichtert er darüber war, dass sie Lucy lebend gefunden hatten; weil er ein guter Mensch war, aber auch, weil der Druck seines Vorgesetzten schwer auf ihm gelastet hatte. Doch jetzt hatte er ein Ergebnis.

„Ihr Vater ist auf dem Weg ins Krankenhaus. Sie wird untersucht, das ist aber eine reine Vorsichtsmaßnahme. Sie wirkt gesund. Etwas verwirrt, aber körperlich unversehrt."

„Großartig." Lydia richtete sich aus ihrer hockenden Position auf. „Ein Happy End."

„Dank dir."

Eine Pause entstand und Lydia hörte, wie die Hintergrundgeräusche leiser wurden. Er war von einer Personengruppe weggetreten. Dann sprach er mit gesenkter Stimme weiter. „Soll ich deinen Namen raushalten?"

„Das wäre das Beste." Lydias Gedanken rasten. Hatte der Pearlkönig Lucy Bunyan aufgrund ihres Besuchs freigelassen? War er von ihrer Machtdemonstration so beeindruckt gewesen?

„Du wirst keine Aussage machen wollen."

Es war keine Frage und Lydia antwortete nicht darauf.

„Wird erledigt", sagte er und wechselte in den professionellen Tonfall.

Lydia wollte das Gespräch beenden, aber Fleet fuhr mit ruhiger Stimme fort: „Ein bisschen seltsam ist es schon. Das Haus war genauso, wie du es beschrieben hast, nur dass niemand dort war. Wir brachen die Tür auf und durchsuchten alles. Wir fanden Lucy in einem Schlafzimmer im Obergeschoss, wo sie tief und fest schlief. Ansonsten befand sich niemand im Gebäude."

„Hast du den Baum im Flur gesehen?"

„Ich habe eine Menge Schutt gesehen. Ein schönes Haus, aber es sieht so aus, als würde es gerade renoviert werden."

Lydia schluckte. „Bist du in den Keller gegangen?"

„Ich sah das Schwimmbad und die Turnhalle. Und ein verdammt großes Loch in der Wand. Dort ist wohl ein Anbau geplant."

„Was ist mit dem Partyraum? Der private Nachtclub?"

„Das ist schon komisch, Lydia", sagte Fleet. „Es gab keinen."

AM NÄCHSTEN MORGEN ging Lydia nach unten, um sich ein kostenloses Frühstück zu holen. Angel kam hinter dem Tresen hervor und sah ungewöhnlich besorgt aus. „Hast du Charlie gesehen?"

„Heute nicht", antwortete Lydia. „Warum?"

„Er geht nicht ans Handy", sagte Angel. Sie zog ihre Dreadlocks zu einem Pferdeschwanz zurück und band ihn mit einem Gummi zusammen.

„Was brauchst du von ihm?"

„Nichts." Angels Augen glitten nach links. „Ich wollte nur die Öffnungszeiten mit ihm abstimmen."

„Aha. Ich dachte, er überlässt das Operative dir?"

„Tut er auch, ich habe nur ..."

„Angel!" Die Müdigkeit fraß Lydias Geduld auf. Ihre Augen brannten. „Sag es mir einfach."

„Ich soll mich jeden Tag bei ihm melden und er antwortet immer."

„Du lieferst ihm jeden Tag einen Bericht über mich", sagte Lydia, nur um Klarheit zu schaffen und, wenn sie ehrlich war, um Angel wissen zu lassen, dass sie nicht länger so tun wollte, als sei alles in Ordnung.

Angels Miene regte sich nicht und Lydia holte ihre Münze hervor. „Es ist also ungewöhnlich, dass er nicht rangeht?"

Angel nickte.

„Aber das ist doch nicht der einzige Grund. Du machst dir Sorgen um Charlie, weil dir aufgefallen ist, dass er immer unberechenbarer geworden ist." Eine Untertreibung.

Angel sah aus, als wollte sie nicht antworten, doch sie starrte auf die Münze zwischen Lydias Daumen und Zeigefinger und nickte erneut.

„Was noch?"

„Aiden war hier." Angel klang eher verärgert als besorgt. „Er sagte, er müsse etwas für Charlie abholen, und dann hat er ein paar meiner guten Messer mitgenommen."

Lydias Kopfhaut kribbelte. „Was noch?"

Angel wehrte sich vehement gegen eine Antwort. Lydia spürte ihren Widerstand und schob ihn beiseite, als wäre er eine Feder. In einem früheren Leben hätte sich Lydia darüber gefreut. Es war ein Beweis dafür, dass sie stärker war und ihre Crow-Fähigkeiten immer raffinierter wurden, aber jetzt kam ihr das alles ungebührlich und schmutzig vor.

„Ich habe ihn telefonieren gehört", sagte Angel. „Als er ging. Ich glaube, er hat mit Charlie gesprochen und es klang nicht gut."

„Charlie steckt in Schwierigkeiten?"

Angel schüttelte den Kopf. „Aber jemand anderes."

„Hat er etwas mit den Crow-Morden in Wandsworth zu tun?"

Angel zuckte zusammen. „Ich denke schon.“

„Beim Höllenfalken!“ Lydia war immer noch erschöpft von der Begegnung mit dem Pearlkönig, doch Charlies Verhalten nahm keine Rücksicht auf ihr Bedürfnis nach Erholung.

„Wo?“

„Ich weiß es nicht.“ Angel wandte ihren Blick ab.

„Ich werde nicht noch einmal fragen“, sagte Lydia, schnippte ihre Münze in die Luft und sah, wie sich Angels Augen vor Angst weiteten.

„Er hat die Bögen erwähnt.“ Angel sah aus, als würde sie Tränen zurückhalten, und Lydia bekam ein schlechtes Gewissen.

„Schließ das Café und geh nach Hause“, sagte Lydia. „Noch besser wäre es, wenn du ein paar Tage Urlaub nehmen würdest. Verlass doch die Stadt für eine Weile.“

„Ich kann nicht …“

Lydia fiel ihr ins Wort. „Charlie kommt vom Weg ab. Wir beide wissen das. Wenn du abwartest, um zu sehen, was passiert, könnte es zu spät sein. Ich gebe dir Bescheid, sobald eine Rückkehr wieder sicher ist.“

LYDIA LIEẞ Angel blinzelnd und ein wenig benommen zurück und fuhr zu den Eisenbahnbögen in der Camberwell Station Road. Wie durch ein Wunder quetschte sie den Audi in eine Lücke an der Straße unter den Bahnschienen. Überall prangte Graffiti, vor allem Gang-Tags, und einige Bögen waren mit Metalltoren und verrosteten Vorhängeschlössern versperrt, die aussahen, als wären sie seit Jahrzehnten nicht mehr angerührt worden. Ein Laden mit frischgestrichenem blauem Tor warb mit einem schlecht gemalten Schild für Autoreparaturen und weiter unten in der Reihe war ein rotes Garagentor aus Wellblech verschlossen. Kein Schild. Lydia ging die Straße zurück und suchte mit ihren Sinnen nach Crows. Sie nahm jeden Eindruck wahr - das Pflaster unter ihren Füßen, den rosafarbenen Himmel samt untergehender Sonne über der Eisenbahn, den Geruch von Speiseöl und Diesel. Da war es. Als sie sich wieder der blauen Autowerkstatt näherte, kratzten Federn in der Kehle. Crows.

Die Tür war mit einem nagelneuen, hochwertigen Vorhängeschloss ausgestattet, das schwer zu knacken und nicht leicht zu durchsägen war. Im Moment war die Tür jedoch nicht gesichert, was Lydia zu der Annahme veranlasste, dass der Besitzer anwesend war. Lydia schlug mit der Faust gegen die Tür. Ein hohles, dröhnendes Geräusch ertönte. Niemand kam an die Tür und sie presste ihr Ohr an das Metall, um zu lauschen. Nichts. Sie hämmerte erneut.

Lydia überlegte noch, ob sie die Klinke nach unten drücken und Charlie und die anderen überraschen sollte, da schwang die Tür nach innen auf. Lydia hatte Charlie erwartet und brauchte einen Moment, um auf den Anblick von Aiden zu reagieren. Er sah jünger aus als beim letzten Mal, seine Haut war blass, seine Augen waren geweitet und angsterfüllt.

„Alles klar, Aiden?", fragte Lydia freundlich. Der Junge sah aus, als ob er sich jeden Moment übergeben müsste.

„Du warst nicht eingeladen." Dann sah er über seine Schulter.

Lydia nutzte die Gelegenheit und drängte sich an ihm vorbei. Sofort drang ein beißender Geruch in ihre Nasenlöcher. Jemand hatte vor kurzem seinen Mageninhalt entleert. Wenn Lydia wetten müsste, war es der Mann, der mitten im Raum an einen Stuhl gefesselt war.

„Was soll das?" Lydia wandte sich an den Verantwortlichen, ihren guten alten Onkel Charlie, der ihr über dem Zementboden entgegenkam. Seine massige Gestalt versperrte ihr den Blick auf den Mann im Stuhl und sie konnte nur in seine zusammengekniffenen Augen sehen.

„Verzieh dich, Lydia", sagte Charlie. „Das geht dich nichts an."

„Ich denke schon", entgegnete sie und umklammerte ihre Münze, um Kraft und Konzentration zu sammeln. „Wer ist das?"

„Lass uns kurz rausgehen, ja?"

Charlie drängte Lydia hinaus und schloss die Metalltür hinter sich. „Es ist notwendig, Lydia. Du weißt, dass wir angegriffen werden."

Lydia holte tief Luft und versuchte, ihre Gedanken zu ordnen. Sie sah immer wieder das Bild des Mannes auf dem Stuhl vor sich. Sein Gesicht war zerschrammt und blutig, seine Nase eindeutig gebrochen. Doch mehr noch als die Verletzungen war es der Ausdruck in seinen Augen, der Lydia im Gedächtnis bleiben würde. Die nackte Angst. „Wer ist das?" Sie deutete auf die Tür.

„Big Neil", sagte Charlie nach kurzem Zögern. „Er gehört zu einer Gang, auf die ich seit einiger Zeit ein Auge geworfen habe, und er steht jetzt ganz oben auf meiner Liste."

„Er ist aus Camberwell?"

„Peckham."

„Aber das Handy, mit dem Malc kontaktiert wurde, wurde in Camden gekauft."

Charlie zuckte mit den Schultern. „Ursprünglich, ja, aber es hätte weiterverkauft werden können. Wie viele Handys wurden zur gleichen Zeit gekauft?"

„Zehn", räumte Lydia ein. „Derjenige, der es gekauft hat, könnte absichtlich in ein anderes Gebiet gegangen sein, um das zu tun."

„Ganz genau." Charlie formte eine Fingerpistole und richtete sie auf Lydia. „Während mein Junge da drin", er deutete mit dem Kopf in Richtung der geschlossenen Tür, „ein kleiner Scheißer ist. Er stänkert schon seit Monaten gegen uns."

„Die Leute reden immer", sagte Lydia. „Das hat nichts zu bedeuten."

„Es hat immer etwas zu bedeuten", entgegnete Charlie. „Jeder weiß, dass er auch mit den Fox' befreundet ist. Das ist ein schlechtes Zeichen."

Lydia jagte ein Schauer über den Rücken. „Was meinst du? Ist es jetzt ein Verbrechen, mit der falschen Person befreundet zu sein?"

Charlie zuckte mit den Schultern. „Gefährliche Zeiten. Wenn du mit einem Feind der Crows befreundet bist, bist du auch ein Feind der Crows. Darüber solltest du nachdenken, Lydia."

Lydia zwang sich, seinem Blick standzuhalten. Es war eine unverhohlene Drohung, und sie hatte keine Lust, ihm zu erklären, dass Paul Fox kein Feind der Crows war. Dass er Tristan, seinen eigenen Vater, verbannt hatte, weil er sich gegen sie gestellt hatte. Stattdessen fragte sie: „Was hast du vor?"

„Herausfinden, was er weiß."

Lydia blickte auf die geschlossene Tür und ihre Eingeweide zogen sich zusammen. „Das ist falsch. Ich werde herausfinden, wer die Morde angeordnet hat, du musst das hier nicht tun."

Charlie starrte sie mit leeren, toten Augen an. „Erzähl mir nichts von meinem Geschäft, Lydia."

„Das tue ich nicht. Ich will nur ein bisschen Zeit. Ich kann das regeln. Ohne Blutvergießen. Wenn wir uns so rächen", sie deutete auf die Tür, „wird die Sache eskalieren. Du weißt, dass ich recht habe."

Charlies Schultern hoben sich ein wenig. „Seit du wieder in Camberwell bist, sagst du mir, dass du kein Teil des Familienunternehmens sein willst. Nun, herzlichen Glückwunsch, du bist raus. Und jetzt verpiss dich!"

. . .

Zurück in ihrem Auto tat Lydia das Einzige, was ihr einfiel, und sie rief Fleet an. Es gab die einsame Wölfin und die unabhängige Frau und dann gab es noch den gesunden Menschenverstand.

„Ich bin im Moment ziemlich beschäftigt", sagte Fleet. Lydia konnte Stimmen im Hintergrund hören.

„Der Fall Bunyan? Wie geht es Lucy?"

„Ja." Fleets Stimme wurde leiser und sie hörte, wie eine Tür geschlossen wurde. Als er weitersprach, begleitete ihn ein Widerhall, als ob er in ein Treppenhaus gegangen wäre. „Es geht ihr gut. Ihr Vater hat uns bei den höheren Stellen gelobt, das ist schön. Bis zur nächsten Budgetsitzung werden sie es zwar vergessen haben, aber immerhin."

„Die Lage ist ein bisschen heikel. Ich muss unbedingt die Person finden, die die SMS nach Wandsworth geschickt hat. Ich weiß, dass das für den CPS nicht besonders wichtig ist und der Fall wahrscheinlich fallen gelassen wird, aber ich muss ..."

„Du musst mir nichts erklären", sagte Fleet. „Ich verstehe das."

„Kannst du irgendetwas tun?" Lydia war dankbar, dass Fleet nicht nach Details fragte. Sie konnte ihm nicht sagen, dass Charlie einen Mann an einen Stuhl gefesselt hatte. Er war zwar auf ihrer Seite, aber immer noch ein Cop.

„Wir haben nichts auf dem Handy gefunden. Wir haben beim Mobilfunkanbieter die Daten der Telefonnummer, die die SMS gesendet hat, angefragt, aber das wird ein oder zwei Tage dauern."

Lydia fluchte. Big Neil hatte keine ein oder zwei Tage mehr.

Lydia zog ihre Jacke an und wickelte sich einen dicken Schal um den Hals. Sie befand sich in der ungewöhnlichen Lage, aktiv mit Mr. Smith sprechen zu wollen. Sie wünschte, es wäre Donnerstag oder er hätte ihr ein gesichertes Handy gegeben, das würde die Sache vereinfachen. Stattdessen ging sie zur Kennington Road. Wie immer nahm sie einen anderen Weg als zuvor, indem sie in einer der Seitenstraßen umkehrte und nach möglichen Verfolgern Ausschau hielt. Sie blieb einmal vor einem Schaufenster stehen und bückte sich ein anderes Mal, um ihre Schnürsenkel zu binden. In den letzten Wochen hatte sie niemanden gesehen, der ihr zu ihren Treffen mit Mr. Smith gefolgt war, aber sie wollte nicht nachlässig werden.

Im anonymen beigen Empfangsbereich des Hauses ließ Lydia den Blick über die Türen, die Ecken und das Treppenhaus schweifen, bis sie die Kamera fand. Sie war klein und hochwertiger, als man es in einem Verwaltungsgebäude erwarten würde, aber nicht versteckt. Lydia stellte sich davor und winkte. Dann zog sie den Zettel, den sie vorbereitet hatte, und hielt ihn so hoch, dass die Worte in Richtung Kamera zeigten, und setzte sich auf die unterste Stufe, um zu warten. Sie fragte sich, ob in der Wohnung im oberen Stockwerk ein weiteres Treffen stattfand, bei dem eine andere Quelle Informationen lieferte. Wahrscheinlicher war, dass sie verschiedene Wohnungen für unterschiedliche Operationen benutzten. Sie fragte sich, was in ihrer Akte stand und ob Mr. Smith sie mit einem Decknamen versehen hatte, wie es die Metropolitan Police bei geheimen Operationen tat.

Zehn Minuten später klingelte ein Telefon. Als sie ihr Ohr an die Tür mit der Aufschrift *Kennington Council, Termine nur nach Vereinbarung* hielt, wurde das Klingeln lauter. Überrascht stellte Lydia fest, dass die Tür nicht verschlossen war. Sie stand in einem Büro voller Kartons, Aktenschränke, Standardmöbel und einer vertrockneten Spinnenpflanze. Sie nahm den Telefonhörer ab. „Hallo?"

Eine Frauenstimme sagte vier Worte, dann ertönte ein Klicken.

„Vauxhall Bridge. Fünf Minuten.“

Lydia war etwa auf halbem Weg zum Fluss und ging die Kennington Lane hinunter, als eine Mercedes-Limousine mit getönten Heckscheiben neben ihr hielt. Ein großer Mann in einem Anzug stieg aus dem Auto und packte sie am Ellbogen, bevor sie reagieren konnte. „Hier entlang, bitte, Miss Crow.“ Es war keine Aufforderung.

Binnen Sekunden saß Lydia im ledernen Innenraum, das dicke Polster an der Tür unterdrückte die Geräusche des Verkehrs. Wenn Lydia sich jemals gefragt hatte, welchen Schnickschnack es für einen Wagen zu kaufen gab, hatte sie jetzt die Antwort darauf.

„Sie wollten mich sehen?“ Mr. Smith trug einen Anzug und wirkte noch einschüchternder als sonst. Vielleicht lag das aber auch am Auto und an den Mitarbeitern, die vorne saßen.

„Ist das kugelsicher?“ Lydia tippte auf das Seitenfenster. „Und ziehen die getönten Scheiben nicht mehr Aufmerksamkeit auf sich, als dass sie etwas verbergen?“

„Ich nehme an, es ist wichtig?“

Lydia fummelte an der Tür, suchte nach dem Griff und machte sich nicht die Mühe, zu antworten. Sie hatte keine Angst vor Mr. Smith, aber sie wollte wissen, dass sie jederzeit aussteigen konnte. „Zwei Crows wurden in Wandsworth getötet.“

Mr. Smith schwieg.

„Die Polizei verfügt über ein Wegwerfhandy, über das die Morde angeordnet wurden, aber es wird achtundvierzig Stunden dauern, um die Daten der Mobilfunkfirma zu erhalten.“

„Sie bitten mich um einen weiteren Gefallen.“ Mr. Smiths Ton war flach, sein Gesicht unleserlich.

„Ich bitte Sie um nichts, ich gebe nur Informationen weiter.“

„Ich verstehe.“

„JRB. Sie wissen über sie Bescheid. Mehr als Sie mir gesagt haben. Und ich frage mich, ob jemand dort so dumm ist, ein paar Crows zu töten?“

Mr. Smith neigte den Kopf, schwieg jedoch.

„Die Firma wurde im 19. Jahrhundert von einem Bunyan gegründet, jedoch im Jahr 2001 aufgelöst. Ich habe gehört, dass sie eine besondere Beziehung zu den Pearls hatten. Diese Beziehung hat sich inzwischen verschlechtert.“

„Sie waren fleißig“, sagte Mr. Smith. „Und jetzt fragen Sie sich, ob JRB auf der Suche nach neuen Freunden ist?“

„Mir kam der Gedanke, dass sie, wenn ihre Liebe zu den Pearls rückläufig ist, daran interessiert sein könnten, den Waffenstillstand zu destabilisieren. Wenn sich die Familien aus dem Gleichgewicht gebracht fühlen, sind sie eher dazu bereit, sich mit einem Außenseiter zusammenzutun. Zumindest könnte JRB das denken.“

„Sie glauben, JRB liegt falsch?“

„Ich glaube, sie unterschätzen die Einstellung der Familie zu reinem Blut. Die Pearls waren schon immer offener.“

Mr. Smith nickte. „Übrigens, gut, dass Sie Lucy Bunyan gefunden haben.“

„Ich hatte nichts damit zu tun“, entgegnete Lydia. „Das waren DCI Fleet und sein Team.“

„Bescheidenheit wird überbewertet.“

„Diskretion nicht“, konterte sie. Die Pearls hatten sich nicht in Luft aufgelöst. In Tausenden von Londonern floss ein wenig Pearl-Blut und Lydia hatte wie Charlie angenommen, dass sie das repräsentierten, was von der alten Garde übrig geblieben war. Sie hatten sich geirrt. Ein starker Kern der Familie existierte noch. Die mächtigen Vorfahren der Pearls waren, so unmöglich es auch sein mochte, am Leben, und das allein war eine unglaubliche Entdeckung. Sie mussten irgendwohin geflohen sein und Lydia würde sie finden. Sie wusste noch nicht, ob sie sich mit ihnen anfreunden oder ihren Hofstaat vernichten wollte, doch das würde sie schon herausfinden. In der Zwischenzeit hatte Lydia keinerlei Bedenken, sie als Druckmittel gegenüber Mr. Smith einzusetzen. „Aber interessant an den Pearls ist, dass sie in der Lage sind, die Zeit zu manipulieren. Oder dass Zeit sich in ihrer Nähe anders verhält. Ich wette, das würde Ihre geheimen Wissenschaftler interessieren."

„In der Tat", sagte Mr. Smith. „Ich nehme nicht an, dass Sie Ihren Aufenthaltsort kennen?"

„Wie Sie sicher schon wissen, haben sie sich aus dem Staub gemacht." Lydia legte den Kopf schief. „Vielleicht kann Lucy Bunyan mehr Informationen liefern, sobald sie sich erholt hat."

„Sie wirkt nicht übermäßig verstört", sagte Mr. Smith. „Offenbar glaubt sie, auf einer tollen Party gewesen zu sein."

„Das ist vermutlich gut so. Ich kenne aber vielleicht jemanden, der etwas mehr Zeit mit den Pearls verbracht hat."

Mr. Smith schwieg. Das war die beste Reaktion, die sie je bekommen hatte, und Lydia gab sich im Geiste selbst ein High Five. „Aber ich erwarte eine Gegenleistung dafür."

„Natürlich tun Sie das."

„Finden Sie heraus, wer die Morde an Terrence und Richard Crow angeordnet hat. Und zwar schnell."

„Und im Gegenzug stellen Sie mir Ihren geheimnisvollen Freund vor?"

„Nun ja, Sie müssen schon ein bisschen mehr Arbeit leisten, aber ja."

„Abgemacht." Mr. Smith lächelte. „Was haben Sie?"

„Er wird seit Silvester 1999 vermisst." Lydia zückte ihr Handy, navigierte zu dem Bild, das sie im Maudsley Hospital aufgenommen hatte, und reichte es ihm. „Wenn Sie seine Identität herausfinden, Kontakt zu seiner Familie aufnehmen und eine finanzielle Entschädigung für zwanzig

Jahre verlorene Zeit arrangieren, wird er Ihnen alles erzählen, was er über die Pearls weiß."

Mr. Smith hielt inne. „Woher wissen Sie, dass er bei den Pearls war? Welche Beweise haben Sie?"

„Ich kann es spüren", sagte Lydia. Sie warf einen Blick auf die Gestalten vorne im Auto und zog dann ihre Augenbrauen nach oben. Mr. Smith nickte. „Sie wissen, dass ich die Macht in anderen Menschen spüren kann? Ich erkenne, zu welcher Familie sie gehören. Bei diesem Typen weiß ich, dass er kein Pearl ist, aber er trägt Rückstände von ihnen an sich."

Er runzelte die Stirn. „Was für Rückstände? Magischen Staub?"

„Ich denke schon", sagte Lydia. „Und sein ganzer Körper ist mit Narben übersät, den gleichen, die Joshua Williams haben wird, sobald die Schnitte an seinen Armen verheilt sind. Beim Feiern wurde offenbar mit einer Klinge auf seinem Körper gezeichnet."

„Interessant." Mr. Smith holte sein eigenes Telefon heraus und machte ein Foto von Lydias Display. Dann griff er nach vorne und klopfte dem Fahrer auf die Schulter.

Das Auto hielt an und Lydia hörte, wie ein Mechanismus ihre Tür entriegelte.

„Sie sehen sich das mit den Auftragsmorden an? Ich stehe zeitlich etwas unter Druck."

„JRB", sagte Mr. Smith. „Ich würde mein Geld darauf setzen."

„Nicht die Silvers?"

Mr. Smith verzog das Gesicht. „Sie sind noch nicht so weit. Und Sie haben Recht. JRB ist auf der Suche nach einem neuen Bündnis. Sie wollen, dass sich die vier Familien gegenseitig an die Gurgel gehen."

„Ich brauche einen Namen", sagte Lydia. Charlie würde ihr ansonsten nicht glauben und sie konnte ihm nicht einmal von ihrer Verbindung zu Mr. Smith erzählen. Sie

konnte sich vorstellen, wie gut er die Nachricht aufnehmen
würde, dass sie sich mit dem Geheimdienst unterhalten
hatte.

„Ich werde sehen, was ich tun kann", sagte Mr. Smith.
„Bis Donnerstag."

LYDIA HATTE keinen Namen für Charlie, aber den starken
Verdacht, dass die Anschläge auf Terrence und Richard auf
das Konto von JRB gingen, um die Familien zu destabilisieren. Eine andere Möglichkeit wäre, dass die Morde ein
Werk des Pearlkönigs waren.

So oder so, sie glaubte nicht, dass Big Neil etwas davon
wusste, und das musste ausreichen, um Charlie von seinem
Vorhaben abzuhalten. Lydia wurde übel und sie verdrängte
eilig die Gedanken und Bilder, die ihr Verstand bereitwillig
hervorzauberte. Einen an einen Stuhl gefesselten Mann.
Verprügelt. Gefoltert.

Lydia schluckte und schrieb Charlie eine SMS: *Ich bin
auf dem Weg. Fang nicht ohne mich an.*

Unterwegs vibrierte ihr Telefon mit der Antwort. Mit
einer gewaltigen Willensanstrengung wartete sie, bis sie auf
der Straße geparkt hatte, um sie zu lesen.

Die Party ist vorbei.

Das war nicht gut. Lydia drehte sich der Magen um, als
sie sich auf den Weg zum Bogen machte. Sie hämmerte an
die Tür, doch niemand öffnete. Sie fluchte auf die Metalltür
und das neue Schloss und auf ihren sturen, furchterre-
genden Onkel. Es half nichts.

Sie schrieb Charlie zurück:

Wir müssen reden. Wo bist du?

Sie wartete auf eine Antwort und fuhr gedankenverloren
zurück zum Fork. Sie parkte so nah wie möglich, straffte die
Schultern und ging hinein. Vielleicht bedeutete die Text-
nachricht nicht das, was sie glaubte. Sie musste unvoreinge-

nommen bleiben und durfte keine voreiligen Schlüsse ziehen. Und vor allem durfte sie sich nicht in die Karten schauen lassen. Was auch immer Charlie sagen würde, sie würde sich ihre Gefühle dazu nicht anmerken lassen.

Das Café war geschlossen und von Angel war nichts zu sehen. Lydia hoffte, dass sie ihren Rat befolgt hatte und auf dem Weg aus der Stadt war.

Sie ging durch das leere Café und überprüfte die Küche, die Vorratskammer und die Gasse, die hinter dem Gebäude verlief. Sie hatte erwartet, dass Charlie auf sie warten würde, um ihr weitere Befehle zu erteilen oder sein Handeln zu rechtfertigen. Sie hatte das ungute Gefühl, dass etwas ganz und gar nicht stimmte, aber sie konnte nicht glauben, dass er sie wirklich aus dem Familiengeschäft ausgeschlossen hatte.

Ihr Handy vibrierte.

Zuhause.

EINE ANTWORT mit nur einem Wort. Nun, das verhieß nichts Gutes. Lydia schloss die Eingangstür des Cafés und fuhr zu Charlie. Sie ignorierte ihr Bauchgefühl, das sie davor warnte, ihren Onkel in dessen Haus aufzusuchen. Aus dem geparkten Wagen schrieb Lydia Fleet, was sie vorhatte. *Ich melde mich in einer Stunde bei dir.* Dass er ansonsten Verstärkung schicken sollte, war selbsterklärend.

Trotz Charlies Gewalttätigkeit, der Art und Weise, wie er vorhin mit ihr gesprochen hatte, und der Warnung ihrer Instinkte konnte Lydia immer noch nicht glauben, dass sie wirklich in Gefahr schwebte. Es war Onkel Charlie. Der Bruder ihres Vaters. Er war gereizt, doch Lydia konnte sich des Gefühls nicht erwehren, dass sie die Wogen glätten konnte. Es musste einen Weg geben, alles wieder in Ordnung zu bringen. Er hatte mit Big Neil eine Grenze überschritten, aber sie hatte immer noch die Hoffnung, dass er es wiedergutmachen konnte. Dass es nicht so schlimm war, wie sie dachte.

Der Weg zur Haustür war das erste Anzeichen dafür, dass etwas nicht stimmte. Normalerweise war er mit Vögeln gesäumt, heute jedoch nicht. Auch im Garten war es still, nicht einmal ein Windhauch bewegte das Gebüsch.

Charlie öffnete die Tür, noch bevor sie klopfte. Er musste sie durch eines der Fenster beobachtet haben. „Drinnen", sagte er und wandte sich ab.

Lydia folgte ihm in sein Wohnzimmer. Im Kamin lagen die Überreste des Weihnachtsbaums und seiner Asche und es sah nicht so aus, als wäre seit der Party aufgeräumt worden. Auf dem Sofa und den Sesseln stapelten sich Papiere und Bücher, auf dem Couchtisch standen Tassen, Gläser und Geschirr und auf dem Holzboden klebten die Überreste verschütteter Getränke. Es war kalt und roch nach Zigarettenrauch und Crow.

Charlie lehnte sich gegen den Kaminsims und zündete sich eine Zigarette an. Als der Rauch aufstieg, kniff er die Augen zusammen.

Lydia konnte sich nicht erinnern, ihn schon einmal rauchen gesehen zu haben, und das war kein gutes Zeichen. Er trug einen Mantel, sodass sie seine Tätowierungen nicht sehen konnte. Sie fragte sich, ob sie sich bewegten oder ob das, was sie mit ihm gemacht hatte, dauerhaft war.

„Es war keine Zufallstat", erklärte Lydia. „Aber ich glaube nicht, dass es eine der Familien ist. Und ich bin mir ziemlich sicher, dass es nichts mit Big Neil zu tun hat. Was hast du damit gemeint, die Party sei vorbei? Was ist mit Neil passiert? Wo ist er?"

Charlie ignorierte sie. „Ich weiß nicht, warum du hier bist, Lydia. Ich habe dir gesagt, du sollst dich raushalten. Du wolltest doch mit alldem nichts zu tun haben, trotzdem bist du hier. Das Einzige, was ich von dir will, sind die Schlüssel zum Fork, denn du verpisst dich zurück nach Schottland."

„Es geht um eine Firma. JRB. Sie ist ein Klient der Silvers, aber eigentlich eine Strohfirma in Großbritannien. Sehr zwielichtig. Ich ermittle schon eine Weile gegen JRB und es sieht so aus, als ob sie versuchen, Ärger zwischen den Familien zu stiften. Ich glaube, sie wollen den Waffenstillstand brechen. Big Neil hat nichts mit ihnen zu tun, er steht in keiner Verbindung mit ihnen." Lydia wollte Charlie noch mehr erzählen, aber sein Gesicht war seltsam ausdruckslos, als würde er gar nicht zuhören.

„Das ist egal." Er ließ die Kippe auf den Steinboden fallen und zermahlte sie mit seinem Schuh. „Aber ja, Big Neil ist vom Haken", sagte er schließlich.

„Gut." Lydia spürte, dass sich der Knoten in ihrem Magen löste. „Müssen wir die Sache mit seiner Gang klären?" Neil zu verprügeln war zwar schlimm, doch Lydia konnte die Dinge wieder in Ordnung bringen. Mithilfe der Gemeinschaft und mit Charlie.

Charlie schüttelte den Kopf. „Er wird nichts erzählen."

Lydia fröstelte, als eine kalte Vorahnung sie überrollte. Sie würde die Frage lieber nicht stellen, aber sie brauchte Gewissheit. „Als du sagtest, die Party sei vorbei ... Was hast du damit gemeint?"

„Big Neil steht nicht länger zu Diensten", antwortete Charlie. „Er hat sich in einer Wohnsiedlung in Brixton niedergelassen. Einer Kellerwohnung."

Lydia brauchte einen Moment, um Charlies Worte zu verstehen. Dann begriff sie. Big Neil war in das Betonfundament eines Neubaus gebettet worden, zu dem Charlie vermutlich Kontakte hatte.

„Keine Fenster", erklärte er, „aber er ist nicht in der Lage, sich darüber zu beklagen."

„Ich verstehe", sagte Lydia. Die Übelkeit, die sie verspürt hatte, verschwand, als sie eine Faust um ihre Münze schloss. „Du hast ihn ermordet."

Charlies Gesicht verzog sich zu plötzlicher Wut. „Wage

es nicht, mich zu verurteilen. Du bist erst seit einem Jahr in Camberwell, ich schon mein ganzes Leben. Ich habe diese Familie an der Spitze gehalten, für unsere Sicherheit gesorgt und das Geld herangeschafft. Du hast keine Ahnung, was das bedeutet."

„Ich fange an, es zu verstehen", erwiderte Lydia. „Aber über die Notwendigkeit bestimmter Taten lässt sich streiten. Du hättest ihn nicht umbringen müssen. Er hat uns nichts getan."

„Du denkst, er war ein netter Kerl? Glaub mir, bei seiner Beerdigung wird niemand eine Träne vergießen."

„Darum geht es nicht", entgegnete Lydia. „Das rechtfertigt nicht ..."

Charlie lachte. Ein kurzes, humorloses Bellen, bei dem Lydia zusammengezuckt wäre, hätte sie ihre Münze nicht so fest in die Handfläche gepresst, dass es wehtat. „Der Zweck heiligt immer die Mittel. Immer. Glaubst du, das war das Schwerste, was ich je getan habe? Glaubst du, diesen Idioten zu erledigen, war etwas Besonderes für mich? Er spielt keine Rolle, Lydia. Es geht nur ums Geschäft. Ich musste einer Spur nachgehen, denn, falls du es vergessen hast, jemand hat zwei Mitglieder unserer Familie ermordet." Er betonte das Wort und schleuderte es Lydia wie eine Waffe ins Gesicht.

„Aber du wusstest, dass Big Neil keine große Nummer ist und er den Befehl niemals gegeben hätte, selbst wenn er in irgendeiner Weise damit verbunden gewesen wäre. Wie wäre es mit ein bisschen Zurückhaltung?"

„Ein bisschen Zurückhaltung? Glaubst du, ich habe mich nicht unter Kontrolle? Ich wäge jede verfluchte Aktion jedes verdammte Mal ab. Es ist nicht leicht und du hast keine Ahnung, womit ich jeden Tag zu tun habe, Lydia. Keine Ahnung."

Lydia öffnete den Mund, um zu widersprechen, aber er war nicht mehr zu bremsen.

„Wenn schwierige Entscheidungen getroffen oder bestimmte Dinge getan werden müssen, kümmere ich mich darum. Das bedeutet es nämlich, ein Anführer zu sein. Das habe ich von meinem Vater gelernt und dein Vater auch, glaube also nicht, dass er ein Unschuldsengel ist. Ich tue, was ich tun muss. Und ich bin gut darin. Das macht mich zu einem Anführer und deshalb hat man mir die Aufgabe anvertraut, als Henry in den Vorruhestand ging."

„Du warst der Nächste in der Reihe", sagte Lydia, deren Wut ihren Selbsterhaltungstrieb niederrang. „In dieser Familie geht es nur um Abstammung, um Blut. Du warst der Nächste in der Reihe, das war der Grund. Es war kein göttlicher Erlass."

„Als ob du irgendetwas über diese Zeit wissen würdest. Und ich wette, dein Vater hat dir nichts darüber erzählt. Nein, er war damit beschäftigt, sein kleines Mädchen vor uns großen bösen Crows zu beschützen, vor all den Kriminellen, die seiner Meinung nach nicht gut genug für seine Prinzessin waren."

„Erwarte kein Mitleid von mir. Du liebst das doch. Du hast gerade gesagt, dass du der natürliche Anführer der Familie wärst. Du kannst nicht beides haben."

Charlies Stimme senkte sich und wurde gefährlich ruhig. „Achte auf deinen Tonfall. Wie wäre es mit ein bisschen Respekt? Ich bin das Oberhaupt dieser Familie, das scheinst du immer wieder zu vergessen. Oder geht es dir um etwas anderes?"

„Was meinst du damit?"

„Hast du es auf mich abgesehen, Lydia? Ist es das, worum es dir bei diesem kleinen Auftritt geht? Glaubst du, du hast das Zeug dazu, diese Familie anzuführen?" Seine Augen waren schmal und kalt und Lydia war sich nicht sicher, ob sie ihn überhaupt noch erkannte. „Willst du mich fertig machen? Willst du den Platz deines Vaters einnehmen?"

„Das ist nicht ..."

„Du hast es nicht drauf. Es geht nicht nur um Kräfte, du musst auch die Eier dazu haben."

„Ach ja?" Lydia spürte, wie ihre Wut zurückkehrte und die Angst in die Ecke drängte.

„Die Familie würde dich niemals als Oberhaupt akzeptieren. Das ist eine Tatsache. Und Alejandro auch nicht."

„Was haben die Silvers damit zu tun?"

„Verbündete sind wichtig." Charlie schien sich zu fangen. „Die richtigen Verbündeten. Dass du dich mit deiner Jugendliebe zusammentust, zählt nicht. Alejandro und ich sind aneinander gebunden. Wenn du mich rauswirfst, wird auch er dir Schwierigkeiten machen."

Lydia hatte bereits jetzt Schwierigkeiten mit den Silvers. Und Maria hatte die Familie übernommen, eine Tatsache, die Charlie zu ignorieren schien.

„Ich glaube ohnehin nicht, dass die Silvers noch lange unsere Verbündeten sein werden. Maria ..."

Charlie winkte ab. „Alejandro hat immer noch das Sagen. Lass dich von diesem PR-Kniff nicht täuschen. Und er vertraut mir. Er weiß, dass ich alles tue, was für unser aller Wohl notwendig ist. Wir kennen uns schon lange. Das fehlt dir. Die gemeinsame Vergangenheit. Er wird dir nie so vertrauen wie mir. Wir sind auf eine Weise miteinander verbunden, die du nie erreichen wirst, weil du keine schweren Entscheidungen treffen willst. Ich kneife nicht und Alejandro weiß das. Als sein Vater ein Problem zu lösen hatte, kam er zu mir. Einem Crow. Und auch nicht zu deinem Großvater, nicht zu Henry, sondern zu mir."

„Welches Problem?"

„Seine eigene Nichte, Alejandros kleine Cousine, ging mit jemandem außerhalb der Familie. Er ließ es auf sich beruhen und hoffte, dass Amelia sich nur aufspielte. Jugendliche Rebellion. Doch dann verlobten sie sich." Charlie zuckte mit den Schultern. „Er rief mich an."

Lydia fühlte sich, als hätte man ihr einen Eimer

Eiswasser über den Kopf geschüttet. „Es gab eine Hochzeitsfeier der Silvers im Fork. Damals in den Achtzigern.“

„Amelias Hochzeitsfeier.“ Charlie nickte, versunken in seinen Erinnerungen. Es musste außerhalb des Reviers der Silvers geschehen, damit die Polizei es als natürlichen Tod abhakte. „Ich hatte nichts gegen den Kerl, aber ich habe den Job erledigt. Das ist es, was ich meine, Lydia. Du musst bereit sein, das Undenkbare zu tun. Der Zweck heiligt die Mittel, auch wenn die Mittel verdammt hart sind.“

„Du hast die beiden getötet? An ihrem Hochzeitstag? Sind die Silvers so sehr auf ihre Blutlinie fixiert, dass sie einen Mord in Auftrag gegeben haben?“

„Der alte Silver wartete, bis sie tatsächlich geheiratet hatten und es für Amelia definitiv zu spät war, um zur Vernunft zu kommen. Er gab dem Kind eine Chance.“

„Wie nett von ihm“, sagte Lydia und bemühte sich mit aller Kraft um Ruhe. Sie durfte nicht an Jason denken, nicht jetzt, das würde die Wut nur weiter befördern.

„Aber warum auch noch Amelia töten? Bitte sag mir nicht, dass es eine Art Ehrenmord war.“

„Nein.“ Zum ersten Mal blitzte Bedauern in seinem Gesicht auf. „Es war ein Unfall. Als ihr frischangetrauter Ehemann einen Herzinfarkt erlitt, drehte Amelia durch. Sie ging vor allen Gästen auf ihren Vater los. Das war alles andere als unauffällig. Alejandro zog sie in die Küche, um sie zu beruhigen. Ich habe es auch versucht, aber wir sind gescheitert. Dann ging sie auf mich los und ich stieß sie von mir. Ein bisschen zu fest, wie es scheint“, sagte er und sein Gesicht verdüsterte sich. „Es war ein Unfall. Es tat mir wirklich leid. Sie wich zurück, rutschte auf dem Boden aus und traf mit dem Kopf auf.“

„Wie hast du das gemacht? Wie hast du …“, sie hätte beinahe *Jason* gesagt, *„ihn* getötet?“ Ihr wurde übel.

Charlie richtete sich auf, als hätte sie ihn für seine Tat

bewundert. „Das war ein ordentliches Stück Arbeit. Ich habe seinen Herzschlag angehalten."

„Einfach so?"

Charlie neigte den Kopf. „Ich habe meine Momente."

Lydia verdrängte mit größter Mühe das Bild von Jason und Amy an ihrem Hochzeitstag. Jason, jung, vital und lebendig, an einem Tag, der einer der glücklichsten seines Lebens hätte werden sollen. All dieses Glück, all dieses Potenzial, wurde ausgelöscht, weil Charlie sich mächtige Freunde machen wollte. Charlie hatte kalkuliert seine Interessen abgewogen und einen Anschlag auf einen unschuldigen Mann verübt. Er hatte Jason kaltblütig ermordet. Lydia hatte sich eingeredet, dass Charlie wegen der Morde in Wandsworth unter Stress stand und deshalb überstürzt reagierte, aber das änderte alles. Charlie war schon immer gefährlich gewesen. Mit einem Schlag verschwand Lydias Übelkeit. An ihre Stelle traten ein kalter, klarer Verstand und ein einziger Gedanke: Charlie musste aufgehalten werden.

KAPITEL ACHTUNDZWANZIG

Es war eine Sache zu erkennen, dass der eigene Onkel ein Mörder war und er aufgehalten werden musste, aber eine ganz andere, etwas zu unternehmen. Er gehörte zur Familie. Nicht nur zu *der* Familie, sondern *ihrer* Familie. Er hatte sie auf den Arm genommen, als sie fünf Jahre alt gewesen war, hatte ihr mit sieben das Kartenspielen beigebracht und ihr als Teenager 20-Pfund-Noten zugesteckt, wenn ihre Eltern nicht hingesehen hatten. Lydia war fernab der Crows und ihrer Geschäfte aufgewachsen, aber Onkel Charlie hatte seinen großen Bruder immer wieder besucht und diese Besuche waren wunderschön gewesen.

Zurück in der Wohnung berichtete Lydia Jason, was mit Big Neil passiert war. Sie wusste nicht, wie sie ihm von Amelia erzählen sollte. Amy. Wie erklärte man jemandem, dass ein Mitglied der eigenen Familie ihn ermordet und aus Versehen seine Ehefrau getötet hatte? Für ein solches Gespräch gab es keinen Leitfaden.

Jason nahm die Nachricht, dass Charlie Neil gefoltert und umgebracht hatte, bemerkenswert gelassen auf.

„Du wirkst nicht überrascht", sagte Lydia. „Warum schockiert dich das nicht?"

Jason zuckte mit den Schultern. „Tut mir leid. Es passt irgendwie zu meiner Vorstellung der Crows." Als er Lydias Gesichtsausdruck sah, entschuldigte er sich. „Ich habe nur Gerüchte gehört. Ich dachte, es wären nur Geschichten, aber dann traf ich deinen Onkel und sie erschienen mir gar nicht so weit hergeholt."

„Beim Höllenfalken!" Lydia sank auf das Sofa und hielt sich die Hände vor das Gesicht. Sie würde die Wahrheit gerne verdrängen. Aber sie konnte mit Charlie als Oberhaupt der Crows nicht weitermachen. Also blieben ihr zwei Möglichkeiten: zu gehen oder die Führung zu übernehmen. Ihr ganzer Körper kribbelte vor Nervosität und sie spürte ihre Crow-Kraft, das Schlagen der Flügel und den Geschmack der Federn. Sie zog ihre Schulterblätter zurück. Konnte sie eine echte Allianz mit den Fox' schmieden? Oder könnten sie es ohne großes Aufheben über die Bühne bringen? Wenn Charlie sich aufs Land zurückzog, weit weg von London, könnte sie seine Geschäfte abwickeln und nur noch Crow Investigations betreiben – alles im Rahmen der Gesetze. Kein großes Machtzentrum, nichts, was eine Gefahr für Dritte darstellte.

Bereits während sie diese Möglichkeiten durchdachte, wusste sie, dass es sinnlos war. Niemand würde glauben, dass die Crows sich zurückzogen. Man würde sie als schwach ansehen und jemand von außen, eine Familie, JRB oder eine unbekannte Bedrohung, würde sie angreifen. Die Menschen glaubten an die Macht der Crows und das bedeutete, dass sie sie fürchteten. Diese Angst lässt sie den Gegner angreifen.

Sie nahm die Hände vom Gesicht und entdeckte Jason, der unsicher vor ihr schwebte. „Ich habe nur versucht, mir eine Ausstiegsstrategie zu überlegen." Sie brachte es nicht über sich, Jason ihre Gedanken mitzuteilen. Maria Silver wollte Lydia tot und begraben sehen. Abgesehen von Paul war der Rest der Fox' nicht ihr größter Fan, und sie hatte die Pearls soeben verärgert, indem sie ihnen ihr neuestes Spielzeug weggenommen hatte.

In ihrem Kopf drehte sich alles und sie hatte mehrere verpasste Anrufe von Fleet auf ihrem Handy. Sie schrieb ihm, dass alles Ordnung war. „Ich kriege das schon hin", sagte sie zu Jason und hoffte, dass sich ihre Zuversicht auf magische Weise in Sicherheit verwandeln würde.

„Ich weiß", sagte Jason. „Aber wenn nicht, laufe ich mit dir davon."

Lydia hielt inne. Das Fork war Jasons Zuhause. Mehr als das, es war der Ort, an den er gefesselt war, der Ort, an dem er gestorben war. Sie spürte, wie ihr die Tränen in die Augen stiegen, und sie umarmte Jason trotz der Kälte, die ihren Körper sofort durchströmte.

Lydia legte ihr Handy auf ihren Schreibtisch und starrte es lange an. In ihrem Bücherregal stand eine volle Flasche Whisky, die sie ebenfalls betrachtete. Eine plötzliche Gelassenheit erfüllte sie und anstatt sich einen Drink einzuschenken, trat sie auf die Dachterrasse und hob ihr Gesicht zum Himmel. Die Lichter der Stadt und der Vollmond färbten den Winterhimmel nicht schwarz, sondern dunkelblau und die Wolken dort, wo sie auf den Mondschein trafen, silbergrau. Lydia spürte in sich hinein und tastete nach den Grenzen ihrer Macht. Sie holte ihre Münze hervor und ließ sie über das Geländer springen, sodass sie hoch über der Straße schwebte. Sie produzierte immer mehr Münzen und ließ sie über der Terrasse schweben, bis sie so hoch gestiegen waren, dass sie das Licht einfingen und wie Sterne leuchteten.

. . .

Lydia ging die Treppe hinunter und trat durch den Hinterausgang in die Gasse, die in die Hauptstraße mündete. Weg vom Fork. Sie rief Pauls Handy an.

„Ich habe nichts", sagte er. „Niemand redet über Malcolm Ferris oder die Aktion gegen die Crows. Es tut mir leid, Vögelchen."

„Nicht am Telefon", antwortete sie. „Ich bin auf dem Weg zu dir."

„Potters Fields?"

Als sie zurück im Park war und Paul am Eingang auf sie wartete, wurde Lydia klar, dass sich ihre Loyalität verschoben hatte. Sie war es leid, ihrer Familie blindlings zu folgen, nur weil das gleiche Blut in ihren Adern floss. Und sie hatte es satt, in ihrem Kielwasser mitgerissen zu werden.

„Was ist passiert?"

Lydia vergewisserte sich, dass niemand in Hörweite war und informierte ihn. Der lose Plan, den sie sich zurechtgelegt hatte, verdichtete sich während des Sprechens. Sie würde nicht weglaufen, was bedeutete, dass Charlie eine Reise unternehmen musste.

„Das könnte schwierig werden", sagte Paul. „Du musst womöglich eine dauerhafte Lösung in Betracht ziehen."

Das war nichts Neues für Lydia, die seit dem Tod von Big Neil kaum an etwas anderes denken konnte. Sie spürte, wie sich ihr Magen erneut umdrehte. „Ich kann ihm nicht wehtun." Eigentlich hatte sie sagen wollen „Ich kann ihn nicht umbringen", aber sie konnte die Worte nicht einmal aussprechen. Sie konnte niemanden umbringen. Sie war keine Mörderin. „Und wir haben keine Verbannung in unserer Familie."

„Ach nein?", fragte Paul.

„Was meinst du?"

„Es gibt einen Ort, an den schon immer einige Crows verbannt wurden. Nicht viele, zugegeben, aber kam vor."

Der Groschen fiel. „Ich kann ihn nicht einsperren lassen." Sie hörte das Zuschlagen der Zellentür und die Welle purer Panik, die sie überrollt hatte. Krähen gehörten nicht in Käfige.

Paul zuckte mit den Schultern. „Er hat fast sein ganzes Leben ein Verbrechersyndikat geleitet. Er muss es als Berufsrisiko einkalkuliert haben. Und es ist ja nicht so, als ob er im Gefängnis machtlos wäre. Niemand würde Charlie Crow etwas antun." Pauls Augen weiteten sich, als er sich an die jüngsten Ereignisse erinnerte. „Tut mir leid. Das war dumm. Ich meinte nur ..."

„Ich weiß", sagte Lydia. „Und du hast recht." Vor allem, wenn sie herausfand, wer Terrence und Richard angegriffen hatte. Und es könnte eine Alternative zu einem Ort wie Wandsworth geben. Einem, an dem er sicherer vor Mordanschlägen war. „Ich muss nur wissen, ob das Oberhaupt der Fox' Lydia Crow als Oberhaupt der Crows anerkennen würde."

Pauls Lippen verzogen sich zu einem Lächeln. „Die Kinder übernehmen das Kommando", sagte er. „Das finde ich gut."

ZURÜCK IN IHRER Wohnung wusste Lydia, dass sie es nicht länger aufschieben konnte. Egal, was sonst noch los war, sie war es Jason schuldig, ihm die Wahrheit zu sagen. Lydia fand ihn in seinem Schlafzimmer, wo er auf dem Laptop tippte. Er wirkte vertieft und zufrieden. Sollte sie diesen Frieden stören? Mit Informationen in seine Welt eindringen, die ihm Kummer bereiten würden? Schlimmer noch, Kummer ohne die Hoffnung auf Trost.

„Glaubst du an das, was ich tue?" Lydia setzte sich im Schneidersitz auf das Bett.

Jason sah auf. Er musste etwas in ihrem Gesichtsausdruck gesehen haben, denn er klappte den Laptop zu und schob ihn zur Seite. „Ermitteln?"

„Ja, mein Geschäft. Findest du, das ist eine gute Sache?"

„Wie kommst du darauf?"

„Ich verbringe viel Zeit mit Charlie", sagte Lydia. „Vieles von dem, was er tut, gefällt mir nicht. Oder was im Familiengeschäft passiert. Das hat mich dazu gebracht, über mein eigenes Geschäft nachzudenken. Bin ich etwa besser? Ich bereite den Leuten ständig Kummer."

Jason schüttelte den Kopf. „Du verursachst den Kummer nicht. Du lieferst Informationen. Du klärst Dinge auf. Du lieferst den Menschen einen Abschluss oder Details über ihre Beziehungen, die ihnen helfen, Entscheidungen über ihr Leben zu treffen."

Lydia verdrehte ihre Finger. „Bei dir klingt es wie ein Dienst an der Gemeinschaft. Ich schnüffle für Geld."

Er lächelte. „Ja, aber du hast auch einen Mitbewohner, der viel Müsli verbraucht. Du musst Kohle ranschaffen."

„Kohle ranschaffen?" Lydia zog eine Augenbraue hoch. „Wo hast du denn diesen modernen Jargon her? Von deinen Internet-Freunden?"

„Spar dir die Anführungszeichen", entgegnete Jason. „Sie sind wirklich meine Freunde."

„Das war nur ein Scherz. Ich freue mich für dich."

Eine kurze Pause entstand und Lydia rang mit ihrem Gewissen. Dann fragte sie: „Glaubst du, dass die Wahrheit immer besser ist, als nichts zu wissen? Für unsere Kunden, meine ich."

„Ja." Jason antwortete, ohne zu zögern.

„Ich möchte dich etwas fragen, aber es geht um dich. Du wirkst in letzter Zeit glücklicher und ich möchte keine alten Geschichten aufwärmen, wenn es dich aufregt."

Jason wurde still. Normalerweise vibrierte er leicht, wenn

er aufgeregt war. Wenn er emotional wurde, wirkte er weniger lebendig und mehr wie ein echter Geist, wenn man das so sagen konnte. Im Moment jedoch saß er still da, sah gefestigt aus und hielt ihrem Blick stand. „Ich bin glücklich, aber ich will immer noch Antworten. Auch wenn sie hässlich sind."

„Alles klar …"

Plötzlich lachte er. „Ich bin tot. Meine Frau ist tot. Ich weiß bereits, dass es kein Happy End gibt."

Lydia griff nach seiner kalten Hand. „Du hast mir mal erzählt, dass du Amys Eltern kaum kanntest. Dass ihr nicht viel Zeit miteinander verbracht habt."

Er nickte. „Aber sie waren immer nett zu mir."

„Ach ja?"

„Ich habe dir schon gesagt, dass ich sie in Ordnung fand. Amy sagte, sie hätten sie in Ruhe gelassen, weil sie verstanden hatten, dass sie nur noch rebellischer wurde, wenn sie versuchten, sie zu kontrollieren."

„Kluger Schachzug", sagte Lydia.

„Genau. Und das waren sie. Klug, meine ich. Das war Amy auch. Sie war unglaublich, sie hätte alles tun können, was sie sich vornahm."

„Sie waren auf deiner Hochzeit?"

Er runzelte die Stirn. „Natürlich."

„Und auf der Party, hier?"

„Worauf willst du hinaus?"

„Du kannst dich immer noch nicht an diesen Tag erinnern?"

„Nein." Lydia drückte seine Hand fester, in der Hoffnung, ihn zu beruhigen. Wenn er sich sehr aufregte, verschwand er womöglich. Seit er das Programmieren und Hacken für sich entdeckt hatte, war das seltener vorgekommen, aber es passierte immer noch mit erschreckender Regelmäßigkeit. Er verschwand und wenn er Stunden später zurückkam, wusste er nicht meh, wo er gewesen war. Es war etwas, das er nicht kontrollieren konnte, und Lydia wusste, dass ihm das Angst bereitete.

„Ich glaube, Amys Eltern haben einen Deal mit Charlie gemacht."

„Was für einen Deal?"

„Alejandro ist in gewisser Hinsicht wie Tristan Fox: Er hält nichts davon, die Blutlinie der Familie zu verwässern. Und sein Vater war genauso." Lydia holte tief Luft. „Amy war die Cousine von Alejandro. Ihr Onkel war das Oberhaupt der Silvers."

„Nein, sie waren mit uns einverstanden", entgegnete Jason. „Ich habe es dir gesagt."

„Ich weiß. Es tut mir leid. Es ist hart, das zu hören, aber ich glaube nicht, dass sie so verständnisvoll waren, wie sie es vorgaben."

Jason hielt seine Hand hoch. „Du hast etwas herausgefunden?"

„Ja", sagte Lydia. „Von Charlie."

„Sag es mir nicht!"

„Bist du dir sicher?"

„Was, wenn ich dadurch einen Schlussstrich ziehe und verschwinde? Ich bin glücklich. Ich habe ein Leben." Er wollte lächeln, doch der Versuch glückte nicht recht. „Ich meine, eine Art von Leben. Das will ich nicht verlieren."

„Okay", sagte Lydia. „Gib Bescheid, wenn du deine Meinung änderst."

„Hast du dir schon überlegt, was du wegen Charlie machen willst?"

Für den Bruchteil einer Sekunde dachte Lydia, dass sie Jason aus Versehen von seinem Mord erzählt hatte, doch dann wurde ihr klar, dass er nur das Thema von sich ablenkte. „Ich denke schon. Aber dafür muss ich dich um einen Gefallen bitten."

„Na großartig", jammerte Jason. „Du bist wirklich gut darin, um Hilfe zu bitten."

„Sehr witzig", sagte Lydia und klopfte ihm sanft auf die Schulter.

Lydia ignorierte einen Anruf von Charlie, sie war auf dem Weg zu Miles Bunyans Haus. Abgesehen von dem dringenden Problem ihres mordenden Onkels wusste sie, dass sie mit Miles sprechen musste. Außerdem war es ein heller, kühler Tag und sie wollte London in der Wintersonne genießen. Normalerweise half ein Spaziergang, um ihren Geist zu beruhigen, doch heute kreisten ihre Gedanken weiter und suchten endlos nach einem anderen Ausweg aus dem Problem. Sie konnte nicht mit Charlie zusammenarbeiten und ihn nicht als Familienoberhaupt weitermachen lassen, nicht nach allem, was er getan hatte. Gleichzeitig wusste sie nicht, ob sie bereit war, an seine Stelle zu treten. Charlie lag mit vielen Dingen falsch, doch bei dieser Sache hatte er recht.

Das viktorianische Reihenhaus der Bunyans sah genauso aus wie bei Lydias letztem Besuch, aber die Atmosphäre drinnen war völlig anders. Sie war hell und fröhlich und Lydia fragte sich, ob jeder das spüren konnte oder ob es an ihren Crow-Instinkten lag. Seit der Konfrontation mit dem Pearlkönig hatte sich Lydia gefragt, wie besonders ihre Fähigkeiten waren und wie weit sie reichen würden. Das war neu für sie, nachdem sie sie jahrelang ignoriert, geleugnet oder sich für sie geschämt hatte.

Sie folgte Miles durch den Flur in die Küche, wo er ihr erklärte, dass Lucy sich ausruhte, sie jedoch gern zum Tee bleiben könne. „Sie können sich später mit ihr unterhalten, aber ich möchte sie lieber nicht stören."

„Schon in Ordnung", sagte Lydia. „Ich wollte eigentlich mit Ihnen sprechen."

„Ach ja?" Miles wuselte durch die Küche, holte Tassen

und öffnete eine Packung Kekse. Er warf ihr einen misstrauischen Blick zu. „Kein Charlie heute?"

„Kein Charlie", sagte sie. „Ich ermittle in einer Sache."

„Ich dachte, er würde kommen, um sein Honorar zu kassieren."

Lydia runzelte die Stirn. „Sie bezahlen ihn für seine Nachforschungen?"

„Nein, nein. Nichts dergleichen." Miles schüttelte den Kopf. „Er schätzt es, wenn man ihm persönlich dankt, das ist alles. Nicht, dass ich ihm nicht dankbar wäre", fügte er eilig hinzu. „Richten Sie ihm aus, dass ich ihm sehr dankbar bin. Auf ewig dankbar. Ich nehme an, er hat bei der Polizei ein paar Fäden gezogen?"

Lydia zwang sich zu einem Lächeln. „Ich bin wirklich nicht in Charlies Auftrag hier. Es gibt etwas, das ich Sie fragen wollte."

„Zucker? Milch?"

„Nur Milch", antwortete Lydia. „Es geht um eine Firma namens JRB."

Miles hatte einen Teebeutel aus einer Tasse genommen und seine Hand zuckte, sodass der Tee über den Tresen spritzte.

„Haben Sie schon von ihr gehört?"

Miles sah sie an. „Geht es um Lucy?"

„Was sollte JRB mit Ihrer Tochter zu tun haben?"

„Nichts." Er schüttelte den Kopf. „Natürlich nicht. Das ist lächerlich. Es ist nur eine Geschichte."

„Was ist nur eine Geschichte?"

Miles wandte sich wieder dem Tee zu. Er legte seine Hand auf die Milchpackung, goss jedoch nichts daraus ein. Er dachte nach und sein Kiefer war angespannt. Lydia ahnte, dass er sie gleich bitten würde zu gehen. „Ich möchte nur sicherstellen, dass Lucy und Sie in Sicherheit sind. Ich weiß, wer sie entführt hat, und ich glaube, ich weiß auch, warum sie freigelassen wurde, aber ich will sichergehen, dass so etwas nicht noch einmal passiert. Das Haus, in dem sie gefunden wurde, und die Leute, die dort lebten, stehen in Verbindung zu JRB, einem Unternehmen, das früher den Namen Ihrer Familie trug. Es bleibt zwischen uns. Nichts davon wird diesen Raum verlassen, ich werde nichts an die Polizei oder die Presse weitergeben."

„Es würde Ihnen ohnehin niemand glauben", sagte Miles. „Das ist völlig verrückt."

„J.R.B. and Sons wurde von John Bunyan gegründet. Ein Verwandter von Ihnen?"

„Das hat nichts mit mir zu tun. Ich war nie im Vorstand. Mein Vater schon, aber die Firma wurde vor zwanzig Jahren aufgelöst. Sie existiert nicht mehr."

„Was ist passiert?"

„Mein Vater starb vor zehn Jahren. Er wäre derjenige, den ich fragen müsste. Ich weiß nichts darüber." Miles wurde immer unruhiger.

„Was war ,verrückt'?"

„Wie bitte?"

„An dem Unternehmen."

„Es gab eine Meinungsverschiedenheit, glaube ich", sagte Miles. „Mit Geschäftspartnern. Oder unter den Vorständen, ich bin mir nicht sicher. Aber es kam zu einem großen Streit. Das Unternehmen war stets erfolgreich und ich weiß, dass es für Dad besser gewesen wäre, wenn alles wie bisher weitergelaufen wäre, also muss es um etwas sehr Ernstes gegangen sein. Er hat an der Auflösung natürlich verdient, aber er sagte immer, es sei schade um die Firma gewesen. Er wollte, dass ich ebenfalls einsteige, aber ich hatte andere Ambitionen und man will ja nicht immer nur in die Fußstapfen seiner Eltern treten, nicht wahr?"

Lydia schwieg.

„Die Firma wurde abgewickelt und das war's." Miles ließ den Teelöffel in die Spüle fallen.

„Was verschweigen Sie mir?"

„Ich habe Ihnen doch gesagt, dass das Unsinn ist. Mein Vater war am Ende ziemlich verwirrt. Er wusste nicht, was er sagte."

Lydia verschränkte ihre Arme und lehnte sich gegen den Tresen, um zu zeigen, dass sie nicht lockerlassen würde.

„Er sprach von einigen seltsamen Bedingungen. Einige Beteiligte hatten die Trennung sehr persönlich genommen. Dad sagte, sie hätten zum Scherz ein Dokument aufgesetzt, das aber nicht besonders lustig war. Darin standen allerlei unmögliche Konditionen, die bei der Auflösung der Firma gelten sollten."

„Kann ich das Dokument sehen?"

Miles runzelte die Stirn. „Nein. Ich habe keine Ahnung, wo es ist. Wahrscheinlich ging es verloren. Oder es liegt auf dem Dachboden. Oder es wurde geschreddert, als wir Dads Haus ausgeräumt haben."

„Aber Sie haben es gelesen?"

„Dad sagte, es sei eine Fälschung. Es sollte wie ein juristisches Dokument aussehen, war aber voller dummer Märchen."

„Wie zum Beispiel?"

„Ich weiß nicht, ich kann mich nicht erinnern."

„Versuchen Sie es", sagte Lydia und umschloss mit der Faust ihre Münze.

Miles schloss die Augen. „Blumengabe. Die Freiheit dort unten. Ihr erstgeborenes Mädchen." Seine Lider flogen auf. „Mein Vater hatte keine Tochter."

„Nein, aber Sie", sagte Lydia. „Wenn ich Sie wäre, würde ich das Dokument suchen und es verbrennen."

KAPITEL NEUNUNDZWANZIG

Der nächste Tag war ein Donnerstag und Lydia ging zu ihrem Treffen mit Mr. Smith. Unterwegs hielt sie an und kaufte Kaffee zum Mitnehmen und zwei große Stücke Schokoladenkuchen. Sie machte sich diesmal nicht die Mühe, früher zu kommen, um die Wohnung auf Wanzen zu durchsuchen, denn sie sah ein, dass es zwecklos war. Mr. Smith gehörte zu einer Welt, die über weitaus bessere Ressourcen und Technologien verfügte als sie selbst.

Er war bereits in der Küche, die Schachtel mit Pasteis de Nata stand auf dem Tisch.

Lydia stellte den Kuchen ab. „Ich habe ein Abschiedsgeschenk mitgebracht."

„Aber wir fangen doch gerade erst an", sagte Mr. Smith. „Ich habe gute Nachrichten. Ich habe die Familie Ihres Freundes gefunden und das Wiedersehen verlief sehr gut. Ich habe es mit meinem Handy gefilmt, falls Sie sich an einem Happy End erfreuen wollen."

„Er verlässt das Krankenhaus?"

Mr. Smith nickte. „Er wurde entlassen und ist auf dem

Weg zu seinen Eltern. Ich kann Ihnen die Adresse geben. Übrigens, sein Name ist nicht Ash. Er heißt Simon."

Lydia hob den Pappdeckel ihres Kaffeebechers und pustete hinein. „Ich werde mir seine Daten aufschreiben. Und ich werde sicherstellen, dass es ihm gut geht."

„Ich weiß nicht, worauf Sie hinauswollen", sagte Mr. Smith. „Aber er hat sich freiwillig bereit erklärt, mit uns über seine Erfahrungen zu sprechen. Und er wird für seine Zeit ordentlich entschädigt werden."

Lydia setzte das Haifischlächeln auf, das sie geübt hatte. „Sie geben mir Ihr Wort?"

Eine kleine Falte erschien zwischen seinen Augenbrauen. „Ist etwas passiert? Sie wirken ein wenig ..."

Lydia nahm einen Schluck von ihrem Kaffee und schob den Kuchen zu Mr. Smith. „Nehmen Sie. Er ist nicht vergiftet."

„Sie sprachen von einem Abschiedsgeschenk. Sie wissen, dass das so nicht funktioniert?"

Lydia stellte ihren Kaffeebecher ab. „Was würden Sie sagen, wenn ich Ihnen verrate, dass ich meinen Onkel der Polizei ausliefern kann und genug Beweise habe, um ihn wegzusperren?"

„Das würde mich wundern", sagte Mr. Smith. „Können Sie das denn?"

„Es gibt ein größeres Problem. Zwei Crows wurden in Wandsworth getötet. Ich glaube nicht, dass das Gefängnis sicher ist."

„Stimmt. Ihr Onkel hat bestimmt viele Feinde."

„Ihre Abteilung, nimmt sie auch Leute fest?"

„Manchmal", antwortete Mr. Smith. „Wollen Sie damit sagen, dass meine Abteilung die Inhaftierung von Charlie Crow übernehmen soll? Ihn sicher verwahren?"

„Ich weiß nicht", sagte Lydia. „Können wir einen Deal

machen? Einen, der Charlie schützt und ihm mehr Freiheit gewährt als das Gefängnis, aber trotzdem ..."

„... dafür sorgt, dass ihm seine Freiheitsrechte entzogen werden, die ihm gemäß dem Grundgesetz zustehen?"

„Das ist nicht genau das, was ich ... So etwas in der Art."

„Ich fürchte, das eine gibt es nicht ohne das andere", sagte Mr. Smith. „Wir könnten ihm eine komfortable Unterkunft bieten, ihn mit Würde und Respekt behandeln, Experimente nur mit seiner vollen Zustimmung durchführen, ihm Besuchsrechte und Kommunikationsmittel gewähren, aber eine verschlossene Tür ist eine verschlossene Tür."

Lydia schloss ihre Augen. Die verstümmelte Leiche von Big Neil füllte ihren Geist aus und schärfte ihren Blick für das Grauen. „Wenn ich Ihnen Charlie ausliefere, würden Sie dann meinen Vater heilen?"

Mr. Smith legte den Kopf schief. „Ich nehme an, dass er nicht freiwillig mitkommt. Er kooperiert womöglich nicht mit unseren Wissenschaftlern."

„Nicht freiwillig oder wissentlich. Er wird nicht einfach so ins Gefängnis gehen. Was die Forschung angeht, weiß ich es nicht. Er ist interessiert an den Kräften der Crows, also wird er womöglich kooperieren, wenn Sie die Ergebnisse mit ihm teilen. Aber ich habe keine Ahnung." Sie schlug ihre Hände zusammen. „Sie würden Dinge ohne seine Zustimmung tun, nicht wahr?"

„Auf keinen Fall", sagte Mr. Smith. „Wir haben einen Verhaltenskodex, wie jeder andere Bereich des öffentlichen Dienstes auch."

„Aber wir sprechen hier von dunklen Operationen und da hat so etwas wenig zu bedeuten."

Mr. Smith nickte. „Stimmt." Er ging nicht näher darauf ein.

Lydia hatte darüber nachgedacht, seit ihr der Gedanke gekommen war, irgendwann, nachdem sie sich übergeben hatte. Big Neil war kein guter Mensch gewesen, aber er hatte es nicht verdient, in Angst und Schmerz zu sterben. Und Lydia konnte zu keiner Familie gehören, die sich so verhielt. Sie musste etwas unternehmen. Sie musste die Regeln ändern, doch das würde mit Charlie als Anführer nicht passieren. Selbst wenn sie ihn ablöste, würde er weiterhin die Fäden ziehen und Leute herumkommandieren. Er war schon lange im Geschäft. Er wusste, wie das Spiel gespielt wurde, Lydia hingegen kaum. „Ich werde Ihnen die Beweise liefern, die Sie brauchen. Aber Sie müssen schnell handeln. Er darf Sie nicht kommen sehen. Und im Gegenzug werden Sie meinen Vater heilen. Wenn Sie das nicht hinbekommen, ist der Deal geplatzt."

„Ich schaffe es", entgegnete Mr. Smith.

„Sie sagten, dass Sie es nur versuchen können und nicht garantieren, dass es funktioniert. Was hat sich geändert?"

„Sie haben mich ausreichend motiviert. Gute Arbeit."

„Woher weiß ich, dass ich Ihnen vertrauen kann? Wenn Sie deswegen gelogen haben ..."

„Ich habe nicht gelogen. Wenn ich jemanden heile, verlangt das etwas von mir. Das ist nichts, was ich leichtfertig tue. Ich habe gesagt, dass ich es versuchen würde, aber ich habe mir vorbehalten, dass es vielleicht nicht oder nur teilweise funktioniert, damit ich den Prozess abbrechen kann, wenn ich das Gefühl habe, dass es mich zu sehr in Anspruch nimmt."

Lydia nickte. Das ergab Sinn und sie glaubte ihm. Es war möglich, dass Mr. Smiths Kräfte oder der Preis, den er angeboten hatte, ihr Urteilsvermögen beeinträchtigte, aber sie hatte keine Wahl. Sie musste ihm glauben. Denn wenn sie das tat, konnte sie Henry Crow vielleicht retten. „Wir haben einen Deal."

„Wollen Sie das wirklich tun? Die Freiheit Ihres Onkels gegen das Leben Ihres Vaters eintauschen?"

Lydia schluckte. „Ich glaube schon."

„Seien Sie sich lieber sicher", sagte Mr. Smith sanft.

DIE WORTE AUSZUSPRECHEN und sie zu meinen, waren zweierlei Dinge. Als sie draußen in der kalten Luft stand und die Autoabgase einsog, wusste Lydia, dass sie sich absolut sicher sein musste. Bei einer Aktion dieses Ausmaßes gegen Charlie Crow gab es kein Zurück mehr. Und es musste alles geregelt sein, bevor sie den Abzug drückte. Es bestand die Möglichkeit, dass die Sache ein schlechtes Ende nahm, selbst in Anbetracht eines mächtigen Geheimdienstes an ihrer Seite. Sie zog die Kontaktdaten heraus, die sie von Mr. Smith erhalten hatte, und rief Simons Privatnummer an. Eine Frau nahm ab und Lydia fragte nach Simon.

„Sind Sie eine Reporterin?"

„Nein, eine Freundin." Lydia fühlte einen Stich ins Herz. Sie hatte kein Recht auf diese Bezeichnung. „Lydia Crow."

„Simon? Da ist jemand am ..." Die Stimme der Frau wurde gedämpft, als sie eine Hand auf den Hörer legte. Einen Moment später meldete sich Simon. „Hallo?"

„Ich wollte nur nach Ihnen sehen. Fragen, wie es Ihnen geht."

„Gut." Er machte eine Pause, als ob er auf etwas warten würde, und Lydia konnte sich vorstellen, wie sich seine besorgte Mutter in ein anderes Zimmer zurückzog und Simon ihr dabei zusah. „Ich meine, es ist seltsam", sagte er dann. „Sie sind so alt. Ich fühle mich immer noch, ich weiß nicht, genauso wie früher. Keine Ahnung, warum ich erwartet habe, dass alles noch genauso ist wie früher. Es ist ja nicht so, als hätte ich mein eigenes Gesicht nicht im Spiegel gesehen. Ich wusste, dass die Zeit vergangen war, aber ich ... Es ist dumm von mir."

„Es tut mir leid", sagte Lydia. Sie fühlte sich hilflos.

„Das muss es nicht. Ich bin froh, dass Sie angerufen haben, ich wollte mich bedanken."

Lydia zuckte zusammen. „Nicht ..."

„Der Typ, der meine Eltern gefunden hat. Er hat mir Geld gegeben und gesagt, dass Sie ...“

„Schon gut. Danken Sie mir nicht.“ Lydia atmete tief durch und legte ihren freien Arm um ihren Bauch. „Es tut mir leid. Ich hätte Ihnen schon früher helfen sollen. Ich war mit meinen eigenen Dingen beschäftigt und dachte, Sie wären ...“ Sie brach ab, bevor sie „verrückt“ sagen konnte.

„Ich habe etwas in den Nachrichten gesehen“, sagte Simon. „Ein Mädchen verschwand in Highgate, aber es wurde gefunden.“

„Ja. Das stimmt.“

„Ich war in Highgate.“

„Was?“

„Ich erinnere mich inzwischen an mehr. Es sind nur Bruchstücke, aber zu Silvester waren wir in den Highgate Woods. Ich habe eine Menge Mad Dog und etwas Wodka getrunken, ich war ziemlich weggetreten, aber ich habe mich an etwas anderes erinnert.“

„Was?“

„Da war dieses kleine Kind. Ein Mädchen. Es hat meine Hand gehalten, glaube ich. Ich hatte meine Freunde verloren, es war wirklich kalt und ich war betrunken, aber nicht so betrunken, dass ich nicht bemerkt hätte, dass ich vielleicht erfriere. Und dann war da dieses Mädchen und sagte, dass es eine richtig gute Party kenne. Es war seltsam, denn es war nicht alt genug, um zu dieser Zeit draußen zu sein. Oder um auf einer Party zu sein.“

Lydia dachte an das Pearl-Mädchen vor dem Haus.

„Es sagte etwas wie, dass ich aus freien Stücken gehe. Und ich glaube, wir sind in den Untergrund gegangen.“

„Untergrund? Wo war das?“

„Im Wald. Ich kann mich nicht erinnern, irgendwo anders hingegangen zu sein. Alles danach war unterirdisch. Verschiedene Räume, verschiedene Orte, aber keine Fenster.“

„Erinnern Sie sich an die Leute auf der Party? Wissen Sie noch irgendetwas über die Ereignisse?"

„Ich darf nicht", sagte Simon und seine Stimme knackte ein wenig. „Ich darf nicht. Das weiß ich. Aber ich habe über das Mädchen nachgedacht. Nicht an das kleine Mädchen, sondern an das aus den Nachrichten. Wenn es am gleichen Ort wie ich verschwunden ist, haben es vielleicht dieselben Leute entführt. Und das bedeutet, dass sie es schon einmal getan haben und es wieder tun werden."

„Vielleicht", sagte Lydia und legte die Faust um ihre Münze. „Ich würde nicht darüber nachdenken. Konzentrieren Sie sich darauf, gesund zu werden. Ich meine, Sie haben Ihr Leben zurück."

„Was davon übrig ist." Simon klang jetzt wütend und Lydia konnte es ihm nicht verübeln. „Ich habe zwanzig Jahre verloren."

„Das ist unfair", sagte Lydia. „Es tut mir leid."

„Es ist nicht Ihre Schuld. Sondern deren. Der Leute, die mich festgehalten haben. Sie können die Zeit verbiegen oder Erinnerungen löschen, denn ich kann mich nicht mehr an viel erinnern, aber ich weiß, dass ich das Gefühl habe, dass ich nur ein paar Monate bei ihnen war. Höchstens ein Jahr. Damit dürfen sie nicht davonkommen. Sie haben mir Jahre meines Lebens gestohlen."

„Sie dürfen nicht nach ihnen suchen. Das Beste ist, das alles zu vergessen." Lydia spürte die Nutzlosigkeit dieser Aussage und war nicht überrascht, als Simon lachte.

„Ich werde herausfinden, wer sie sind und sie daran hindern, so etwas noch einmal zu tun."

„Das ist eine sehr schlechte Idee." Lydia legte ein wenig Crow-Zauber in ihre Worte. Der arme Kerl war schon genug von Magie manipuliert worden, aber das hier war definitiv zu seinem Besten. Der Pearlkönig und sein Hofstaat waren extrem gefährlich und, dank Lydia, verdammt sauer. Simon musste sich von ihnen fernhalten.

Zu ihrer Überraschung schien ihre Macht direkt an ihm abzuprallen.

„Ich meine es ernst“, sagte er. „Ich brauche etwas, wofür ich leben kann, und ich werde es den Bastarden heimzahlen, die mein Leben gestohlen haben. Wissen Sie, dass ich nicht schlafen kann? Und ich kann mich nicht an meinen Namen gewöhnen. Ich meine, ich erinnere mich vage daran, dass ich Simon genannt wurde, aber es fühlt sich nicht richtig an.“ Er senkte seine Stimme. „Jedes Mal, wenn Mum und Dad ihn benutzen, zucke ich zusammen. Ich vermisse den Namen Ash. Das ist doch Wahnsinn, oder? Ich hasse die Leute, die mir den Namen gegeben haben, und gleichzeitig vermisse ich ihn. Wenn ich nichts unternehme, verliere ich noch den Verstand.“

„Lassen Sie mich Ihnen helfen“, sagte Lydia. „Ich werde mir das ansehen.“

Eine Pause. „Das würden Sie tun?“

„Ich habe Ihnen doch gesagt, dass ich Ihnen schon früher hätte helfen sollen. Das ist meine Wiedergutmachung.“

„Ich kann Sie bezahlen.“

„Nein“, entgegnete Lydia. „Versprechen Sie mir nur, dass Sie die Füße stillhalten, bis ich mich darum kümmern kann.“

Nach einer kurzen Pause stimmte er zu. „Wie lange wird es dauern?“

„Ich muss mich heute um eine dringende Angelegenheit kümmern, aber ich packe die Sache so schnell wie möglich an. Und ich melde mich. Unternehmen Sie nichts, ohne es mit mir abzusprechen.“ Nachdem sie aufgelegt hatte, starrte Lydia einen Moment auf die Straße, ohne wirklich etwas zu sehen. Sie hatte Simon im Stich gelassen und musste das wiedergutmachen, aber er hatte recht. Wie viele andere hatten die Pearls im Laufe der Jahre entführt? Wie viele kleine Spielzeuge hatte der König sich genommen? Und hatte Simon einfach nur Pech gehabt, war er zur falschen

Zeit am falschen Ort gewesen oder war er auserwählt worden?

LYDIA WUSSTE, dass sie sich am Rande einer Klippe befand, und bevor sie absprang, musste sie eine letzte Sache erledigen. Sie klingelte bei Fleet und wartete darauf, dass die Tür aufging. Als Fleet die Wohnungstür öffnete, hatte er die Hemdsärmel nach oben geschoben und seine Krawatte saß locker. „Du kannst deinen Schlüssel benutzen", sagte er.

„Ich wollte mir nichts anmaßen", antwortete Lydia. „Wir sind immer noch ..." Sie wollte eigentlich „getrennt" sagen, aber die Worte blieben ihr in der Kehle stecken.

Fleet nickte und wandte sich ab. „Möchtest du etwas trinken?"

„Nein, danke."

Er drehte sich um. „Ist alles in Ordnung? Ist etwas mit Charlie passiert?"

Lydia wusste nicht, wie sie es erklären sollte, und sie spürte, wie ihre Augen vor ungeweinten Tränen brannten. Sie schüttelte den Kopf. „Er wird nicht mehr das Sagen haben."

„Du bist ausgestiegen?", fragte Fleet und zog eine Augenbraue hoch. „Wie ist das passiert?"

„Das ist nicht wirklich ..." Lydia schmiegte sich an ihn, im Vertrauen darauf, dass er sie halten würde, und ließ ihren Kopf für ein paar kostbare Sekunden an seiner Brust ruhen. Sie war so wütend und verletzt gewesen, hatte das Gefühl gehabt, dass Fleet sie im Stich gelassen hatte. Er hatte seinen Job, seine Position als Cop über Lydia gestellt, und als sie in Gewahrsam genommen worden war, hatte sie das Gefühl gehabt, dass er sich für seinen Job entschieden hatte. Jetzt hatte sie die wahre Bedeutung von Verrat erkannt. Verrat nicht nur an Lydia, sondern an allem, von dem sie geglaubt hatte, dass ein Mensch dazu fähig sei. Das rückte die Dinge ins rechte Licht.

„Was ist passiert?" Fleet strich über Lydias Rücken. „Was ist los?"

Sie blickte in Fleets gleichmäßig braune Augen und fand darin Liebe und Fürsorge. „Ich werde das neue Oberhaupt der Crows."

Sein Stirnrunzeln vertiefte sich. „Was denkt Charlie darüber? Wird er dich angreifen?"

„Er wird es nicht mitbekommen", sagte Lydia. „Ich fordere einen Gefallen vom MI5 ein. Es hat sich herausgestellt", sie lächelte ein wenig, „dass die offiziellen Kanäle durchaus nützlich sein können."

Fleet musterte ihr Gesicht, sein Stirnrunzeln war immer noch deutlich zu sehen. „Das wird ein Nachspiel haben. Charlie wird das nicht auf sich beruhen lassen."

Lydia schüttelte den Kopf. „Du hörst mir nicht zu. Ich werde das Oberhaupt der Crows. Ich bin der neue Charlie. Niemand wird sich gegen mich stellen."

Fleet öffnete den Mund, um zu widersprechen, doch sie sprach weiter: „Aber deshalb bin ich nicht hier. Ich bitte dich nicht um deinen Rat oder deine Erlaubnis. Das ist mein Job, meine Familie, und ich glaube nicht, dass ich eine Wahl habe."

„Okay, aber …"

„Ich wollte dich etwas fragen. Es ist die letzte Sache, die ich klären muss, bevor ich weitermache."

„Was wäre das?"

Lydia holte tief Luft. „Würde ein Londoner Polizist eine feste Beziehung mit dem Oberhaupt der berüchtigten Crows in Betracht ziehen?"

Fleets Stirnrunzeln glättete sich und ein strahlendes Lächeln erschien. „Dieser hier schon."

. . .

Lydia saß an ihrem Lieblingsplatz im Fork, von dem aus sie das ganze Café überblickte. Die Wand dahinter sorgte dafür, dass sich ihr niemand unbemerkt nähern konnte.

Sie hatte die Deckenbeleuchtung nicht angeschaltet, sodass der Raum vom Schein der Straßenlaternen und den Scheinwerfern der vorbeifahrenden Autos erhellt wurde. Lydia schnippte ihre Münze über ihre Fingerknöchel und wartete. Das Café hieß Fork, nicht nach einer Gabel, sondern nach einer Weggabelung. Ein Ort, an dem sich zwei Wege kreuzten. Charlie hatte so viele Menschen in diesem Raum vor eine Wahl gestellt, oft mit zwei schrecklichen Optionen. Er hätte nicht gezögert. Und so wie Lydia ihren Onkel kannte, hatte er trotzdem nachts ruhig geschlafen. Sie war nicht ihr Onkel, aber sie war eine Crow. Und Crows schreckten nicht zurück.

Lydia spürte das Streicheln eines Flügels auf ihrem Handrücken, bevor ein Geräusch aus der Küche sie darauf aufmerksam machte, dass sie nicht mehr allein war. Die Tür hinter dem Tresen öffnete sich langsam. Lydia stellte sich vor, wie Charlie durch den Spalt spähte, die Situation abschätzte und sich wahrscheinlich fragte, ob sie dumm genug war, ihm allein zu begegnen.

„Wir sind allein", sagte sie. „Fürs Erste."

Charlie bewegte sich durch das dunkle Café wie ein Hai durch das Wasser. Alles, was Lydia einst an ihm als furchteinflößend empfunden hatte - seine Selbstsicherheit, seine offensichtliche Macht und seinen tödlichen Blick - war immer noch deutlich zu sehen. Lydia spürte den Drang, wegzulaufen oder sich seinem Willen zu beugen, und unterdrückte ihn.

Charlie setzte sich ihr gegenüber, lehnte sich zurück und musterte sie. „Nicht sehr klug von dir, Lydia. Du kannst mich nicht einfach herbestellen."

„Natürlich kann ich das."

Charlies Gesichtsausdruck verriet nichts, aber Lydia

spürte, wie das Knistern in der Luft zunahm. „Das ist kein Weitpinkelwettbewerb“, sagte sie. „Ich versuche nicht, Punkte zu sammeln oder dich zu beleidigen. Ich sage dir nur, dass du von deinem Posten zurücktreten und die Stadt verlassen musst. Es ist mir egal, wohin du gehst, solange es weit weg von London ist und du die Füße verdammt stillhältst.“

Da lächelte Charlie. Er schüttelte den Kopf, als wäre sie ein Haustier, das einen lustigen Trick gelernt hatte. „Du stellst mir ein Ultimatum? Das ist ...“ Er winkte ab und tat so, als würde er nachdenken. „Was? Eine Drohung?“

„Keine Drohung“, antwortete Lydia. „Eine Chance. Ich hatte nicht vor, dir eine zu geben. Du hast zu viele Grenzen überschritten und ich setze dem Ganzen ein Ende. Ich habe einen Deal mit dem Geheimdienst gemacht. In diesem Moment sind Geheimagenten bei dir zu Hause. Wenn du nicht zu diesem Treffen gekommen wärst, wärst du bereits in Gewahrsam. Sie haben ein Zimmer in einer sicheren Einrichtung mit deinem Namen an der Tür eingerichtet.“

„Wovon redest du?“ Charlie wollte schimpfen, aber hinter seinen Augen bewegte sich etwas. Etwas, das darauf hindeutete, dass der Groschen gefallen war.

„Das war der Plan, ganz ehrlich. Ich habe ihnen die Garage gezeigt und Neils Aufenthaltsort genannt. Seine Leiche wurde vor ein paar Stunden exhumiert und die erforderlichen DNA-Beweise deiner Foltergruppe wurden sichergestellt. Nicht, dass der Geheimdienst viele Beweise bräuchte.“

Charlie sprang auf die Beine und sah sich um, als ob er erwartete, dass sich Soldaten von der Decke abseilten.

„Aber ich habe beschlossen, dir eine letzte Chance zu geben. Es hat sich herausgestellt, dass ich nicht so kaltschnäuzig bin wie du. Es ist nicht so einfach, wie ich dachte, ein Familienmitglied zu verraten, selbst wenn es sich um einen Mörder handelt. Du hast also ein kleines Zeitfenster. Steig jetzt aus, verschwinde. Das ist deine einzige Chance."

Charlie verengte seine Augen. „Du lügst."

„Sieh mich an."

Charlies Augen bohrten sich in ihre. Dann fluchte er.

Lydia sah auf ihr Handy, das mit der Vorderseite nach oben auf dem Tisch lag. „Dir bleibt nicht viel Zeit für eine Entscheidung. Wenn sie dich nicht zu Hause antreffen, werden sie als Nächstes hier nachsehen."

Charlie stürzte sich ohne Vorwarnung auf sie. Seine Hände klatschten auf ihre Schultern, seine Daumen gruben sich in ihre Luftröhre und drückten zu. Lydia zuckte instinktiv zurück und schlug mit dem Hinterkopf gegen die Wand. Sie versuchte aufzustehen, doch Charlie presste sie mit seinem ganzen Gewicht nach unten und Lydia wusste, dass sie in einem Kräftemessen niemals gewinnen würde.

„Ich weiß nicht, was du vorhast, Lydia, aber es war dumm von dir, mir zu drohen." Charlies Stimme war völlig ruhig. „Ich gehe nirgendwo hin."

Kleine Lichtblitze zuckten in Lydias verdunkeltem Sichtfeld. Die instinktive Panik, der Schmerz und der Sauerstoffmangel wirkten erschreckend schnell zusammen und vernebelten ihre Gedanken. Zum Glück musste sie nicht daran denken, ihre Münze zu holen. Sie war einfach da. Eine tröstliche Form in ihrer Handfläche, die sie bei Bewusstsein hielt. Ihr Kopf pulsierte vor Schmerz im Takt ihres hämmernden Herzens, aber sie ignorierte es und tastete stattdessen nach dem nächstgelegenen Crow-Herz, das nicht ihr gehörte. Es pochte ebenfalls rasend schnell. Adrenalin. Aufregung. Überanstrengung. Was auch immer die Ursache war, es war in der Dunkelheit noch leichter zu finden, als Lydia erwartet hatte. Sie streckte die Hand aus und hielt es fest. Die Ränder der Münze gruben sich in das Fleisch ihrer Handfläche, als sie ihre Kraft um Charlies Herz legte und zudrückte.

Der Druck auf ihren Hals verschwand sofort und Charlie fasste sich an seine Brust. Er sackte auf den Boden, sein Gesicht war farblos und seine Lippen färbten sich blau. Lydia ließ sein Herz los und spürte, wie es wieder zum Leben erwachte, während sie ihren Kopf in den Nacken warf und röchelnd Sauerstoff durch ihre gequetschten Atemwege sog.

Ihr Verstand klärte sich und der Schmerz an ihrer Kehle setzte ein. Sie berührte vorsichtig ihren Hinterkopf und entdeckte eine Beule. Sie sollte sich wahrscheinlich im Krankenhaus untersuchen lassen, aber eine Handvoll Schmerztabletten und ein abgedunkeltes Zimmer würden vermutlich ausreichen. Charlie lag bewusstlos auf dem Boden. Lydia ging in die Hocke, bis sie ihre Finger an seinen Hals legen und seinen Puls fühlen konnte. Durch die Bewegung wurde ihr schwindelig und ihre Kopfschmerzen verstärkten sich. Nachdem sie sich vergewissert hatte, dass er atmete, zog sie Charlie in die stabile Seitenlage.

Die Treppe zur Wohnung kam ihr wie ein steiler Berg vor und Lydia hatte es fast bis nach oben geschafft, als ein dumpfes Geräusch aus dem unteren Stockwerk heraufdrang. Ein leises Klopfen. Unauffällig. Doch dann hörte sie eine aufbrechende Tür, stampfende Füße und rufende Befehle. Sie hatte die Eingangstür absichtlich unverschlossen gelassen und hoffte, dass Smiths Team Charlie abholte, ohne großen Schaden im Café anzurichten. Sie hatte ihn immerhin bewusstlos geschlagen und ihnen die Arbeit so einfach wie möglich gemacht. Dann konnte sie doch bestimmt erwarten, dass kein großes Chaos angerichtet wurde.

Lydia schaffte es in ihre Wohnung und schloss die Tür ab. Auf halbem Weg durch den Flur bewegten sich ihre Glieder kaum mehr, aber sie zwang sich weiterzugehen. Nur noch ein paar Schritte. Das Hämmern in ihrem Kopf hatte sich zu einem ununterbrochenen, allumfassenden

Schmerz verstärkt. Sie hoffte, dass es nur eine leichte Gehirnerschütterung war und kein Zeichen dafür, dass sie ihre Kräfte überstrapaziert hatte.

In ihrem Schlafzimmer erschien Jasons Gestalt in ihrem kleiner werdenden Blickfeld. Seine eisige Berührung war wie ein Balsam und sie spürte, wie er ihr Gewicht stützte und ihr zum Bett half. Ihr Handy vibrierte, als sie sich auf das Kissen sinken ließ, dessen kühle Weichheit sie fast zum Weinen brachte. Sie hielt sich das Telefon vor das Gesicht und zwang sich, die Augen zu öffnen, um die SMS zu sehen. Eine unbekannte Nummer, natürlich. *Erledigt.* Dann ließ sie das Handy sinken, die Lider zufallen und den Schlaf über ihren schmerzenden Kopf hereinbrechen.

ALS LYDIA am nächsten Tag aufwachte, fühlte sie sich erstaunlich gut. Ihre Kehle und ihr Kopf schmerzten zwar immer noch, aber ein paar Schmerztabletten und ein Glas Wasser halfen. Nachdem sie geduscht und sich angezogen hatte, nahm Lydia eine Tasse Tee von Jason entgegen. Während sie daran nippte und über das Frühstück nachdachte, wurde ihr klar, was sich geändert hatte. Sie war frei. Nicht von ihrer Familie, sondern von Charlie. Wahrscheinlich sollte sie sich wegen seines Schicksals mehr Gedanken machen, aber es fiel ihr schwer. Er hatte eine Entscheidung getroffen und Lydia hatte keinen Zweifel daran, dass er sie gestern Abend töten hatte wollen. Das linderte ihre Schuldgefühle.

Ihr Telefon klingelte und sie sah die Nummer ihrer Eltern darauf.

„Lydia? Hier ist ein Mann. Er sagt, du hast ihn geschickt."

„Wie sieht er aus?"

„Jung, sehr kurze Haare", antwortete ihre Mutter. Dann senkte sie ihre Stimme. „Attraktiv."

„Mr. Smith?"

„Ja! Du kennst ihn? Ich dachte, der Name sei erfunden. Es klingt so.“

Lydia beschloss, nichts zu erklären. „Nein, es ist alles in Ordnung. Er besucht Dad.“

„Das hat er auch gesagt. Aber ich wollte es überprüfen.“

„Du hast das Richtige getan. Tut mir leid. Ich wusste nicht, dass er so schnell vorbeikommen würde. Ich hätte dich vorgewarnt. Ich bin schon auf dem Weg.“

„Das musst du nicht, wenn du beschäftigt bist ...“

„Ich komme so schnell ich kann.“

LYDIA SAH GERADE NOCH, wie sich die Haustür öffnete und Mr. Smith heraustrat. Sie stieg aus dem Wagen und kam ihm entgegen, als er sich seinem eigenen Auto näherte. Der Mercedes mit den getönten Scheiben. Lydia winkte dem Mann im Anzug auf dem Fahrersitz zu, der ignorierte sie.

„Haben Sie es getan?“

„Auch Ihnen einen guten Morgen, Lydia Crow.“ Mr. Smiths Haut war aschfahl und er hatte dunkle Ringe unter den Augen. Er sah mindestens zehn Jahre älter aus.

„Mein Dad?“ Lydia ärgerte sich über ihren flehenden, hoffnungsvollen Tonfall.

„Ich habe mein Bestes gegeben“, sagte er. „Sie sind verletzt.“ Er sah auf ihren Hals.

Lydia trat einen Schritt zurück. „Mir geht es gut.“ Das Letzte, was sie wollte, war ein weiterer Gefallen von Smith. „Also, wir sind quitt.“

Mr. Smith nickte. Er war sichtlich erschöpft und schwankte leicht auf seinen Füßen. „Bis zum nächsten Mal.“

„Es wird kein nächstes Mal geben“, sagte Lydia. „Es ist vorbei.“

„Wie Sie wollen.“

Sie hatte mit etwas mehr Widerstand gerechnet, aber vielleicht war ihr Spion so erledigt, wie er aussah. Lydia beobachtete, wie Mr. Smith in den Wagen stieg und davongefahren wurde.

Sie machte zwei Schritte auf das Haus zu, dann kehrte sie zu ihrem eigenen Auto zurück und kramte auf dem Rücksitz nach einem Schal. Als sie den Stoff um ihren Hals gelegt hatte, um die blauen Flecken zu verbergen, ging sie hinein.

Die Haustür stand ein Stück offen und Lydia trat in den leeren Flur.

Ihre Mutter erschien am oberen Ende der Treppe. „Komm hoch, er schläft."

Lydia konnte sich nicht daran erinnern, wann sie das letzte Mal im Schlafzimmer ihrer Eltern gewesen war. Es sah genauso aus und roch wie früher. Geblümte Vorhänge, dunkle Möbel, die Mischung aus dem Parfüm ihrer Mutter und dem Aftershave ihres Vaters. In dem Doppelbett lag Henry Crow. Er hatte ein paar graue Bartstoppeln, die sich auf Lydias Lippen abzeichneten, als sie ihn auf die Wange küsste.

„Wer war dieser Mann?", flüsterte ihre Mutter und in ihren Augen glitzerten Tränen. „Er saß einfach nur da. Auf dem Bett. Und hat die Hand deines Vaters gehalten. War es etwas Religiöses?"

Lydia schüttelte den Kopf. „Nichts dergleichen. Nur jemand, von dem ich dachte, dass er vielleicht helfen könnte. Ist Dad überhaupt aufgewacht?"

„Nein. Er hat in letzter Zeit viel geschlafen." Sie rang sich ein Lächeln ab. „Ich glaube, das bedeutet, dass er entspannt ist und sich wohlfühlt."

Lydia bemerkte einige Dinge im Zimmer. Die Medikamente auf dem Schminktisch ihrer Mutter. Einen Plastikbecher mit dicker rosa Flüssigkeit und einem Strohhalm. Etwas, das verdächtig nach einem Toilettenstuhl aussah, stand in einer Ecke. Es war das Schlafzimmer einer sehr kranken Person.

„Es tut mir leid, dass ich dir nicht geholfen habe“, sagte Lydia.

Ihre Mutter setzte sich neben sie aufs Bett und legte einen Arm um sie. „Es ist alles in Ordnung, Liebes. Uns geht es gut.“

Lydia schmiegte ihren Kopf für einen Moment an die Schulter ihrer Mutter und blinzelte, um sicherzugehen, dass sie nicht anfing zu weinen. Das würde nichts bringen. Sie spürte, wie die Enttäuschung wie ein Stein in ihrem Magen lag. Mr. Smith hatte zwar nicht versprochen, dass er ihren Vater heilen konnte, aber Lydia hatte trotzdem auf ein gutes Ergebnis gehofft.

Ihre Mutter stand auf. „Tee?“

„Gern“, sagte Lydia und drehte sich wieder zu ihrem Vater. Sein Atem war so flach, dass sich sein Brustkorb kaum hob. „Ich bleibe noch eine Weile hier sitzen, wenn das okay ist.“

Henrys Hände lagen auf der Bettdecke. Lydia richtete sich bequemer ein, griff nach seiner nächstgelegenen Hand und hielt sie fest. Vielleicht verbesserte sich sein Zustand. Mr. Smith hatte wirklich elend ausgesehen, also hatte er womöglich ein wenig Heilung geschafft. Lydia spürte, wie die Hoffnung, die Angst und der Drang zu weinen immer stärker wurden. „Gib mir ein Zeichen, Dad“, flüsterte sie. „Bitte wach auf.“

Henry Crow öffnete seine Augen. Er blinzelte und drehte seinen Kopf auf dem Kissen, bis er Lydia ansah. Sie lächelte und drückte gleichzeitig seine Hand. Sie würde nicht hoffen. Sie würde nicht weinen.

Henry Crow runzelte die Stirn, als wäre er überrascht, dann sagte er: „Hallo, Lydia, mein Schatz. Lange nicht mehr gesehen.“

ENDE

DANKSAGUNG

Manche Bücher sind schwieriger als andere zu schreiben und dieses hat sich ein bisschen gewehrt. Meine ewige Dankbarkeit gilt Dave, Holly und James, die es während dieses Kampfes mit mir ausgehalten haben.

Ich liebe es, Bücher zu schreiben (auch die kniffligen!), und ich bin meinen Leser:innen sehr dankbar dafür, dass sie mir meinen Traumjob ermöglichen.

Wie immer möchte ich mich bei meinen großartigen Autorenkolleginnen Clodagh Murphy, Hannah Ellis, Keris Stainton, Nadine Kirtzinger und Sally Calder bedanken. Danke für eure Unterstützung, eure Kameradschaft und euer Verständnis.

Dieses Buch wurde größtenteils während der Corona-Pandemie und dem Lockdown geschrieben. Wie für alle anderen auch war es für mich eine Zeit der Angst und Verwirrung und ich möchte meinen Freunden und meiner Familie mehr denn je für ihre Liebe und Unterstützung danken.

In diesem Zusammenhang muss ein besonderer Dank dem Internet gelten. Danke für Videochats, Streamingdienste und die Möglichkeit, weiterzuarbeiten.

Vielen Dank an Daniela M. Hartinger für die brillante Übersetzung.

Vielen Dank an meine Lektorin, meinen Coverdesigner, meine Vorableser:innen. Ihr seid wunderbar.

Ein besonderer Dank geht an Beth Farrar, Karen Heenan, Melanie Leavey, Jenni Gudgeon, Geraldyne Greenwood, Ann Martin, Caroline Nicklin, Judy Grivas, Paula Searle, Deborah Forrester und David Wood.

Und, wie immer, Liebe und Dank an meinen Dave.

ÜBER DEN AUTOR

Bevor Sarah Painter mit dem Schreiben von Romanen begann, war sie als Journalistin, Bloggerin und Lektorin tätig - neben ihrer Karriere als „Löwenbändigerin" (auch bekannt als: Mama).

Sarah lebt mit ihren Kindern und ihrem Mann in Schottland auf dem Land. Sie trinkt viel zu viel Tee, mag die Arbeit von Joss Whedon und ist stolze Besitzerin einer Schreibhütte.

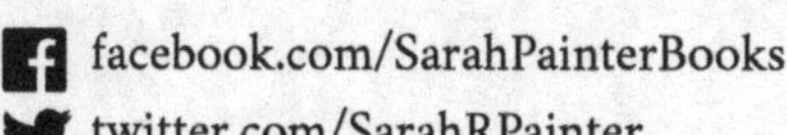

facebook.com/SarahPainterBooks

twitter.com/SarahRPainter

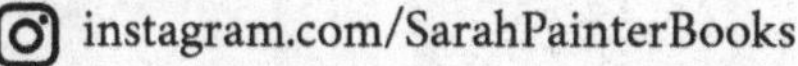

instagram.com/SarahPainterBooks

9781913676193